LA NOVELA DE LA QUE TODO EL MUNDO HABLA
UN LIBRO QUE NO TE DEJARÁ IR

«Un **debut sensacional** [...] una trama de **extraordinaria intensidad** que arrastra consigo al lector y no lo suelta ni un momento [...] con unos giros inesperados y **portentosos**. Aunque Mackintosh no volviese a escribir otro *thriller* tan bueno como este —y yo creo que sí lo hará—, debería sentirse profundamente orgullosa de su obra.»

Daily Mail

«**Extremadamente convincente** [...]. Más, por favor.»

Sunday Mirror

«Un *thriller* psicológico que te mantiene **en vilo** en todo momento con unos **giros sorprendentes**.»

Daily Express

«**Increíblemente bueno.**»

LEE CHILD

«El giro argumental **te deja sin aliento** [...] **supera a** *Perdida* y *La chica del tren*.»

JANE MOORE (*Loose Women*)

«Una vuelta de tuerca **brillante** [...] **absolutamente fantástica**.»

Woman

«Esta **potente** lectura **te mantiene atrapado** en todo momento.»

Prima

«Una novela estupenda y **absorbente** con un desenlace **inesperado** que me dejó absolutamente de piedra. Me encantó.»

PETER JAMES

BESTSELLER

Clare Mackintosh trabajó doce años en la policía británica, en el departamento de investigación criminal y como comandante del orden público. Dimitió en 2011 para empezar a trabajar como periodista freelance y consultora de redes sociales. Asimismo es fundadora del Chipping Norton Literary Festival. Su primera novela, *Te dejé ir*, ha obtenido un gran éxito de crítica y público, y los derechos de traducción ya han sido cedidos a 27 países. Con *I See You* sigue la estela de *thriller* y suspense marcada por su debut literario. Actualmente vive en Cotsworlds con su marido e hijos, y se dedica por completo a la escritura.

Biblioteca

CLARE MACKINTOSH

Te dejé ir

Traducción de
Ana Alcaina y Verónica Canales

DEBOLS!LLO

Título original: *I Let You Go*

Primera edición: julio, 2016

© 2014, Clare Mackintosh
Publicado por primera vez en inglés en Gran Bretaña en 2014 por Sphere,
un sello de Little, Brown Book Group
© 2016, Penguin Random House Grupo Editorial, S. A. U.
Travessera de Gràcia, 47-49. 08021 Barcelona
© 2016, de la presente edición en lengua castellana:
Penguin Random House Grupo Editorial USA, LLC.
8950 SW 74th Court, Suite 2010
Miami, FL 33156

© 2016, Ana Alcaina y Verónica Canales, por la traducción

Diseño de cubierta: Danielle Mazzella di Bosco
Fotos de cubierta: Cloudy beach © Denise Taylor/Getty Images; Seashells © run4it/Shutterstock

Printed in USA

ISBN: 978-1-941999-92-9

Penguin
Random House
Grupo Editorial

Para Alex

PRÓLOGO

El viento le fustiga la cara con los mechones de pelo húmedo y ella cierra los ojos con fuerza para protegerlos de la lluvia. Cuando el tiempo está así, todo el mundo va corriendo a todas partes, caminando deprisa por las aceras resbaladizas y con la barbilla hundida en las solapas de los abrigos. Los coches les salpican los zapatos al pasar y el ruido del tráfico no le deja oír más que unas pocas palabras de la animada charla de su hijo sobre las novedades del día, que empezó en cuanto se abrieron las puertas de la escuela. Las palabras brotan atropelladamente de la garganta del niño sin parar, todas revueltas e inconexas por el entusiasmo de ese nuevo mundo en el que está creciendo. Ella acaba desentrañando algo sobre un mejor amigo, un proyecto sobre el espacio, una nueva maestra, y baja la vista y sonríe ante su excitación, haciendo caso omiso del frío que sube enroscándose por su bufanda. El niño le devuelve la sonrisa y echa la cabeza hacia atrás para saborear la lluvia, y las pestañas húmedas se le apelmazan formando una masa compacta y oscura alrededor de los ojos.

—¡Y ya sé escribir mi nombre, mami!

—¡Qué chico más listo eres, cariño! —dice, deteniéndose a darle un beso en la frente mojada—. ¿Me lo enseñarás cuando lleguemos a casa?

Caminan todo lo rápido que pueden para las piernecitas de niño de cinco años, y con la mano que le queda libre, ella sujeta la mochila de él, que le golpea las rodillas al moverse.

9

Ya casi están en casa.

Los faros de los coches se reflejan en el asfalto húmedo, una luz que los deslumbra cada varios segundos. Esperan hasta que se abre un hueco en el tráfico, se lanzan a cruzar la transitada calle y ella agarra con más fuerza la manita enguantada de suave lana, de manera que él tiene que correr para no quedarse atrás. Las hojas empapadas de los árboles se aferran a los guardarraíles, con sus colores brillantes oscurecidos en un marrón insulso.

Llegan a la tranquila calle donde residen, en la casa que está justo a la vuelta de la esquina; su acogedora calidez le proporciona un agradable estímulo. Sintiéndose segura en el entorno de su propio vecindario, suelta la mano del niño para apartarse las hebras de pelo húmedo de los ojos y se ríe al ver la cascada de gotas que desprende a su alrededor.

—Ya estamos —dice cuando doblan la esquina—. He dejado la luz de fuera encendida a propósito.

Al otro lado de la calle ven la casa de ladrillo. Dos dormitorios, una cocina minúscula y un jardín abarrotado de macetas que ella siempre tiene la intención de llenar con flores. Son únicamente ellos dos.

—Te echo una carrera, mami...

Se mueve a todas horas, está lleno de energía desde el instante en que se despierta hasta el momento en que apoya la cabeza en la almohada. Siempre saltando, siempre corriendo.

—¡Vamos!

Todo ocurre en cuestión de segundos, la sensación de percibir el espacio vacío a su lado cuando él sale corriendo hacia la casa, en busca del calor de la entrada, con el resplandor de la luz del porche. Leche, galletas, veinte minutos de tele, palitos de pescado para cenar. La rutina a la que se han acostumbrado tan pronto; apenas están a mediados del primer trimestre.

El coche sale de la nada. El chirrido de los frenos húmedos, el ruido sordo del cuerpo de un crío de cinco años al estrellarse contra el parabrisas y las vueltas en el aire antes de caer sobre el asfalto. Echar a correr tras él, plantarse delante del coche, que aún se mueve. Resbalar y caer aparatosamente con las manos extendidas y el impacto que le corta la respiración.

Todo acaba en cuestión de segundos.

Se agacha a su lado, buscándole el pulso desesperadamente. Ve cómo su aliento forma una nube blanca y solitaria en el aire. Ve la sombra oscura esparcirse debajo de su cabecita y oye su propio alarido como si no procediera de su garganta, sino de la de otra persona. Levanta la vista y mira al cristal delantero empañado, los limpiaparabrisas que lanzan arcos de agua a la creciente oscuridad nocturna, y grita al conductor invisible que la ayude.

Inclinándose hacia delante para calentar al niño con su cuerpo, despliega el abrigo para abarcarlo, y el bajo se empapa con el agua de la carretera. Y mientras lo cubre de besos y le suplica que se despierte, la luz amarilla que los envuelve se achica hasta encogerse en un delgado haz de luz: el coche da marcha atrás en la calle. Con el motor rugiendo a modo de reprimenda, el vehículo hace dos, tres maniobras para dar media vuelta en la calle estrecha, y con las prisas, rasca la corteza de uno de los corpulentos plátanos de sombra que montan guardia a ambos lados de la calle.

Y luego, todo se vuelve oscuro.

PRIMERA PARTE

1

El detective inspector Ray Stevens estaba apoyado junto a la ventana observando su silla de oficina, uno de cuyos brazos llevaba roto al menos un año. Hasta entonces había optado, sencillamente, por la solución más pragmática y no había utilizado el reposabrazos izquierdo, pero mientras estaba fuera almorzando alguien había garabateado las palabras «inspector defectivo» con un rotulador negro en el respaldo del asiento. Ray se preguntó si el reciente entusiasmo por auditar el material por parte del Departamento de Apoyo a los Servicios Policiales también se extendía a la sustitución del mobiliario o si, por el contrario, estaba condenado a dirigir el Departamento de Investigación Criminal de Bristol desde una silla que arrojaba serias dudas sobre su credibilidad.

Tras inclinarse hacia delante para buscar un rotulador en su caótico primer cajón, Ray se agachó detrás de la silla y modificó la etiqueta para que se volviese a leer «inspector detective». De pronto, vio que alguien abría la puerta de su despacho y se incorporó apresuradamente antes de volver a colocar la capucha al rotulador.

—Ah, Kate, estaba... —Se calló, pues reconoció la expresión de su rostro antes incluso de ver el papel impreso de la Dirección General—. ¿Qué tienes?

—Atropello con conductor a la fuga en Fishponds, jefe. La víctima es un niño de cinco años.

Ray extendió la mano para que le diera el papel y lo examinó, mientras Kate permanecía con aire incómodo en la entrada. Acababa de empezar su turno, solo llevaba en el CID un par de meses y todavía estaba familiarizándose con el funcionamiento del departamento. Pero era buena, mejor de lo que ella misma sospechaba.

—¿No sabemos nada de la matrícula?

—No, no hay nada. La patrulla tiene acordada la zona y el responsable está tomando declaración a la madre del niño en estos momentos. Está en estado de shock, como se puede imaginar.

—¿Te va bien quedarte a trabajar hasta tarde? —preguntó Ray, pero Kate ya estaba asintiendo antes incluso de que hubiese terminado de formular la pregunta. Se intercambiaron una sonrisa cómplice y al mismo tiempo culpable, pues ambos reconocían la estimulante inyección de adrenalina que experimentaban siempre que ocurría un suceso tan horrible—. Muy bien, pues vamos entonces.

Saludaron al nutrido grupo de fumadores que estaban a cubierto junto a la puerta de atrás.

—¿Qué hay, Stumpy? —dijo Ray—. Oye, me llevo a Kate al atropello con fuga de Fishponds. ¿Llamas a los de Información a ver si han averiguado algo?

—Vale.

El hombre mayor dio una última calada a su cigarrillo de liar. Llevaban tantos años llamando al sargento Jake Owen con aquel mote (Retaco), que siempre causaba sorpresa oír su nombre completo en un tribunal. Hombre de pocas palabras, Stumpy llevaba muchas batallitas a sus espaldas, más de las que se decidía a compartir con los demás, y era, sin lugar a dudas, el mejor sargento de Ray. Los dos hombres llevaban trabajando juntos varios años y, con una fuerza que contrastaba con su escasa estatura, resultaba muy útil y ventajoso tener a Stumpy como compañero.

Además de a Kate, el equipo de Stumpy incluía al formal Malcolm Johnson y al joven Dave Hillsdon, un agente entusiasta pero un tanto inconformista, cuyos intentos decididos por asegurar una condena se acercaban demasiado a la frontera de la ilegalidad, para el gusto de Ray. Juntos formaban un buen equipo, y Kate aprendía rápido de ellos. La joven exhibía una inmensa pasión por el oficio que hacía que Ray sintiera nostalgia de los viejos tiempos, cuando era un joven oficial de policía con ganas de comerse el mundo, antes del desgaste producido por diecisiete años de burocracia.

Kate iba al volante del Corsa camuflado entre el creciente tráfico de hora punta en dirección a Fishponds. Era una conductora impaciente, que chasqueaba la lengua cada vez que un semáforo en rojo los retenía y estiraba el cuello para asomarse a ver qué había más allá de una retención. No dejaba de moverse ni un solo instante: tamborileando con los dedos sobre el volante, arrugando la nariz y removiéndose en el asiento. Cuando el tráfico empezó a avanzar de nuevo, inclinó el cuerpo hacia delante como si aquel movimiento pudiera propulsarlos y hacer que se moviesen más deprisa.

—¿Echas de menos el uniforme azul y patrullar en pareja? —dijo Ray.

Kate sonrió.

—Un poco, tal vez.

El lápiz de ojos le emborronaba los párpados pero, por lo demás, no llevaba una gota de maquillaje en la cara. Unos rizos de color castaño oscuro le caían por delante, pese al clip de carey que, supuestamente, debía sujetarlos en su sitio.

Ray sacó su móvil para hacer las llamadas pertinentes y confirmó que la Unidad de Investigación de Accidentes de Tráfico iba ya de camino, que el comisario de guardia había sido informado y que alguien había llamado a la furgoneta de Operaciones, un vehículo pesado cargado hasta los topes de lonas para los dispositivos de protección, luces de emergencia y bebidas calientes. Todo eso ya estaba hecho. En calidad de inspector de guardia él era el responsable último, aunque, a decir verdad, siempre lo había sido, pensó. Normalmente siempre había malas caras entre la patrulla de calle cuando aparecían los del CID y empezaban a comprobar lo que ya estaba hecho, pero así eran las cosas, no había otra. Todos habían pasado por eso; incluso Ray, que estuvo el menor tiempo posible de uniforme antes de ascender y cambiar de departamento.

Habló con la sala de operaciones para hacerles saber que estaban a cinco minutos del lugar del suceso, pero no llamó a su casa. Ray había adoptado la costumbre de llamar a Mags solo en las raras ocasiones en que iba a volver a casa a la hora prevista, una solución que se le antojaba mucho más práctica teniendo en cuenta las largas horas que le exigía el cargo.

Cuando doblaron la esquina, Kate fue aminorando la velocidad. Media docena de coches patrulla estaban aparcados de cualquier manera al cabo de la calle, con las luces giratorias que proyectaban un resplandor azul sobre la escena de forma intermitente. Había unos reflectores montados sobre trípodes metálicos, captando con sus potentes haces de luz una finísima llovizna, que por suerte había amainado durante la hora anterior.

Antes de salir de la comisaría, Kate se había parado para coger un abrigo y cambiar sus tacones por unas botas de agua. «Vale más andar cómoda que con estilo», había dicho con una sonrisa mientras metía los zapatos en su taquilla y se ponía las botas. Ray rara vez se paraba a pensar en alguno de los dos conceptos, pero sí lamentó no haberse llevado al menos un abrigo.

Aparcaron el coche a un centenar de metros de una carpa de lona de color blanco, erigida en un intento de proteger de la lluvia cualquier prueba o indicio que pudiese haber quedado en el lugar del suceso. Un lateral de la carpa estaba abierto y en el interior vieron a una agente de la policía científica de rodillas retirando una muestra del suelo, aunque era imposible ver qué clase de muestra era. Un poco más arriba, una segunda figura ataviada con un mono blanco examinaba uno de los enormes árboles que flanqueaban la calle.

Cuando Ray y Kate se aproximaron a la escena, los detuvo un agente joven con la cremallera de la chaqueta fluorescente tan subida que Ray casi no podía distinguir su cara entre la punta de la gorra y el cuello.

—Buenas tardes, señor. ¿Necesita acceder a la escena? Tendrá que firmar, entonces.

—No, gracias —dijo Ray—. ¿Me indica dónde está su sargento?

—Está en la casa de la madre —contestó el agente, señalando al final de la calle, a una hilera de pequeñas casas pareadas, antes de volver a esconder la cabeza en el cuello de la chaqueta—. Es el número 4 —añadió después, con voz amortiguada.

—Dios, qué trabajo más ingrato —exclamó Ray mientras él y Kate se alejaban—. Recuerdo una guardia de doce horas bajo una lluvia torrencial y la bronca que me cayó luego por no sonreír cuando el inspector jefe apareció a las ocho de la mañana del día siguiente.

Kate se rió.

—¿Por eso decidió especializarse en investigación?

—No exactamente —contestó Ray—. Pero, desde luego, eso también tuvo algo que ver. No, fue sobre todo porque me harté de pasarles los casos más importantes a los de Investigación sin poder seguir nunca ninguno hasta el final. ¿Y tú?

—Algo así también.

Llegaron a la hilera de casas que les había señalado el agente. Kate siguió hablando mientras localizaban el número 4.

—Me gusta encargarme de casos más serios, pero sobre todo es porque me aburro con facilidad. Me gustan las investigaciones complicadas que hacen que me duela la cabeza de tanto darle vueltas al asunto. Los crucigramas y los enigmas más crípticos en lugar de los simples. ¿Tiene sentido lo que digo?

—Completamente —dijo Ray—. Aunque yo siempre he sido un negado para los crucigramas.

—Tienen truco —dijo Kate—. Ya se lo enseñaré algún día. Aquí está, el número 4.

La puerta principal tenía un aspecto inmaculado y estaba ligeramente entreabierta. Ray la abrió del todo y anunció en voz alta:

—Somos agentes del CID. ¿Podemos pasar?

—En la sala de estar —respondió alguien.

Se limpiaron los zapatos y echaron a andar por el estrecho pasillo, abriéndose paso por detrás de un voluminoso perchero cargado de prendas de abrigo bajo el que descansaban unas botas de agua rojas de niño, colocadas ordenadamente junto a otras botas de adulto.

La madre del niño estaba sentada en un sofá pequeño, con la mirada fija en la mochila azul que sostenía en el regazo.

—Soy el inspector detective Ray Stevens. Lamento mucho lo que le ha ocurrido a su hijo.

Ella levantó la vista para mirarlo, retorciendo el cordón de la mochila de tela entre las manos con tanta fuerza que le dejó varias marcas rojas en la piel.

—Jacob —dijo, con los ojos secos—. Se llama Jacob.

Inclinado sobre una silla de comedor junto al sofá, un sargento de uniforme sostenía en el regazo varios formularios y papeles impresos. Ray lo había visto por comisaría pero no recordaba su nombre. Lo descubrió mirando su placa.

—Brian, ¿te importaría llevarte a Kate a la cocina e informarla de lo que habéis averiguado hasta el momento? Me gustaría hacerle unas preguntas a la testigo, si le parece bien. Seré breve. ¿Querrás prepararle una taza de té también?

Por la cara que puso Brian, saltaba a la vista que eso era lo último que le apetecía hacer, pero se levantó y acompañó a Kate a la cocina, sin duda para quejarse de que el inspector hubiese hecho valer su rango. Ray no le dio más vueltas.

—Lamento tener que hacerle aún más preguntas, pero es esencial que obtengamos toda la información necesaria lo antes posible.

La madre de Jacob asintió, pero no levantó la vista.

—Tengo entendido que no pudo ver el número de la matrícula, ¿es así?

—Sucedió tan rápido... —dijo, y las palabras desataron una ola de emoción—. Estaba hablando de lo que había hecho en la escuela y entonces... solo le solté la mano un segundo... —Se enroscó el cordón de la mochila alrededor de la mano con más fuerza y Ray vio cómo se le iba poniendo cada vez más pálida—. Todo pasó muy rápido. El coche se echó encima tan rápido...

Respondió a sus preguntas con serenidad, sin dar la menor señal de la frustración y la rabia que sin duda debía de estar sintiendo. Ray odiaba tener que hurgar en su dolor, pero no tenía elección.

—¿Qué aspecto tenía el conductor?

—No vi el interior del coche —contestó.

—¿Vio si había algún otro pasajero?

—No vi el interior del coche —repitió con voz monótona e inexpresiva.

—De acuerdo —dijo Ray. ¿Por dónde diablos iban a empezar?

La mujer lo miró.

—¿Lo encontrarán? Al hombre que mató a Jacob. ¿Lo encontrarán?

Se le quebró la voz y las palabras, deshechas, se transformaron en un prolongado lamento. Inclinó el cuerpo hacia delante, apretándose la mochila escolar contra el estómago, y Ray sintió un nudo en el pecho. Respiró hondo para hacer desaparecer la sensación.

—Haremos todo cuanto esté en nuestra mano —respondió, y se maldijo por utilizar aquel cliché.

Kate regresó de la cocina, seguida de Brian, con una taza de té en la mano.

—¿Le parece bien si doy ya por terminada la declaración, jefe? —preguntó el sargento.

«Deja de molestar a mi testigo», querrás decir, pensó Ray.

—Sí, gracias... Siento la intromisión. ¿Tenemos lo que necesitamos, Kate?

Kate asintió. Estaba pálida, y Ray se preguntó si Brian habría dicho algo que la hubiese disgustado. Al cabo de un año o así la conocería tan bien como al resto de los miembros de su equipo, pero de momento no la tenía calada. Era una mujer directa, eso ya lo había visto, y no se cortaba a la hora de expresar su opinión en las reuniones de la brigada, y aprendía rápido.

Salieron de la casa y caminaron en silencio de vuelta hacia el coche.

—¿Estás bien? —le preguntó él, aunque era evidente que no lo estaba. Tenía la mandíbula rígida y la cara blanca como el papel.

—Sí, estoy bien —contestó Kate, pero por su tono de voz Ray se dio cuenta de que estaba conteniendo las ganas de llorar.

—Oye —dijo alargando el brazo y rodeándole el hombro con torpeza—, este trabajo es así. Lo sabes, ¿verdad?

Con los años, Ray había desarrollado un mecanismo defensivo contra los efectos emocionales que causaban casos como aquel. La mayoría de los policías lo tenían, por eso había que hacer la vista gorda con algunas de las bromas que circulaban por la cafetería, pero tal vez Kate era diferente.

La joven asintió y respiró profundamente, con un leve temblor.

—Lo siento, normalmente no me pongo así, de verdad. He visto montones de muertes, pero... Dios... ¡solo tenía cinco añitos! Al parecer, el padre de Jacob nunca quiso saber nada del niño, así que siempre han estado solos ella y él. No puedo ni imaginarme por lo que debe de estar pasando esa mujer.

Se le quebró la voz, y Ray sintió el mismo nudo de antes en el pecho. Su mecanismo de defensa consistía básicamente en centrarse en la investigación —en las pruebas que tuviesen delante— y no profundizar demasiado en las emociones de los implicados. Si pensaba demasiado tiempo en lo que podía sentirse al ver morir a un hijo en tus propios brazos, no le sería útil a nadie, y mucho menos a Jacob y a su madre. Ray se puso a pensar entonces, de forma involuntaria, en sus propios hijos y sintió un ansia irracional de llamar a casa y comprobar que ambos estaban bien.

—Lo siento. —Kate tragó saliva y esbozó una sonrisa avergonzada—. Le prometo que no me pondré siempre así.

—Tranquila, no pasa nada —dijo Ray—. A todos nos ha pasado alguna vez.

Kate arqueó una ceja.

—¿Incluso a usted? No le hacía yo del tipo de poli sensible, jefe.

—Tengo mis momentos. —Ray le apretó el hombro antes de apartar el brazo. No creía haber llegado nunca al extremo de derramar lágrimas en un caso, pero había estado al borde muchas veces—. ¿Estarás bien?

—Sí, ya se me pasará. Gracias.

Cuando se alejaban, Kate volvió a mirar al lugar de los hechos, donde los técnicos forenses seguían trabajando con ahínco.

—¿Qué clase de cabrón atropella a un crío de cinco años y luego se da a la fuga?

Ray no vaciló al contestar.

—Eso es justo lo que vamos a averiguar.

2

No me apetece una taza de té, pero la acepto de todos modos. La sujeto con ambas manos y acerco la cara al vaho hasta que me quema. El dolor me irrita la piel, me entumece las mejillas y me pica en los ojos. Combato el impulso de apartarme; necesito que el entumecimiento desdibuje las imágenes que no consigo quitarme de la cabeza.

—¿Traigo algo de comer para acompañar el té?

Se sitúa de pie a mi lado y sé que debería levantar la vista y mirarlo, pero no puedo. ¿Por qué me ofrece comida y bebida como si no hubiese pasado nada? Siento una oleada de náuseas que me sube por la garganta y me trago el regusto amargo para contenerlo. Me echa a mí la culpa. No lo ha dicho, pero no hace falta, lo dicen sus ojos. Y tiene razón: fue culpa mía. Deberíamos haber vuelto a casa por otro camino, no debería haber hablado, debería haberlo parado cuando...

—No, gracias —respondo en voz baja—. No tengo hambre.

El accidente se repite en bucle en mi cabeza. Quiero apretar el botón de pausa, pero la película sigue su avance implacable: su cuerpecito estrellándose contra el capó del coche una y otra vez. Vuelvo a acercarme la taza a la cara, pero el té ya se ha enfriado y el calor del vaho sobre mi piel ya no me hace daño. No noto las lágrimas cuando se forman, pero unos gruesos lagrimones estallan al chocar contra mis mejillas. Veo que me empapan los vaqueros y me rasco con la uña una mancha de arcilla sobre el muslo.

Miro a mi alrededor en el salón de la casa que tantos años he pasado decorando y acomodando a mi gusto: las cortinas, a juego con los cojines; los cuadros, algunos propios, otros que encontré en galerías y que me gustaron demasiado para dejarlos allí. Creía estar creando un hogar, cuando solo estaba construyendo una casa.

Me duele la mano. Noto el pulso, que me palpita rápida y débilmente en la muñeca. Me alegro de sentir el dolor. Ojalá me doliese aún más. Ojalá hubiese sido a mí a quien hubiese arrollado el coche.

Está hablándome otra vez. «El cuerpo de policía al completo está buscando el coche... los periódicos solicitarán la colaboración ciudadana... saldrá en todas las noticias...»

La habitación me da vueltas y fijo la mirada en la mesita de café, asintiendo cuando me parece adecuado. Se acerca a la ventana en dos zancadas y luego vuelve de nuevo. A ver si se sienta..., me está poniendo nerviosa. Me tiemblan las manos y dejo en la mesita la taza de té intacta antes de que se me caiga, pero la porcelana entrechoca con la superficie de cristal por mi movimiento brusco. Me mira con gesto de frustración.

—Lo siento —digo. Noto un regusto metálico en la boca y me doy cuenta de que me he mordido la parte interior del labio. Succiono la sangre, sin querer llamar la atención sobre mí misma pidiendo un pañuelo de papel.

Todo ha cambiado. Desde el preciso instante en que el coche se deslizó por el asfalto húmedo, mi vida entera cambió. Lo veo todo con una claridad meridiana, como si fuese una espectadora en los márgenes de mi vida. Así no puedo seguir adelante.

Cuando me despierto, tardo unos segundos en reconocer el sentimiento. Todo está igual y, a la vez, todo ha cambiado. Entonces, antes de abrir los ojos siquiera, siento como un ruido en mi cabeza, como una especie de tren subterráneo. Y ahí está: desfilando ante mis ojos en escenas en tecnicolor que no puedo poner en pausa ni en silencio. Me presiono las sienes con las palmas de las manos como si pudiera hacer desaparecer las imágenes únicamente a base de fuerza bruta, pero siguen sucediéndose, densas y rápidas, como si fuera a olvidar lo sucedido sin ellas.

En la mesilla de noche tengo el reloj despertador metálico que me regaló Eve cuando fui a la universidad —«Porque sin él, nunca conseguirás levantarte para ir a las clases»—, y me sorprendo al ver que son ya las diez y media. El dolor de la mano ha quedado eclipsado por una jaqueca que me hace ver las estrellas si muevo la cabeza demasiado rápido, y cuando consigo arrancar mi cuerpo de la cama me duelen todos los músculos.

Me pongo la ropa del día anterior y salgo al jardín sin detenerme a hacer un café, a pesar de que tengo la boca tan seca que me cuesta esfuerzo tragar. No encuentro los zapatos, y la escarcha me aguijonea los pies mientras me abro paso por la hierba. El jardín no es muy grande, pero se acerca el invierno y para cuando alcanzo el otro lado ya no me noto los dedos de los pies.

El estudio del jardín ha sido mi santuario durante los últimos cinco años. Poco más que un cobertizo para un mero observador, pero es donde me refugio cuando quiero pensar, trabajar y escapar. El suelo de tablones de madera está salpicado con las manchas de arcilla que caen de mi torno, firmemente colocado en el centro de la habitación, donde puedo rodearlo por completo y retroceder unos pasos para observar mi obra con ojo crítico. Tres laterales del cobertizo están forrados de estanterías en las que deposito mis esculturas, en un caos ordenado que solo yo podría entender. Las obras en proceso de elaboración, aquí; las figuras cocidas pero no pintadas, allí; a la espera de enviarlas a los clientes, allá. Centenares de piezas de cerámica distintas, y aun así, si cierro los ojos, aún noto la forma de cada una de ellas bajo los dedos, la humedad de la arcilla en las palmas de las manos.

Saco la llave de su escondite bajo la repisa de la ventana y abro la puerta. Es peor de lo que imaginaba. El suelo invisible bajo una alfombra de trozos rotos de cerámica, las mitades redondas de bordes irregulares partidas abruptamente y con furia. Las estanterías de madera están vacías, la mesa despejada de piezas de trabajo y las diminutas figurillas de la repisa de la ventana están irreconocibles, hechas trizas en fragmentos que brillan con la luz del sol.

Junto a la puerta hay una pequeña estatuilla de una mujer. La hice el año pasado, como parte de una serie de figuras que produje para una tienda de Clifton. Yo había querido hacer algo real, algo que estuviese lo más alejado posible de la perfección y que, aun así, siguiese siendo hermoso. Hice diez mujeres, cada una con sus curvas distintivas, con sus propias protuberancias, sus cicatrices e imperfecciones. Estaban inspiradas en mi madre, en mi hermana; en mis alumnas de la clase de cerámica; en las mujeres que veía pasear por el parque. Esta de aquí soy yo. Una versión libre de mí en la que, desde luego, nadie me reconocería, pero sigo siendo yo. El pecho demasiado plano, las caderas demasiado estrechas, los pies demasiado grandes. Una maraña de pelo hecha un nudo en la base de la nuca. Me agacho un poco y la recojo. Creía que estaba intacta, pero en cuanto la toco, el barro se mueve y me quedo con dos piezas rotas en las manos. Me las quedo mirando y luego las lanzo con todas mis fuerzas contra la pared, donde se hacen añicos y caen en forma de lluvia sobre mi mesa.

Tomo aire profundamente y lo suelto despacio.

No sé muy bien cuántos días han pasado desde el accidente ni cómo he conseguido sobrevivir al paso del tiempo cuando me siento como si estuviera arrastrando las piernas por un pantano lleno de melaza. No sé qué es lo que me hace decidir que hoy es el día. Pero lo es. Cojo únicamente lo que me cabe en la bolsa de viaje, consciente de que si no me voy ahora mismo, tal vez no pueda irme nunca. Recorro la casa sin rumbo fijo, intentando imaginar que no voy a volver a estar aquí nunca más. La idea es aterradora y liberadora a la vez. ¿Puedo hacer eso? ¿Es posible abandonar sin más una vida y empezar otra? Tengo que intentarlo: es mi única oportunidad de superar esto y salir indemne.

Mi portátil está en la cocina. Dentro hay fotos, direcciones, información importante que puedo necesitar algún día y que no se me había ocurrido guardar en ningún otro sitio. No tengo tiempo para pensar en hacer eso ahora, y aunque pesa mucho y es muy aparatoso, lo meto en la bolsa. No me queda mucho espacio, pero no puedo irme sin una última pieza de mi pasado. Descarto un jersey y un puñado de camisetas y hago sitio para una caja de madera donde escondo mis recuerdos, apretujados unos encima de otros bajo la tapa de cedro. No miro dentro: no me hace falta. El surtido de diarios de adolescente, escritos con irregularidad errática y con varias páginas arrancadas en un ataque de remordimiento; un fajo de entradas de conciertos sujetas con una goma elástica; mi diploma de graduación; recortes de mi primera exposición. Y las fotos del hijo al que quería con una intensidad que parecía imposible. Fotografías preciosas para mí. Muy pocas para alguien tan querido. Una huella tan pequeña en el mundo y, sin embargo, el centro absoluto del mío.

Incapaz de resistirme, abro la caja y saco la foto de encima de todo: una polaroid que le sacó una comadrona de voz amable el día que nació. Es una cosita pequeña y rosada, apenas visible debajo de la manta blanca del hospital. En la foto tengo los brazos fijos en la postura de la madre que acaba de dar a luz, exhausta de amor y de cansancio. Todo había sido tan precipitado, había pasado tanto miedo..., todo tan diferente a los libros que había devorado durante el embarazo, pero el amor que tenía que ofrecerle se mantuvo intacto. Sintiéndome de pronto incapaz de respirar, devuelvo la foto a su sitio y meto la caja en la bolsa de viaje.

La muerte de Jacob ocupa las portadas de los periódicos. Me grita desde la explanada delantera del garaje por la que paso, desde la tienda de la esquina, y desde la cola de la parada de autobús donde espero como si no fuera distinta de quienes me rodean. Como si no estuviera huyendo.

Todos hablan del accidente. ¿Cómo pudo suceder? ¿Quién puede haber sido el autor del atropello? Cada nueva parada del autobús trae consigo noticias frescas, y los retazos de las conversaciones sobrevuelan por encima de nuestras cabezas, haciéndome imposible no oírlas.

«El coche era negro.»

«El coche era rojo.»

«La policía está a punto de detener a alguien.»

«La policía no tiene ninguna pista.»

Una mujer se sienta a mi lado. Abre el periódico y, de repente, es como si alguien estuviese presionándome el pecho. La cara de Jacob me mira fijamente; unos ojos magullados que me reprochan no haberlo atendido, haberlo dejado morir. Me obligo a mirarlo y siento un nudo atenazador en la garganta. Se me nubla la vista y no puedo leer lo que dice, pero no me hace falta: he visto una versión de este artículo en los periódicos de todos los quioscos por los que he pasado. Las declaraciones de los maestros destrozados, las notas de pésame en las flores junto a la calle, la investigación... abierta y luego aplazada. Una segunda foto muestra una corona de crisantemos amarillos en un ataúd ridículamente pequeño. Una mujer chasquea la lengua y empieza a hablar, como si hablase consigo misma, creo, pero luego tal vez piensa que tengo algo que decir.

—Es terrible, ¿verdad? Y justo antes de Navidad, encima.

No digo nada.

—Darse a la fuga así, sin pararse. —Vuelve a chasquear la lengua—. Aunque... —continúa diciendo—. Un crío de cinco años. ¿Qué clase de madre deja que un niño de esa edad cruce la calle solo?

No puedo evitarlo, dejo escapar un hipido. Sin darme cuenta, unas lágrimas ardientes me resbalan por las mejillas y caen en el pañuelo de papel que llevo apretado en la mano.

—Pobre alma de Dios... —dice la mujer, como consolando a un chiquillo. No está claro si se refiere a mí o a Jacob—. No puede una ni imaginarlo, ¿verdad?

Pero yo sí puedo, y me dan ganas de decírselo, que es mil veces peor que cualquier cosa que pueda estar imaginando. Me da otro pañuelo de papel, estrujado pero limpio, y pasa la hoja del periódico para leer una noticia sobre el encendido de las luces navideñas en Clifton.

Nunca pensé que saldría huyendo. Nunca pensé que llegaría a tener que hacerlo.

3

Ray subió a la tercera planta, donde el ritmo frenético de los turnos policiales de veinticuatro horas, siete días a la semana, cedía el paso a la tranquilidad de horario de oficina de los despachos enmoquetados donde trabajaba el personal con capacidad de reacción del CID. Él prefería estar allí a última hora de la tarde, cuando podía ponerse a trabajar sin interrupciones en la pila interminable de expedientes que tenía sobre su mesa. Atravesó el espacio abierto para dirigirse hasta la zona reservada donde estaba su despacho, el de inspector, en una esquina de la sala separada por tabiques.

—¿Cómo ha ido la reunión? —La voz le sobresaltó. Se volvió y vio a Kate sentada a su mesa—. Los del Grupo Cuatro son mis antiguos compañeros, ¿sabe? Espero que al menos fingieran sentir interés —añadió, bostezando.

—Ha ido bien —respondió Ray—. Son buena gente, y al menos así consigo que lo sigan teniendo presente. —Ray había logrado mantener la información sobre el atropello con fuga entre los temas de las sesiones diarias durante una semana pero, inevitablemente, había ido bajando puestos en el orden de prioridad a medida que llegaban nuevos casos. Estaba haciendo todo lo posible por ir a ver a todos los grupos y recordarles que aún necesitaba su ayuda. Se dio unos golpecitos en el reloj de pulsera—. ¿Qué haces aquí a estas horas?

—Estoy revisando las respuestas a los llamamientos en prensa y radio —dijo ella, deslizando el pulgar por el pliego de papeles impresos—. Aunque no sirve de gran cosa.

—¿No hay nada que merezca la pena investigar?

—Nada de nada —dijo Kate—. Declaraciones de gente denunciando conducción temeraria por la zona, algún que otro comentario mojigato poniendo el grito en el cielo por la irresponsabilidad de algunos padres, y la típica panda de lunáticos y pirados de turno, uno incluso anunciando la Segunda Venida. —Lanzó un suspiro—. Necesitamos desesperadamente hacer algún avance... algo que pueda ponernos sobre una pista.

—Entiendo tu frustración —comentó Ray—, pero ten paciencia, que algo saldrá. Siempre acaba apareciendo algo.

Kate lanzó un gemido y empujó la silla lejos de la pila de papeles.

—Me parece que la paciencia no es una de mis virtudes.

—Conozco esa sensación. —Ray se sentó en el borde de la mesa de ella—. Esta es la parte aburrida del trabajo policial, la que no enseñan en las series de televisión. —Sonrió al ver la expresión triste de ella—. Pero la verdad es que compensa. Piensa lo siguiente: podría ser que entre todos esos papeles esté la clave para resolver este caso.

Kate miró a su mesa con aire escéptico y Ray se rió.

—Vamos, prepararé una taza de té y te echaré una mano.

Revisaron todas y cada una de las hojas, pero no encontraron la reveladora información que Ray esperaba.

—Bueno, al menos es otra cosa menos en la lista de asuntos pendientes —dijo—. Gracias por quedarte hasta tarde para revisarlos todos.

—¿Cree que encontraremos al conductor?

Ray asintió enérgicamente.

—Tenemos que creerlo. De lo contrario, ¿cómo iba a tener alguien confianza en nosotros? He trabajado en centenares de casos: no los he resuelto todos, ni muchísimo menos, pero siempre he estado convencido de que la respuesta está justo a la vuelta de la esquina.

—Stumpy dice que ha solicitado que el caso se divulgue por televisión, en el programa *Crimewatch*.

—Sí, es el procedimiento habitual en los casos de atropello con fuga, sobre todo teniendo en cuenta que la víctima es un niño. Me temo que eso implicará que nos lleguen muchos más como estos. —Señaló la pila de papeles, cuyo destino inmediato iba a ser la trituradora.

—No importa —dijo Kate—. No me viene mal hacer horas extra. El año pasado me compré un piso y me está costando lo mío llegar a fin de mes, sinceramente.

—¿Vives sola?

Se preguntó si era oportuno hacer esa clase de preguntas en los tiempos que corrían. A lo largo de los años que llevaba como policía, la corrección política había llegado a un punto en el que se hacía necesario rehuir a toda costa cualquier cuestión de índole personal, por remotamente personal que fuera. Pronto la gente se quedaría sin temas de conversación.

—Casi siempre —contestó Kate—. Compré el piso yo sola, pero mi novio se queda muchas veces. Lo mejor de ambos mundos, supongo.

Ray recogió las tazas vacías.

—Bien, pues será mejor que te vayas a casa —dijo—. Tu chico se estará preguntando dónde estás.

—No pasa nada; trabaja de chef en un restaurante —dijo Kate, pero se levantó también—. Sus horarios son peores que los míos. ¿Y usted? ¿Su mujer no se desespera con la cantidad de horas que trabaja?

—Está acostumbrada —dijo Ray, subiendo la voz mientras iba a su despacho en busca de su chaqueta—. Ella también era policía. Ingresamos juntos en el cuerpo.

La academia de policía de Ryton-on-Dunsmore tenía pocas cosas memorables pero, sin duda, el bar había sido una de ellas. Una noche, durante una patética sesión de karaoke, Ray había visto a Mags sentada con sus compañeras de clase. Se estaba riendo, con la cabeza echada hacia atrás para oír algo que le decía una amiga. Cuando vio que se levantaba para pedir otra ronda, él apuró su pinta de cerveza, prácticamente llena, para poder abordarla en la barra, solo que se quedó allí plantado como un pasmarote sin decir nada. Por suerte, Mags era más desinhibida y fueron inseparables durante el resto de las dieciséis semanas del curso. Ray contuvo la sonrisa al recordar cuando salía a hurtadillas del alojamiento de las chicas a las seis de la mañana para volver a su habitación.

—¿Cuánto tiempo lleva casado? —preguntó Kate.

—Quince años. Nos casamos en cuanto acabamos las prácticas.

—Pero ¿ella ya no trabaja en el cuerpo?

—Mags se tomó una excedencia cuando nació Tom y ya no volvió a trabajar cuando llegó la pequeña —explicó Ray—. Ahora Lucy tiene nueve años y Tom ha empezado su primer año de secundaria, así que Mags se está planteando volver a trabajar. Quiere reciclarse como profesora.

—¿Por qué dejó de trabajar durante tanto tiempo?

Había una curiosidad genuina en los ojos de Kate, y Ray recordó cuando Mags mostraba una incredulidad similar en los tiempos en los que ambos eran dos jóvenes que trabajaban en el cuerpo. La sargento de Mags había dejado la policía para tener hijos y Mags le había dicho a Ray que no entendía qué sentido tenía hacer carrera si, al final, ibas a abandonarla y dejarlo todo.

—Quería quedarse en casa para ocuparse de los niños —dijo Ray, y sintió una punzada de culpa. ¿Era lo que Mags había querido? ¿O simplemente le había parecido lo correcto, lo que creía que debía hacer? Las guarderías eran tan caras que la opción de que Mags dejara de trabajar les había parecido obvia, y él sabía que ella quería acompañarlos para ir a la escuela, los días de competición deportiva y los festivales. Pero Mags era tan brillante y capaz como él... o incluso más, para ser sincero.

—Supongo que cuando te casas con el trabajo tienes que aceptar las condiciones de mierda que lo acompañan.

Kate apagó la lámpara de mesa y se quedaron a oscuras unos segundos, antes de que Ray saliera al pasillo y encendiera el interruptor.

—Son gajes del oficio —convino Ray—. ¿Cuánto tiempo lleváis juntos tu chico y tú?

Caminaron hacia el patio, donde sus coches estaban aparcados.

—Unos seis meses más o menos —dijo Kate—. Aunque eso para mí es toda una hazaña, normalmente me canso de ellos al cabo de unas pocas semanas. Mi madre dice que soy demasiado exigente.

—¿Qué les pasa? ¿Les ves muchos defectos?

—Huy, montones de ellos —dijo alegremente—. O son demasiado entusiastas o no lo bastante, o no tienen sentido del humor o son unos payasos totales...

—Eres una crítica despiadada —dijo Ray.

—Puede ser. —Kate arrugó la nariz—. Pero es importante, ¿no? Encontrar a la persona adecuada. El mes pasado cumplí los treinta, se me acaba el tiempo.

No aparentaba treinta años, pero a Ray nunca se le había dado demasiado bien calcular la edad de nadie. Aún se miraba al espejo y veía al hombre que había sido con veintitantos, a pesar de que las arrugas de su rostro decían otra cosa.

Ray buscó las llaves del coche en su bolsillo.

—Bueno, pero no tengas prisa por sentar la cabeza. Luego no todo es de color de rosa, ¿sabes?

—Gracias por el consejo, papá...

—Oye, ¡que no soy tan viejo!

Kate se rió.

—Gracias por la ayuda esta noche. Nos vemos mañana.

Ray sonrió para sus adentros mientras arrancaba y salía de detrás de un coche patrulla modelo Omega. Lo había llamado «papá», nada menos. Menuda desfachatez la suya...

Cuando llegó a casa, Mags estaba en el salón con la televisión encendida. Llevaba un pantalón de pijama y una vieja sudadera de Ray, y estaba sentada con las piernas encogidas como una niña pequeña. El presentador de las noticias resumía los detalles del atropello mortal con fuga por si algún residente local se había perdido la extensa cobertura del suceso la semana anterior. Mags miró a Ray y sacudió la cabeza.

—No puedo dejar de mirarlo. Esa pobre criatura...

Ray se sentó a su lado y buscó el mando a distancia para quitar el sonido. En la pantalla desfilaron imágenes de archivo de la escena y Ray vio la parte posterior de su propia cabeza mientras él y Kate caminaban después de bajarse del coche.

—Sí, lo sé —dijo, y rodeó a su mujer con el brazo—. Pero lo atraparemos.

La imagen volvió a cambiar de ángulo y esta vez la cara de Ray inundó la pantalla mientras hablaba a la cámara, con el entrevistador fuera del encuadre.

—¿Sí? ¿Crees que lo atraparéis? ¿Tenéis alguna pista?

—La verdad es que no. —Ray suspiró—. Nadie vio el accidente o, si alguien lo vio, no dice nada... Así que dependemos de la policía científica y del Departamento de Información.

—¿Cabe alguna posibilidad de que el conductor no se diese cuenta de lo que había hecho?

Mags se incorporó en el asiento y se volvió para mirarlo de frente. Se remetió el pelo con impaciencia por detrás de la oreja. Desde que Ray la conocía, Mags llevaba el pelo exactamente igual: largo y liso, sin flequillo. Era tan oscuro como el de Ray, pero, a diferencia del suyo, no tenía una sola cana. Ray había intentado dejarse barba poco después de que naciera Lucy, pero cambió de idea al cabo de tres días, cuando quedó claro que iba a ser muy canosa. Ahora se afeitaba todos los días y procuraba hacer caso omiso de las pinceladas de blanco en las sienes que, a juicio de Mags, le daban un aire «distinguido».

—Imposible —respondió Ray—. Se estrelló directamente contra el capó. —Mags no se estremeció. La emoción que Ray había percibido en su rostro al entrar había sido sustituida por una expresión de concentración que recordaba perfectamente de sus días juntos en el cuerpo—. Además —prosiguió él—, el coche se detuvo y luego dio marcha atrás y media vuelta. Puede que el conductor no supiera que Jacob había muerto, pero no podía no saber que lo había atropellado.

—¿Y tenéis a alguien en los hospitales? —dijo Mags—. Es posible que el conductor también resultase herido y...

Ray sonrió.

—Lo estamos investigando todo, te lo prometo. —Se levantó—. Oye, no te lo tomes a mal, pero ha sido un día muy largo y solo quiero una cerveza, ver un poco de tele e irme a la cama.

—Claro, claro —dijo Mags con convicción—. Ya sabes, la deformación profesional y todo eso...

—Lo sé, y te prometo que atraparemos al autor. —La besó en la frente—. Siempre lo hacemos.

Ray se dio cuenta de que le había prometido a Mags justamente aquello que se había negado a prometerle a la madre de Jacob porque no podía garantizar que pudiesen cumplirlo. «Haremos todo cuanto esté en nuestra mano», le había dicho a ella. Solo esperaba que todo cuanto estuviese en su mano fuera suficiente.

Entró en la cocina a buscar algo de beber. El hecho de que la víctima fuese un niño era lo que había afectado a Mags. Tal vez contarle los detalles del accidente no había sido muy buena idea: a fin de cuentas, ya le estaba costando bastante a él mismo mantener a raya sus propias emociones, así que era comprensible que Mags sintiese lo mismo. A partir de entonces se esforzaría aún más en guardarse esas cosas para sí.

Ray se llevó la cerveza al salón, se sentó junto a su mujer a ver la televisión y cambió de canal para ver uno de los *reality shows* que sabía que a ella le gustaban.

Al llegar a su despacho con un puñado de archivos que había recogido de la sala de correo, Ray soltó los papeles encima de su ya abarrotado escritorio e hizo que la pila entera cayera deslizándose al suelo.

—Mierda —exclamó, mirando su mesa con aire inexpresivo.

La empleada de la limpieza había pasado por allí, había vaciado la papelera y hecho un vago intento de quitar el polvo alrededor de todo aquel jaleo, dejando una estela de pelusa alrededor de su bandeja de documentos. Dos tazas de café frío flanqueaban su teclado y en varios de los pósits pegados a la pantalla de su ordenador se leían mensajes telefónicos de distintos grados de importancia. Ray los arrancó de allí y se los pegó en la cubierta de su agenda, donde ya había un pósit de color fucsia neón recordándole que debía hacer las evaluaciones de los miembros de su equipo. Como si no tuviesen ya todos bastante trabajo. Ray libraba una batalla constante consigo mismo por la burocracia de su trabajo diario. No se decidía a protestar abiertamente contra eso —no con el suculento ascenso al alcance de su mano—, pero tampoco lo aceptaría nunca de buen grado. En su opinión, una hora empleada en hablar sobre su evolución personal era una hora malgastada, sobre todo cuando había que investigar la muerte de un niño.

Mientras esperaba a que el ordenador arrancase, se reclinó en la silla y miró la foto de Jacob, clavada en la pared de enfrente. Siempre había guardado una foto de la víctima principal en una investigación, desde sus comienzos en el departamento, cuando su superior le había recordado con malas maneras que eso de practicar un arresto estaba muy bien, pero Ray no debía olvidar nunca «para qué aguantamos toda esta mierda». Las fotos solían estar en su mesa, hasta que Mags había ido a su despacho un día, varios años antes. Le había llevado algo, en ese momento no recordaba el qué, un expediente olvidado, o un túper con el almuerzo, pero sí recordaba que le molestó la interrupción cuando lo llamó desde el mostrador de recepción para darle una sorpresa, y que el fastidio se transformó en remordimiento cuando se dio cuenta de que había ido allí con el único propósito de verlo. Habían parado de camino al despacho de Ray para que Mags pudiese saludar a su antiguo jefe, a quien habían ascendido a comisario.

—Debes de sentirte muy rara, volviendo a estar aquí —le había dicho Ray cuando entraron en su despacho.

Mags se había reído.

—Es como si nunca me hubiese ido. Ya sabes, la cabra siempre tira al monte.

Parecía animada al pasearse por la oficina, recorriendo su mesa con las yemas de los dedos.

—¿Quién es esta otra mujer? —había bromeado, cogiendo la foto que estaba apoyada en el retrato enmarcado de ella y los niños.

—Una víctima —había contestado él, quitándole la foto con delicadeza y devolviéndola a su mesa—. Su novio le asestó diecisiete puñaladas porque tardaba demasiado en preparar la cena.

Si aquello conmocionó a Mags, lo disimuló muy bien.

—¿Y no la guardas en el expediente?

—Me gusta tenerla donde pueda verla —dijo Ray—. Donde no pueda olvidar qué estoy haciendo, por qué trabajo tantas horas o por quién es todo esto.

Ella había asentido al oír aquella respuesta. Entendía a Ray mejor de lo que él imaginaba, a veces.

—Pero no la pongas al lado de nuestra foto, Ray. Por favor.

Había extendido la mano reclamando la foto de nuevo y había paseado la mirada por el despacho, buscando un lugar más adecuado. Detuvo la vista en el superfluo tablón de corcho de la pared del fondo y con una chincheta que cogió del bote de su mesa, Mags había colgado la foto de la mujer sonriente —ahora muerta— en mitad del tablón.

Y allí se quedó.

Hacía tiempo que el novio de la mujer sonriente había sido acusado de homicidio, y una sucesión regular de víctimas había ocupado su lugar: el anciano al que unos atracadores adolecentes habían dado una paliza mortal, las cuatro mujeres violadas por un taxista, y ahora Jacob, sonriendo con su uniforme de la escuela. Todos dependían de Ray. Examinó las notas que había escrito en su libreta el día anterior, preparándose para la sesión de esa mañana. No contaban con mucho. Cuando su ordenador emitió un pitido para avisarle de que había arrancado al fin, Ray salió de su ensimismamiento. Puede que no tuviesen demasiadas pistas, pero aún había trabajo por hacer.

Poco antes de las diez, Stumpy y su equipo desfilaron por la puerta del despacho de Ray. Stumpy y Dave Hillsdon se acomodaron en dos de las sillas bajas en torno a la mesita de café, mientras que los demás se quedaron de pie al fondo o apoyados en la pared. Habían dejado la tercera silla vacía en un acto de caballerosidad y a Ray le hizo gracia ver cómo Kate hacía caso omiso del ofrecimiento y se sumaba a Malcolm Johnson, quedándose de pie en el fondo. El equipo había aumentado en número de forma temporal con la incorporación de dos agentes que habían tomado en préstamo del cuerpo regular de policía, con aspecto de sentirse incómodos en los uniformes prestados deprisa y corriendo, además del agente Phil Crocker de la Unidad de Investigación de Accidentes de Tráfico.

—Buenos días a todos —dijo Ray—. No os tendré aquí mucho tiempo. Os presento a Brian Walton, del Grupo Uno, y a Pat Bryce, del Grupo Tres. Me alegro de contar con vosotros, chicos, hay mucho trabajo que hacer. Así que nada, gracias por venir a echar una mano. —Brian y Pat asintieron en señal de reconocimiento—. Está bien —continuó Ray—: el propósito de esta sesión es repasar lo que sabemos sobre el atropello con fuga de Fishponds y decidir qué hacer a continuación. Como podéis imaginar, el comisario jefe está muy pendiente de este caso. —Consultó sus notas, a pesar de que se sabía el contenido de memoria—. A las 16.28 del lunes 26 de noviembre, los operadores de Emergencias recibieron una llamada de una mujer residente en la avenida Enfield. Había oído un fuerte golpe y luego un grito. Cuando salió a la calle, todo había terminado y la madre de Jacob estaba agachada junto a él en la calzada. El tiempo de respuesta de la ambulancia fue de seis minutos y Jacob fue declarado muerto en el lugar de los hechos.

Ray hizo una pausa para dar tiempo a asimilar la gravedad del asunto. Miró a Kate, pero la expresión de esta era neutra, y no supo si sentirse aliviado o entristecido al ver que había conseguido levantar sus defensas de forma tan exitosa. Ella no era la única que aparentaba no sentir ninguna emoción: cualquier extraño que hubiese estado presente en la habitación podría dar por sentado que a aquellos policías les traía sin cuidado la muerte del pequeño Jacob, cuando Ray sabía que los había afectado a todos. Prosiguió con la sesión.

—Jacob cumplió cinco años el mes pasado, poco después del comienzo del curso en la escuela Saint Mary's, en la calle Beckett. El día del atropello, Jacob había acudido a una actividad extraescolar mientras su madre estaba trabajando. Según la declaración de esta, volvían a casa andando y charlando sobre el día cuando ella soltó la mano de Jacob y este echó a correr para cruzar la calle en dirección a su casa. Por sus palabras, es algo que el niño ya había hecho otras veces: no tenía percepción del peligro al cruzar una calle y por eso su madre siempre lo cogía de la mano cuando se acercaban a una carretera. —«Excepto esta vez», añadió para sus adentros. Un segundo de despiste y aquella mujer nunca sería capaz de perdonarse a sí misma. Ray sintió un estremecimiento involuntario.

—¿Qué detalles del coche pudo ver la mujer? —preguntó Brian Walton.

—No muchos. Asegura que, lejos de frenar, el coche estaba acelerando cuando golpeó a Jacob, y que ella misma esquivó al coche de milagro; de hecho, cayó al suelo y se hizo daño. Los agentes que acudieron al lugar advirtieron que tenía heridas, pero se negó a ser atendida por los servicios médicos. Phil, ¿nos explicas cómo fue la inspección ocular del lugar del accidente?

El único agente uniformado de la sala, Phil Crocker, era investigador en los casos de accidentes de tráfico y, debido a sus años de experiencia en el Departamento de Tráfico, era la persona a quien Ray recurría siempre para todas las cuestiones relacionadas con el tráfico.

—No hay mucho que decir. —Phil se encogió de hombros—. Como llovía, no había huellas de neumáticos en la calzada, de modo que no puedo ofrecer ningún cálculo sobre la velocidad ni decir si el vehículo frenó antes del impacto. Recogimos un trozo de una carcasa de plástico a unos veinte metros del lugar de la colisión, y el técnico especialista en vehículos nos ha confirmado que se trata del piloto antiniebla de un Volvo.

—Eso parece prometedor —comentó Ray.

—Le he pasado la información a Stumpy —dijo Phil—. Por lo demás, me temo que no tengo nada.

—Gracias, Phil. —Ray releyó sus notas—. El informe de la autopsia de Jacob muestra que murió por traumatismo contundente. Presentaba múltiples fracturas y rotura del bazo.

Ray había asistido personalmente a la autopsia, no tanto por la necesidad de avanzar en la investigación como porque la idea de pensar en Jacob allí solo en la fría morgue le resultaba insoportable. Había mirado sin ver, mantenido los ojos lejos de la cara de Jacob, y se había concentrado en las pruebas que el patólogo forense del instituto de medicina legal había ido formulando con frases cortas a la vez que las registraba en una grabadora. Los dos se alegraron cuando el proceso hubo terminado.

—A juzgar por el punto del impacto, buscamos un vehículo pequeño, por lo que podemos descartar los monovolúmenes y los cuatro por cuatro. El forense recuperó fragmentos de cristal del cuerpo de Jacob, pero entiendo que no hay nada que lo vincule con un vehículo en particular, ¿no es así, Phil?

Ray miró al experto en accidentes, que asintió.

—El cristal en sí no es específico de ningún vehículo —dijo Phil—. Si tuviéramos un sospechoso, tal vez encontraríamos partículas coincidentes en su ropa, es casi imposible eliminarlas. Pero no hallamos cristales en la escena del accidente, lo que indica que el parabrisas se resquebrajó por el impacto, pero no se hizo añicos. Si dais con el coche, podremos realizar un cotejo con los fragmentos hallados en el cadáver de la víctima, pero sin eso...

—Bueno, eso al menos ayuda a confirmar qué clase de daños podríamos encontrar en el coche —dijo Ray tratando de dar un énfasis positivo a las escasas averiguaciones que habían hecho en la investigación—. Stumpy, ¿por qué no repasas lo que se ha hecho hasta ahora?

El sargento miró a la pared del despacho de Ray, donde la totalidad del caso se desplegaba en una serie de mapas, diagramas y hojas de papel, cada una con una lista de acciones.

—Las visitas casa por casa se hicieron la misma noche del suceso, y lo mismo hizo al día siguiente la patrulla policial correspondiente. Varias personas oyeron lo que describieron como un «fuerte golpe», seguido de un grito, pero nadie vio el coche. Hemos enviado a agentes municipales de apoyo a la ruta escolar para que hablen con los padres y hemos dejado cartas en los buzones de las casas a ambos lados de la avenida Enfield, solicitando la colaboración de los vecinos para ver si hay algún testigo. Las señales de carretera siguen fuera y Kate está haciendo un seguimiento de las pocas llamadas que hemos recibido a raíz de eso.

—¿Algo relevante?

Stumpy negó con la cabeza.

—No pinta bien, jefe.

Ray hizo caso omiso de su pesimismo.

—¿Cuándo aparecerá en *Crimewatch*?

—Mañana por la noche. Tenemos una reconstrucción del accidente y también van a enseñar unas imágenes computerizadas con el aspecto que podría tener el coche, luego emitirán la pieza que el comisario grabó en el estudio con el presentador del programa.

—Necesitaré que alguien se quede hasta tarde por si aparece alguna pista fiable en cuanto se emita el programa, por favor —dijo Ray al grupo—. Los demás podemos pasar a la espera. —Se hizo un silencio y miró alrededor con aire expectante—. Alguien tiene que hacerlo...

—A mí no me importa.

Kate levantó la mano y el inspector le dedicó una mirada agradecida.

—¿Qué hay del piloto antiniebla del que hablaba Phil? —dijo Ray.

—Volvo nos ha facilitado el número de pieza y tenemos una lista con todos los talleres mecánicos que han recibido una en los últimos diez días. He asignado a Malcolm la tarea de ponerse en contacto con todos, empezando por los locales, y que consiga los números de identificación de los coches a los que se les ha sustituido la pieza desde el accidente.

—Está bien —dijo Ray—. Tengámoslo en cuenta cuando hagamos las averiguaciones, pero recordad que solo es un indicio; no podemos estar absolutamente seguros de que el coche que estamos buscando sea un Volvo. ¿Quién se encarga de las cámaras de seguridad de la zona?

—Nosotros, jefe. —Brian Walton levantó la mano—. Hemos requisado todo cuanto hemos podido: todas las imágenes de las cámaras del ayuntamiento y cualquier cosa de las gasolineras y los comercios de la zona. Hemos restringido el visionado a la media hora de antes y de después del accidente, pero aun así son más de cien horas de imágenes las que hay que ver.

Ray se estremeció solo de pensar en el presupuesto para las horas extra.

—Enseñadme la lista de las cámaras —dijo—. No vamos a poder verlas todas, así que me gustaría conocer vuestra opinión sobre qué debemos priorizar.

Brian asintió.

—Hay mucho por hacer —prosiguió Ray. Sonrió con aire de seguridad, a pesar de sus dudas. Habían pasado quince días de la «hora de oro» inmediatamente posterior a la comisión de un delito, cuando las posibilidades de efectuar una detención eran más altas, y aunque el equipo estaba trabajando a toda máquina, no habían conseguido avanzar. Hizo una pausa antes de soltar la mala noticia—. No os sorprenderá saber que se han cancelado todos los permisos hasta próximo aviso. Lo lamento, y haré todo lo posible para que todos podáis disfrutar de algo de tiempo con vuestras familias en Navidad.

Se oyó un murmullo de desacuerdo mientras desfilaban para salir del despacho, pero nadie se quejó, y Ray sabía que no lo harían. Aunque nadie lo había expresado en voz alta, todos estaban pensando en cómo sería la Navidad ese año para la madre de Jacob.

4

Empiezan a asaltarme las dudas casi en cuanto salimos de Bristol. No me había planteado adónde ir. Me dirijo a ciegas al oeste, pensando en ir tal vez a Devon, o a Cornwall. Pienso con nostalgia en las vacaciones de mi infancia; cuando construíamos castillos de arena en la playa con Eve, todas pegajosas de helado y crema solar. El recuerdo me arrastra hacia el mar; me arranca lejos de las avenidas flanqueadas de árboles de Bristol, lejos del tráfico. Siento un miedo casi físico de esos coches ansiosos por adelantarnos cuando el autobús se detiene en la parada. Paseo sin rumbo fijo durante un rato y luego le doy un billete de diez libras a un hombre en una ventanilla junto a los autocares Greyhound a quien le trae sin cuidado adónde vaya.

Cruzamos el puente Severn y bajo la vista hacia la masa revuelta de agua gris cloaca que es el canal de Bristol. En el autocar reina un silencio anónimo y aquí nadie lee el *Bristol Post*. Nadie habla de Jacob. Me reclino en mi asiento. Estoy agotada, pero no me atrevo a cerrar los ojos. Cuando duermo, me asaltan las imágenes y los sonidos del accidente, el convencimiento de que si hubiese llegado apenas unos minutos antes, aquello nunca habría pasado.

El autocar Greyhound se dirige a Swansea y lanzo una mirada furtiva a mi alrededor para ver quiénes me acompañan. La mayoría de los pasajeros son estudiantes, todos enchufados a sus reproductores de música y absortos en la lectura de revistas. Una mujer de mi edad lee unos papeles y va haciendo anotaciones en los márgenes. Parece increíble que nunca haya estado en Gales, pero ahora me alegro de no tener ninguna conexión con este lugar. Es el lugar perfecto para un nuevo comienzo.

Soy la última en bajar, y espero en la estación de autobuses hasta que el autocar se ha ido; la adrenalina de mi partida ya es un recuerdo distante. Ahora que he llegado nada menos que hasta Swansea, no tengo ni idea de adónde ir. Hay un hombre tirado en la acera; levanta la vista y mascula unas palabras incoherentes, y me alejo de él. No puedo quedarme allí y no sé adónde voy, de modo que echo a andar. Juego a un juego conmigo misma: tomaré la próxima calle a la izquierda, sin importar adónde vaya; la segunda a la derecha; seguiré recto en el primer cruce. No leo los carteles de la carretera, sino que en vez de eso sigo la calle más pequeña en cada intersección, la opción menos transitada. Estoy un poco aturdida, casi histérica. ¿Qué hago? ¿Adónde voy? Me pregunto si será eso lo que se siente cuando uno pierde la cabeza, y entonces me doy cuenta de que me da igual. Ya todo me da igual.

Camino varios kilómetros y dejo Swansea atrás, bien lejos. Me agarro a los setos cuando pasan los coches, cosa que hacen cada vez con menor frecuencia ahora que empieza a anochecer. Llevo la bolsa de viaje a la espalda, colgada como si fuera una mochila, y las tiras se me clavan y me dejan surcos en los hombros, pero sigo andando a paso regular y no me paro. Solo oigo mi respiración, y empiezo a sentirme ya más calmada. No me permito a mí misma pensar en lo que ha pasado ni adónde voy, tan solo sigo andando. Me saco el móvil del bolsillo y sin pararme a ver cuántas llamadas perdidas tengo, lo arrojo a la cuneta, a mi lado, donde cae salpicando en mitad de un charco de agua. Es el último vestigio de mi pasado, y casi de forma inmediata me siento más libre.

Me empiezan a doler los pies y sé que si me detuviese y me tumbase allí junto a la carretera, no me levantaría nunca. Reduzco el paso y, cuando lo hago, oigo el ruido de un coche a mi espalda. Piso la franja de hierba y me adentro en ella para alejarme de la carretera mientras pasa el coche, pero en lugar de pasar de largo y desaparecer por la curva de la carretera, aminora la velocidad y se detiene a unos cinco metros por delante de mí. Percibo un débil chirrido de los frenos y el olor al humo del tubo de escape. La sangre me palpita en los oídos y, sin pensar, me doy media vuelta y echo a correr, con la bolsa golpeándome los huesos de la espalda. Corro con paso torpe, con los pies llenos de ampollas que me rozan en el interior de las botas, y unos regueros de sudor me resbalan por la espalda y entre los pechos. No oigo el coche, y cuando me vuelvo a mirar hacia atrás, con un giro brusco que por poco me hace perder el equilibrio, veo que ha desaparecido.

Me quedo plantada como una idiota en la carretera vacía. Estoy tan cansada y tengo tanta hambre que no pienso con claridad. De pronto me pregunto si de verdad he visto un coche o en realidad habré proyectado sobre aquella carretera inhóspita el ruido de la goma de los neumáticos sobre el asfalto porque eso es lo único que oigo en mi cabeza.

Se hace de noche. Sé que ya estoy cerca de la costa: noto el regusto a sal en los labios y oigo el sonido de las olas azotando la playa. El cartel dice «Penfach», y está todo tan tranquilo y silencioso que me siento como si estuviera colándome en terreno prohibido cuando camino a través del pueblo, levantando la vista y mirando las cortinas echadas que impiden el paso del helor de la noche de invierno. La luz de la luna es limpia y blanca, y hace que todo tenga una apariencia bidimensional; alarga mi sombra por delante de mis pasos como si fuera más alta de lo que soy. Voy andando por el pueblo hasta que veo la bahía debajo, donde los acantilados rodean una franja de arena como si quisieran protegerla. Sigo un camino descendente y serpenteante, pero las sombras son traicioneras y siento el pánico al vacío antes de resbalar sobre la roca de esquisto, y entonces lanzo un grito. Desestabilizada por mi mochila improvisada, pierdo el equilibrio y me caigo y bajo rodando el resto del sendero. Aplasto con el cuerpo la arena húmeda y respiro hondo, esperando a ver qué es lo que me duele. Pero estoy bien. Por un instante me pregunto si no me habré vuelto inmune al dolor físico, si el cuerpo humano no estará diseñado para soportar tanto el dolor físico como el emocional. Aún siento punzadas en la mano, pero es un dolor distante, como si no fuera mía sino de otra persona.

Me asalta la súbita necesidad de sentir algo. Lo que sea. Me quito los zapatos pese al frío y noto la presión de los granos de arena en las plantas de los pies. El cielo está azul añil y despejado de nubes, y la luna se alza redonda y rotunda por encima del mar, con el reflejo de su hermana gemela partido en rajas trémulas y centelleantes allí abajo. Aquella no es mi casa. Eso es lo más importante. No se parece en nada a mi hogar. Me arropo con mi abrigo y me siento en mi bolsa, apoyando la espalda en la roca dura, a esperar.

Cuando se hace de día, me doy cuenta de que debo de haberme dormido: rachas de agotamiento interrumpidas por el estrépito de las olas al ir conquistando la orilla. Me desperezo y estiro las piernas y los brazos doloridos y entumecidos, y me levanto a contemplar el vívido fulgor naranja que se extiende por el horizonte. A pesar de la luz, el sol no calienta nada y estoy tiritando de frío. Este no ha sido un plan muy brillante.

Es más fácil cubrir el sendero estrecho a la luz del día, y ahora veo que los acantilados no están desiertos como yo creía. Hay un edificio no muy alto a poco menos de un kilómetro de distancia, achaparrado y funcional, junto a una hilera ordenada de caravanas fijas. Es un lugar tan bueno como cualquier otro para empezar.

—Buenos días —digo, y mi voz resuena débil y aguda en el calor relativo de la tienda del parque de caravanas—. Estoy buscando alojamiento.

—Viene de vacaciones, ¿verdad? —La mujer apoya el busto

generoso en un ejemplar de la revista *Take a Break*—. Pues menuda época del año para venir aquí... —Una sonrisa quita hierro al reproche en sus palabras e intento devolverle la sonrisa, pero mi cara no responde.

—Tenía pensado quedarme a vivir aquí —acierto a decir. Soy consciente del aspecto tan descuidado que debo de tener: toda despeinada y asalvajada. Me castañetean los dientes y empiezo a temblar violentamente, y es como si el frío me calase los huesos.

—Ah, pues muy bien —dice la mujer con entusiasmo, sin que al parecer le preocupe mi aspecto—. Entonces, ¿busca algo para alquilar? Lo que pasa es que lo tenemos todo cerrado hasta que comience la temporada en marzo, ¿sabe? Solo la tienda está abierta. Así que es con Iestyn Jones con quien tiene que hablar, es el que tiene la casa un poco más adelante. Lo llamaré por teléfono, ¿de acuerdo? ¿Qué le parece si le hago una taza de té primero? Afuera hace un frío de mil demonios, y parece usted medio congelada.

Me invita a que me siente en un taburete que hay tras el mostrador y desaparece en la habitación contigua, sin dejar de hablar animadamente, acompañada por el sonido de la tetera de agua hirviendo.

—Me llamo Bethan Morgan —dice—. Soy la que dirige este lugar, el Penfach Caravan Park, y mi marido, Glynn, se encarga de la granja. —Asoma la cabeza por la puerta y me sonríe—. Bueno, o al menos esa es la idea, aunque hoy en día una granja no es un negocio fácil, créame. ¡Huy! Iba a llamar a Iestyn, ¿verdad?

Bethan no espera a oír una respuesta y desaparece unos minutos mientras me muerdo el labio inferior. Intento pensar respuestas a las preguntas que me formulará cuando estemos las dos sentadas tomándonos el té, y el nudo en mi estómago se hace más grande y más tenso.

Sin embargo, cuando Bethan regresa no me pregunta nada. Ni cuándo he llegado, ni qué ha hecho que eligiera Penfach; ni siquiera de dónde vengo. Se limita a ofrecerme una taza desportillada de té con azúcar y luego se arrellana en su silla. Lleva tantas prendas distintas encima que es imposible saber qué figura tiene, pero los brazos de la silla se hincan en una carne suave de una forma que es imposible que pueda resultar cómoda. Calculo que debe de tener unos cuarenta y pico, y tiene una cara redonda y de piel lisa que le hace parecer más joven, y el pelo largo y oscuro recogido en una cola de caballo. Lleva botas de cordones bajo una falda larga y negra, y varias camisetas sobre las que se ha echado una chaqueta que le llega a los tobillos y que arrastra por el suelo cubierto de polvo al sentarse. A su espalda, una varita de incienso ya gastada ha dejado un reguero de ceniza en el antepecho de la ventana y un rastro dulce de olor a especias en el aire. La antigua caja registradora que está encima del mostrador lleva pegada una tira de espumillón.

—Iestyn viene de camino —dice. Ha depositado una tercera taza de té en el mostrador a su lado, así que deduzco que el tal Iestyn no tardará en llegar.

—¿Quién es Iestyn? —pregunto. Pienso si no habré cometido un error viniendo aquí, donde todos se conocen. Debería haberme ido a una ciudad, a algún lugar más anónimo.

—Es el dueño de una granja que hay al final de la carretera —dice Bethan—. Está al otro lado de Penfach, pero tiene cabras en el monte de este lado y en el camino de la costa. —Señala en dirección al mar—. Seremos vecinas usted y yo, si se queda con su casa, pero le advierto que no es ningún palacio.

Bethan se ríe y no puedo evitar sonreír. Su franqueza me recuerda a Eve, aunque sospecho que mi hermana, tan pulcra y esbelta, se horrorizaría con la comparación.

—Me conformo con poco —le digo.

—Iestyn es un hombre de pocas palabras —me dice Bethan, como si eso pudiese ser decepcionante para mí—, pero es una buena persona. Guarda sus ovejas aquí arriba, junto a las nuestras. —Señala vagamente tierra adentro—. Y como el resto de nosotros, siempre tiene que ir ampliando su abanico de recursos. ¿Cómo lo llaman a eso? Diversificación. —Bethan suelta un resoplido burlón—. Bueno, el caso es que Iestyn tiene una casa de verano en el pueblo y también tiene Blaen Cedi, una casa aislada aquí arriba.

—¿Y esa es la que cree que podré alquilar?

—Si lo hace, sería la primera inquilina en mucho tiempo. —La voz del hombre me sobresalta y, al volverme, veo una figura un tanto corpulenta de pie en la puerta.

—¡No está tan mal! —exclama Bethan—. Y ahora bébete el té y lleva a la señora a que la vea.

Iestyn tiene el rostro tan curtido por el sol que sus ojos casi desaparecen en él. Su ropa se oculta bajo un mono azul oscuro, lleno de polvo y con lamparones de grasa en los muslos. Toma sorbos de té a través de un bigote blanco y amarilleado por la nicotina y me mira con ojos penetrantes.

—Blaen Cedi está demasiado lejos de la carretera para la mayoría de la gente —dice, con un fuerte acento que me cuesta descifrar—. No quieren llevar las bolsas de la compra desde tan lejos, ¿entiende?

—¿Puedo verla? —Me levanto, deseando que aquella casa abandonada que nadie quiere sea la respuesta.

Iestyn sigue bebiendo, enjuagándose la boca con el té antes de tragárselo. Al final, deja escapar un suspiro de satisfacción y sale de la habitación. Miro a Bethan.

—¿Qué le dije? Un hombre de pocas palabras. —Se ríe—. Dese prisa... él no espera a nadie.

—Gracias por el té.

—Ha sido un placer. Venga a verme una vez que se haya instalado en la casa.

Hago la promesa como una autómata, aunque sé que no la voy a cumplir, y salgo precipitadamente afuera, donde encuentro a Iestyn sentado al volante de un quad lleno de barro incrustado.

Doy un paso hacia atrás. ¿No esperará que me suba y me siente allí detrás de él? ¿Con un hombre al que he conocido hace apenas cinco minutos?

—Es la única forma de llegar —me grita para que lo oiga pese al ruido del motor.

La cabeza me da vueltas. Intento contraponer mi necesidad práctica de ver aquella casa con el miedo primitivo que no me permite mover los pies del suelo.

—Vamos, suba de una vez si quiere venir.

Fuerzo a mis pies a dar un paso hacia delante y me siento con cuidado a horcajadas en el quad. No dispongo de ningún manillar al que agarrarme y no me convence la idea de rodear a Iestyn con los brazos, de modo que me aferro al asiento mientras él arranca y el vehículo sale disparado por el camino costero lleno de baches. La bahía se extiende imponente a nuestros pies, con la marea que ya ha ganado terreno y choca contra los acantilados, pero cuando nos situamos en el nivel del sendero que sube de la playa, Iestyn hace girar el quad para alejarnos del mar. Grita algo por encima del hombro y me hace señas para que mire tierra adentro. Avanzamos dando botes por el terreno irregular y busco con la mirada el que espero que sea mi nuevo hogar.

Bethan la describió como una casa sencilla, pero Blaen Cedi es poco más que una cabaña de pastores. Pintada de blanco mucho antes, el revestimiento hace ya tiempo que perdió la batalla contra los elementos, dejando la casa de un color gris sucio. La puerta de madera parece desproporcionadamente grande al lado de los dos ventanucos minúsculos que asoman por debajo de los aleros, y una claraboya revela que debe de haber una segunda planta, a pesar de que no parece haber apenas espacio para ella. Ahora entiendo por qué a Iestyn le está costando anunciarla como posible refugio vacacional. Hasta al más creativo de los agentes inmobiliarios le resultaría difícil restar importancia a las humedades que trepan por las paredes exteriores, o a las tejas de pizarra sueltas de la cubierta.

Mientras Iestyn abre la puerta, me sitúo de espaldas a la casa y miro hacia la costa. Creía que vería el parque de caravanas desde aquí, pero el camino se hunde desde la costa y nos deja sumidos en una hondonada que nos impide ver el horizonte. Tampoco veo la bahía, aunque oigo el oleaje azotando las rocas, tres segundos entre un embate y el siguiente. Las gaviotas surcan el aire, sus chillidos parecen maullidos de cachorros en la luz menguante. Siento un escalofrío involuntario y de pronto me entran ganas de estar dentro de la casa.

La planta baja apenas tiene cuatro metros de largo, y una mesa de madera de superficie irregular separa el cuarto de estar de la cocina económica alojada bajo una inmensa viga de roble.

Arriba, el espacio se divide entre el dormitorio y un baño diminuto con una bañera de tamaño reducido. El espejo está desgastado por los años, y las manchas en el azogue distorsionan mi cara. Tengo la tez clara propia de las personas pelirrojas, pero la exigua luz hace que mi cutis parezca aún más transparente, de un blanco cegador en contraste con la melena roja que me cae más abajo de los hombros. Vuelvo abajo y veo a Iestyn apilando leña junto al fuego. Cuando acaba, atraviesa la habitación para colocarse junto al fogón.

—Es un poco temperamental, esta cocina —dice. Abre el cajón de la leña de golpe y me llevo un buen susto.

—¿Puedo quedarme con la casa? Por favor...

Hay un dejo de desesperación en mi voz y me pregunto qué pensará de mí.

Iestyn me mira con recelo.

—Puede pagar, ¿verdad?

—Sí —contesto con firmeza, aunque no tengo ni idea de cuánto tiempo me van a durar los ahorros ni de lo que haré cuando se terminen.

No parece convencido.

—¿Tiene trabajo?

Pienso en mi taller, con la alfombra de arcilla. La mano ya no me duele tanto, pero tengo los dedos tan entumecidos que me da miedo no poder trabajar. Si ya no soy escultora, ¿qué soy?

—Soy artista —digo por fin.

Iestyn lanza un gruñido como si eso lo explicara todo.

Nos ponemos de acuerdo en una cantidad que, aunque ridículamente baja para un alquiler, no tardará en consumir el dinero que he ido apartando. Sin embargo, la sencilla casa va a ser mía los meses siguientes y lanzo un suspiro de alivio por haber encontrado un lugar donde vivir.

Iestyn apunta un número de móvil en el dorso de un recibo que se saca del bolsillo.

—Deje el alquiler de este mes en la tienda de Bethan, si quiere.

Se despide de mí con un gesto, sale para subirse al quad y lo hace arrancar con un rugido.

Lo veo marcharse y luego cierro la puerta y echo el tozudo cerrojo. Pese al sol invernal, corro escaleras arriba a echar las cortinas del dormitorio y cierro la ventana del baño, que estaba entreabierta. Abajo, las cortinas se aferran a la barra metálica como si no estuviesen acostumbradas a que las cierren, y cuando tiro de ellas con fuerza expulsan una nube de polvo de entre sus pliegues. Se oye el golpeteo del viento en las ventanas y las cortinas no consiguen frenar el frío helado que se cuela por los marcos desvencijados.

Me siento en el sofá y escucho el sonido de mi propia respiración. No oigo el mar, pero la llamada lastimera de una gaviota solitaria me recuerda el llanto de un niño, y me tapo las orejas con las manos.

El cansancio se apodera de mi cuerpo y me hago un ovillo, envolviéndome las rodillas con los brazos y apretando la cara contra la tela áspera de mis vaqueros. Aunque ya sé lo que viene a continuación, la oleada de emoción me invade y estalla en mi interior con tanta fuerza que apenas puedo respirar. El dolor que siento es tan físico que parece imposible que pueda seguir viva, que mi corazón siga latiendo cuando se ha roto en mil pedazos. Quiero grabar su imagen en mi cabeza, pero lo único que veo al cerrar los ojos es su cuerpecito quieto e inerte entre mis brazos. Yo permití que sucediera y nunca me lo perdonaré.

5

—¿Tienes tiempo para hablar del atropello, jefe? —Stumpy asomó la cabeza por la puerta de Ray, con Kate detrás.

Ray levantó la vista. A lo largo de los tres meses anteriores, la investigación había ido languideciendo poco a poco, dejando paso a otros casos más acuciantes. Ray aún seguía revisando los detalles un par de veces por semana con Stumpy y su equipo, pero las llamadas eran cada vez más escasas, y hacía semanas que no surgía ningún dato nuevo.

—Claro.

Los dos agentes entraron y se sentaron.

—No conseguimos localizar a la madre de Jacob —dijo Stumpy, directo al grano.

—¿Qué quieres decir?

—Solo eso. No contesta al móvil y la casa está vacía. Ha desaparecido.

Ray miró a Stumpy y luego a Kate, que parecía incómoda.

—Por favor, decidme que es una broma.

—Si lo es, no tiene ninguna gracia —dijo Kate.

—¡Es nuestra única testigo! —estalló Ray—. ¡Por no hablar de que también es la madre de la víctima! ¿Cómo diablos habéis podido perderla? —Kate se ruborizó y Ray se obligó a tranquilizarse—. Decidme exactamente qué ha pasado.

Kate miró a Stumpy, quien le indicó con una seña que lo explicara ella.

—Después de la rueda de prensa ya no teníamos nada pendiente con ella —dijo—. Teníamos su declaración y le habíamos pedido todos los detalles, de manera que la dejamos en manos de la agente de enlace con la familia.

—¿Y quién era? —preguntó Ray.

—La agente Diana Heath —dijo Kate tras una pausa—, del Departamento de Tráfico.

Ray lo apuntó en su agenda azul y esperó a que Kate siguiese hablando.

—Diana fue el otro día a ver cómo estaba la madre de Jacob y se encontró con que la casa estaba vacía. Se había marchado.

—¿Y qué dicen los vecinos?

—No mucho —dijo Kate—. No conocía a ninguno lo bastante como para dejar su nueva dirección y nadie la vio irse. Es como si se hubiese esfumado.

La joven miró a Stumpy y Ray entrecerró los ojos.

—¿Qué me estáis ocultando?

Hubo un silencio antes de que Stumpy se decidiera a hablar.

—Al parecer, ha habido un poco de revuelo en un foro de internet relacionado con la comunidad local: alguien armando jaleo, sugiriendo que era una mala madre... esa clase de cosas.

—¿Podría ser denunciable por calumnias?

—Tal vez. Ya lo han borrado, pero he pedido a los técnicos informáticos que recuperen los archivos del caché. Pero eso no es todo, jefe. Según parece, cuando los agentes de la patrulla la interrogaron inmediatamente después del accidente, es posible que la trataran con demasiada dureza. Que fueran un poco insensibles. Todo apunta a que la madre de Jacob tuvo la impresión de que la hacían a ella responsable y, como consecuencia, pensó que no íbamos a hacer grandes esfuerzos por encontrar al conductor.

—Oh, Dios... —se lamentó Ray. Se preguntó si sería demasiado pedir que aquello no hubiese llegado a oídos del comisario—. ¿Dio alguna señal de no estar satisfecha con el trabajo policial en aquel momento?

—Es lo primero que oímos por parte de la agente de enlace —dijo Stumpy.

—Hablad con la escuela —dijo Ray—. Alguien tiene que haber estado en contacto con ella. Y preguntad también en los servicios de atención primaria. No puede haber más de dos o tres centros en su zona, y con un niño tiene que haberse registrado en alguno de ellos. Si averiguamos en cuál lo hizo, es posible que hayan enviado su historial a su nuevo centro de salud.

—Lo haremos, jefe.

—Y, por el amor de Dios, que no se entere la prensa de que la hemos perdido. —Esbozó una sonrisa amarga—. Suzy French se pondría las botas con eso.

Nadie se rió.

—Dejando aparte que hemos perdido a una testigo clave, ¿hay algo más que necesite saber? —añadió Ray.

—He diseñado un formulario para las pesquisas territoriales —dijo Kate—. Cayeron en nuestras manos un par de expedientes sobre coches robados, pero al final quedaron descartados. He eliminado la lista de los vehículos que hicieron saltar los radares por exceso de velocidad esa noche y he ido a todos los talleres mecánicos y de reparaciones de Bristol. Nadie recuerda nada sospechoso, o al menos nadie dice recordar nada.

—¿Cómo les va a Brian y Pat con las grabaciones de seguridad?

—Se les están quedando los ojos cuadrados —dijo Stumpy—. Ya han revisado las imágenes de las cámaras policiales y del ayuntamiento, y ahora están trabajando con las de las gasolineras. Han captado al que creen que es el mismo coche en tres cámaras distintas, procedente de la avenida Enfield, unos minutos después del atropello. Hace un par de intentos de adelantamiento peligrosos y luego desaparece del alcance de las cámaras y no se le vuelve a ver. Están intentando averiguar de qué marca es, aunque no hay nada que indique su implicación en el accidente.

—Estupendo, gracias por la actualización. —Ray consultó su

reloj para disimular su decepción por la falta de progresos—. ¿Por qué no os vais los dos al pub? Yo tengo que llamar al comisario, pero me reuniré con vosotros dentro de media hora o así.

—Me parece una muy buena idea —dijo Stumpy, que no necesitaba que le insistieran para ir a tomarse una pinta—. ¿Kate?

—¿Por qué no? —dijo ella—. Siempre y cuando invites tú.

Había pasado una hora cuando Ray llegó al Nag's Head, y los otros ya iban por la segunda ronda. Ray les envidiaba su capacidad para desconectar: su conversación con el comisario le había dejado un incómodo nudo en el estómago. Su superior se había mostrado ciertamente amable, pero el mensaje estaba claro: aquella investigación tenía que llegar a su fin. El pub estaba tranquilo y la temperatura era agradable, y Ray deseó poder aparcar el trabajo a un lado una hora y ponerse a hablar de fútbol o del tiempo o de cualquier cosa que no tuviese nada que ver con un crío de cinco años y un coche dado a la fuga.

—Muy propio de ti lo de llegar justo después de que haya ido a la barra —protestó Stumpy.

—¿No me digas que has sacado la cartera? —dijo Ray. Guiñó un ojo a Kate—. Eso sí que es un milagro.

Pidió una pinta de cerveza y volvió con tres bolsas de patatas fritas que arrojó encima de la mesa.

—¿Cómo ha ido con el comisario? —preguntó Kate.

No podía ignorar la pregunta y, desde luego, no podía mentir. Ray se tomó un sorbo de cerveza para ganar algo tiempo. Kate lo observaba ansiosa por saber si les habían asignado más recursos o un mayor presupuesto. Ray detestaba la idea de decepcionarla, pero iba a tener que hacerlo.

—Pues la verdad es que ha sido una mierda. Brian y Pat vuelven a su patrulla normal.

—¿Qué? ¿Por qué?

Kate plantó su vaso con tanta fuerza en la mesa que la bebida estuvo a punto de salpicarlos.

—Hemos tenido suerte de contar con ellos todo este tiempo —dijo Ray—, y han hecho un gran trabajo con las cámaras de seguridad, pero las patrullas no pueden continuar sustituyéndolos y la cruda realidad es que no hay forma de justificar que sigamos gastando dinero del presupuesto en este caso. Lo siento.

—Añadió la disculpa como si fuese personalmente responsable de la decisión, pero eso no cambió en nada la reacción de Kate.

—¡No podemos abandonar la investigación!

Cogió un posavasos y empezó a arrancar los bordes.

Ray lanzó un suspiro. Era muy duro, el equilibrio entre el coste de una investigación y el coste de una vida humana, la vida de un niño. ¿Cómo se podía poner un valor material a eso?

—No la vamos a abandonar —dijo—. Aún estás trabajando con esos pilotos antiniebla, ¿verdad?

Kate asintió.

—Hubo setenta y tres solicitudes de sustitución la semana después del atropello —explicó la joven—. Los partes abonados por las compañías de seguros estaban todos en regla, y estoy estudiando los casos de los conductores que pagaron por su cuenta.

—¿Lo ves? Quién sabe adónde nos puede llevar eso. Lo único que vamos a hacer es reducir un poco los recursos. —Miró a Stumpy en busca de apoyo moral, pero no lo recibió.

—A los jefes solo les interesan los resultados rápidos, Kate —señaló Stumpy—. Si no podemos resolver un caso en un par de semanas (o en un par de días, a poder ser), ese caso baja puestos en la lista de prioridades y otro ocupa su lugar.

—Sé cómo funciona —dijo Kate—, pero eso no significa que esté bien, ¿no es así? —Hizo un montoncito en el centro de la mesa con los trozos de posavasos. Ray reparó en que no llevaba las uñas pintadas, sino mordidas furiosamente hasta hacerse sangre—. Tengo la sensación de que estamos a punto de dar con la última pieza del puzle, ¿sabéis lo que quiero decir?

—Yo sí —dijo Ray—, y puede que tengas razón, pero entretanto mentalízate para trabajar en el caso del atropello solo entre caso y caso. El período de luna de miel ha terminado.

—Estaba pensando en ir a los hospitales a hacer algunas preguntas —dijo Kate—. Es posible que el conductor sufriese heridas durante el impacto: un esguince cervical o algo así. Enviamos una patrulla a Urgencias esa noche, pero deberíamos hacer un seguimiento más específico y a largo plazo, por si no buscó que le atendieran inmediatamente.

—Buena idea —dijo Ray. La sugerencia hizo aflorar un presentimiento en algún rincón de su cerebro, pero no con la suficiente nitidez—. No olvides pasarte por el Southmead y el Frenchay también. —Su móvil, que estaba boca abajo delante de él, vibró al recibir un mensaje de texto y Ray lo cogió para leerlo—. Mierda.

Los otros lo miraron, Kate con gesto de sorpresa y Stumpy sonriendo.

—¿Qué has olvidado hacer? —dijo.

Ray hizo una mueca pero no dio más explicaciones. Apuró la cerveza de un trago y se sacó un billete de diez libras del bolsillo para dárselo a Stumpy.

—Bebeos otra copa los dos, yo tengo que irme a casa.

Mags estaba llenando el lavavajillas cuando Ray entró, y metía los platos con tanta fuerza que Ray se estremeció al oírla. Llevaba el pelo recogido en una trenza desgreñada e iba vestida con unos pantalones de chándal y una vieja camiseta de él. Se preguntó cuándo había dejado su mujer de preocuparse por su aspecto y se odió a sí mismo de inmediato por haber pensado aquello. No era el más indicado para hablar.

—Lo siento —se disculpó—. Se me olvidó por completo.

Mags abrió una botella de vino tinto. Ray reparó en que solo había sacado una copa, pero no le pareció muy prudente decírselo.

—Es muy raro que yo te pida que estés en un sitio a una hora concreta —dijo ella—. Ya sé que a veces el trabajo tiene que ser lo primero, pero esta cita llevaba en el calendario dos semanas. ¡Dos semanas! Y lo prometiste, Ray.

Le temblaba la voz y Ray la rodeó con el brazo con cierta vacilación.

—Lo siento, Mags. ¿Ha sido horrible?

—No ha estado mal. —Se zafó del brazo de Ray, se sentó a la mesa de la cocina y tomó un buen trago de vino—. Quiero decir, no han dicho nada muy grave, salvo que Tom no parece haberse integrado en la escuela tan bien como los otros chicos y están un poco preocupados por él.

—¿Y qué van a hacer los profesores al respecto? —Ray cogió una copa de vino del aparador, se la llenó y se sentó con Mags a la mesa—. Habrán hablado con él, me imagino.

—Al parecer, Tom dice que todo va bien. —Mags se encogió de hombros—. La señora Hickson ha hecho todo lo posible por motivarlo y hacer que participe más en clase, pero no dice una sola palabra. Dijo que se había preguntado si no sería simplemente uno de esos alumnos callados.

Ray soltó un bufido burlón.

—¿Callado? ¿Tom?

—Bueno, pues eso es. —Mags miró a Ray—. La verdad es que habría agradecido que estuvieses allí, ¿sabes?

—Se me pasó por completo. Lo siento muchísimo, Mags. Ha sido otro de esos días interminables y luego me pasé por el pub a tomar una cerveza rápida.

—¿Con Stumpy?

Ray asintió. Mags sentía debilidad por Stumpy, que era el padrino de Tom, y aceptaba que este y Ray se tomasen sus cervezas después del trabajo con la tolerancia de una esposa que reconocía la necesidad del marido de pasar tiempo con sus amigos para hablar de «cosas de hombres». No le mencionó a Kate, aunque no sabía muy bien por qué.

Mags lanzó un suspiro.

—¿Qué vamos a hacer?

—Le irá muy bien. Oye, es un colegio nuevo y para los chicos empezar la secundaria es un paso muy importante, algo que les puede apabullar. Tom ha sido como el pez grande en un estanque pequeño durante mucho tiempo, y ahora está nadando con los tiburones. Hablaré con él.

—No le sueltes uno de tus sermones...

—¡No voy a soltarle ningún sermón!

—... eso solo hará que empeoren las cosas.

Ray se mordió la lengua. Mags y él formaban un buen equipo, pero tenían ideas muy distintas cuando se trataba de la educación de los hijos. Mags era mucho más blanda con ellos, más inclinada a mimarlos y protegerlos en lugar de dejar que se valiesen por sí mismos.

—No voy a echarle ningún sermón —le prometió.

—La escuela ha sugerido que esperemos a ver cómo van las cosas a lo largo de un par de meses y que volvamos a hablar con ellos unas semanas después de mitad del semestre —dijo Mags, lanzándole una mirada elocuente.

—Pon tú la fecha —repuso él—, que yo estaré ahí.

6

Los faros de los coches se reflejan en el asfalto húmedo, una luz que los deslumbra cada varios segundos. La gente camina con paso apresurado por las aceras resbaladizas; los coches les salpican los zapatos al pasar. Las hojas empapadas de los árboles forman montones apilados contra los guardarraíles, con sus colores brillantes oscurecidos en un marrón insulso.

Una calzada vacía.

Jacob corre.

El chirrido de los frenos húmedos, el ruido sordo al estrellarse contra el coche y las vueltas en el aire antes de caer sobre el asfalto. Un parabrisas empañado. El charco de sangre que se forma bajo la cabeza de Jacob. Una nube blanca y solitaria de aliento.

El grito desgarra mi sueño y me despierta con una sacudida. El sol no ha salido todavía, pero la luz del dormitorio está encendida: no soporto la oscuridad a mi alrededor. Con el corazón desbocado, me concentro en apaciguar mi respiración.

Inhalar, espirar.

Inhalar, espirar.

El silencio es más opresivo que sosegante, y trazo surcos en forma de media luna en las palmas de mis manos mientras espero a que remita la ola de pánico. Mis sueños se hacen cada vez más intensos, más vívidos. Lo veo. Oigo el ruido desquiciante que hace su cabeza al golpear el asfalto...

Las pesadillas no empezaron de inmediato, pero ahora que están aquí, no hay forma de que desaparezcan. Todas las noches me meto en la cama, lucho contra el sueño y proyecto distintos escenarios en mi cabeza al estilo de esos libros para niños en los que el lector elige el final. Cierro los ojos con fuerza y fantaseo con mi final alternativo: aquel en el que salimos cinco minutos antes o cinco minutos después. Aquel en el que Jacob sobrevive y ahora incluso está dormido en su camita, sus pestañas oscuras descansando sobre unas mejillas sonrosadas. Pero nada cambia. Cada noche me convenzo a mí misma para despertarme más temprano, como si alterando la pesadilla pudiese revertir la realidad de algún modo. Pero parece que ya se ha establecido un patrón, y llevo semanas despertándome varias veces por la noche con el ruido de un cuerpecito contra el guardabarros, y con mi propio grito inútil mientras sale rodando y cae contra el asfalto húmedo.

Me he convertido en una ermitaña, enclaustrada entre las paredes de piedra de esta casa, sin aventurarme a ir al pueblo más que para comprar leche, y viviendo a base de poco más que café y tostadas. Tres veces he decidido ir a visitar a Bethan al parque de caravanas, y tres veces he cambiado de idea. Ojalá pudiese obligarme a ir. Hace mucho tiempo que no tengo una amiga, prácticamente el mismo que hace que la necesito.

Cierro el puño de la mano izquierda y luego estiro los dedos, agarrotados después de una noche de sueño. Ahora ya rara vez me molesta el dolor, pero tengo la palma insensibilizada, y dos dedos se me han quedado entumecidos de forma permanente. Aprieto la mano para deshacerme de las agujetas. Debería haber ido al hospital, claro, pero parecía algo insignificante en comparación con lo que le había pasado a Jacob; el dolor justamente merecido. Así que, en lugar de eso, me vendé la herida como mejor pude, apretando los dientes cuando cada día me retiraba el vendaje de la piel herida. Se fue curando poco a poco: la línea de la vida en la palma de mi mano oculta para siempre bajo una capa de cicatrices.

Saco las piernas de debajo de la pila de mantas de mi cama. No hay calefacción en la planta de arriba, y las paredes relucen por la condensación. Me pongo rápidamente unos pantalones de chándal y una sudadera verde oscuro, me dejo el pelo por dentro del cuello y me voy abajo. Las baldosas frías del suelo hacen que dé un respingo y me calzo las zapatillas de deporte antes de retirar el cerrojo para abrir la puerta principal. Nunca me ha costado madrugar, siempre me he levantado con el sol para meterme en mi estudio a trabajar. Me siento perdida sin mi trabajo, como si estuviera vagando desesperada en busca de una nueva identidad.

En verano habrá turistas. No a estas horas, supongo, y puede que no se internen tanto como para llegar hasta mi casa, pero sí en la playa, desde luego. Sin embargo, por ahora la playa es mía, y la soledad resulta reconfortante. Un apagado sol invernal se abre paso hacia lo alto del acantilado, y hay un brillo de escarcha en la superficie de los charcos que salpican el camino que rodea la costa y la bahía. Empiezo a correr, dejando con mi aliento brotes de niebla a mi paso. En Bristol nunca salía a correr, pero aquí aguanto kilómetros y kilómetros.

Sigo un ritmo que me retumba en el corazón y corro a una velocidad constante hacia el mar. Las zapatillas hacen ruido al golpear el suelo pedregoso, pero mis carreras diarias han hecho que apoye los pies con seguridad. El camino que baja a la playa me resulta ya tan familiar que podría recorrerlo con los ojos cerrados, y cubro el último par de metros de un salto hasta caer sobre la arena húmeda. Bordeando el acantilado, corro despacio alrededor de la bahía, hasta que la hilera de rocas me empuja hacia el mar.

La marea se ha retirado lo más lejos posible, dejando tras de sí en la arena un reguero de maderos y escombros como si fuera un cerco de suciedad alrededor de una bañera. Me alejo del acantilado, subo la intensidad y corro con todas mis fuerzas por el banco de arena, con la tierra húmeda succionándome los pies. Agacho la cabeza para protegerme del viento inclemente, combato la marea y corro a toda velocidad hasta que me queman los pulmones y oigo el silbido de la sangre en mis oídos. Cuando me acerco al final de la playa, el acantilado opuesto se yergue imponente ante mí, pero en lugar de aminorar el paso corro más rápido aún. El viento me azota la cara con mi propio pelo y sacudo la cabeza para librarme de él. Corro más deprisa, y en la fracción de segundo antes de estrellarme contra la pared del acantilado estiro los brazos y estampo las palmas con fuerza contra la roca fría. Viva. Despierta. A salvo de las pesadillas.

Cuando desaparece la adrenalina, empiezo a temblar y vuelvo andando por donde he venido. La arena se ha tragado mis huellas y no hay rastro de mi carrera entre un acantilado y el otro. Veo un trozo de madera a mis pies y lo recojo, y trazo con aire indolente un canal a mi alrededor, pero la playa se cierra en torno a la madera antes de haberla levantado siquiera del suelo. Con un sentimiento de frustración, camino varios pasos tierra adentro, donde la arena se está secando, y trazo otro círculo con el palo. Así está mejor. Siento el súbito impulso de escribir mi nombre en la arena, como una cría de dos años en vacaciones, y sonrío ante mi arranque infantil. La madera está resbaladiza y cuesta manejarla, pero termino las letras y retrocedo unos pasos para admirar mi trabajo. Me resulta extraño ver mi nombre de forma tan llamativa y tan pública. He sido invisible tanto tiempo y ¿qué soy ahora? Una escultora que no esculpe. Una madre sin su hijo. Las letras no son invisibles. Gritan: son lo bastante grandes para que se vean desde lo alto de los acantilados. Siento una punzada de miedo y entusiasmo. Estoy corriendo un riesgo, pero me gusta la sensación.

En lo alto del acantilado, una valla rudimentaria recuerda a los paseantes que no se acerquen demasiado al borde de la roca. Hago caso omiso del cartel y paso por encima de la cadena para situarme a escasos centímetros del borde. La extensión de arena está pasando despacio del gris al dorado a medida que el sol va escalando el cielo, y mi nombre baila en mitad de la playa, retándome a que lo atrape antes de desaparecer.

Decido que le sacaré una foto antes de que suba la marea y lo engulla, para poder capturar el momento en que me sentí valiente. Corro de vuelta a la casa a coger mi cámara. Mis pasos ahora se me antojan más ligeros y me doy cuenta de que es porque estoy corriendo hacia algo, y no huyendo de algo.

La primera fotografía no es nada del otro mundo. El encuadre no está bien, y las letras quedan demasiado lejos de la orilla. Bajo corriendo de nuevo hacia la playa y cubro la franja de arena lisa con nombres de mi pasado, antes de dejar que se hundan de nuevo en la arena húmeda. Escribo otros más arriba, personajes de libros que leí de niña, o nombres que me encantan simplemente por la curvatura de las letras que contienen. Entonces saco mi cámara y me agacho en la arena mientras juego con los ángulos, cubriendo primero mis palabras con una capa de espuma, luego con rocas, luego con una rica pincelada de cielo azul. Al final, subo el empinado sendero hacia lo alto del acantilado a tomar las últimas fotos, en precario equilibro sobre el borde, volviendo la espalda a la punzada de miedo que siento. La playa está cubierta de letras de todos los tamaños, como si fueran los desvaríos garabateados por un loco, pero ya veo la marea acechante lamer las letras, formar remolinos en la arena a medida que va ganándole centímetros a la playa. Esta noche, cuando la marea baje de nuevo, la playa estará limpia y podré empezar otra vez.

He perdido la noción del tiempo, pero el sol está muy arriba y debo de tener un centenar de fotos en la cámara. La arena húmeda se me adhiere a la ropa y, cuando me toco el pelo, noto que está acartonado por la sal. No llevo guantes, y siento un frío de muerte en los dedos. Me iré a casa y me daré un baño de agua caliente, luego descargaré las fotos en el portátil y veré si ha salido alguna pasable. Siento un arranque de energía; es la primera vez desde el accidente que mi día ha tenido un propósito.

Encamino mis pasos hacia la casa, pero cuando llego a la bifurcación dudo un momento. Me imagino a Bethan en la tienda del parque de caravanas y pienso en lo mucho que me recordó a mi hermana. Siento una punzada de nostalgia y, antes de poder cambiar de idea, cojo el camino que lleva al parque de caravanas. ¿Qué excusa pudo inventarme para visitar la tienda? No llevo dinero encima, así que no puedo fingir que he ido a comprar agua o leche. Podría pedir información sobre algo, supongo, pero me cuesta pensar en algo plausible. Diga lo que diga, Bethan sabrá que es una excusa. Pensará que soy patética.

Pierdo mi determinación antes de haber recorrido cien metros y cuando llego al parking me paro. Miro hacia la tienda y veo una figura en la ventana; no sé si es Bethan y no quiero esperar para averiguarlo. Me doy media vuelta y regreso corriendo a la casa.

Llego a Blaen Cedi y saco la llave del bolsillo, pero cuando apoyo la mano en la puerta esta cede un poco y me doy cuenta de que no está echada la llave. La puerta es vieja y el mecanismo poco fiable; Iestyn me enseñó a cerrar la puerta de ese modo y girar así la llave en un ángulo determinado hasta oír un clic, pero a veces me he pasado diez minutos o más intentándolo. Me dejó su número, pero él no sabe que yo me he deshecho de mi móvil. Hay línea telefónica en la casa, pero no hay ningún aparato instalado, así que tendré que ir andando a Penfach y encontrar una cabina para pedirle que venga a arreglar la cerradura.

Apenas llevo unos minutos dentro cuando oigo que llaman a la puerta.

—¿Jenna? Soy Bethan.

Barajo la posibilidad de no moverme de donde estoy, pero mi curiosidad puede más que yo y siento una oleada de entusiasmo cuando abro la puerta. Porque a pesar de que buscaba escapar, aquí en Penfach me siento sola.

—Te he traído un pastel.

Bethan lleva en la mano un plato tapado con un trapo de cocina y entra sin esperar una invitación. Lo deja en la cocina junto al fogón.

—Gracias. —Intento buscar un tema de conversación, pero Bethan se limita a sonreír. Se quita la pesada chaqueta de lana y eso me empuja a tomar la iniciativa—. ¿Te apetece un té?

—Si vas a hacer para ti, sí —dice—. Se me ha ocurrido pasar a ver cómo te iba. Me preguntaba si en algún momento te acercarías por la tienda a verme, pero ya sé lo que es cuando uno se instala en una nueva casa.

Mira alrededor y se calla, reparando en lo espartano de la sala de estar, en nada distinta a como estaba cuando Iestyn me la enseñó.

—Tengo muy pocas cosas —digo, avergonzada.

—Todos estamos igual por aquí —contesta Bethan alegremente—. Mientras estés cómoda y no pases frío, eso es lo principal.

Me desplazo por la cocina mientras habla, preparando el té, dando gracias por poder hacer algo con las manos, y nos sentamos en la mesa de madera de pino con nuestras tazas.

—Bueno, ¿y qué te parece Blaen Cedi?

—Es perfecta —digo—. Es justo lo que necesitaba.

—¿Una casa minúscula y fría, quieres decir? —dice Bethan, y suelta una carcajada que hace que el té se derrame por el borde de la taza. Se frota los pantalones en vano y el líquido le forma una mancha oscura en el muslo.

—No necesito mucho espacio, y me basta con el fuego para calentarme. —Sonrío—. Me gusta, de verdad.

—Bueno, ¿y cuál es tu historia, Jenna? ¿Cómo llegaste hasta Penfach?

—Esto es muy bonito —digo sin más, envolviendo la taza con las manos y clavando los ojos en ella para rehuir la mirada perspicaz de Bethan. No insiste.

—Eso es verdad. Hay lugares peores para vivir, aunque en esta época del año es un pueblo fantasma.

—¿Cuándo empezáis a alquilar las caravanas?

—Abrimos en Pascua —dice Bethan—, y luego es una locura los meses de verano, no reconocerás este sitio. Después volvemos a echar la persiana en octubre, a mediados del trimestre escolar. Si va a venir la familia a visitarte y necesitas una, dímelo. Aquí dentro no vas a poder meter a nadie.

—Eres muy amable, pero no espero ninguna visita.

—¿No tienes familia?

Bethan me mira directamente y soy incapaz de bajar la vista.

—Tengo una hermana —admito—, pero ya no nos hablamos.

—¿Qué pasó?

—Uf, las típicas rencillas entre hermanas —digo tranquilamente, como quitándole importancia. A pesar del tiempo transcurrido, veo el rostro enfadado de Eve implorándome que la escuchara. Fui demasiado orgullosa, me doy cuenta de eso ahora. Estaba demasiado ciega de amor. Tal vez si hubiese hecho caso a Eve, las cosas habrían sido distintas—. Gracias por el pastel —le digo—. Ha sido todo un detalle.

—Es una tontería —dice Bethan, sin expresar sorpresa ante el cambio de tema. Se pone el abrigo y se rodea el cuello varias vueltas con la bufanda—. ¿Para qué están los vecinos, si no? Así, uno de estos días te pasarás por la tienda a tomar un té.

No es una pregunta, pero asiento con la cabeza. Me mira fijamente con sus ojos de un castaño intenso y de pronto me siento como una niña de nuevo.

—Lo haré. Te lo prometo. —Y lo digo muy en serio.

Cuando Bethan se ha ido, extraigo la tarjeta de memoria de la cámara y descargo las fotos en mi portátil. La mayoría no valen para nada, pero algunas han capturado a la perfección las letras en la arena con el trasfondo de un feroz mar invernal. Pongo la tetera a calentar para hacer más té pero pierdo la noción del tiempo y pasa media hora cuando me doy cuenta de que no ha arrancado aún a hervir. Acerco la mano y descubro que el fogón está frío. Se ha apagado otra vez. Estaba tan absorta en la tarea de editar las fotos que no he notado el descenso en la temperatura, pero ahora me empiezan a castañetear los dientes y no consigo que dejen de hacerlo. Miro el pastel de pollo de Bethan y oigo el rugido de mi estómago. La última vez que pasó lo mismo tardé dos días en encenderlo y siento que el corazón me da un vuelco solo de pensar en tener que repetir todo el proceso.

Aparto ese pensamiento. ¿Desde cuándo me he vuelto tan patética? ¿Cuándo perdí la capacidad de tomar decisiones, de resolver los problemas? Yo sé hacerlo mucho mejor.

—Exacto —digo en voz alta, y mi voz suena extraña en la cocina vacía—. Vamos a solucionar esto.

Para cuando vuelvo a entrar en calor, ya está amaneciendo sobre Penfach. Tengo las rodillas rígidas después de permanecer tantas horas agachada en el suelo de la cocina y llevo el pelo manchado de grasa, pero cuando pongo el pastel de Bethan en el fogón para que se caliente, experimento una sensación de inmensa satisfacción, algo que no había sentido desde hacía mucho tiempo. No me importa que sea ya la hora del desayuno en lugar de la cena, ni que los retortijones de hambre hayan desaparecido. Pongo la mesa para cenar y me regodeo saboreando hasta el último bocado.

7

—¡Daos prisa! —les gritó Ray a Tom y Lucy, que seguían arriba, tras consultar su reloj por quinta vez en otros tantos minutos—. ¡Vamos a llegar tarde!

Como si las mañanas de los lunes no fuesen lo bastante estresantes, Mags había pasado la noche en casa de su hermana y no iba a volver hasta la hora del almuerzo, de modo que Ray ya llevaba veinticuatro horas solo ante el peligro. De forma algo temeraria —se daba cuenta ahora de eso—, la noche anterior había dejado a los niños que se quedaran hasta tarde viendo una película y a las siete y media había tenido que arrancar de la cama incluso a Lucy, quien siempre se levantaba dispuesta y de buen humor. Ya eran más de las ocho y media e iban a tener que darse mucha prisa. Ray estaba convocado en la oficina de la jefa de policía a las nueve y media, y a este paso a esa hora todavía seguiría al pie de la escalera gritándoles a sus hijos.

—¡Espabilad de una vez!

Ray salió disparado hacia el coche y encendió el motor, dejando la puerta principal entreabierta. Lucy la cruzó a toda prisa, con el pelo sin peinar cayéndole por la cara, y se deslizó en el asiento delantero junto a su padre. Llevaba la falda azul marino arrugada, y ya se le había enroscado en el tobillo el calcetín que debía llegarle a la rodilla. Al cabo de un minuto largo, Tom salió de la casa con aire despreocupado y se dirigió hacia el coche, con los faldones de la camisa por fuera, aleteando al viento. Llevaba la corbata en la mano y no parecía tener ninguna intención de ponérsela. Acababa de dar el estirón y llevaba mal su recién estrenada estatura, con la cabeza permanentemente inclinada y los hombros encorvados.

Ray abrió la ventanilla.

—¡La puerta, Tom!

—¿Eh?

Tom miró a Ray.

—La puerta de la calle. Que la cierres.

Ray apretó los puños. Nunca entendería cómo conseguía Mags hacer aquello todos los días sin perder los nervios. La lista de cosas que tenía que hacer lo traía de cabeza, y esa mañana le habría venido de perlas no tener que llevar a los niños al colegio.

—Ah. —Tom volvió a la casa y cerró de un portazo. Se sentó en el asiento de atrás—. ¿Por qué Lucy se sienta delante?

—Me toca a mí.

—No es verdad.

—Sí lo es.

—¡Ya basta! —gritó Ray.

Nadie dijo una palabra, y al cabo de cinco minutos, que era lo que se tardaba en llegar a la escuela primaria de Lucy, a Ray ya le había bajado un poco la presión arterial. Aparcó su Mondeo sobre una línea amarilla en zigzag y acompañó a Lucy andando a su clase, le dio un beso en la frente y regresó junto al coche justo en el momento en que una mujer anotaba su número de matrícula.

—¡Ah, es usted! —exclamó ella cuando él se plantó corriendo a su lado. La mujer levantó un dedo admonitorio—. Yo pensaba que precisamente alguien como usted no haría estas cosas, inspector.

—Lo siento —dijo Ray—. Ha sido una emergencia. Ya sabe cómo es esto.

La dejó dando unos golpecitos con el lápiz en su libreta. «Maldita mafia de la asociación de padres», pensó. Demasiado tiempo libre, ese era el problema.

—Bueno... —empezó a decir Ray, mirando de soslayo al asiento del pasajero. Tom había ocupado el asiento de delante en cuanto Lucy se había bajado del coche, pero estaba mirando fijamente por la ventanilla—. ¿Qué tal te va en la escuela?

—Bien.

La tutora de Tom había dicho que si bien las cosas no habían empeorado, tampoco es que hubiesen mejorado, desde luego. Él y Mags habían ido a la reunión y habían oído la descripción de un chico que no tenía amigos, que solo seguía la ley del mínimo esfuerzo en clase y que nunca participaba o tomaba la iniciativa.

—La señora Hickson dijo que va a haber una actividad extraescolar de fútbol que empieza los miércoles. ¿Te apetece apuntarte?

—La verdad es que no.

—Yo era un fenómeno con el balón en mis tiempos... A lo mejor has heredado eso de mí, ¿eh?

Sin mirar siquiera a su hijo, Ray supo que Tom estaría poniendo cara de exasperación en esos momentos y se estremeció al pensar en que le había hablado exactamente igual que su propio padre.

Tom se puso los auriculares en las orejas.

Ray lanzó un suspiro. La pubertad había convertido a su hijo en un adolescente huraño y poco comunicativo, y ya estaba temiendo el día en que eso mismo le pasase a su hija. Se suponía que un padre no tenía favoritos, pero sentía debilidad por Lucy, que a sus nueve años todavía lo buscaba para darle un abrazo e insistirle para que le contase un cuento. Antes incluso de la eclosión de la adolescencia, Tom y Ray ya habían tenido sus más y sus menos. «Os parecéis demasiado», había dicho Mags, aunque Ray no lo tenía tan claro.

—Puedes dejarme aquí —dijo Tom, y se desabrochó el cinturón con el coche aún en movimiento.

—Pero si todavía estamos a dos calles de la escuela.

—Papá, no pasa nada. Iré andando.

Buscó la manija de la puerta y por un momento Ray pensó que se iba a tirar del coche en marcha.

—¡Está bien, está bien! —Ray paró en el carril lateral, haciendo caso omiso de las señales del suelo por segunda vez esa mañana—. Sabes que vas a llegar tarde, ¿verdad?

—Hasta luego.

Y acto seguido, Tom se bajó del coche, cerró de un portazo y se deslizó entre el tráfico para cruzar la calle. ¿Qué diablos le había pasado al hijo simpático y divertido que tenía? ¿Era aquella brusquedad un síntoma habitual de la etapa adolescente o era algo más? Ray negó con la cabeza. Lo lógico sería pensar que tener hijos no era nada comparado con una compleja investigación policial, pero Ray prefería mil veces interrogar a un sospechoso que mantener cualquier charla con Tom. «Y le sacaría mucho más jugo a la conversación», pensó con amargura. Por suerte, Mags iría a recoger a los niños a la escuela esa tarde.

Para cuando Ray llegó a la oficina central de policía, ya había relegado a Tom a un segundo plano. No hacía falta ser un genio para adivinar por qué lo había convocado la jefa de policía. Ya habían pasado casi seis meses del atropello mortal y la investigación se había quedado encallada. Ray se sentó en una silla a la entrada del despacho de paredes revestidas de madera de roble y la secretaria de la jefa le dedicó una sonrisa comprensiva.

—Está terminando de hablar por teléfono —le explicó—. No tardará mucho.

La jefa de policía Olivia Rippon era una mujer brillante pero aterradora. Tras ascender rápidamente en el escalafón, había llegado a ocupar el cargo de oficial superior en Avon y Somerset durante siete años. Después de que su nombre sonase como favorito para relevar en el cargo al director general de la Policía Metropolitana, Olivia había decidido «por razones personales» permanecer en su circunscripción policial original, donde se regodeaba aterrorizando a los altos cargos en las reuniones mensuales de seguimiento. Era una de esas mujeres que habían nacido para llevar uniforme, con el pelo oscuro recogido en un sobrio moño y unas piernas recias ocultas bajo unas tupidas medias negras.

Ray se restregó las palmas de las manos en los pantalones para asegurarse de que las tenía completamente secas. Había oído el rumor de que la jefa había denegado el ascenso a inspector jefe de un prometedor policía porque las palmas sudorosas del pobre hombre «no le inspiraban confianza». Ray no tenía ni idea de si era cierto o no, pero no pensaba correr ningún riesgo. Podían salir adelante con su sueldo como inspector, pero lo cierto es que siempre andaban un poco justos de dinero. Mags aún seguía hablando de hacerse profesora, pero Ray había hecho las cuentas y si conseguía otro par de ascensos, contarían con el dinero extra que necesitaban sin que ella tuviese que trabajar. Ray pensó en el caos de las mañanas y decidió que Mags ya hacía más que suficiente; no tenía que buscarse un trabajo solo para que pudiesen permitirse unos cuantos lujos.

—Ya puede entrar —le indicó la secretaria.

Ray inspiró hondo y abrió la puerta.

—Buenos días, señora Rippon.

Se hizo un silencio mientras la jefa tomaba abundantes notas en un bloc con su letra ininteligible característica. Ray permaneció junto a la puerta y fingió interesarse por los numerosos diplomas y fotografías que llenaban las paredes. La moqueta azul marino era más gruesa y de mejor calidad que en el resto del edificio, y una enorme mesa de reuniones dominaba la mitad de la sala. En el extremo del fondo, Olivia Rippon estaba sentada ante un escritorio curvo de gran tamaño. Al final, dejó de escribir y levantó la vista.

—Quiero que cierres el caso del atropello con fuga de Fishponds.

Estaba claro que no le iba a ofrecer asiento, así que Ray escogió la silla más próxima a Olivia y se sentó de todos modos. Ella enarcó una ceja, pero no dijo nada.

—Creo que si tuviéramos un poco más de tiempo...

—Habéis tenido tiempo —repuso Olivia—. Cinco meses y

medio, para ser exactos. Es bochornoso, Ray. Cada vez que la prensa publica otro de esos resúmenes con vuestros supuestos avances, eso solo sirve como recordatorio de otro caso que la policía no ha logrado resolver. El concejal Lewis me llamó anoche: quiere el caso cerrado, igual que yo.

Ray sintió que la ira bullía en su interior.

—¿No fue Lewis el que se opuso a la propuesta ciudadana de bajar el límite de velocidad en las urbanizaciones a treinta kilómetros por hora?

Se produjo un silencio y Olivia le lanzó una mirada impasible.

—Ciérralo, Ray.

Se sostuvieron la mirada por encima del escritorio de madera de nogal sin hablar. Asombrosamente, fue Olivia quien la apartó primero, reclinándose en su silla y entrelazando las manos por delante.

—Eres un profesional excepcionalmente bueno, Ray, y tu tenacidad es un gran punto a tu favor, pero si quieres ascender, tienes que aceptar que ser policía tiene tanto que ver con la política como con investigar un delito.

—Lo entiendo, señora Rippon.

Ray trató de eliminar el poso de frustración de su voz.

—Bien —dijo Olivia, quitando el capuchón de su bolígrafo y sacando el siguiente informe de su bandeja de papeles pendientes—. Entonces, estamos los dos de acuerdo. El caso quedará cerrado hoy.

Por una vez, Ray se alegró de que el tráfico retrasara su llegada al CID. No le entusiasmaba la idea de decírselo a Kate, y se preguntó por qué no dejaba de darle vueltas una y otra vez. Supuso que al ser la agente más nueva del departamento todavía no había sentido la frustración de tener que abandonar una investigación en la que habían invertido tanta energía. Stumpy, en cambio, reaccionaría con resignación.

En cuanto llegó de la central, los convocó a una reunión en su despacho. Kate llegó la primera, con una taza de café que dejó junto a su ordenador, donde había otras tres, todas medio llenas de café frío.

—¿Son de la semana pasada?

—Sí. La empleada de la limpieza a se niega a lavarlas.

—No me extraña. Puedes hacerlo tú mismo, ¿no?

Kate se sentó en el preciso instante en que entraba Stumpy y saludaba a Ray moviendo la cabeza.

—¿Os acordáis del coche que Brian y Pat vieron en las cámaras de seguridad del día del atropello? —dijo Kate en cuanto Stumpy se sentó—. ¿El que parecía tener mucha prisa?

Ray asintió.

—No conseguimos identificar de qué coche se trata con las imágenes que tenemos y me gustaría llevárselo a Wesley. Así, al menos podríamos eliminarlo de la lista de sospechosos.

Wesley Barton era un individuo anémico y esquelético que se las había arreglado para que lo admitieran como asesor de la policía experto en cámaras de seguridad. Trabajaba desde un sótano sin ventanas en una casa claustrofóbica de Redland Road, y utilizaba un asombroso surtido de aparatos para mejorar las imágenes de las cámaras de videovigilancia hasta que tuvieran la calidad necesaria para ser utilizadas como pruebas. Ray suponía que Wesley debía de estar limpio, dada su relación con la policía, pero lo cierto es que había algo turbio en el tinglado que tenía montado que le daba escalofríos.

—Lo siento, Kate, pero no puedo autorizarte el presupuesto para eso —dijo Ray. Odiaba tener que decirle que el arduo trabajo policial que habían llevado a cabo hasta la fecha iba a darse por terminado ese mismo día. Wesley era caro, pero también era muy bueno, y Ray estaba impresionado con el enfoque creativo de Kate. No le gustaba admitirlo, ni siquiera ante sí mismo, pero había tenido el caso algo abandonado las semanas anteriores. Toda aquella historia con Tom lo estaba distrayendo, y por un momento sintió una punzada de resentimiento hacia su hijo. Era inexcusable que permitiera que su vida afectase al trabajo, sobre todo tratándose de un caso tan notorio como aquel. Aunque tampoco es que tuviese tanta importancia, pensó con amargura, ahora que la jefa había emitido su veredicto.

—No será mucho dinero —repuso Kate—. He hablado con él y...

Ray la interrumpió.

—No puedo autorizar ningún presupuesto para nada —dijo con un tono elocuente. Stumpy miró a Ray. Llevaba allí suficiente tiempo para saber qué era lo que diría a continuación—. La jefa me ha ordenado que cierre la investigación —dijo Ray sin apartar la mirada de Kate.

Hubo una breve pausa.

—Espero que le dijeras por dónde podía meterse ese cierre. —Kate se rió, pero fue la única. Alternó la mirada entre Ray y Stumpy y puso una cara muy larga—. ¿Hablas en serio? ¿Vamos a abandonarlo así, sin más?

—No hay nada que abandonar —dijo Ray—. No hay nada más que podamos hacer. No has conseguido nada con los pilotos antiniebla y...

—Todavía tengo una docena o más de números de pieza pendientes de comprobación —dijo Kate—. No te imaginas la cantidad de mecánicos que no guardan los papeles de sus reparaciones. Eso no significa que no sea capaz de rastrearlas, solo que necesito más tiempo.

—Es malgastar esfuerzos —dijo Ray con delicadeza—. A veces hay que saber cuándo parar.

—Hemos hecho todo lo que hemos podido —dijo Stumpy—, pero es como buscar una aguja en un pajar. No tenemos el número de pieza, pero tampoco sabemos el color, la marca o el modelo: necesitamos más, Kate.

Ray agradeció el respaldo de Stumpy.

—Y no tenemos más —añadió—. Así que me temo que hay que poner un límite a esta investigación por el momento. Evidentemente, si se produce alguna novedad haremos un seguimiento, pero de lo contrario... —Se le apagó la voz, consciente

80

de que hablaba como en una de las notas de prensa que emitía la oficina de comunicación de la jefa de policía.

—Todo esto es por un tema de política, ¿verdad que sí? —dijo Kate—. Los jefes dicen «saltad» y nosotros decimos «¿hasta qué altura?».

Ray se dio cuenta de que la joven se estaba tomando aquello como algo personal.

—Vamos, Kate, llevas tiempo suficiente en el cuerpo para saber que a veces hay que tomar decisiones difíciles. —Se calló de golpe, pues no quería tratarla con paternalismo—. Oye, han pasado seis meses y no tenemos nada concreto con lo que seguir adelante. No hay testigos, ni pruebas forenses, nada. Podríamos destinar todos los recursos del mundo a este caso y aun así seguiríamos sin tener una pista sólida. Lo siento, pero tenemos otros casos, otras víctimas por las que luchar.

—¿Lo has intentado al menos? —soltó Kate, con las mejillas encendidas de ira—. ¿O te has bajado los pantalones sin más?

—Kate —dijo Stumpy a modo de advertencia—, tienes que tranquilizarte.

Ella no le hizo caso y lanzó a Ray una mirada desafiante.

—Supongo que tienes que pensar en tu ascenso. No te convendría nada enfrentarte con la jefa, ¿a que no?

—¡Eso no tiene nada que ver!

Ray estaba intentando conservar la calma, pero levantó la voz y la réplica le salió más enérgica de lo que pretendía. Se sostuvieron la mirada. Por el rabillo del ojo, vio a Stumpy mirarlo con gesto expectante. Ray debería decirle a Kate que saliera de allí inmediatamente, que recordara que era una agente en una oficina del CID que estaba hasta arriba de casos, y que si su jefe decía que se iba a cerrar uno, entonces se cerraba. Y punto. Abrió la boca, pero no podía hablar.

El problema era que Kate había puesto el dedo en la llaga. Ray tenía tantas ganas como ella de cerrar el caso del atropello, y hubo un tiempo en que habría plantado cara a la jefa y habría defendido su visión igual que Kate estaba haciendo ahora. Tal vez había perdido facultades o a lo mejor Kate tenía razón: puede que tuviese la mirada demasiado concentrada en el siguiente puesto en el escalafón.

—Es duro, cuando has invertido tanto esfuerzo y trabajo —dijo con delicadeza.

—No es el trabajo. —Kate señaló la foto de Jacob en la pared—. Es ese niño. Esto no está bien, sencillamente.

Ray recordó a la madre de Jacob sentada en el sofá, con el rostro crispado de dolor. No podía rebatir el argumento de Kate, y tampoco lo intentó.

—Lo siento mucho, de verdad. —Se aclaró la garganta e intentó concentrarse en otra cosa—. ¿Qué más llevamos entre manos en estos momentos? —le preguntó a Stumpy.

—Malcolm está en un juicio toda la semana por el caso Grayson y tiene que presentar un informe sobre el caso de lesiones en la calle Queen; los de los servicios sociales de atención a la infancia han presentado denuncia. Yo estoy estudiando los pormenores del caso de los robos en la cooperativa y han asignado temporalmente a Dave a la iniciativa para reducir los delitos de arma blanca. Hoy está en un instituto dando una charla para fomentar el «compromiso comunitario». —Stumpy pronunció el término como si fuera una palabrota y Ray se echó a reír.

—Hay que ir con los tiempos, Stumpy.

—Puedes hablar con esos chavales hasta que te quedes afónico —dijo Stumpy—, pero eso no va a impedir que lleven una navaja.

—Bueno, puede ser, pero al menos lo habremos intentado. —Ray se anotó un recordatorio en su agenda—. Ponme al día antes de la reunión de mañana por la mañana, ¿vale? Y me gustaría conocer vuestra opinión sobre una campaña de amnistía para la recogida de armas blancas que coincidiría con las vacaciones escolares. Vamos a intentar retirar de las calles el máximo número posible de ellas.

—Me parece bien.

Kate tenía la mirada fija en el suelo y se estaba rascando con la uña la piel de alrededor de los dedos. Stumpy le dio un golpecito en el brazo y ella se volvió a mirarlo.

—¿Un sándwich de beicon? —le preguntó en voz baja.

—Eso no hará que me sienta mejor —murmuró ella.

—No —dijo Stumpy—, pero yo sí me sentiría mejor si no te veo toda la mañana con la cara de un bulldog que se ha tragado una avispa.

Kate se rió de mala gana.

—Nos vemos allí.

Hubo una pausa y Ray vio que ella estaba esperando a que Stumpy saliera de la habitación. Cerró la puerta y regresó a su mesa, se sentó y se cruzó de brazos.

—¿Estás bien?

Kate asintió con la cabeza.

—Quería disculparme, no debería haberte hablado así.

—Me han dicho cosas peores —repuso Ray con una sonrisa. Kate no sonrió y él se dio cuenta de que no estaba de humor para bromas—. Me consta que este caso significa mucho para ti —añadió.

Kate volvió a mirar la foto de Jacob.

—Siento que le he decepcionado.

Ray notó como se le derrumbaban sus propias defensas. Era verdad, habían decepcionado a Jacob, pero oír eso no iba a ayudar a Kate.

—Has dado el máximo de ti misma —dijo—. Eso es lo único que puedes hacer siempre.

—Pero no ha sido suficiente, ¿verdad?

Se volvió para mirar a Ray y este sacudió la cabeza.

—No. No ha sido suficiente.

Kate salió de su despacho cerrando la puerta a su espalda, y Ray dio un fuerte golpe encima de la mesa. Su bolígrafo rodó por la superficie y cayó al suelo. Se recostó en la silla y entrelazó los dedos por detrás de la cabeza. El pelo le pareció escaso al tacto y cerró los ojos, sintiéndose muy viejo y muy cansado de repente. Ray pensó en los oficiales de alto rango con los que se cruzaba a diario: la mayoría eran mayores que él, pero también había un buen puñado de jóvenes que habían ido ascendiendo en el escalafón sin parar. ¿Tenía él la energía para competir con ellos? ¿Quería hacerlo siquiera?

Durante años, desde que Ray se incorporó al cuerpo, le había parecido muy sencillo: solo había que encerrar a los malos y proteger a la gente buena; recoger las pruebas de los apuñalamientos y los asaltos; las violaciones y los delitos de daños intencionados, y aportar su granito de arena para hacer del mundo un lugar mejor. Pero ¿de verdad estaba haciendo eso? Encerrado en su despacho de ocho de la mañana a ocho de la noche casi todos los días, saliendo únicamente a la calle por algún caso cuando hacía la vista gorda con el papeleo, obligado a seguir a rajatabla la línea oficial aunque fuese en contra de todo aquello en lo que creía.

Ray examinó el voluminoso expediente de Jacob, lleno de búsquedas inútiles y entrevistas infructuosas. Pensó en la amargura del rostro Kate y en su decepción por que Ray no hubiese plantado cara a la jefa, y sintió una enorme frustración por el hecho de que ahora ya no lo admirase tanto como antes. Sin embargo, las palabras de la jefa de policía aún resonaban en sus oídos, y Ray sabía perfectamente cuáles eran las consecuencias de desobedecer una orden directa, no importaba lo mucho que Kate se opusiera. Cogió el expediente de Jacob y lo depositó con firmeza en el último cajón de su escritorio.

8

El cielo lleva amenazando lluvia desde que bajé a la playa al rayar el alba, y me subo la capucha en cuanto noto las primeras gotas. Ya he tomado las fotos que quería, y la playa está llena de palabras. Me he vuelto una experta en mantener intacta y lisa la arena que rodea mis letras, y más habilidosa con la cámara. Estudié fotografía como asignatura en la carrera, pero la escultura ha sido siempre mi gran pasión. Ahora disfruto volviendo a familiarizarme con la cámara, jugando con los ajustes en las distintas intensidades de luz y llevándola conmigo a todas horas para que se convierta en una parte de mí, al igual que los trozos de arcilla con los que solía trabajar. Y a pesar de que todavía me duele la mano si sostengo la cámara durante el día entero, puedo moverla lo bastante para sacar todas las fotos que quiera. He tomado por costumbre bajar aquí todas las mañanas, cuando la arena está aún lo bastante húmeda para ser maleable, pero suelo volver muchas veces cuando el sol alcanza su cénit. Estoy aprendiendo a predecir los tiempos de las mareas, y por primera vez desde el accidente empiezo a pensar en el futuro, espero con ganas la llegada del verano, poder ver el sol en la playa. El parque de caravanas ya ha abierto para la temporada turística, y Penfach está lleno de gente. Me hace gracia lo «local» que me he vuelto ya: refunfuñando por la invasión de los turistas y con ese sentimiento posesivo hacia mi playa tranquila.

La arena queda toda marcada por la lluvia y, cuando sube, la marea empieza a borrar las formas que he hecho al pie de la playa, destrozando mis triunfos y también mis errores. Se ha convertido en una rutina para mí empezar cada día escribiendo mi nombre cerca de la orilla y me estremezco cuando lo veo morir engullido por el mar. Aunque las fotos de mi mañana de trabajo están seguras, guardadas en la cámara, no estoy acostumbrada a la falta de permanencia. No hay ningún trozo de arcilla al que pueda volver una y otra vez para perfeccionar sus contornos, para revelar su forma verdadera. Por necesidad, tengo que trabajar rápidamente, y el proceso me resulta vivificante y agotador a la vez.

La lluvia es insistente, y se cuela en el interior de mi abrigo y por el borde de las botas. Cuando me vuelvo para abandonar la playa veo a un hombre caminando hacia mí, acompañado de un perro de gran tamaño que trota a su lado. Contengo la respiración. Aún está relativamente lejos y no sé si se dirige hacia mí a propósito o está andando hacia el mar, sin más. Tengo un regusto metálico en la boca y me humedezco los labios con la lengua buscando humedad, cuando lo único que encuentro es sal. Ya he visto antes a ese hombre con su perro; ayer por la mañana estuve observándolos desde lo alto del acantilado hasta que se fueron y la playa se quedó desierta de nuevo. Pese a los metros y más metros de espacio abierto, me siento atrapada y echo a andar por la orilla del agua, como si desde el principio esa hubiese sido mi intención.

—¡Buenos días!

Se desvía ligeramente de su camino hasta situarse en paralelo a mi lado.

No puedo hablar.

—Hace un día estupendo para pasear por la playa —dice, levantando la cabeza hacia el cielo. Debe de tener unos cincuenta y tantos años: lleva el pelo gris bajo un sombrero de ala corta y una barba bien cuidada que le tapa casi la mitad de la cara.

Cojo aire y lo dejo escapar despacio.

—Tengo que volver —digo, de forma vaga—. Tengo que...

—Que tenga un buen día.

El hombre se despide inclinando levemente la cabeza y llama a su perro, y yo echo a andar tierra adentro y me dirijo corriendo hacia el acantilado. A medio camino, aún en la playa, me vuelvo a mirar por encima del hombro, pero el hombre sigue aún junto a la orilla, arrojando palos al mar para que su perro se lance a recogerlos. Los latidos de mi corazón se apaciguan hasta volver a la normalidad, y ahora simplemente me siento ridícula.

Para cuando llego a lo alto del acantilado, estoy calada hasta los huesos. Decido visitar a Bethan y camino a paso ligero en dirección al parque de caravanas antes de que se me ocurra cambiar de idea.

Bethan me recibe con una sonrisa radiante.

—Pondré la tetera al fuego.

Se desliza hasta la trastienda, desde donde mantiene un animado monólogo sobre la previsión del tiempo, la amenaza de suspensión de las rutas de autobús y la cerca rota de Iestyn, a través de la cual escaparon un total de setenta cabras la noche anterior.

—Y a Alwen Rees no le hizo ni pizca de gracia, ¡eso te lo aseguro!

Me río, no tanto por la anécdota en sí como por la forma de Bethan de narrarla, acompañada de los aspavientos y las gesticulaciones de una actriz nata. Me paseo por la tienda mientras termina de preparar el té. El suelo es de cemento, las paredes están encaladas, con estanterías que cubren dos laterales de la habitación. La primera vez que estuve allí las vi vacías; ahora, en cambio, están llenas de cereales, latas, fruta y hortalizas frescas, todo a disposición de los turistas. Un enorme armario refrigerado alberga varios cartones de leche y otros productos frescos. Cojo un poco de queso.

—Ese es el queso de cabra de Iestyn —dice Bethan—. Será mejor que te lleves un trozo mientras puedas, porque vuela en cuanto aparecen los veraneantes. Bueno, ven y siéntate aquí junto a la estufa y cuéntame cómo te va por ahí arriba. —Una cría de gato blanco y negro maúlla junto a sus tobillos y Bethan lo coge y se lo sube al hombro—. ¿No querrás un gatito para que te haga compañía, por casualidad? Tengo que regalar tres como este: nuestra gata dio a luz hace unas semanas. A saber quién es el padre.

—No, gracias.

El animal es increíblemente tierno: una bola de pelo con una cola que se mece de un lado a otro como un metrónomo. La imagen hace que un recuerdo olvidado aflore a la superficie y me encojo un poco en la silla.

—¿No eres amante de los gatos?

—No podría ocuparme de uno —contesto—. Si ni siquiera soy capaz de cuidar de un cactus. Todo lo que depende de mí se muere.

Bethan se ríe, aunque no era ningún chiste. Saca otra silla y deja una taza de té en el mostrador, a mi lado.

—Has estado sacando fotos, veo.

Bethan señala la cámara que llevo alrededor del cuello.

—Solo unas fotos de la bahía.

—¿Puedo verlas?

Vacilo un instante, pero me desabrocho la tira que me rodea el cuello, enciendo la cámara y enseño a Bethan a pasar las imágenes en la pantalla.

—Pero ¡qué bonitas!

—Gracias.

Noto que me estoy ruborizando. Nunca he llevado bien lo de recibir cumplidos. De niña, mis profesores elogiaban mis trabajos de plástica y los exhibían en el vestíbulo de la entrada, el lugar donde aguardaban las visitas, pero no fue hasta los doce años cuando descubrí que tenía talento, aunque era un diamante en bruto que había que pulir. La escuela organizó una exposición —un acto local para padres y vecinos— y mis padres acudieron juntos a verla, lo cual era una rareza ya en aquella época. Mi padre se quedó en silencio delante de la sección donde se exponían mis cuadros, junto con la escultura de un pájaro que había hecho con fragmentos de metal. Contuve la respiración durante unos minutos que se me hicieron eternos y me sorprendí cruzando los dedos entre las tablas de mi falda.

«Increíble», dijo. Me miró como si me viera por primera vez. «Eres increíble, Jenna.»

No cabía en mí de orgullo, y deslicé la mano en la suya y lo llevé a ver a la señora Beeching, que le habló de centros universitarios de estudios de arte, de becas y de programas de mentoría. Y yo me quedé allí quieta y embobada mirando a mi padre, que pensaba que yo era increíble.

Me alegro de que ya no esté en mi vida. Habría sido terrible ver la decepción en sus ojos.

Bethan mira las fotos panorámicas que he sacado de la bahía.

—Lo digo en serio, Jenna, son unas fotos preciosas. ¿Vas a venderlas?

Me entra la risa, pero ella no sonríe y me doy cuenta de que lo dice en serio.

Me pregunto si podría hacerlo. Puede que no con esas fotos, porque todavía estoy practicando, todavía estoy jugando con la luz, pero si trabajo con ellas...

—Puede que sí —digo, sorprendiéndome a mí misma.

Bethan examina el resto de las fotos y se ríe cuando se encuentra con su propio nombre escrito en la arena.

—¡Soy yo!

Me sonrojo.

—Es que estaba probando una cosa.

—Me encanta. ¿Me la vendes?

Bethan sostiene la cámara en el aire y vuelve a admirar la fotografía.

—No seas tonta —digo—. Te la imprimiré. Es lo menos que puedo hacer; has sido muy amable.

—En la oficina de correos del pueblo tienen una de esas máquinas en las que puedes imprimirlas tú misma —dice Bethan—. Me encantaría quedarme con esta, la que tiene mi nombre, y con esta otra de aquí, cuando sube la marea.

Ha escogido una de mis favoritas: la tomé por la tarde, cuando el sol se estaba hundiendo en el horizonte. El mar está casi plano, un espejo reverberante de rosa y naranja, y los acantilados que lo rodean solo son dos delicadas siluetas a cada lado.

—Las imprimiré esta misma tarde.

—Gracias —dice Bethan. Deja la cámara a un lado y se vuelve para mirarme de frente, con aquella mirada franca y directa que ya me resulta familiar—. Bueno, pues deja que haga algo por ti.

—No hay necesidad —empiezo a decir—, ya has hecho...

Bethan ahuyenta mis protestas.

—He estado haciendo limpieza y me gustaría deshacerme de algunas cosas. —Señala dos sacos negros apostados junto a la puerta—. Nada muy emocionante: cojines y mantas para sofá de cuando renovamos las caravanas fijas, y algo de ropa que no volvería a servirme ni aunque dejase el chocolate para siempre. Nada elegante, porque no es que haya muchos bailes de etiqueta en Penfach que digamos, pero sí unos vaqueros y unos jerséis, y un par de vestidos que no debería haberme comprado nunca.

—Bethan, ¡no puedes regalarme tu ropa!

—¿Y por qué no, si puede saberse?

—Pues porque...

Me mira fijamente a los ojos y se me apaga la voz. Es una mujer tan práctica que no me da ningún reparo aceptar su ropa, y no puedo llevar la misma indumentaria día sí y día también.

—Oye, solo son cosas que acabaré donando a la asociación benéfica de todos modos. Échale un vistazo y llévate lo que te sirva. Es de sentido común, ¿no te parece?

Me voy de la tienda cargada con ropa de abrigo y con una bolsa de lo que Bethan llama «cosas para crear hogar». Una vez de vuelta en la casa, lo desperdigo todo por el suelo como si fueran regalos de Navidad. Los vaqueros me quedan un poco grandes, pero puedo llevarlos con cinturón, y casi lloro de emoción al palpar la suavidad del grueso jersey de forro polar que me ha reservado. En la casa hace un frío de muerte y siempre estoy congelada. Las pocas cosas que me traje conmigo de Bristol —me doy cuenta de que ya he dejado de llamar «mi casa» a esa ciudad— están ásperas y rígidas por la sal de tanto lavarlas a mano en la bañera.

Pero son las «cosas para crear hogar» de Bethan las que más entusiasmo me producen. Envuelvo el desvencijado sofá con una enorme colcha de patchwork de intensos tonos verdes y rojos, y automáticamente la habitación parece más cálida y acogedora. Sobre la repisa de la chimenea descansa una colección de guijarros que recogí en la playa, pulidos por la acción del mar, y los pongo en un jarrón que hay en la bolsa de beneficencia de Bethan. Decido que por la tarde iré a buscar unos tallos de hierba silvestre para añadírselos. Los cojines prometidos encuentran su lugar en el suelo, junto a la chimenea, donde habitualmente me siento a leer o me pongo a editar las fotografías. En el fondo de la bolsa encuentro dos toallas, una alfombrilla para el baño y otra manta.

No me creo ni por un segundo que Bethan fuese a desprenderse de todo aquello, pero la conozco lo bastante para no hacer preguntas.

Alguien llama a la puerta y dejo de hacer lo que estoy haciendo. Bethan me dijo que Iestyn se pasaría a verme, pero espero un momento, solo por si acaso.

—¿Hay alguien en casa?

Abro el cerrojo de la puerta. Iestyn me saluda con su aspereza habitual y yo le doy una cálida bienvenida. Lo que al principio había interpretado como rechazo, e incluso mala educación, he acabado dándome cuenta de que, sencillamente, es el carácter de un hombre reservado, más preocupado por el bienestar de sus ovejas que por la sensibilidad de sus congéneres.

—Traigo unos leños —dice, y señala los troncos de madera colocados de cualquier manera en el remolque que lleva detrás de su quad—. No puede ser que te quedes sin leña. Te los meteré aquí dentro.

—¿Una taza de té?

—Con dos azucarillos —contesta Iestyn por encima del hombro mientras vuelve junto al remolque. Empieza a apilar troncos en un cubo y pongo la tetera a hervir.

—¿Qué le debo por la leña? —pregunto cuando estamos sentados a la mesa de la cocina bebiendo el té.

Iestyn niega con la cabeza.

—Son restos de un montón que me quedaba. No puedo venderla.

La leña que ha amontonado ordenadamente junto al fuego me durará al menos un mes. Sospecho que Bethan ha tenido algo que ver, una vez más, pero no estoy en situación de rechazar un regalo tan generoso. Tengo que pensar en una forma de devolverle el favor, y a Bethan también.

Iestyn no quiere oír una sola palabra.

—Esto está irreconocible —dice mirando la colorida colcha y las colecciones de conchas y tesoros recuperados—. ¿Cómo se ha portado la cocina? ¿Ha hecho mucho el tonto? —Señala la vieja cocina Aga—. A veces hace mucho la puñeta.

—Funciona bien, gracias —digo conteniendo la sonrisa. Ahora ya soy toda una experta y consigo que la cocina vuelva a cobrar vida en cuestión de minutos. Es un pequeño éxito, pero lo guardo junto a los otros, apilándolos como si algún día pudiesen compensar todos los fracasos.

—Bueno, tengo que irme —dice Iestyn—. Este fin de semana viene la familia y parece como si viniera la realeza, de lo nerviosa que está Glynis. Yo le tengo dicho que a ellos les trae sin cuidado si la casa está limpia o si hay flores en la sala de estar, pero quiere tenerlo todo perfecto para ellos.

Levanta los ojos hacia el techo fingiendo exasperación, pero habla con dulzura cuando menciona a su mujer.

—¿Son sus hijos quienes vienen? —le pregunto.

—Mis dos hijas —contesta—, con los maridos y los niños. Vamos a tener que apretarnos, pero a nadie le importa cuando se está en familia, ¿no es así?

Me dice adiós y veo cómo se aleja dando botes en el quad sobre el terreno accidentado.

Cierro los ojos y me quedo allí de pie, mirando la casa. La sala de estar, que hasta hace un momento me parecía tan cálida y acogedora, ahora se me antoja vacía. Imagino a un niño —a mi hijo— jugando en la alfombra delante del fuego. Pienso en Eve, y en el sobrino y la sobrina que crecen sin que yo esté presente en sus vidas. Puede que haya perdido a mi hijo, pero aún tengo una familia, no importa lo que haya pasado entre nosotras.

Me llevaba bien con Eve cuando éramos niñas, pese a los cuatro años de diferencia entre ambas. Yo la admiraba y ella, a su vez, cuidaba de mí, sin que pareciera importarle tener que cargar con su hermana pequeña a todas partes. No nos parecíamos en nada, yo con mi mata de pelo rebelde y de color caoba, mientras que Eve tenía el pelo completamente liso y de color castaño. Ambas éramos buenas estudiantes, pero Eve era más aplicada que yo, enterraba la cabeza en un libro hasta mucho después de que yo hubiese lanzado el mío al otro extremo de la habitación. En vez de estudiar, yo me pasaba horas en el aula de plástica de la escuela, o en el suelo del garaje, la única parte de nuestra casa donde mi madre me dejaba sacar la arcilla y las pinturas. La quisquillosa de mi hermana siempre arrugaba la nariz cuando me veía enfrascada en mis aficiones, y chillaba mientras corría huyendo de mis brazos extendidos, todos manchados de barro. *Lady Eve*, la llamé un día, y el nombre se le quedó para siempre, mucho después de que nos hiciéramos mayores y formáramos nuestras propias familias. En el fondo, a Eve le gustaba ese mote, o eso pensaba yo siempre cuando la veía recibir cumplidos por una cena exquisitamente organizada o por unos regalos envueltos a la perfección.

Nos distanciamos cuando papá se marchó. Nunca perdoné a mi madre por haber hecho que se fuera, y no entendía cómo Eve sí podía perdonarla. Aun así, echo muchísimo de menos a mi hermana, ahora más que nunca. Cinco años de la vida de alguien es demasiada pérdida por un simple comentario trivial.

Abro el portátil y busco las fotos que me ha pedido Bethan. Añado tres más que quiero colgar en la pared de la casa, enmarcadas con las maderas que encuentre en la playa. Todas son de la bahía, todas tomadas exactamente desde el mismo punto, pero todas distintas. El azul brillante del agua de la primera foto, con los destellos del sol por toda la bahía, da paso al gris mortecino de la segunda foto, con el sol apenas visible en el cielo. La tercera foto es mi favorita; la saqué cuando el viento soplaba con tanta fuerza que por poco pierdo el equilibrio en lo alto del acantilado, y hasta las gaviotas habían abandonado su batida perpetua por los cielos. La foto muestra unos nubarrones negros que se abaten en picado sobre el mar mientras este los repele arrojándoles sus olas amenazantes en la cara. La bahía estaba tan viva ese día que sentí los latidos de mi corazón palpitando por todo el cuerpo mientras trabajaba.

Añado una foto más a mi llave de memoria, una foto que saqué ese primer día, cuando escribí en la arena, cuando cubrí la playa con nombres de mi pasado.

Lady Eve.

No puedo correr el riesgo de decirle a mi hermana dónde estoy, pero sí puedo decirle que estoy bien. Y que lo siento.

9

—Voy a ir a Harry's a almorzar, jefe. ¿Quieres algo?

Kate asomó por la puerta del despacho de Ray. Llevaba unos pantalones grises entallados y un suéter ajustado, encima del cual se había puesto una chaqueta ligera, preparada ya para salir a la calle. Ray se levantó y rescató su chaqueta del respaldo de la silla.

—Te acompaño. Un poco de aire fresco me sentará bien.

Normalmente, comía en la cafetería o delante de su mesa, pero almorzar con Kate era una perspectiva más interesante. Además, por fin había salido el sol y no había levantado la vista de su mesa desde que entró a las ocho de la mañana. Se merecía un descanso.

Harry's estaba abarrotado de gente, como de costumbre, con una cola que recorría todo el mostrador y llegaba hasta la calle. Era muy popular entre los agentes no solo por su proximidad a la comisaría sino porque los sándwiches tenían un precio razonable y los preparaban en el momento. No había nada más frustrante para un policía de servicio que recibir una llamada de emergencia antes de que estuviese listo su almuerzo.

Avanzaron un poco en la cola.

—Si tienes prisa puedo llevarte el tuyo al despacho —dijo ella, pero Ray negó con la cabeza.

—No, no tengo prisa —le contestó—. Estoy repasando los

detalles de la operación Pausa y no me vendría mal descansar un poco. Comamos aquí.

—Buena idea. «Pausa» es el caso de lavado de dinero, ¿verdad? —Kate habló en voz baja, consciente de que estaban rodeados de gente, y Ray asintió.

—Exacto. Puedo pasarte el expediente para que veas cómo lo hacen, si te parece.

—Genial, gracias.

Pidieron los sándwiches y encontraron un par de taburetes altos junto a la ventana, sin perder de vista a Harry, quien en cuestión de minutos ya estaba agitando en el aire sus bolsas de papel marrón con los bocadillos. Un par de agentes de uniforme pasaron por delante del ventanal y Ray los saludó con la mano.

—Más material para dar pábulo a eso de que «los del CID no trabajan nada» —le dijo a Kate riéndose.

—No tienen ni idea —comentó Kate, extrayendo el tomate de su sándwich para comérselo aparte—. Nunca he trabajado tanto como en el caso de Jacob Jordan. Y todo para nada.

A Ray no se le escapó el tono de amargura de su voz.

—No fue para nada, eso lo sabes. Un día alguien hablará de lo que hizo y se correrá la voz, y entonces atraparemos a ese alguien.

—Pero eso no es hacer un buen trabajo policial.

—¿Qué quieres decir? —Ray no sabía si sentirse sorprendido o insultado por su franqueza.

Kate soltó su sándwich.

—Es un enfoque reactivo y no proactivo. No deberíamos quedarnos de brazos cruzados esperando a que alguien nos venga con información relevante; deberíamos estar ahí fuera buscándola.

Era como oír un eco de sí mismo en sus primeros tiempos como agente. O de Mags, tal vez, aunque no recordaba que Mags se hubiese mostrado nunca tan tajante como Kate. La joven estaba comiéndose su sándwich de nuevo, pero incluso eso lo hacía con una actitud de clara determinación. Ray disimuló una sonrisa. Kate decía las cosas tal como le venían a la cabeza, sin ningún tipo de censura o preocupación por si era a ella a quien correspondía decir esas cosas o no. Sin duda iba a pisar unos cuantos callos en la comisaría, pero Ray no tenía nada en contra de la gente que hablaba sin pelos en la lengua. De hecho, resultaba un cambio refrescante.

—Realmente te llegó al alma, ¿verdad? —dijo Ray.

Ella asintió.

—No soporto que el conductor todavía ande suelto por ahí, pensando que se ha ido de rositas. Y no soporto la idea de que la madre de Jacob se haya ido de Bristol convencida de que su caso no nos importaba lo bastante como para averiguar quién lo hizo.

Abrió la boca para seguir hablando, pero luego se lo pensó mejor.

—¿Qué?

Sus mejillas se tiñeron de un ligero rubor, pero alzó la barbilla con aire desafiante.

—Yo no he dejado de trabajar en el caso.

Con los años, Ray había descubierto en algunas ocasiones papeleo engorroso que los agentes habían optado por ignorar o meter en un cajón, bien por estar demasiado ocupados o por ser demasiado perezosos para hacer algo al respecto. Pero ¿trabajar de más en un mismo caso? Eso sí era una novedad.

—Lo he hecho en mi tiempo libre..., y no es nada que pueda crearte problemas con la jefa, te lo prometo. He estado revisando las imágenes de las cámaras de videovigilancia y comprobando las respuestas al llamamiento de colaboración ciudadana a través de *Crimewatch* para ver si pasamos algo por alto.

Ray se imaginó a Kate en su casa rodeada de los papeles del caso, desperdigados por el suelo, y las horas de imágenes granulosas de las cámaras de vigilancia en la pantalla delante de sus ojos.

—¿Y lo hiciste porque crees que podemos encontrar al conductor?

—Lo hice porque no quiero rendirme.

Ray sonrió.

—¿Vas a pedirme que lo deje?

Kate se mordió el labio.

Eso era justamente lo que estaba a punto de pedirle, pero Kate era una mujer tan entusiasta, tan decidida... Además, aun en el caso de que no consiguiese ningún avance por su cuenta, ¿qué tenían que perder? Era la clase de cosa que él mismo habría hecho en otra época.

—No —dijo—. No voy a pedirte que lo dejes. Sobre todo porque no creo que me hicieses caso.

Ambos se echaron a reír.

—Pero quiero que me mantengas informado de todo lo que haces, y de que le dediques una cantidad razonable de horas. Y no tendrá prioridad sobre los demás casos activos, ¿trato hecho?

Kate lo miró como si se lo estuviera pensando.

—Trato hecho. Gracias, Ray.

Estrujó las bolsas de papel de los bocadillos hasta hacer una bola.

—Vamos, será mejor que regresemos. Te enseñaré el expediente de la operación Pausa, pero luego tendré que irme volando a casa o tendré un problema muy gordo. Otra vez.

Hizo una exagerada mueca de exasperación.

—Creía que a Mags no le importaba que te quedaras a trabajar hasta tarde —dijo Kate mientras regresaban andando a la comisaría.

—Tengo la impresión de que últimamente no lo llevamos muy bien —dijo él, y al instante se sintió desleal. Rara vez hablaba de su vida personal con los compañeros de trabajo, salvo con Stumpy, que conocía a Mags desde hacía casi los mismos años que Ray. Pero tampoco había razón para mostrarse tan reservado con sus cosas: al fin y al cabo, solo era Kate.

—¿Tienes la impresión? —se rió ella—. ¿Es que no lo sabes con seguridad?

Ray esbozó una sonrisa seca.

—Ahora mismo todo son impresiones. No es algo en particular que pueda señalar como... Bueno, no sé. Tenemos problemas con nuestro hijo mayor, Tom. No se está adaptando bien a la escuela. Se ha vuelto muy callado y está casi siempre de mal humor.

—¿Cuántos años tiene?

—Doce.

—Pues parece un comportamiento normal para su edad —dijo Kate—. Mi madre siempre dice que yo era un completo horror.

—Ja, ja, ja. Me encaja perfectamente —dijo Ray. Kate hizo amago de darle un golpe con el puño y él se echó a reír—. Sí, ya sé lo que quieres decir, pero la verdad es que es un comportamiento muy raro viniendo de Tom y el cambio ha sido como de la noche a la mañana.

—¿Crees que está sufriendo acoso escolar o algo así?

—Eso es algo que se me ha pasado por la cabeza, sí. No me gusta hacerle muchas preguntas para no agobiarlo. A Mags se le dan mejor esas cosas, pero ni siquiera ella consigue sacarle nada. —Lanzó un suspiro—. Hijos..., ¿a quién se le ocurre tenerlos?

—A mí no —dijo Kate cuando llegaban a la comisaría. Deslizó su tarjeta de acceso para abrir la puerta lateral—. O al menos, no hasta dentro de mucho tiempo. Primero hay que pasarlo bien.

Se rió y Ray sintió una punzada de envidia ante aquella vida sin complicaciones.

Subieron las escaleras. Cuando llegaron al descansillo del tercer piso, donde estaban las oficinas del CID, Ray se detuvo y apoyó una mano en la puerta.

—En cuanto al caso Jordan...

—Es mejor que quede entre nosotros. Lo sé.

Ella sonrió y Ray suspiró aliviado. Si llegaba a oídos de la jefa que todavía dedicaba recursos —aunque no los pagase— a un caso cuyo cierre había ordenado de forma expresa, no perdería un minuto en decirle lo que pensaba; Ray volvería a lucir uniforme antes de que ella colgase el teléfono.

De vuelta en su despacho, empezó a repasar los detalles de la operación Pausa. La jefa le había pedido que se encargase de llevar la investigación de un supuesto caso de lavado de dinero. Dos clubes nocturnos del centro de la ciudad se estaban utilizando como pantallas de una variedad de actividades ilícitas y había mucha información que estudiar y analizar. Los dueños de ambos clubes eran figuras prominentes en el mundo de los negocios. Ray sabía que la jefa lo estaba poniendo a prueba y él tenía intención de estar a la altura del desafío.

Pasó el resto de la tarde revisando los avances del Grupo Tres. La detective sargento, Kelly Proctor, estaba de baja por maternidad y Ray había colocado al agente más experimentado de ese equipo al frente. Sean estaba haciendo un buen trabajo, pero Ray quería asegurarse de que no se les escapase nada mientras Kelly estaba de baja.

No tardarían en colocar a Kate al frente de una investigación, pensó Ray. Era tan brillante que podía enseñarles un par de cosas a algunos de sus detectives más experimentados, y ella aceptaría ese reto encantada. Recordó el brillo desafiante en sus ojos cuando le contó que había seguido trabajando en el caso del atropello; no había duda de que era una policía entregada a su oficio.

Se preguntó qué motivaciones tendría. ¿Se trataba sencillamente de no dejarse derrotar por un caso, o de verdad creía que daría con algún resultado positivo? ¿Y si él había accedido demasiado rápido a los deseos de la jefa de cerrar el caso? Se quedó pensando un momento, tamborileando con los dedos encima de la mesa. Técnicamente, ya no estaba de servicio y le había prometido a Mags que no llegaría tarde, pero aún podía dedicarle media hora y llegar a casa a una hora decente. Antes de que cambiara de opinión, abrió el último cajón de su escritorio y sacó el expediente del caso de Jacob.

Pasó una hora larga cuando volvió a mirar el reloj y se dio cuenta del tiempo transcurrido.

10

—¡Ah! ¡Sabía que eras tú! —Bethan me alcanza en el camino a Penfach, casi sin resuello y con el abrigo aleteando a su espalda—. Voy a la oficina de correos. Me alegro de haberme tropezado contigo... Tengo noticias.

—¿Qué clase de noticias?

Espero a que Bethan recobre el aliento.

—Ayer vino a vernos el representante de una de esas empresas de tarjetas de felicitación —dice—. Le enseñé tus fotos y cree que quedarían muy bien como postales.

—¿En serio?

Bethan se ríe.

—Sí, en serio. Quiere que imprimas unas cuantas de muestra y las recogerá la próxima vez que pase por aquí.

No puedo evitar sonreír de oreja a oreja.

—Es una noticia maravillosa, muchas gracias.

—Y, desde luego, las venderé aquí mismo, en la tienda. De hecho, si te abrieses una web donde poder colgar las fotos, yo enviaría la dirección a nuestra lista de correo. Seguro que hay un montón de gente a la que le encantaría quedarse de recuerdo una bonita foto del lugar donde han estado de vacaciones.

—Lo haré —le digo, aunque no tengo ni idea de cómo abrir una página web.

—Podrías escribir mensajes además de nombres, ¿verdad? «Buena suerte», «Enhorabuena»... Cosas así.

—Sí, sí que podría.

Imagino una serie entera de postales mías en un expositor, reconocibles por la jota inclinada que usaré como logo. No llevará ningún nombre, solo la inicial. Cualquiera podría haber sacado las fotos. Tengo que hacer algo para empezar a ingresar un poco de dinero. Casi no tengo gastos —no como prácticamente nada—, pero a este paso mis ahorros no tardarán en desaparecer, y no tengo otras fuentes de ingresos. Además, echo de menos trabajar. La voz de mi cabeza se ríe de mí, y me obligo a mí misma a silenciarla. ¿Y por qué no voy a poder abrir otro negocio? ¿Por qué no iba la gente a comprar mis fotos, igual que antes compraban mis esculturas?

—Lo haré —digo, con rotundidad.

—Pues solucionado entonces —contesta Bethan, complacida—. Bueno, ¿y qué vas a hacer hoy?

Hemos llegado a Penfach sin darme cuenta.

—Había pensado explorar un poco más la costa —digo—. Sacar fotos de otras playas distintas.

—No encontrarás ninguna más bonita que Penfach —dice Bethan. Consulta su reloj—. Pero hay un autobús dentro de diez minutos para Port Ellis; es un lugar tan bueno como cualquier otro para empezar.

Cuando llega el autobús me subo a él, sintiéndome agradecida. Está vacío y ocupo un asiento bastante alejado del conductor para evitar entablar conversación. El autobús se adentra en el interior por carreteras estrechas y observo el mar alejarse, esperando luego su reaparición cuando nos aproximamos a nuestro destino.

La carretera tranquila donde para el autobús está flanqueada por paredes de piedra que parecen recorrer la totalidad de Port Ellis, y no hay acera, por lo que echo a andar por la calzada en dirección a lo que espero que sea el centro del pueblo. Exploraré el casco urbano y luego dirigiré mis pasos hacia la costa.

La bolsa está semiescondida en el seto; una bolsa negra de plástico atada con un nudo y tirada en la cuneta junto a la carretera. Por poco paso de largo, sin reparar en ella y pensando que se trata de una bolsa de basura cualquiera, abandonada allí por los turistas.

Pero entonces la bolsa se mueve, solo un poco.

Tan poco que casi creo que son imaginaciones mías, que debe de ser el viento zarandeando el plástico. Me agacho junto al seto y recojo la bolsa del suelo, y en ese instante tengo la inequívoca sensación de que hay un ser vivo dentro.

Me arrodillo en el suelo y abro la bolsa de basura. Un fétido olor a miedo y a excrementos me golpea la cara y siento arcadas, pero contengo las náuseas al ver a los dos animales. Uno de los cachorros está inmóvil, con la piel del lomo en carne viva y llena de los arañazos del perro inquieto y desesperado que tiene a su lado; sus aullidos casi inaudibles. Se me escapa una lágrima y cojo al cachorro que todavía está vivo, abrazándolo y acurrucándolo en el interior de mi abrigo. Me levanto con torpeza y miro alrededor, y entonces llamo a gritos a un hombre que está cruzando la carretera cien metros más adelante.

—¡Ayuda! ¡Por favor, ayúdeme!

El hombre se vuelve y se dirige hacia mí, en apariencia inmune a mis gritos de pánico. Es un hombre mayor y tiene la espalda encorvada, con la barbilla semienterrada en el pecho.

—¿Hay algún veterinario por aquí? —pregunto en cuanto se acerca lo suficiente. El hombre mira al cachorro, ahora callado e inmóvil en el interior de mi abrigo, y se asoma a mirar dentro de la bolsa del suelo. Chasquea con la lengua y niega despacio con la cabeza.

—El hijo de Alun Mathews —dice. Sacude la cabeza hacia un lado, supuestamente indicando la dirección en que debería encontrar a ese hijo, y recoge la bolsa negra con su funesto contenido. Le sigo, y noto como el calor del cachorro se extiende por todo mi pecho.

La consulta veterinaria es un pequeño edificio blanco al final de una calle, con un cartel encima de la puerta donde se lee: CLÍ-NICA VETERINARIA PORT ELLIS. En el interior de la minúscula sala de espera hay una mujer sentada en una silla de plástico, con un transportín para gatos en el regazo. La sala huele a lejía y a perro.

La recepcionista levanta la vista del ordenador.

—Hola, señor Thomas, ¿en qué podemos ayudarle?

Mi acompañante la saluda con la cabeza y deposita la bolsa negra encima del mostrador.

—Esta muchacha ha encontrado un par de cachorros tirados en el seto —dice—. Una puñetera vergüenza. —Se inclina hacia mí y me da una palmadita en el brazo—. Aquí la ayudarán —dice, y se va de la consulta, haciendo que la campanilla de la puerta suene con entusiasmo.

—Gracias por traerlos. —La recepcionista lleva una placa en la bata azul brillante con el nombre «Megan» grabado en negro—. Porque mucha gente no lo haría, ¿sabe?

Sus llaves cuelgan de un cordel de vivos colores tachonado con multitud de pins e insignias de protectoras de animales, como los llaveros que llevan las enfermeras en el ala infantil de un hospital. Abre la bolsa y se pone pálida unos instantes antes de desaparecer discretamente con ella.

Al cabo de escasos minutos se abre la puerta de la sala de espera y Megan me sonríe.

—¿Quiere entrar con el pequeñín? Patrick lo examinará inmediatamente.

—Gracias.

Sigo a Megan y entro en una sala de forma extraña con armarios apretujados en las esquinas. En el extremo del fondo hay una encimera de cocina y un pequeño fregadero de acero inoxidable, frente al cual un hombre se lava las manos con un jabón de color verde chillón cuya espuma le cubre los antebrazos.

—Hola, me llamo Patrick. Soy el veterinario —saluda, y entonces se ríe—. Bueno, supongo que eso ya lo habías adivinado.

Es un hombre alto, más alto que yo, algo poco habitual, con el pelo rubio ceniza peinado sin ningún estilo en particular. Debajo de la bata azul lleva unos vaqueros y una camisa de cuadros arremangada, y luce además una sonrisa de dentadura blanca y regular. Calculo que debe de tener unos treinta y cinco años, puede que más.

—Yo me llamo Jenna.

Abro el abrigo para sacar al cachorro blanco y negro, que se ha quedado dormido y está emitiendo ruiditos y pequeños resoplidos; no parece que esté muy afectado por la traumática muerte de su hermano.

—¿Y a quién tenemos aquí? —dice el veterinario, cogiendo al cachorro de mis brazos con delicadeza. El movimiento despierta al perro, que se encoge de miedo. Patrick me lo devuelve—. ¿Podrías sujetármelo aquí encima de la mesa, por favor? No quiero que se ponga aún más nervioso. Si fue un hombre quien metió los perros en la bolsa, comprobarás que tardará un tiempo en volver a confiar en ellos.

Acaricia el lomo del cachorro y me agacho a susurrarle palabras cariñosas y tranquilizadoras al oído, sin importarme lo que piense Patrick de mi parloteo.

—¿Qué raza de perro es? —pregunto.

—Un mil leches.

—¿Un qué?

Me pongo de pie y sigo manteniendo la mano encima del cachorro, que ahora ya se ha relajado bajo el delicado reconocimiento de Patrick.

El veterinario sonríe.

—Sí, ya sabes, un cruce de mil razas distintas. Yo diría que en su mayor parte spaniel, a juzgar por esas orejas, pero a saber cuáles son las restantes. Un collie, tal vez, o puede que incluso tenga algo de terrier. No los habrían dejado allí tirados si hubiesen sido perros con pedigrí, eso seguro.

Recoge al cachorro y me lo entrega para que lo abrace.

—Qué horror... —exclamo, inhalando el calor que desprende el pequeño animal, que hunde el hocico en mi cuello—. ¿Quién es capaz de hacer una cosa así?

—Informaremos a la policía, pero las posibilidades de que averigüen algo son muy escasas. La gente de por aquí es muy reservada.

—¿Y qué le pasará a este cachorro? —pregunto.

Patrick se mete las manos en los bolsillos de la bata y se apoya en el fregadero.

—¿Podrías quedarte con él?

Tiene unas arrugas diminutas alrededor de los ojos, como si hubiese estado mirando mucho rato al sol. Debe de pasar mucho tiempo al aire libre.

—Teniendo en cuenta la forma en que ha sido encontrado, no creo que nadie vaya a reclamarlo —dice Patrick—, y nos estamos quedando sin sitio en las perreras. Sería de gran ayuda si pudiese tener un hogar. Es un buen perro, por lo que parece.

—Oh, pero es que... ¡yo no puedo cuidar de un perro! —exclamo. No consigo quitarme de encima la sensación de que todo esto ha pasado porque precisamente hoy decidí venir a Port Ellis.

—¿Y por qué no?

Vacilo antes de contestar. ¿Cómo explicarle que a mi alrededor pasan cosas malas? Me encantaría volver a tener que cuidar de algo pero, al mismo tiempo, la sola idea me aterroriza. ¿Y si no puedo cuidarlo? ¿Y si se pone enfermo?

—Ni siquiera creo que mi casero me diera permiso para tener un perro —digo al fin.

—¿Dónde vives? ¿Estás en Port Ellis?

Niego con la cabeza.

—Vivo en Penfach. En una casa no muy lejos del parque de caravanas.

Los ojos de Patrick emiten un destello al reconocer el lugar.

—¿Has alquilado la casa de Iestyn?

Asiento. Ya no me sorprende que todo el mundo conozca a Iestyn.

—Déjamelo a mí —dice Patrick—. Iestyn Jones fue a la escuela con mi padre y tengo suficientes trapos sucios sobre él como para que te deje tener una manada entera de elefantes en casa si quieres.

Sonrío. Es difícil no hacerlo.

—Me parece que pondría el límite en los elefantes —digo, y noto que me ruborizo.

—Los spaniels son estupendos con los niños —dice—. ¿Tienes hijos?

La pausa parece eternizarse para siempre.

—No —digo al fin—. No tengo hijos.

El perro se libera de mi mano y empieza a lamerme la barbilla con furia. Siento los latidos de su corazón sobre el mío.

—Está bien —digo—. Me lo quedo.

11

Ray se levantó de la cama intentando no molestar a Mags. Le había prometido a su mujer un fin de semana entero desconectado del trabajo, pero si se levantaba en ese momento aún podría dedicar una hora a contestar mensajes de correo electrónico antes de que ella se despertase y adelantar algo de trabajo revisando el expediente de la operación Pausa. Tenían dos órdenes judiciales para efectuar sendos registros simultáneos en los clubes, y si sus fuentes estaban en lo cierto, encontrarían grandes cantidades de cocaína en ambos, así como documentación que demostraría el flujo de entrada y salida de dinero de los negocios supuestamente lícitos.

Se puso los pantalones y fue a prepararse un café. Mientras el hervidor estaba en el fuego, oyó el ruido de unos pasos a su espalda en la cocina y se dio media vuelta.

—¡Papá! —Lucy le rodeó la cintura con los brazos—. ¡No sabía que estabas despierto!

—¿Cuánto rato llevas tú despierta? —dijo él, apartándole los brazos y agachándose para darle un beso—. Siento no haberte visto anoche antes de que te fueras a la cama. ¿Qué tal el cole?

—Bien, supongo. ¿Qué tal el trabajo?

—Bien, supongo.

Se sonrieron.

—¿Puedo ver la tele? —Lucy contenía el aliento y lo miraba con ojos implorantes. Mags tenía unas normas muy estrictas con respecto a ver televisión por las mañanas, pero era fin de semana, y eso dejaría a Ray libre para trabajar un rato.

—Vale, sí puedes, sí.

La niña se escabulló hacia la sala de estar antes de que Ray cambiase de opinión y este oyó el chasquido del televisor al encenderse, y luego las vocecillas chillonas de los personajes de dibujos animados. Ray se sentó a la mesa de la cocina y encendió su BlackBerry.

Hacia las ocho ya había respondido a la mayoría de sus e-mails, y estaba preparándose una segunda taza de café cuando Lucy entró en la cocina quejándose de que estaba muerta de hambre y preguntando dónde estaba el desayuno.

—¿Tom todavía está durmiendo? —preguntó Ray.

—Sí, es un dormilón.

—¡No soy un dormilón! —se oyó una voz indignada procedente de lo alto de las escaleras.

—¡Sí lo eres! —gritó Lucy.

Unos pasos retumbaron en el descansillo y Tom bajó las escaleras a todo correr, con cara de pocos amigos bajo una mata de pelo revuelto. Un sarpullido furioso de granos le cubría la frente.

—¡Te digo que no lo soy! —gritó, empujando a su hermana con la mano extendida.

—¡Ay! —protestó Lucy, y al instante unas lágrimas le afloraron a los ojos. Le temblaba el labio inferior.

—¡Pero si no te he hecho daño!

—¡Sí, sí me has hecho daño!

Ray lanzó un gemido y se preguntó si todos los hermanos se peleaban tanto como aquellos dos. Justo cuando estaba a punto de separar a sus hijos por la fuerza, Mags apareció en la cocina.

—Levantarse a las ocho de la mañana no es ser un dormilón, Lucy —dijo con calma—. Tom, no pegues a tu hermana. —Cogió el café de Ray—. ¿Es para mí?

—Sí. —Ray volvió a poner el hervidor al fuego. Miró a los niños, que ahora estaban en la mesa haciendo planes para las vacaciones de verano, olvidada ya su pelea, al menos de momento.

Mags siempre conseguía que dejaran de pelearse de una forma que para él era imposible—. ¿Cómo lo haces?

—Se llama hacer de padres —dijo Mags—. Deberías probarlo alguna vez.

Ray no mordió el anzuelo. Últimamente parecía que lo único que hacían era recriminarse y hacerse reproches el uno al otro, y no estaba de humor para otro debate sobre el significado de trabajar a jornada completa frente a ejercer de padrea a jornada completa.

Mags se desplazó por la cocina depositando las cosas del desayuno encima de la mesa, preparando hábilmente las tostadas y sirviendo zumo entre sorbos de café.

—¿A qué hora llegaste anoche? No te oí entrar.

Se puso un delantal encima del pijama y empezó a batir los huevos. El delantal era un regalo de Navidad de Ray de hacía años, y aunque su intención era regalárselo en plan broma —como esos maridos terribles que regalan sartenes o tablas de planchar a sus mujeres—, el caso es que Mags lo había llevado desde entonces. Tenía estampada una imagen de un ama de casa de los cincuenta, y una frase que decía: «Me encanta cocinar con vino... A veces incluso le echo un poco a la comida». Ray recordaba llegar a casa del trabajo y rodear a su esposa por la cintura mientras ella estaba delante de los fogones, notando como el delantal se arrugaba bajo sus manos. Hacía mucho tiempo de la última vez que había hecho eso.

—Sobre la una, creo —dijo Ray. Había habido un robo a mano armada en una gasolinera a las afueras de Bristol. Una patrulla había conseguido detener a los cuatro hombres implicados a las pocas horas del suceso y Ray se había quedado en la oficina más como gesto de solidaridad con su equipo que por verdadera necesidad.

El café estaba demasiado caliente, pero Ray tomó un sorbo de todos modos y se quemó la lengua. Su BlackBerry vibró y miró la pantalla. Stumpy había enviado un correo diciendo que los cuatro delincuentes se habían presentado el sábado por la mañana ante el tribunal y este los había enviado a prisión preventiva. Ray escribió un rápido e-mail al comisario.

—¡Ray! —exclamó Mags—. ¡Nada de trabajo! Lo prometiste.

—Lo siento. Es el seguimiento del caso de anoche.

—Solo son dos días, Ray. Tendrán que arreglárselas sin ti.

Puso una sartén con huevos en la mesa y se sentó.

—Con cuidado —le dijo a Lucy—, que queman.

Miró a Ray.

—¿No quieres desayunar?

—No, gracias, ya me prepararé algo luego. Ahora voy a meterme en la ducha. —Se apoyó en el quicio de la puerta un momento, viéndolos comer a los tres.

—El lunes tenemos que dejar la puerta de fuera abierta para que vengan a limpiar las ventanas —dijo Mags—, así que ¿te acordarás de no echar el cerrojo cuando saques los cubos de basura mañana por la noche? Ah, y fui a hablar con el vecino por lo de los árboles y dice que los podarán a lo largo de estas dos próximas semanas, aunque lo creeré cuando lo vea.

Ray se preguntó si el *Post* publicaría algún artículo sobre el caso de la noche anterior. Al fin y al cabo, siempre se daban prisa por publicar lo que la policía no conseguía resolver.

—Eso suena estupendo —dijo.

Mags soltó el tenedor y lo miró fijamente.

—¿Qué pasa? —dijo Ray. Se fue arriba a ducharse y sacó la BlackBerry para escribirle un mensaje rápido al responsable de prensa que estuviera de guardia. Sería una pena no aprovechar el tirón de un trabajo bien hecho.

—Gracias por este día —dijo Mags. Estaban sentados en el sofá, pero ninguno de los dos se había molestado en encender la televisión.

—¿Y eso por qué?

—Por aparcar el trabajo por una vez.

Mags ladeó la cabeza y cerró los ojos. Las arrugas de las comisuras se le relajaron y al instante su aspecto era el de una persona más joven; Ray se dio cuenta de la cantidad de veces que fruncía el entrecejo últimamente, y se preguntó si él también hacía lo mismo.

Mags tenía la clase de sonrisa que su madre solía llamar «generosa». «Eso solo significa que tengo la boca grande», había dicho Mags, riéndose, la primera vez que oyó aquello.

La propia boca de Ray tembló al recordarlo. Tal vez fuese cierto que sonreía menos últimamente, pero seguía siendo la misma Mags de hacía todos esos años. Siempre estaba lamentándose de los kilos que había ganado desde que había tenido a los niños, pero a Ray le gustaba tal como estaba ahora, con la barriga suave y redonda, los pechos bajos y rotundos. Ella hacía oídos sordos a sus cumplidos y por eso hacía tiempo que él había dejado de dedicárselos.

—Ha sido estupendo —dijo Ray—. Deberíamos hacerlo más a menudo.

Habían pasado el día en casa, holgazaneando y jugando al críquet en el jardín, sacando el máximo provecho al día de sol. Ray había sacado el viejo equipo de Swingball del garaje y sus dos hijos habían estado entretenidos con él el resto de la tarde, pese a las veces que Tom se había quejado en voz alta de lo «rollo» que era aquel juego.

—Ha estado bien ver reír a Tom —dijo Mags.

—No lo hace mucho últimamente, ¿verdad que no?

—Estoy preocupada por él.

—¿Quieres volver a hablar con la escuela?

—Me parece que no tiene sentido —dijo Mags—. Ya casi estamos a final de curso. Espero que con el cambio de tutor sea distinto y, además, ya no será uno de los más pequeños... Tal vez eso le genere un poco más de seguridad en sí mismo.

Ray estaba intentando solidarizarse con su hijo, que había acudido a la escuela durante el último trimestre con la misma falta de entusiasmo que había preocupado a su tutora a principios de ese mismo año.

—Ojalá hablase con nosotros —dijo Mags.

—Él asegura que no pasa nada —dijo Ray—. Está en plan adolescente, eso es todo, pero va a tener que cortar con eso muy pronto, porque si sigue manteniendo la misma actitud cuando vaya al siguiente curso lo va a tener jodido.

—Hoy parecíais llevaros bien vosotros dos —señaló Mags.

Era verdad, habían aguantado el día entero sin discutir. Ray se había mordido la lengua ante las contestaciones ocasionales de Tom y este había espaciado sus expresiones de hastío y sus malas caras. Había sido un buen día.

—Y no ha sido tan horrible lo de apagar la BlackBerry, ¿a que no? —dijo Mags—. ¿No has tenido palpitaciones? ¿Sudores fríos? ¿Ataques de *delirium tremens*?

—Ja, ja. No, no ha sido tan malo.

No lo había apagado, por supuesto, y había estado vibrándole constantemente en el bolsillo todo el día. Al final se había encerrado en el baño a echar un vistazo a sus correos para asegurarse de que no se perdía nada urgente. Había contestado a la jefa sobre la operación Pausa y leído muy por encima un mensaje de Kate sobre el atropello que se moría por leer con detenimiento. Lo que Mags no entendía era que ignorar los mensajes de la Black-Berry durante todo un fin de semana haría que tuviese que pasar el resto de la semana poniéndose al día, incapaz de asumir nada de lo que llegase a partir de entonces.

Se levantó.

—Pero ahora me iré al estudio a trabajar una horita o así.

—¿Qué? Ray, ¡dijiste nada de trabajo!

Ray estaba confuso.

—Pero si los niños están en la cama.

—Sí, pero yo... —Mags se calló y sacudió la cabeza de forma casi imperceptible, como si tuviera algo en el oído.

—¿Qué?

—Nada. No pasa nada. Haz lo que tengas que hacer.

—Bajaré dentro de una hora, te lo prometo.

Habían transcurrido casi dos horas cuando Mags abrió la puerta del estudio.

—He pensado que te apetecería una taza de té.

—Gracias.

Ray se desperezó y lanzó un gemido al notar un crujido en la espalda.

Mags dejó la taza en su mesa y miró por encima del hombro de Ray la gruesa pila de papeles que estaba leyendo.

—¿Es el caso del nightclub? —Examinó la hoja que estaba arriba del todo—. ¿Jacob Jordan? ¿No es ese el niño que murió atropellado el año pasado?

—Sí, ese es.

Mags lo miró extrañada.

—Pensaba que el caso estaba cerrado.

—Y lo está.

Mags se sentó en el brazo del sillón que tenían en el estudio porque no pegaba para nada con la moqueta de la sala de estar. Tampoco es que quedase muy bien en el despacho de Ray, pero era el sillón más cómodo que había tenido y se negaba a desprenderse de él.

—Entonces, ¿por qué continúa tu departamento trabajando en él?

Ray suspiró.

—No, no está trabajando en él —dijo—. El caso está cerrado, pero no llegué a archivar la documentación. Solo estamos revisándolo con ojos nuevos, para ver si hemos pasado algo por alto.

—¿Estáis?

Ray hizo una pausa.

—El equipo.

No sabía por qué no había mencionado a Kate, pero sería raro hablar de ella ahora. Era mejor dejarla al margen, por si llegaba algo a oídos de la jefa. No hacía ninguna falta que la hoja de servicios de Kate quedara manchada en una etapa tan temprana de su carrera.

—Pero Ray —dijo Mags en voz baja—, ¿es que no tienes suficiente con los casos que están abiertos como para que te pongas a revisar los cerrados?

—Es que este es muy reciente aún —dijo Ray—. Y no puedo evitar pensar que lo abandonamos demasiado pronto. Si pudiésemos volver a examinarlo, tengo la sensación de que encontraríamos algo.

Hubo una pausa antes de que Mags hablara de nuevo.

—No es como el caso de Annabelle. Lo sabes, ¿verdad?

Ray agarró el asa de la taza con más fuerza.

—No digas eso.

—No puedes torturarte así con cada caso que no puedes resolver. —Mags se inclinó hacia delante y le apretó la rodilla—. Te volverás loco.

Ray tomó un sorbo de té. Annabelle Snowden había sido su primer caso cuando lo ascendieron al cargo de inspector detective. Había desaparecido después de clase, y sus padres estaban desesperados. O, al menos, lo parecían. Dos semanas más tarde, Ray había detenido al padre acusado de homicidio, tras el hallazgo del cadáver de Annabelle escondido en el armazón de una cama en su apartamento; la habían mantenido allí con vida más de una semana.

—Sabía que había algo extraño en ese hombre, Terry Snowden —dijo, mirando al fin a Mags—. Debería haber peleado más por hacer que lo detuvieran en cuanto desapareció la niña.

—No había pruebas —dijo Mags—. El instinto de policía está muy bien, pero no puedes dirigir una investigación a base de corazonadas. —Cerró el expediente de Jacob con delicadeza—. Un caso distinto —añadió—. Personas distintas.

—Pero sigue siendo un niño —repuso Ray.

Mags lo cogió de las manos.

—Pero ya está muerto, Ray. Puedes trabajar de sol a sol y eso no va a cambiar ese hecho. Déjalo ya.

Ray no respondió. Se volvió hacia su mesa y abrió de nuevo la carpeta, sin reparar en que Mags salía de la habitación para irse a la cama. Cuando se conectó a su programa de correo, vio un nuevo mensaje de Kate, enviado un par de minutos antes. Escribió una rápida respuesta.

¿Sigues despierta?

La contestación llegó al cabo de unos segundos.

Estoy comprobando si la madre de Jacob está en Facebook. Y controlando una subasta de eBay. ¿Y tú?

Leyendo los informes de vehículos quemados de las comisarías vecinas. Llevo aquí un rato.

Genial, ¡puedes mantenerme despierta!

Ray se imaginó a Kate arrellanada en el sofá, con el portátil a un lado y comida para picotear al otro.

¿Helado de Ben and Jerry's?, escribió él.

¡¿Cómo lo has adivinado?!

Ray sonrió. Arrastró la ventana del e-mail a una esquina de la pantalla donde pudiese seguir controlando los mensajes y empezó a leer los faxes de los informes hospitalarios.

¿No le prometiste a Mags que ibas a cogerte el fin de semana libre?

¡Y me estoy cogiendo el fin de semana libre! Solo estoy adelantando algo de faena ahora que los niños están dormidos. Alguien tiene que hacerte compañía...

Es todo un honor. ¿Qué mejor manera de pasar un sábado por la noche?

Ray se rió.

¿Algún resultado con Facebook?, escribió.

Un par de posibilidades, pero no tienen fotos en el perfil. Espera, me llaman por teléfono. Enseguida vuelvo.

A regañadientes, Ray cerró la ventana del e-mail y centró su atención en la pila de informes hospitalarios. Habían pasado varios meses desde la muerte de Jacob y la voz de su conciencia no dejaba de importunarlo diciendo que todo aquel trabajo extra era un ejercicio inútil. Resultó que el fragmento del piloto antiniebla del Volvo pertenecía a un ama de casa que había patinado sobre el hielo y se había estrellado contra un árbol de los que flanqueaban la calle. Todas aquellas horas de trabajo para nada, y ellos aún seguían erre que erre. Ray estaba jugando con fuego, contraviniendo las órdenes directas de la jefa, por no hablar de que estaba permitiendo que Kate hiciese exactamente lo mismo. Sin embargo, Ray ya había llegado demasiado lejos: ahora no podía parar aunque quisiera.

12

Hará más calor a lo largo del día, pero de momento el aire es fresco, y encojo tanto los hombros que me llegan a las orejas.

—¡Qué frío hace hoy! —digo en voz alta.

He empezado a hablar sola, como la vieja que se paseaba por el puente colgante de Clifton cargada de bolsas de la compra llenas de periódicos. Me gustaría saber si sigue allí; si todavía cruza el puente todas las mañanas y lo hace de nuevo en el sentido opuesto todas las noches. Cuando uno se marcha de un sitio es fácil imaginar que la vida sigue igual que siempre, aunque en realidad no hay nada que siga siendo igual durante mucho tiempo. La vida que yo llevaba en Bristol podría haber sido la de otra persona cualquiera.

Sacudo la cabeza para apartar ese pensamiento, me pongo las botas y me enrollo una bufanda al cuello. Emprendo mi pelea diaria con la cerradura, donde se queda atascada la llave y se niega a salir. Al final consigo cerrar bien la puerta y me meto la llave en el bolsillo. Beau avanza dando saltitos pegado a mí. Me sigue como una sombra, porque se niega a perderme de vista. El primer día que estuvo en casa pasó toda la noche gimoteando, era su forma de pedirme que lo dejara dormir conmigo en la cama. Me odio por ello, pero me tapé las orejas con la almohada e ignoré sus gimoteos, porque sabía que si me acercaba a él me arrepentiría. Pasaron muchos días antes de que dejara de llorar, e incluso ahora duerme a los pies de la escalera y se despierta en cuanto oye el crujido de los tablones del suelo de mi cuarto.

Repaso la lista de quehaceres de hoy; soy capaz de recordarlos todos, pero no puedo permitirme cometer un error. Bethan sigue haciendo publicidad de mis fotos entre sus visitantes, y, aunque me cuesta creerlo, estoy ocupada. No de la misma forma que antes, con exposiciones y encargos, pero sí ocupada, al fin y al cabo. He hecho reposición de postales dos veces en la tienda del camping, y me ha llegado un goteo de pedidos a través de la página web que he creado yo misma. Dista mucho de la imagen sofisticada que tenía antes en internet con mi web, pero cada vez que la miro me siento orgullosa de haberla diseñado sin ayuda de nadie. Es algo sin importancia pero, poco a poco, empiezo a creer que quizá no soy tan inútil como llegué a pensar una vez.

No he incluido mi nombre en la página web: solo una galería de fotos, un sistema de pedidos bastante sencillo y el nombre de mi nuevo negocio: «Escrito en la arena». Bethan me ayudó a escogerlo mientras nos bebíamos una botella de vino la noche que estuvimos en mi casa. Cuando se puso a hablar de mi negocio con tanto entusiasmo no pude evitar dejarme llevar por él. «¿Tú qué opinas?», repetía una y otra vez. Hacía mucho tiempo que nadie me preguntaba mi opinión.

Agosto es el mes más ajetreado en el camping de caravanas y, aunque veo a Bethan por lo menos una vez a la semana, añoro la tranquilidad del invierno, cuando podíamos estar hablando una hora o más con los pies pegados al radiador de aceite que hay en un rincón de la tienda. Las playas también están llenas, y tengo que levantarme pronto, en cuanto amanece, para conseguir encontrar una buena extensión de arena sin pisadas donde hacer las fotos.

Una gaviota nos chilla, y Beau sale corriendo por la arena, ladrando al tiempo que el ave lo esquiva y alza el vuelo hacia el cielo seguro. Voy dando patadas a los escombros de la playa y cojo un palo largo. La marea está bajando, pero la arena está caliente, y ya empieza a secarse. Escribiré los mensajes de hoy junto al mar. Saco un trozo de papel del bolsillo y me recuerdo el primer encargo. «Julia —digo—. Bien, es lo bastante claro.» Beau me mira con gesto interrogante. Cree que estoy dirigiéndome a él. Quizá sí estoy haciéndolo, aunque no debo caer en la tentación de depender de su presencia. Lo imagino como Iestyn ve a sus perros: herramientas de trabajo, están ahí para cumplir una función. Beau es mi perro guardián. Todavía no he necesitado protección, pero podría necesitarla.

Me inclino hacia delante y dibujo una jota enorme, retrocedo para comprobar su tamaño antes de escribir el resto del nombre. Satisfecha con el resultado, me deshago del palo y cojo la cámara. El sol ya ha salido del todo, y su luz baja proyecta un tono rosado sobre la arena. Saco docenas de fotos, acuclillándome para mirar por el objetivo, hasta que el nombre escrito en la arena queda relleno con la espuma blanca del mar.

Para el encargo siguiente busco una zona de playa limpia. Trabajo deprisa y voy reuniendo un montón de palos de los que van acumulándose en la orilla arrastrados por el mar. Cuando el último pedazo de madera a la deriva está colocado, observo con ojo crítico mi creación. Tiras de algas todavía brillantes por el agua compensan el contorno puntiagudo y cortante de los palos y los guijarros que he usado para enmarcar el mensaje. El corazón de madera a la deriva tiene casi dos metros de ancho: lo bastante grande para albergar el texto escrito con caligrafía llena de florituras «Perdóname, Alice». Cuando me acerco para mover uno de los maderos, Beau sale disparado del agua, ladrando emocionado.

«¡Quieto!», le grito. Pongo el brazo por delante de la cámara —que llevo colgando cruzada sobre el pecho— para protegerla, por si al perro se le ocurre saltarme encima. Pero Beau me ignora, sale corriendo entre salpicaduras de arena mojada, hasta otro punto de la playa, donde corretea alrededor de un hombre que pasea por la arena. Al principio creo que es el paseador del perro, con quien había hablado en otra ocasión, pero entonces se mete las manos en los bolsillos de su parca encerada e inspiro con fuerza porque ese gesto me resulta familiar. ¿Cómo es posible? Aquí no conozco a nadie, a excepción de Bethan e Iestyn. Sin embargo, ese hombre, que se encuentra a unos cien metros, viene caminando directamente hacia mí. Le veo la cara. Lo conozco, pero no sé quién es, y mi incapacidad para reconocerlo me hace vulnerable. Siento cómo se me va formando un nudo de pánico en la garganta y llamo a Beau.

—Eres Jenna, ¿verdad?

Quiero salir corriendo, pero tengo los pies clavados en el sitio. Voy repasando mentalmente todas las personas que conocí en Bristol. Sé que lo he visto en alguna parte.

—Lo siento, no pretendía asustarte —dice el hombre, y me doy cuenta de que estoy temblando. Parece de verdad arrepentido, y me sonríe de oreja a oreja para intentar arreglarlo—. Soy Patrick Mathews. El veterinario de Port Ellis —añade. Enseguida lo recuerdo, así como su gesto de meterse las manos en los bolsillos de la bata azul.

—Lo siento mucho —digo, cuando por fin soy capaz de articular palabra, y me sale un hilillo de voz temblorosa—. No te he reconocido. —Levanto la vista y veo que el paseo de la playa está vacío. Pronto empezará a llegar gente para pasar el día en este lugar: protegidos de las inclemencias del tiempo con los cortavientos, la crema de protección solar y las sombrillas. Por una vez me alegro de que sea temporada alta y de que Penfach esté hasta los topes de gente: la sonrisa de Patrick es muy afable, pero ya me han engatusado antes con una sonrisa similar.

Patrick se agacha para acariciar a Beau en las orejas.

—Parece que tienes bien criado a este muchachito. ¿Qué nombre le has puesto?

—Se llama Beau. —No puedo evitarlo: doy dos pasos hacia atrás de forma muy visible, y de pronto noto cómo empieza a deshacérseme el nudo que tenía en la garganta. Me obligo a dejar caer las manos a ambos lados del cuerpo, pero enseguida soy consciente de que las he levantado y me las he colocado en la cintura.

Patrick se arrodilla y juguetea con Beau, que rueda por la arena y se coloca boca arriba para que le rasquen la barriga, encantado por las muestras de afecto a las que está poco acostumbrado.

—No parece nada nervioso.

Me tranquilizo al ver lo relajado que está Beau. ¿No dicen que los perros siempre aciertan a la hora de juzgar la forma de ser de alguien?

—No, se le ve bien —digo.

—Desde luego que sí. —Patrick se levanta y se sacude la arena de las rodillas, y yo sigo en mi sitio.

—Supongo que Iestyn no te habrá puesto ninguna pega para que lo tengas en casa, ¿verdad? —Patrick sonríe.

—En absoluto —le digo—. De hecho, por lo visto cree que un perro es algo fundamental en todos los hogares.

—Estoy bastante de acuerdo con él. Yo tendría uno, pero trabajo tantas horas que no sería justo para el animal. De todas formas, tengo contacto con bastantes animales a lo largo del día, así que no puedo quejarme.

Parece muy habituado a este entorno playero, con las botas cubiertas de arena y las arrugas de la parca blanqueadas por el salitre. Hace un gesto con la cabeza para señalar el corazón dibujado sobre la arena.

—¿Quién es Alice y por qué pides que te perdone?

—Oh, no es mío. —Debe de creer que soy rara por dibujar cosas en la arena—. Al menos el sentimiento no lo es. Estoy haciendo una foto para otra persona.

Patrick parece confuso.

—Me dedico a eso —digo—. Soy fotógrafa. —Levanto la cámara como si no fuera a creerme si no se la enseño—. La gente me envía mensajes que quieren ver escritos en la arena y yo vengo aquí, los escribo y les envío la foto. —Me callo, aunque él parece francamente interesado.

—¿Qué tipo de mensajes?

—La mayoría son cartas de amor, o proposiciones de matrimonio, aunque recibo encargos de todo tipo. Este es una disculpa, evidentemente, y a veces me piden que escriba citas conocidas, o la letra de sus canciones favoritas. Cada vez es algo diferente.

—Dejo de hablar y me pongo roja como un tomate.

—¿Y así es como te ganas la vida? ¡Qué trabajo tan maravilloso! —Escucho con atención su tono de voz para captar el sarcasmo, pero no lo detecto, y me doy permiso para sentirme orgullosa. Sí que es un trabajo maravilloso y lo he creado de la nada.

—También vendo otra clase de fotos —digo—, sobre todo de la bahía. Es tan bonita que muchas personas quieren poseer un pedacito de ella.

—Cierto. Me encanta este lugar.

Permanecemos en silencio unos segundos, contemplando cómo van creciendo las olas para ir a romper en la orilla y expandirse por la arena. Empiezo a sentirme inquieta e intento pensar en algo más que decir.

—Y a ti, ¿qué te trae por la playa? —le pregunto—. No hay mucha gente que venga hasta aquí a menos que tengan un perro al que pasear.

—Tenía que liberar un ave —me explica Patrick—. Una mujer me trajo un alcatraz con el ala rota y lo he tenido en la consulta mientras se recuperaba. Lleva con nosotros un par de semanas y lo he traído hoy hasta lo alto del acantilado para soltarlo. Intentamos liberarlos en el mismo lugar donde fueron hallados, para darles las máximas posibilidades de supervivencia. Al ver tu mensaje en la arena no he podido resistir las ganas de acercarme y averiguar qué estabas escribiendo. Entonces he llegado hasta aquí y me he dado cuenta de que ya nos conocíamos.

—¿Ha volado bien el alcatraz?

Patrick asiente en silencio.

—Estará bien. Ocurre bastante a menudo. No eres de por aquí, ¿verdad? Recuerdo que dijiste que habías llegado hacía poco a Penfach cuando trajiste a Beau. ¿Dónde vivías antes?

Antes de que pueda plantearme la respuesta, suena un teléfono; el sonido de su timbre, apenas audible, procede de algún punto de la playa. Respiro aliviada mentalmente aunque, a estas alturas, ya tengo una historia creíble, creada para Iestyn y Bethan, y para cualquier paseante que se dirija a mí para charlar un rato. Me ganaba la vida como pintora, pero me lesioné la mano en un accidente y ya no puedo pintar, por eso me he pasado a la fotografía. Al fin y al cabo no es tan distinto a la verdad. No me ha preguntado si tengo hijos, y me planteo si la respuesta a eso resulta tan evidente.

—Perdón —dice Patrick. Se rebusca en los bolsillos y saca un pequeño busca enterrado entre un montón de pienso para caballos y briznas de paja, que se le cae a la arena—. Tengo que llevarlo con el volumen a tope, si no, no lo oigo. —Se queda mirando la pantalla—. Vaya, tengo que irme pitando. Soy socorrista voluntario en la estación de Port Ellis. Estoy de guardia un par de veces al mes, y al parecer nos necesitan ahora. —Vuelve a guardarse el busca en el bolsillo—. Me ha encantado volver a verte, Jenna. De verdad, me ha encantado.

Levanta un brazo para despedirse y sale corriendo por la playa, asciende por el camino de arena y desaparece antes de que pueda expresarle que pienso lo mismo.

De nuevo en la casa, Beau se desploma en su camita, agotado. Descargo las imágenes de la mañana en el ordenador mientras espero a que hierva el agua de la tetera. Son mejores de lo que esperaba, teniendo en cuenta la interrupción: las letras destacan sobre la arena mojada, y mi corazón de maderos a la deriva constituye el marco perfecto. Dejo la mejor imagen abierta en la pantalla para volver a mirarla más tarde, y me llevo el café a la planta de arriba. Sé que me arrepentiré de esto, pero no puedo evitarlo.

Sentada en el suelo, dejo la taza sobre los tablones y meto la mano debajo de la cama para sacar la caja que no he tocado desde que llegué a Penfach. Con las piernas cruzadas, abro la tapa e inhalo el olor de los recuerdos junto con el del polvo. Empieza a dolerme casi de inmediato, y sé que debería cerrar la caja sin hurgar más en ella. Pero, como una drogadicta ansiosa por su dosis, estoy decidida a conseguirla.

Saco el pequeño álbum de fotos que está sobre un fajo de documentos legales. Una a una, voy acariciando con los dedos las instantáneas de una época tan olvidada que me da la sensación de estar contemplando las fotos de una desconocida. Ahí estoy yo, de pie en el jardín; en otra, estoy en la cocina, preparando algo. Y en esta otra estoy embarazada, presumiendo orgullosa de barriga, sonriendo a la cámara. Se agranda el nudo que tengo en la garganta y siento el ya conocido escozor en los ojos. Parpadeo para contener las lágrimas. Ese verano me sentía dichosa, segura de que esa nueva vida iba a cambiarlo todo, y de que tendríamos la oportunidad de volver a empezar. Creí que sería un nuevo principio para nosotros. Acaricio la fotografía siguiendo la silueta de mi barriga e imaginando dónde se encontraba su cabecita; sus extremidades dobladas; los deditos de los pies apenas formados.

Con suma delicadeza, como si creyera que puedo molestar a mi bebé nonato, cierro el álbum de fotos y vuelvo a meterlo en la caja. Ahora debería bajar, mientras todavía controlo la situación. Pero es como preocuparse por un dolor de muelas o rascarse una postilla. Toqueteo con los dedos la tela tersa del conejito con el que dormía todas las noches mientras estaba embarazada, para poder regalárselo a mi hijo y que oliera a mí. Ahora me lo acerco a la cara e inhalo su olor, en una desesperada búsqueda de algún rastro suyo. Lanzó un suspiro cargado de tensión, y Beau sube en silencio la escalera y entra en mi cuarto.

—Vete abajo, Beau —le digo.

El perro me ignora.

—¡Vete! —le grito.

Soy una loca que apretuja un juguete infantil. Grito y no puedo parar, aunque no estoy viendo a Beau sino al hombre que me arrebató a mi bebé; el hombre que acabó con mi vida cuando acabó con la de mi hijo.

—¡Vete! ¡Vete! ¡Vete!

Beau se tira al suelo, con el cuerpo en tensión y las orejas gachas, muy pegadas a la cabeza. Pero no desiste. Poco a poco, palmo a palmo, va acercándose a mí, y no me quita los ojos de encima.

La ira se disipa con la misma velocidad con la que llegó.

Beau se detiene a mi lado, todavía muy agachado y pegado al suelo, y apoya la cabeza en mi regazo. Cierra los ojos y siento el peso y la calidez de su cuerpo a través de la tela del pantalón vaquero. De forma espontánea alargo una mano y lo acaricio, y empiezan a brotarme las lágrimas.

13

Ray había reunido a su equipo para la operación Pausa. Había asignado a Kate el papel de agente al cargo, que era una gran responsabilidad para alguien que solo llevaba dieciocho meses en el equipo, pero Ray estaba seguro de que ella se las arreglaría.

—¡Desde luego que me veo capaz! —respondió Kate cuando él le manifestó su preocupación.

—Además, siempre puedo pedirte ayuda si tengo algún problema, ¿verdad?

—Cuando quieras —dijo Ray—. ¿Tomamos una copa al salir del trabajo?

—Intenta impedírmelo.

Ya se habían visto dos o tres veces a la salida del trabajo a la semana de empezar a investigar el atropello con fuga. A medida que las investigaciones pendientes iban resolviéndose, pasaban menos tiempo hablando del caso y más de su vida personal. A Ray le había sorprendido descubrir que Kate también era una apasionada seguidora del Bristol City como él, y habían pasado varias noches muy agradables lamentándose juntos por su reciente descenso en la liga. Por primera vez en su vida, Ray sentía que no solo era esposo, o padre, o agente de policía. Era Ray.

Había tenido la precaución de no investigar el caso del atropello con fuga durante las horas de trabajo. Estaba contraviniendo de forma directa las órdenes de su jefa, pero mientras no lo investigara durante su horario habitual, pensó que a ella no tendría por qué importarle. Y si daban con una pista de peso que condujera a una detención... Bueno, entonces ella vería las cosas de otro color.

La necesidad de ocultar su trabajo a los demás miembros del equipo del CID suponía que Ray y Kate debían reunirse en un pub mucho más alejado de los antros que frecuentaba la policía. The Horse and Jockey era un lugar tranquilo, con compartimentos de respaldos altos, donde podían desplegar todo el papeleo sin miedo a ser vistos, y el dueño jamás levantaba la vista de su crucigrama. Era una forma entretenida de terminar la jornada y relajarse antes de volver a casa, y Ray se dio cuenta de que miraba el reloj, impaciente, hasta que llegaba la hora de salir del despacho.

Como solía ocurrir, recibió una llamada justo a las cinco y se entretuvo, y cuando por fin llegó al pub, Kate ya tenía la copa a medias. El trato tácito era que quien llegara primero pagaba las copas, y su pinta de Pride ya estaba esperándolo en la mesa.

—¿Por qué has tardado en llegar? —le preguntó Kate al tiempo que empujaba la pinta en su dirección—. ¿Algo interesante?

Ray tomó un buen trago de cerveza.

—Cierta información secreta que ha acabado cruzándose en nuestro camino —dijo—. Hay un traficante en el barrio de Creston que utiliza a seis o siete camellos de medio pelo para que le hagan el trabajo sucio; por lo visto se ha montado un buen negociete. —Un diputado del Partido Laboralista especialmente grandilocuente había empezado a recurrir al problema de las drogas como base para pontificar, con la máxima repercusión posible en los medios, sobre la amenaza que suponía para la sociedad los «barrios sin ley», y Ray sabía que a la jefa le gustaba que se viera que los suyos adoptaban una postura proactiva. Ray tenía esperanzas de que la operación Pausa fuera bien, y así podría hacer méritos para que la jefa también lo dejara encargarse de ese otro asunto—. El Departamento de Violencia Doméstica se ha puesto en contacto con Dominica Letts —continuó—, que es la novia de uno de los camellos, y están tratando de convencerla para que lo denuncie. Evidentemente no nos interesa espantarlo y mandarle a la policía a casa cuando estamos intentando cerrar una operación, pero, al mismo tiempo, tenemos el deber de proteger a su novia.

—¿La chica corre peligro?

Ray hizo una pausa antes de responder.

—No lo sé. Violencia Doméstica la ha catalogado como caso de alto riesgo, pero ella se muestra muy terca y no quiere presentar pruebas que inculpen a su novio. Por el momento, la chica no está colaborando para nada con el departamento.

—¿Cuánto tiempo crees que pasará hasta que podamos mover ficha?

—Podrían ser semanas —dijo Ray—. Es demasiado tiempo. Tendremos que meterla en una vivienda segura, suponiendo que ella acceda a ir y que podamos mantener el alegato por malos tratos hasta que consigamos echarle el guante por el asunto de las drogas.

—Se trata de una decisión de Hobson —dijo Kate con sensatez—. Es decir: una decisión sin opciones. ¿Qué es más importante: el tráfico de drogas o la violencia doméstica?

—No es tan sencillo como yo había pensado, ¿verdad? ¿Y si alegamos violencia causada por consumo de drogas? ¿Como los atracos que cometen los yonquis para pagarse el siguiente chute? Las consecuencias de la venta de drogas quizá no sean tan directas como un puñetazo en la cara, pero sí tienen repercusión a largo plazo y son igual de dolorosas. —Ray se dio cuenta de que estaba hablando en voz más alta de lo normal y se calló de pronto.

Kate puso una mano sobre la suya para tranquilizarlo.

—Oye, que solo estaba haciendo de abogada del diablo. No es una decisión fácil.

Ray esbozó una sonrisa abochornada.

—Lo siento, había olvidado lo mucho que llego a implicarme en este tipo de casos. —De hecho, llevaba bastante tiempo sin pensar en ello. Hacía tanto que se dedicaba a aquello que su auténtica motivación profesional había quedado enterrada bajo todo el papeleo y los problemas personales. Estaba bien que algo le recordara lo que era realmente importante de su vocación.

Su mirada se encontró con la de Kate durante un instante, y Ray sintió la calidez de la piel femenina sobre la suya. Un segundo después, ella retiró la mano y rió incómoda.

—¿Una más antes de irnos? —sugirió Ray.

Cuando volvió a la mesa, la magia ya había pasado, y se planteó si solo habrían sido imaginaciones suyas. Dejó las cervezas, abrió una bolsa de patatas fritas y las colocó entre ambos.

—No tengo nada nuevo sobre el caso de Jacob —dijo.

—Yo tampoco —dijo Kate con un suspiro—. Vamos a tener que desistir, ¿verdad?

Ray asintió en silencio.

—Eso parece. Lo siento.

—Gracias por dejarme permanecer en la investigación tanto como tú.

—Has hecho bien en no desistir —dijo Ray—, y me alegro de que hayamos seguido trabajando en ello.

—¿Aunque no vayamos a llegar más lejos?

—Sí, porque ahora parece buen momento para dejarlo, ¿verdad? Hemos hecho todo cuanto podía hacerse.

Kate asintió con la cabeza poco a poco.

—Sí que parece distinto. —Miró a Ray con gesto interrogante.

—¿Qué pasa?

—Supongo que no eres el típico lameculos. —Sonrió de oreja a oreja, y Ray soltó una risotada. Se alegraba de haberse granjeado su simpatía.

Comieron las patatas fritas en un cómodo silencio de compañeros, y Ray miró el móvil por si tenía algún mensaje de Mags.

—¿Cómo van las cosas en casa?

—Pues como siempre —dijo Ray, y se guardó el móvil en el bolsillo trasero del pantalón—. Tom sigue protestando en todas las comidas, y Mags y yo seguimos discutiendo sobre cómo solucionarlo. —Soltó una risa fugaz, pero Kate no le correspondió.

—¿Cuándo tenéis la próxima reunión con su profesora?

—Ayer estuvimos en el colegio otra vez —dijo Ray con expresión de incomodidad—. Solo lleva seis semanas en el nuevo centro y, por lo visto, Tom ya ha empezado a saltarse las clases. —Tamborileó con los dedos sobre la mesa—. No entiendo a ese crío. Estuvo bien durante el verano, pero en cuanto regresa es el mismo Tom de siempre: no se comunica, siempre está de malhumor y no ayuda en nada.

—¿Crees que todavía sufre acoso escolar?

—En el centro dicen que no, pero jamás lo reconocerían. —Ray no tenía en gran estima a la tutora de Tom, que se había apresurado a culpar a Mags y a Ray por no presentarse como «frente unido» en las tardes para padres del colegio. Mags había amenazado con plantarse en el despacho de Ray y sacarlo a la fuerza de allí para acudir a la próxima reunión. Pero Ray había estado tan preocupado que olvidó que estaría trabajando desde casa todo el día y que, de hecho, podría haber ido en coche para llegar a tiempo de reunirse con Mags. Aunque eso no habría hecho que las cosas cambiaran lo más mínimo—. La profesora de Tom asegura que es una mala influencia para sus compañeros —añadió—. Por lo visto es «subversivo». —Soltó una risotada socarrona—. ¡A su edad! Es una puñetera ridiculez. Si no saben manejar a los chicos poco colaborativos no deberían haberse metido en la enseñanza. Tom no es un chico subversivo, solo es un chaval muy terco.

—Me pregunto a quién habrá salido —dijo Kate, y reprimió una sonrisa.

—¡Cuidado con lo que dice, agente Evans! ¿O quiere volver a patrullar? —Ray sonrió.

La sonrisa de Kate se transformó en bostezo.

—Lo siento, estoy muerta. Creo que voy a irme a casa. Tengo el coche en el taller, y tengo que consultar el horario del autobús.

—Ya te llevo yo.

—¿Estás seguro? No te pilla precisamente de camino.

—No hay problema. Venga, así me enseñas cómo es la zona pija de la ciudad.

El piso de Kate estaba en un elegante edificio de apartamentos en el centro de Clifton, donde los precios de la vivienda, según Ray, estaban demasiado inflados.

—Mis padres me ayudaron a pagar la entrada —le contó Kate—. De no ser por ellos, no podría habérmelo permitido. Además, es un sitio diminuto; teóricamente tiene dos habitaciones, pero en realidad solo es así si no pones una cama en la segunda.

—¿De verdad no habrías conseguido algo mucho más grande por el mismo dinero si hubieras comprado en otro sitio?

—Seguramente, pero ¡es que en Clifton hay de todo! — Kate describió un movimiento amplio con un brazo—. Es decir, ¿en qué otro sitio ibas a poder comprar un falafel a las tres de la madrugada?

Como de lo único que Ray tenía ganas a las tres de la madrugada era de mear, no logró ver cuál era el atractivo.

Kate se desabrochó el cinturón y se detuvo un instante con la mano en la manija de la puerta.

—¿Quieres subir a ver el piso? —Lo preguntó con tono despreocupado, aunque la atmósfera se cargó de pronto de tensión por lo que pudiera pasar, y, en ese instante, Ray supo que estaba cruzando una línea cuya existencia se había negado a reconocer durante meses.

—Me encantaría —dijo.

El piso de Kate estaba en el ático y contaba con un ascensor muy pijo con el que se subía en dos segundos. Cuando las puertas se abrieron, llegaron a un pequeño descansillo enmoquetado con una puerta pintada de color vainilla justo delante. Ray salió del ascensor detrás de Kate, y permanecieron en silencio mientras se cerraban las puertas. Ella estaba mirándolo directamente a los ojos, con la barbilla algo levantada, con un mechón de pelo cayéndole por la frente. Ray se dio cuenta de pronto de que no tenía ganas de marcharse.

—Esta es mi casa —dijo Kate sin dejar de mirarlo.

Él asintió en silencio y alargó una mano para colocarle el mechón de pelo caído por detrás de la oreja. Luego, antes de poder plantearse qué estaba ocurriendo, la besó.

14

Beau me da un empujoncito con el hocico por detrás de la rodilla y yo me agacho para acariciarle las orejas. No he podido evitar quererlo, y por eso ahora duerme conmigo en la cama, como quería desde un principio. Cuando tengo pesadillas y me despierto gritando, él está ahí para lamerme la mano y tranquilizarme. Poco a poco, sin que yo me haya dado cuenta, mi pena se ha transformado; ha pasado de ser un dolor crudo y desgarrador, que jamás sería acallado, a una dolencia constante y sin aristas que soy capaz de mantener contenida en el inconsciente. Si permanece ahí, acallada y sin que nadie la moleste, me siento capaz de fingir que todo va bastante bien. Que jamás he tenido otra vida.

—Pues vamos allá. —Alargo una mano para apagar la lamparita de la mesilla, que no puede competir con los rayos de sol que entran por la ventana. Ya voy conociendo las estaciones de la bahía y encuentro una agradable satisfacción en el hecho de haberlas vivido durante casi todo un año. La bahía jamás está igual de un día para otro. Mareas cambiantes, un tiempo impredecible, incluso los desperdicios que llegan a la playa varían con el paso de las horas. Hoy el mar está movido tras una noche de lluvia, la arena está gris y empapada bajo los nubarrones. No hay tiendas de campaña en el parque de caravanas, solo las caravanas fijas de Bethan y unas cuantas autocaravanas de turistas que aprovechan los descuentos de la temporada baja. El parque de caravanas no tardará en estar cerrado, y la bahía volverá a ser solo para mí.

Beau va corriendo por delante y se dirige hacia la playa. La marea está alta, y él se sumerge en el mar, ladrando a las gélidas olas. Yo río sonoramente. En este momento parece más un cocker spaniel que no un collie, con sus patas demasiado largas y delgadas, como un adolescente, y con tanta energía que no sé si llegará a acabársele algún día.

Observo con detenimiento desde lo alto del acantilado, pero no hay nadie, y me permito sentir una punzada de decepción antes de olvidarlo. Es ridículo que espere ver a Patrick, porque solo hemos coincidido una vez en la playa, aunque no puedo evitar seguir pensando en ello.

Doy con un punto en la arena sobre el que escribir. Supongo que me harán menos encargos en invierno pero, de momento, el negocio va bien. Recibo una inyección de alegría cada vez que me llega un encargo, y disfruto imaginando las historias ocultas detrás de cada mensaje. La mayoría de mis clientes tienen algún tipo de relación con el mar, y muchos me envían un correo cuando ya han recibido el encargo para decirme lo mucho que les ha gustado la foto; me cuentan que pasaban la infancia en la playa o que han ahorrado para pasar las vacaciones familiares en la costa. Algunas veces me preguntan de qué playa se trata, pero nunca respondo a eso.

Cuando estoy a punto de empezar a trabajar, Beau ladra, levanto la vista y veo que un hombre se acerca hacia nosotros. Se me corta la respiración, pero levanta la mano para saludar y me doy cuenta de que es él. Es Patrick. No puedo disimular mi sonrisa y, aunque tengo el corazón desbocado, no es por efecto del miedo.

—Esperaba encontrarte por aquí —me dice, incluso antes de llegar donde estoy—. ¿Te apetece tener un aprendiz? —Hoy no lleva botas, y sus pantalones de algodón están llenos de arena mojada. Lleva el cuello de la parca levantado, pero por una sola solapa, y resisto la tentación de alargar una mano y bajársela.

—Buenos días —digo—. ¿Un aprendiz?

Hace un gesto de barrido con el brazo izquierdo, con el que abarca casi toda la playa.

—Se me ha ocurrido que podría ayudarte con tu trabajo.

No estoy muy segura de si está tomándome el pelo.

Patrick me quita el palo de la mano y se queda de pie, expectante, colocado justo sobre el punto de arena despejada. De pronto me pongo nerviosa.

—Es más difícil de lo que parece, ¿sabes? —digo, y adopto actitud de seriedad para ocultar que me siento incómoda—. No pueden verse huellas de zapatos en la imagen, y tenemos que trabajar deprisa, si no las olas se acercarán demasiado.

No recuerdo que nadie haya querido compartir esta parte de mi vida jamás: el arte siempre fue algo encerrado en otra habitación, algo que hacer sola, como si no perteneciera al mundo real.

—Entendido. —Ha adoptado expresión de concentración y me resulta conmovedor. Al fin y al cabo, solo es un mensaje en la arena.

Leo el encargo en voz alta.

—Amable y sencillo: «Gracias, David».

—Ajá... Pero, gracias ¿por qué? —dice Patrick al tiempo que se agacha sobre la arena para escribir la primera palabra—. ¿Gracias por dar de comer al gato? ¿Gracias por salvarme la vida? ¿Gracias por acceder a casarte conmigo aunque me enrollara aquella vez con el cartero?

Las comisuras de los labios empiezan a temblarme de risa.

—Gracias por enseñarme a bailar flamenco —suelto, fingiendo hablar en serio.

—Gracias por la selección de lujo de puros habanos.

—Gracias por ampliar el descubierto de mi tarjeta.

—Gracias por... —Patrick alarga un brazo para decir la última palabra y pierde el equilibrio, se cae hacia delante y solo consigue no acabar de bruces en el suelo plantando un pie con fuerza justo encima del escrito—. Oh, mierda. —Retrocede para contemplar el mensaje arruinado y me mira con expresión de disculpa.

Rompo a reír.

—Ya te he dicho que era más difícil de lo que parecía.

Me devuelve el palo.

—Me inclino ante la superioridad de tus habilidades artísticas. Aun sin tener en cuenta el pisotón, mi creación no es que sea muy impresionante. Las letras me han salido todas de diferente tamaño.

—Ha sido un valiente intento —le digo. Echo un vistazo a mi alrededor en busca de Beau, y lo llamo para que se aparte de un cangrejo con el que está intentando jugar.

—¿Qué tal esto? —pregunta Patrick. Miro el mensaje que ha escrito en la arena, con el convencimiento de que ha hecho un segundo intento de escribir «Gracias».

«¿Copa?»

—Mejor —digo—, aunque esa palabra no está en el... —Dejo la frase sin acabar y me siento ridícula—. Ah, ahora caigo.

—¿En el Cross Oak? ¿Esta noche? —A Patrick le tiembla un poco la voz, y me doy cuenta de que él también está nervioso. Eso me da confianza.

Dudo un instante, aunque son solo unos segundos, y no hago caso a mi corazón desbocado.

—Me gustaría.

Me arrepiento de mi impulsividad durante el resto del día, y cuando llega la noche estoy tan nerviosa que incluso tiemblo. Empiezo a hacer recuento de las formas en que esto podría salir mal, y recuerdo todo cuanto me ha dicho Patrick hasta ahora en busca de señales de advertencia. ¿De verdad es tan directo como parece? ¿De verdad hay alguien así? Me planteo ir caminando hasta Penfach para llamar por teléfono a la clínica veterinaria y anular la cita, pero sé que no tendré el valor de hacerlo. Me doy un baño para matar el tiempo y pongo el agua tan caliente que la piel se me vuelve de color rosa; a continuación me siento en la cama y me quedo pensando qué ropa ponerme. Hace diez años que no salgo con nadie y tengo miedo de incumplir las normas. Bethan ha seguido vaciando su armario de prendas que ya no le caben. La mayoría me van demasiado grandes, pero me pruebo una falda de color violeta intenso y, aunque tengo que atármela a la cintura con un pañuelo, me parece que no me queda tan mal. Me paseo por la habitación disfrutando de la sensación desconocida de notar cómo se rozan las piernas al caminar; el balanceo de la tela acariciándome los muslos. Siento un destello fugaz de la chica que fui, pero cuando me miro al espejo me doy cuenta de que la falda me llega por encima de las rodillas, y se me ve demasiada pierna por debajo. Me la quito y la tiro, hecha una pelota, al fondo del armario, y al final me decido por los vaqueros que acabo de quitarme. Busco una camiseta limpia y me cepillo el pelo. Tengo exactamente el mismo aspecto que tenía hace sesenta minutos. Es lo mismo que hago siempre. Pienso en la chica que pasaba horas preparándose para salir: con la música de fondo, con todo el maquillaje desparramado por el baño, en una atmósfera cargada de olor a perfume. Por aquel entonces no tenía ni idea de cómo era la vida real.

Voy caminando hasta el parque de caravanas, donde he quedado en encontrarme con Patrick. En el último minuto decido llevarme también a Beau, y su presencia me devuelve una pizca del arrojo que sentí esta mañana en la playa. Cuando llego al lugar de encuentro, Patrick está junto a la puerta abierta de la tienda, y Bethan está apoyada en la entrada hablando con él. Están riéndose de algo, y no puedo evitar preguntarme si será de mí.

Bethan me ve, y Patrick se vuelve y sonríe a medida que me acerco. Al principio creo que va a besarme en la mejilla, pero se limita a tocarme el brazo con amabilidad y a decirme hola. Me pregunto si parezco tan asustada como me siento.

—¡Portaos bien, chicos! —dice Bethan con una sonrisa.

Patrick ríe y nos dirigimos caminando hacia el pueblo. No le cuesta nada iniciar la conversación y, aunque estoy segura de que exagera las rarezas de algunos de sus pacientes, agradezco que esté contando anécdotas y me doy cuenta de que me he relajado un poco cuando por fin llegamos al pueblo.

El dueño del Cross Oak es Dave Bishop, un hombre de Yorkshire que llegó a Penfach solo un par de años antes que yo. Dave y su esposa Emma ya están muy vinculados a la comunidad, y —como el resto de los habitantes de Penfach— se saben el nombre de todo el mundo y a qué se dedica cada uno. Jamás he entrado en el pub, pero sí que saludo a Dave cuando paso con Beau de camino a la oficina de correos.

Cualquier esperanza de poder tomar una copa tranquilos se evapora en cuanto cruzamos la puerta.

—¡Patrick! A esta ronda invitas tú, ¿verdad?

—Necesito que le eches un vistazo a Rosie otra vez, todavía no está bien del todo.

—¿Cómo está tu padre? ¿No echa mucho de menos el tiempo de Gales?

El barullo de las conversaciones, sumado al espacio limitado de la barra, me pone nerviosa. Cierro el puño en torno a la correa de Beau y noto que el cuero se resbala por la palma de mi mano sudada. Patrick dedica apenas un par de palabras a cada interlocutor, pero no deja de charlar con todo el mundo. Me posa una mano con delicadeza en la espalda y me guía con amabilidad entre el gentío para colocarnos frente a la barra del bar. Siento el calor de su tacto en la cintura y me noto a un tiempo aliviada y decepcionada cuando cruza los brazos y los apoya sobre la barra.

—¿Qué quieres beber?

Ojalá hubiera pedido él antes. Me apetece muchísimo un botellín bien frío de cerveza, y echo un vistazo de reconocimiento al pub para ver si hay alguna mujer bebiendo cerveza.

Dave tose con amabilidad, a la espera de que yo diga algo.

—Un gin-tonic —digo, nerviosa. Jamás he probado la ginebra. Esta incapacidad para tomar decisiones no es nueva, aunque no logro recordar cuándo empezó.

Patrick pide una botella de Becks, y yo me quedo contemplando cómo va condensándose el frío en el exterior del recipiente de cristal.

—Bueno, ¿así que tú eres la fotógrafa que vive en Blaen Cedi? Nos preguntábamos dónde te habrías escondido.

El hombre que me habla tiene más o menos la misma edad que Iestyn, lleva una gorra de tweed y le asoman dos patillas de pelo ralo por los lados.

—Te presento a Jenna —dice Patrick—. Estaba poniendo en marcha su negocio, por eso no ha tenido mucho tiempo para venir a tragar birras con vosotros, viejos.

El hombre ríe, y yo me ruborizo, agradecida por la sencilla explicación de Patrick sobre el motivo de mi reclusión. Escogemos una mesa en un rincón y, aunque soy consciente de que nos miran, y no hay duda de que están cuchicheando sobre nosotros, pasado un rato, los hombres vuelven a centrarse en consumir sus pintas.

Tengo la precaución de no hablar demasiado, y, por suerte, Patrick tiene un montón de anécdotas e interesantes trivialidades que contar sobre la historia local.

—Es un lugar agradable para vivir —digo.

Estira sus largas piernas hacia delante.

—Sí que lo es. Aunque no pensaba lo mismo cuando era un crío. Los chavales no valoran la belleza del campo, ni el sentimiento de pertenencia a una comunidad, ¿no crees? Siempre estaba dando la murga a mis padres con que nos mudáramos a Swansea; estaba convencido de que eso me cambiaría la vida, y de que me haría muy popular, tendría una vida social maravillosa y la tira de novias. —Sonríe de oreja a oreja—. Pero ellos no contemplaban la idea de mudarse, y estudié aquí.

—¿Siempre quisiste ser veterinario?

—Desde antes de aprender a caminar. Por lo visto, tenía la costumbre de colocar en fila a todos mis peluches en el pasillo y hacía que mi madre me los trajera a la cocina, de uno en uno, para poder operarlos. —Mientras habla se le anima la expresión de la cara; le salen arruguitas en los ojos durante una décima de segundo hasta que aflora la sonrisa—. Conseguí la media de sobresaliente que necesitaba para ir la universidad de Leeds, a la facultad de Ciencias Veterinarias, donde por fin conseguí la vida social que tanto ansiaba.

—¿Y la tira de novias?

Patrick sonríe.

—Bueno, tuve una o dos. Pero, después de todo ese tiempo intentando salir de Gales a la desesperada, lo echaba muchísimo de menos. Cuando me licencié encontré un trabajo cerca de Leeds, pero cuando surgió la oportunidad de ocupar una plaza de socio en la consulta de Port Ellis me lancé sin pensarlo a por ella. Mis padres no estaban muy bien por aquel entonces, y yo estaba desesperado por volver junto al mar.

—¿Así que tus padres viven en Port Ellis? —Siempre siento curiosidad por las personas que tienen relaciones estrechas con sus padres. No es que sienta envidia, es que, sencillamente, no puedo ni imaginar cómo debe de ser. Tal vez si mi padre se hubiera quedado en casa las cosas habrían sido distintas.

—Mi madre nació aquí. Mi padre vino a vivir a este lugar con su familia cuando era adolescente y se casó con mi madre cuando ambos tenían diecinueve años.

—¿Tu padre también era veterinario? —Estoy haciendo demasiadas preguntas, pero es que me asusta que, si paro, sea yo la que tenga que dar respuestas. A Patrick no parece importarle y me informa con detalle de su historia familiar, que le dibuja una sonrisa nostálgica en el rostro.

—Era ingeniero. Ahora está jubilado, pero trabajó toda la vida para una compañía del gas en Swansea. Sin embargo, soy socorrista voluntario por él. Mi padre lo fue durante años. A veces salía pitando de casa en plena comida dominical, y mi madre nos obligaba a rezar una oración para que todo el mundo fuera devuelto a tierra firme sano y salvo. Yo creía que era un auténtico superhéroe. —Toma un sorbo de su pinta—. Eso fue en la época de la vieja estación de salvamento de Penfach, antes de que construyeran la nueva en Port Ellis.

—¿Te llaman con mucha frecuencia?

—Depende. Sobre todo en verano, cuando los campings están llenos. No importa la cantidad de carteles que haya advirtiendo a la gente de que los acantilados son peligrosos, o que no naden con la marea alta, no hacen ningún caso. —De pronto se pone serio—. Debes tener cuidado cuando nades en la bahía, la corriente de las profundidades es muy fuerte.

—No se me da muy bien nadar —le digo—. Hasta ahora solo me he metido hasta las rodillas.

—No lo intentes —dijo Patrick. Lo dice con tal intensidad en la mirada que me asusta, y me remuevo incómoda en el asiento. Patrick baja la vista y toma un largo trago de cerveza—. La marea —dijo en voz baja— se lleva a la gente.

Asiento en silencio y le prometo que no nadaré.

—Te sonará raro, pero el lugar más seguro para nadar es mar adentro. —A Patrick se le ilumina la mirada—. En verano es maravilloso ir en barco más allá de la bahía y tirarse de cabeza a bucear en las profundidades. Ya te llevaré alguna vez, si te apetece.

Es un ofrecimiento casual, pero me estremezco. La idea de estar a solas con Patrick —con cualquiera— en medio del mar se me antoja profundamente terrorífica.

—El agua no está tan fría como crees —dice Patrick, y malinterpreta mi malestar. Deja de hablar, y se hace un silencio incómodo.

Me agacho y acaricio a Beau, que se ha quedado dormido debajo de la mesa, e intento pensar en algo que decir.

—¿Tus padres siguen viviendo aquí? —se me ocurre al final. ¿Siempre he sido tan aburrida? Intento recordarme en mi época universitaria, cuando era el alma de la fiesta; mis amigos se partían de risa con lo que decía. Ahora, el simple hecho de dar conversación a alguien me supone un esfuerzo.

—Los muy cabrones se trasladaron a España hace un par de años. Mi madre tiene artritis, y creo que el buen tiempo la ayuda con las articulaciones; en cualquier caso, esa es la excusa que pone ella. ¿Y tú qué? ¿Todavía tienes a tus padres?

—No exactamente.

Patrick parece interesado, y me doy cuenta de que tendría que haberme limitado a responder: «No». Inspiro con fuerza.

—La verdad es que nunca me llevé bien con mi madre —le digo—. Echó a mi padre de casa cuando yo tenía quince años y no lo he visto desde entones; jamás se lo perdoné a mi madre.

—Debió de tener sus razones. —Lo dice con tono de pregunta, pero, no obstante, me pongo a la defensiva.

—Mi padre era un hombre maravilloso —digo—. Ella no se lo merecía.

—Entonces ¿a ella tampoco la ves?

—La vi durante unos años, pero volvimos a desencontrarnos después de que yo... —Me callo—. Volvimos a desencontrarnos. Hace un par de años, mi hermana me escribió para contarme que había muerto. —Percibo comprensión en la mirada de Patrick, pero me encojo de hombros para quitarle importancia al gesto. Lo he estropeado todo. No encajo en el mundo feliz al que Patrick debe de estar acostumbrado: seguro que se está arrepintiendo de haberme invitado a una copa. Esta noche no va a hacer más que volverse incómoda para ambos. Nos hemos quedado sin temas triviales de los que charlar, y ahora no se me ocurre nada más que decir. Me asustan las preguntas que intuyo están formándose en la mente de Patrick: por qué vine a Penfach; qué me hizo dejar Bristol; por qué estoy aquí sola. Me lo preguntará por cortesía, sin darse cuenta de que, en realidad, no quiere saber la verdad. Sin darse cuenta de que no puedo contársela.

—Debería pensar en irme —digo.

—¿Ya? —Debe de sentirse aliviado, aunque no lo demuestra—. Todavía es temprano, podríamos tomar otra, o comer algo.

—No, en serio, es mejor que me vaya. Gracias por la copa. —Me levanto antes de que sienta la necesidad de sugerir que volvamos a vernos otro día, pero echa la silla hacia atrás al mismo tiempo que yo.

—Te acompañaré a casa caminando.

Oigo campanas de alarma en la cabeza. ¿Por qué iba a querer acompañarme? En el pub se está bien, y sus amigos están aquí;

todavía tiene la pinta a medias. Siento el bombeo de la sangre en la cabeza. Pienso en lo aislada que está mi casa; que nadie me oiría si él se niega a marcharse. Quizá Patrick parezca amable y honrado ahora, pero sé lo rápido que pueden cambiar las cosas.

—No. Gracias.

Me abro paso a empujones entre la multitud de parroquianos sin importarme qué piensen de mí. Consigo no ponerme a correr hasta que salgo del pub y doblo la esquina, pero entonces corro calle abajo hasta el parque de caravanas y llego al camino del paseo marítimo que conduce a casa. Beau va corriendo pegado a mis talones, sorprendido por el repentino cambio de ritmo. El aire gélido me hace daño al inspirar, pero no me detengo hasta llegar a casa, donde, una vez más, tengo que pelearme con la llave para hacerla girar en cuanto la meto en la cerradura. Por fin logro entrar, echo el pestillo de golpe y me apoyo sobre la puerta.

Tengo el corazón desbocado y me cuesta volver a respirar con normalidad. Ahora ni siquiera estoy muy segura de que el motivo de mi miedo sea Patrick; se me ha mezclado mentalmente con el pánico que me atenaza a diario. Ya no confío en mi instinto; me ha fallado demasiado en otras ocasiones. Por eso, la opción más segura es mantenerme alejada de él.

15

Ray se volvió y hundió la cara en la almohada para evitar la luz de la mañana que se filtraba por las persianas de listones. Durante un instante no logró identificar el sentimiento que le pesaba en el corazón, pero al final lo reconoció. Culpa. ¿En qué estaría pensando? Jamás había sentido la tentación de engañar a Mags; ni una sola vez en quince años de matrimonio. Repasó mentalmente todo lo ocurrido la noche anterior. ¿Se había aprovechado de Kate? Antes de poder bloquearla, le vino a la mente la idea de que ella pudiera presentar una queja formal, pero de inmediato se despreció a sí mismo por haberlo pensado. Ella no era así. Sin embargo, esa preocupación estuvo a punto de robar protagonismo a la culpa.

La respiración relajada que oyó a su lado le indicó que era el único despierto, y salió de la cama con sigilo; miró el bulto que se encontraba durmiendo junto a él, con la colcha cubriéndole la cabeza. Si Mags lo descubría... La idea le resultaba insoportable.

Al ponerse de pie, la colcha se movió, y Ray se detuvo en seco. A pesar de que le parecía una cobardía, había pensado en marcharse sin tener que hablar con ella. Tarde o temprano tendría que enfrentarse a ella, pero necesitaba unas horas para asimilar lo ocurrido.

—¿Qué hora es? —masculló Mags.

—Solo son las seis y pico —susurró Ray—. Hoy entro a trabajar temprano. Tengo que ponerme al día con el papeleo.

Ella emitió un gruñido y volvió a dormirse, y Ray lanzó un suspiro silencioso de alivio. Se duchó tan rápido como pudo y llegó al despacho poco menos de media hora después. Cerró la puerta y se puso directamente con el papeleo, como si con eso pudiera borrar lo ocurrido. Por suerte, Kate había salido para una investigación, y a la hora de comer Ray se arriesgó a ir un rato a la cafetería de la comisaría con Stumpy. Encontraron una mesa libre y Ray se encargó de llevar dos platos de algo a lo que habían puesto la etiqueta de «lasaña», pero que se parecía bien poco a la comida en cuestión. Moira, la señora que servía las raciones, había tenido el encantador detalle de dibujar con tiza una bandera italiana junto al plato del día y les había sonreído de oreja a oreja cuando pidieron la comida, por ello Ray se empleó a fondo y engulló su enorme trozo intentando ignorar la persistente sensación de vómito que le acuciaba desde que se había despertado. Moira era una mujer voluminosa de mediana edad, siempre animosa, a pesar del problema de piel que sufría y que provocaba que le saltaran escamas blancuzcas de los brazos cada vez que se quitaba la chaqueta de punto.

—¿Estás bien, Ray? ¿Estás preocupado por algo? —Stumpy estaba apurando los restos de comida con el tenedor. Dotado de un estómago de acero, Stumpy no solo parecía tolerar los platos de Moira, sino que se relamía visiblemente con ellos.

—Estoy bien —dijo Ray, aliviado cuando Stumpy no siguió insistiendo. Levantó la vista y vio a Kate entrando en la cafetería, y deseó haber comido más deprisa. Stumpy se levantó y las patas metálicas de la silla chirriaron sobre el suelo.

—Nos vemos en el despacho, jefe.

Incapaz de pensar en algo para que Stumpy volviera o bien para dejar la comida antes de que Kate se sentara, Ray se obligó a sonreír.

—Hola, Kate. —Sintió que le ardía la cara de repente.

Se le secó la boca y le costó tragar saliva.

—Qué pasa. —Ella tomó asiento y desenvolvió los bocadillos sin percatarse de la incomodidad de Ray.

Él fue incapaz de interpretar su expresión, pero la sensación de náusea iba a en aumento. Apartó su plato y decidió que la cólera de Moira sería el menor de sus males. Miró a su alrededor para asegurarse de que nadie podía oírlo.

—En cuanto a lo de anoche... —empezó a decir, y se sintió como un adolescente abochornado.

Kate lo interrumpió.

—Lo siento mucho. No sé qué me habrá pasado. ¿Estás bien?

Ray lanzó un suspiro.

—Más o menos. ¿Y tú?

Kate asintió en silencio.

—Un poco abochornada, para serte sincera.

—No tienes nada de lo que estar abochornada —dijo Ray—. Yo jamás debería...

—No debería haber ocurrido jamás —dijo Kate—. Pero solo fue un beso. —Sonrió a Ray y dio un mordisco a su bocadillo, y siguió hablando con la boca llena de queso y pepinillo—: Un beso agradable, pero solo un beso.

Ray lanzó un suspiro relajado. Todo saldría bien. Era horrible que hubiera sucedido. Si Mags lo descubría alguna vez, las consecuencias serían atroces, pero todo iba a salir bien. Ambos eran adultos y podían aceptarlo como una experiencia más, y seguir adelante como si nada hubiera ocurrido. Por primera vez en doce horas, Ray se permitió recordar lo agradable que había sido besar a una persona tan llena de energía, tan viva. Volvió a sentir que se acaloraba, que le quemaba la cara, y tosió para relajarse y dejar de pensar en ello.

—Si tú estás bien... —dijo.

—Ray, no pasa nada. De verdad. No voy a presentar una queja contra ti, por si es eso lo que te preocupa.

Ray se ruborizó.

—¡Dios, no! No se me había pasado por la cabeza. Solo es que... Bueno, ya sabes, estoy casado y...

—Y yo estoy saliendo con alguien —dijo Kate de pronto—. Y ambos sabemos lo que hay. Así que, está olvidado, ¿vale?

—Vale.

—Bien —dijo Kate, y de pronto adoptó una actitud profesional—. El motivo por el que he venido a buscarte es para preguntarte qué te parece presentar una solicitud de aplazamiento en el caso de Jacob Jordan, ya que ha pasado un año.

—¿Ya ha pasado un año?

—Sí, el mes que viene hará un año. No es probable que nos den una respuesta positiva, pero, si hablamos con alguien, a lo mejor podemos conseguir cierta información confidencial, y siempre cabe la posibilidad de que alguien por fin esté listo para limpiar su conciencia. Alguien tiene que saber quién conducía ese coche.

A Kate le brillaban los ojos y tenía esa mirada decidida que él conocía tan bien.

—Hagámoslo —dijo. Se imaginaba la reacción de su jefa ante la propuesta, y sabía que no auguraría nada bueno para su trayectoria profesional. Pero solicitar un aplazamiento después de un año era una buena idea. Se trataba de algo que se hacía de tanto en tanto con los casos no resueltos, aunque solo fuera para que las familias supieran que la policía no había desistido por completo; aunque el caso no siguiera siendo investigado de forma activa. Valía la pena intentarlo.

—Genial. Tengo que terminar algo de papeleo esta mañana, pero si quieres nos vemos esta tarde y planificamos cómo presentar la solicitud. —Kate se despidió de Moira agitando una mano con gesto animoso al salir de la cafetería.

Ray deseó tener la capacidad de Kate para olvidar lo ocurrido la noche anterior. Estaba costándole mucho mirarla sin recordar cómo lo había rodeado por el cuello. Ocultó el resto de su lasaña bajo una servilleta de papel y metió su bandeja en el carrito que se encontraba junto a la puerta.

—De lo mejorcito que has preparado, Moira —dijo al pasar junto a la zona donde servían los platos.

—¡Mañana toca griego! —dijo la mujer, animosa.

Ray anotó mentalmente no olvidar traerse el bocadillo.

Estaba hablando por teléfono cuando Kate abrió la puerta de su despacho sin llamar. Al darse cuenta de que Ray estaba ocupado, se disculpó en voz baja y empezó a retroceder, pero él le hizo un gesto con la mano indicándole que se sentara. Kate cerró la puerta con sigilo y se acomodó en uno de los sillones bajos a esperar a que Ray terminase. Él percibió que ella miraba la foto de Mags y los niños que tenía sobre la mesa del despacho; sintió una nueva punzada de remordimiento y tuvo que hacer un esfuerzo por seguir centrado en la conversación con la jefa de policía.

—¿De veras es necesario, Ray? —estaba diciendo Olivia—. Las posibilidades de que se presente un testigo son muy escasas, y me preocupa que solo sirva para llamar la atención sobre el hecho de que no hemos encerrado a nadie por la muerte del niño.

«Se llama Jacob», le dijo Ray mentalmente, repitiendo la frase que le había dicho la madre del pequeño hacía ya casi un año. Se preguntó si a su jefa de verdad le importaba tan poco como parecía.

—Y como no hay nadie reclamando justicia, no veo motivo para remover el asunto. Además, pensaba que ya tendrías suficiente con presentarte ante el próximo comité examinador para el puesto de inspector jefe.

Las implicaciones de esa afirmación resultaban muy evidentes.

—Había pensado en pedirte que te encargaras del asunto de narcotráfico de Creston —dijo la jefa—, pero si prefieres concentrarte en un caso antiguo... —La operación Pausa había sido un éxito, y aquella no era la primera vez en esas semanas que habían intentado tentarlo con un caso mucho más importante. Ray titubeó un instante y luego captó la mirada de Kate. Ella estaba mirándolo con intensidad. Trabajar con ella le había recordado el motivo por el que se había hecho policía hacía tantos años. Se había reencontrado con su antigua vocación, y, desde ese momento, estaba decidido a hacer lo correcto, no lo que fuera del agrado de los jefes.

—Puedo hacer ambas cosas —respondió con firmeza—. Voy a presentar una solicitud de aplazamiento. Creo que es la decisión correcta.

Se hizo un silencio antes de que Olivia respondiera.

—Un artículo en el *Post*, Ray, y unas cuantas pancartas junto a la carretera recordando el accidente. No obtendrás nada más. Y todo estará olvidado en cuestión de una semana. —Y cortó la llamada.

Kate esperó a que él hablara, dando golpecitos nerviosos con el bolígrafo sobre el brazo del sillón.

—Vamos a hacerlo —dijo Ray.

En el rostro de ella afloró una amplia sonrisa.

—Bien hecho. ¿Está cabreada?

—Ya se le pasará —dijo Ray—. Solo ha querido dejar claro que no lo aprobaba, para poder reafirmarse cuando nos salga el tiro por la culata y la confianza de la opinión pública hacia la policía vuelva a caer en picado.

—¡Eso es un poco cínico!

—Eso supone ser jefe.

—¿Y aun así quieres un ascenso? —Kate parpadeó de forma exagerada y Ray rió.

—No puedo quedarme aquí para siempre —dijo él.

—¿Por qué no?

Ray pensó en lo bien que estaría poder ignorar la política de ascensos y simplemente centrarse en su trabajo, un trabajo que adoraba.

—Porque tengo dos hijos que algún día irán a la universidad —dijo al final—. De todas formas, yo seré diferente, no olvidaré qué supone patrullar las calles.

—Te lo recordaré cuando seas jefe de policía y me digas que no puedo solicitar un aplazamiento.

Ray sonrió de oreja a oreja.

—Ya he hablado con el *Post*: Suzy French está encantada de

que volvamos a meter las narices en el asunto, así podrán publicar un artículo para conmemorar el aniversario del accidente, contar con testigos y nueva información, y bla, bla, bla. Escribirán algo con la historia de Jacob, pero me gustaría que llamaras a Suzy para informarle de los detalles de la solicitud de aplazamiento, y para proporcionarle una declaración oficial de la policía para que quede claro que estamos dispuestos a hablar con los posibles testigos de forma confidencial.

—No hay problema. ¿Qué vamos a hacer con su madre?

Ray se encogió de hombros.

—Presentaremos la solicitud de aplazamiento sin consultárselo, supongo. Hablaremos con la tutora del colegio de Jacob, por si quiere hablar con el periódico. Estaría bien que pudieran contar con un nuevo enfoque de la noticia, si es posible. ¿Podríamos conseguir alguna manualidad hecha por Jacob en clase? Un dibujo o algo así. Esperaremos a ver si nos conceden el aplazamiento antes de empezar a buscar a la madre; es como si hubiera desaparecido de la faz de la tierra.

Ray estaba furioso con el agente de contacto familiar por no haberse esmerado más en seguir la pista a la madre de Jacob. Y no es que le sorprendiera que la mujer hubiera desaparecido. Por experiencia sabía que la mayoría de las personas tenían dos reacciones cuando perdían a alguien: o bien juraban no volver a mudarse jamás, y conservaban las habitaciones tal como habían quedado, como una especie de santuario; o bien frenaban en seco y empezaban desde cero, incapaces de soportar la idea de seguir viviendo como si nada hubiera cambiado cuando, en realidad, el mundo entero se había estremecido.

Cuando Kate hubo salido de su despacho, Ray se quedó mirando la foto de Jacob, que seguía clavada en el corcho de la pared. Las esquinas se habían doblado un poco. Se acercó, la desclavó con cuidado del tablón y la aplanó. Apoyó la foto del pequeño sobre la imagen enmarcada de Mags y los niños, donde podía contemplarla más cómodamente.

La solicitud de aplazamiento para proseguir con la investigación después de un año era un último intento a la desesperada, y resultaba poco probable que tuviera éxito, pero al menos era un intento. Y, si no salía bien, tramitaría la documentación para el ascenso y seguiría con su vida.

16

Estoy sentada a la mesa de la cocina delante del portátil, tengo las rodillas dobladas y metidas por debajo del enorme jersey de lana con punto trenzado que solía llevar en mi estudio durante los meses de invierno. Estoy pegada al radiador, pero sigo temblando, y me estiro las mangas para taparme las manos. Ni siquiera es la hora de comer, pero ya me he servido una copa hasta arriba de tinto. Escribo algo en el motor de búsqueda y luego me detengo. Hace muchos meses que no me torturo simplemente mirando. No contribuirá a nada bueno, nunca sirve de nada, pero ¿cómo voy a dejar de pensar en él, hoy precisamente?

Bebo un sorbo de vino y hago clic para que se cargue la información.

En cuestión de segundos, la pantalla queda inundada de nuevos detalles sobre el accidente; muros con mensajes de condolencia y homenajes a Jacob. El color del texto de los links demuestra que ya he visitado todos esos sitios con anterioridad.

Pero, precisamente hoy, un año después de que mi mundo se derrumbara, hay un nuevo artículo en la edición online del *Bristol Post*.

Emito un gemido ahogado y cierro los puños con tanta fuerza que los nudillos se me ponen blancos. Tras devorar el breve artículo, vuelvo al principio para releerlo. No ha habido ningún avance: no hay pistas policiales, no hay información sobre el coche, solo el recordatorio de que el conductor está en busca y captura como causante de una muerte por conducción temeraria. El término me pone enferma y cierro de golpe internet, pero ni siquiera la foto de la bahía en el fondo de pantalla me tranquiliza. No me he acercado a la costa desde mi cita con Patrick. Tengo pedidos pendientes, pero me siento avergonzada por cómo me comporté y no puedo soportar la idea de topármelo por casualidad en la playa. Cuando me levanté a la mañana siguiente de la cita, me pareció ridículo haberme sentido asustada y casi encontré el valor para llamarlo y disculparme. Sin embargo, con el paso de los días perdí el coraje, y ahora ya han pasado casi dos semanas, y él no ha hecho intento alguno de contactar conmigo. De pronto me entran ganas de vomitar. Tiro el vino por el fregadero y decido llevar a Beau a dar un paseo junto al mar.

Caminamos durante lo que me parecen kilómetros, rodeando el cabo en dirección a Port Ellis. Por debajo de nosotros hay un edificio gris, y me doy cuenta de que debe de tratarse de la estación de salvamento. Me detengo un instante y pienso en las vidas salvadas por los voluntarios que la dirigen. No puedo evitar pensar en Patrick mientras avanzo por el camino que conduce a Port Ellis. No he planificado la ruta, me limito a seguir caminando hasta que llegue al pueblo, y desde allí iré a la clínica veterinaria. Solo cuando abro la puerta y suena la campanilla sobre mi cabeza me pregunto qué demonios voy a decir.

—¿En qué puedo ayudarla? —Es la misma recepcionista, aunque no la habría recordado de no ser por sus insignias de colores.

—¿Sería posible ver a Patrick un momento? —Pienso en que debería darle un motivo, pero ella no me lo pregunta.

—Ahora mismo vuelvo.

Me quedo de pie, con sensación de incomodidad, en la sala de espera, donde una mujer está sentada con un niño y algo dentro de un cesto de mimbre. Beau tira de la correa y yo tiro de él.

Un par de minutos después oigo unas pisadas y aparece Patrick. Lleva unos pantalones de algodón marrones, una camisa a cuadros y el pelo alborotado, como si hubiera estado pasándose los dedos por la cabellera.

—¿Le pasa algo a Beau? —Se muestra correcto, pero no sonríe, y pierdo algo de valor.

—No. Solo quería saber si puedo hablar contigo. Será solo un minuto.

Titubea, y estoy segura de que va a decirme que no. Me arden las mejillas y soy muy consciente de que la recepcionista está mirándonos.

—Adelante.

Lo sigo hasta la consulta donde examinó por primera vez a Beau, y él se apoya sobre el lavamanos. No dice nada; no piensa ponérmelo fácil.

—Quería… Quería disculparme. —Siento que me escuecen los ojos y me obligo a no llorar.

Patrick me dedica una sonrisa amarga.

—Ya me han dado calabazas antes, pero nunca tan deprisa.

Su mirada se ha suavizado, y yo me arriesgo a sonreír con timidez.

—Lo siento mucho.

—¿Hice algo mal? ¿Fue por algo que dije?

—No. Ni mucho menos. Fuiste… —Hago un esfuerzo por encontrar la palabra adecuada, pero desisto—. Ha sido culpa mía, no se me dan muy bien estas cosas.

Se hace un silencio, y Patrick me sonríe relajado.

—A lo mejor te hace falta práctica.

No puedo evitar reír.

—A lo mejor.

—Mira, me quedan dos pacientes más por visitar, y luego habré terminado por hoy. ¿Qué te parece si te invito a cenar? Tengo un estofado cocinándose a fuego lento mientras hablamos, y hay más que suficiente para dos. Incluso puedo servir una ración a Beau.

Si le digo que no, no volveré a verlo.

—Me encantaría.

Patrick se mira el reloj.

—Ven a buscarme dentro de una hora, ¿te irá bien entonces?

—Me va bien. De todas formas, quería hacer un par de fotos del pueblo.

—Genial, entonces nos vemos dentro de nada.

Ahora sonríe con más ganas, y la mirada también se le alegra, lo que hace que le aparezcan unas arruguitas en los ojos. Me acompaña a la salida y yo capto la mirada de la recepcionista.

—¿Todo arreglado?

Me pregunto para qué cree que yo quería ver a Patrick y luego decido que me da igual. He sido valiente: quizá saliera huyendo, pero he vuelto, y esta noche estaré cenando con un hombre al que le gusto lo suficiente para no olvidarme por mi nerviosismo.

La frecuencia con la que consulto la hora no hace que el tiempo pase más deprisa, y Beau y yo damos varias vueltas enteras al pueblo antes de regresar a la clínica. No quiero entrar y me siento aliviada cuando Patrick sale poniéndose la parca encerada y sonriendo alegremente. Acaricia las orejas a Beau, y luego vamos caminando hacia la pequeña casa adosada en la calle que está junto a la clínica. Patrick nos conduce hasta el salón, donde Beau enseguida se acomoda delante de la chimenea.

—¿Una copa de vino?

—Por favor.

Me siento, pero estoy nerviosa y me levanto casi de inmediato. La habitación es pequeña pero acogedora, con una alfombra que ocupa casi todo el suelo. Hay dos sillones, uno a cada lado de la chimenea, y me pregunto cuál será el suyo; nada indica que haya uno más usado que el otro. La pequeña televisión parece algo accidental en la sala, aunque hay dos enormes librerías que ocupan las hornacinas situadas junto a los sillones. Ladeo la cabeza para leer los títulos de los lomos.

—Tengo una cantidad exagerada de libros —dice Patrick, y regresa con dos copas de vino tinto. Tomo una y me siento agradecida de tener algo que hacer con las manos—. La verdad es que debería deshacerme de algunos, pero he acabado enganchándome a ellos.

—Me encanta leer —digo—, aunque casi no me he decidido por ningún libro desde que me mudé a vivir aquí.

Patrick se sienta en uno de los sillones. Lo imito y me siento en otro mientras jugueteo con el tallo de la copa.

—¿Desde hace cuánto eres fotógrafa?

—En realidad no lo soy —digo, y me sorprendo a mí misma por mi sinceridad—. Soy escultora. —Pienso en el estudio que tenía en mi jardín: en la arcilla aplastada, las virutas de las esculturas terminadas y listas para su entrega—. Al menos lo era.

—¿Ya no sigues esculpiendo?

—No puedo. —Dudo un instante, luego abro los dedos de la mano izquierda, donde la piel llena de cicatrices recorre con furia la superficie de la palma y la muñeca—. Sufrí un accidente. Ya puedo volver a usar la mano, pero no tengo sensibilidad en las yemas de los dedos.

Patrick emite un silbido grave.

—Pobrecita. ¿Cómo te pasó?

Recuerdo de pronto aquella noche, hace un año, y me obligo a apartar esa visión.

—Parece peor de lo que realmente es —digo—. Debería haber tenido más cuidado. —No puedo mirar a Patrick, pero él lo ignora y cambia de tema.

—¿Tienes hambre?

—Estoy muerta de hambre. —Me rugen las tripas cuando me llega el delicioso olor de la cocina. Lo sigo por una habitación sorprendentemente espaciosa, con un aparador de madera de pino que tiene la longitud de toda una pared.

—Era de mi abuela —dice, y apaga la olla de cocción con temporizador—. Mis padres lo heredaron cuando ella murió, pero se fueron a vivir al extranjero hace un par de años y pasó a ser mío. Es enorme, ¿verdad? Hay todo tipo de objetos almacenados ahí dentro. No se te ocurra abrir las puertas de abajo.

Observo a Patrick mientras sirve con delicadeza el estofado en dos platos, y limpia la salsa caída en el borde con un paño de cocina, con lo que logra dejar una mancha mucho más grande a su paso. Luego trae los platos calientes hasta la mesa y me coloca uno delante.

—Es más o menos lo único que sé preparar —dice con expresión de disculpa—. Espero que te guste. —Echa una cucharada en un plato metálico y, a reglón seguido, Beau entra dando saltitos a la cocina, y espera con paciencia a que Patrick le coloque el cuenco en el suelo.

—Todavía no, chaval —dice Patrick. Coge un tenedor y remueve la carne del cuenco para que se enfríe.

Miro hacia abajo para disimular una sonrisa. Se puede saber mucho sobre alguien por la forma en que trata a los animales, y no puedo evitar sentir ternura al ver a Patrick.

—Tiene una pinta deliciosa —digo—. Gracias. —No logro recordar cuándo fue la última vez que alguien cuidó de mí de esta forma. Siempre era yo la que cocinaba, ordenaba, se encargaba de la casa. Tantos años tratando de construir una familia feliz, para acabar viendo cómo se derrumbaba todo a mi alrededor.

—Es una receta de mi madre —dice Patrick—. Siempre intenta añadir algo a mi repertorio cuando me visita; creo que imagina que vivo a base de pizza y patatas fritas cuando ella no está, como hace mi padre.

Me río.

—Este otoño hará cuarenta años que están juntos —dice—. No puedo ni imaginar qué significa eso, ¿y tú?

No puedo.

—¿Has estado casado alguna vez? —le pregunto.

La mirada de Patrick se entristece.

—No. Creí que podría casarme en una ocasión, pero no resultó ser así.

Se hace un breve silencio, y creo percibir el alivio en su expresión cuando queda claro que yo no pienso preguntarle por qué.

—¿Qué hay de ti?

Inspiro con fuerza.

—Estuve casada durante un tiempo. Al final queríamos cosas distintas. —Sonrío por el mensaje entre líneas.

—Estás muy aislada en Blaen Cedi —dice Patrick—. ¿Eso no te molesta?

—Me gusta. Es un bonito lugar donde vivir, y tengo a Beau para hacerme compañía.

—¿No te sientes sola sin casas a tu alrededor?

Pienso en mis noches de crisis nerviosas, cuando me despierto chillando sin que nadie me consuele.

—Veo a Bethan casi todos los días —digo.

—Es una buena amiga. La conozco desde hace años.

Me pregunto cuál es el grado de intimidad que ha existido entre Patrick y Bethan. Él empieza a contarme la historia sobre una vez que cogieron una barca del padre de Patrick sin pedirle permiso y salieron a remar por la bahía.

—Nos pillaron en cuestión de minutos, y yo vi que mi padre estaba en la orilla con los brazos cruzados, junto al padre de Bethan. Supimos que nos habíamos metido en un lío tremendo y nos quedamos en la barca, y ellos se quedaron en la playa durante lo que a mí me parecieron horas.

—¿Qué ocurrió?

Patrick ríe.

—Nos rendimos, por supuesto. Volvimos remando y nos enfrentamos al rapapolvo. Bethan era bastantes años mayor que yo, y por eso se cargó gran parte de la culpa, pero a mí me castigaron sin salir durante dos semanas.

Sonrío mientras él sacude la cabeza para exagerar la pena que le provocó el castigo. Me lo imagino de niño, con el pelo tan alborotado como ahora y la cabeza llena de gamberradas.

Me cambia el plato vacío por un cuenco con un crumble de manzana y crema pastelera. Con el aroma de la canela caliente se me hace la boca agua. Aparto la crema de la costra de migas de galleta horneada y me como el relleno, jugueteando con el plato para no parecer grosera.

—¿No te gusta?

—Está delicioso —digo—. Es que no como mucho dulce.

—El hábito de hacer dieta es difícil de dejar.

—Te lo estás perdiendo. —Patrick se termina el suyo en un par de cucharadas—. No lo he preparado yo, me lo ha traído una de las chicas del trabajo.

—Lo siento.

—De veras, está rico. Lo dejaré enfriar un poco, y Beau podrá dar buena cuenta de él.

El perro levanta las orejas de golpe en cuanto oye pronunciar su nombre.

—Es un chucho encantador, y afortunado —dice Patrick.

Asiento para aprobar el comentario, aunque ahora sé que yo necesito a Beau tanto como él me necesita a mí. Patrick tiene un codo apoyado sobre la mesa y la barbilla descansando sobre la palma de la mano mientras acaricia a Beau. Relajado y satisfecho: un hombre sin secretos ni penas.

Levanta la vista y me pilla mirándolo. Me siento incómoda, aparto la mirada y veo otro conjunto de librerías en un rincón de la cocina.

—¿Más libros?

—No puedo evitarlo —dice Patrick con una sonrisa—. Esos, en su mayoría, son libros de cocina que mi madre ha ido regalándome a lo largo de los años, aunque hay también algunos de novela negra. Leo cualquier cosa que tenga una trama decente.

Empieza a recoger la mesa, me recuesto sobre el respaldo de la silla y me quedo mirándolo.

«¿Puedo contarte una historia, Patrick?»

Una historia sobre Jacob y el accidente. Sobre cómo escapé porque no encontraba otra forma de sobrevivir que no fuera viendo a empezar, y sobre cómo chillo por las noches porque jamás podré liberarme de lo ocurrido.

«¿Puedo contarte esa historia?»

Lo veo escuchándome, abriendo los ojos como platos mientras le hablo del chirrido de los frenos; del crujido emitido por la cabeza de Jacob al impactar contra la luna del coche. Quiero que alargue una mano para tomar la mía desde el otro lado de la mesa, pero no puedo obligarlo a hacerlo. Quiero que me diga que lo entiende; que no fue culpa mía; que podría haberle ocurrido a cualquiera. Pero él niega con la cabeza; se levanta de la mesa; me aparta. Está asqueado. Se le ha revuelto el estómago.

Jamás podría contárselo.

—¿Estás bien? —Patrick está mirándome con cara rara, y, por un segundo, me da la sensación de que tiene la habilidad de leerme el pensamiento.

—Ha sido una comida deliciosa —digo. Tengo dos opciones: o me alejo de Patrick o le oculto la verdad. Detesto mentirle, pero no puedo soportar la idea de dejarlo marchar. Miro el reloj de pared—. Debería irme.

—¿No irás a hacer otra huida a lo Cenicienta?

—Esta vez no. —Me ruborizo, pero Patrick está sonriendo—. El último autobús hasta Penfach es a las nueve.

—¿No tienes coche?

—No me gusta conducir.

—Yo te llevaré a casa. Solo he bebido un poco de vino, no hay problema.

—De verdad, prefiero volver sola a casa. —Creo percibir un velo de desesperación en la mirada de Patrick—. ¿A lo mejor nos vemos en la playa mañana por la mañana? —digo.

Se relaja y sonríe.

—Eso sería genial. Ha sido estupendo volver a verte; me alegro de que hayas vuelto.

—Y yo también.

Recojo mis cosas y nos quedamos de pie en el recibidor mientras me pongo el abrigo. Casi no tengo sitio para mover los codos, y la cercanía con su cuerpo me hace sudar. Me peleo con la cremallera.

—Espera —dice—. Ya lo hago yo.

Observo su mano mientras encaja con cuidado ambas partes de la cremallera y la sube. Estoy rígida por la ansiedad, pero él se detiene antes de llegar a mi barbilla y me envuelve la bufanda alrededor del cuello.

—Ya está. ¿Me llamarás cuando llegues a casa? Te daré mi número de teléfono.

Su preocupación me pilla desprevenida.

—Lo haría, pero no tengo teléfono.

—¿No tienes móvil?

Estoy a punto de reír por su incredulidad.

—No. Hay una línea de teléfono en la casa, para internet, pero no tengo dado de alta el teléfono. Llegaré bien, te lo prometo.

Patrick apoya las manos en mis hombros y antes de que yo tenga tiempo para reaccionar se acerca a mí y me besa con ternura en la mejilla. Siento su aliento sobre la cara y de pronto pierdo el equilibrio.

—Gracias —digo, y aunque no solo es inapropiado sino poco original, él me sonríe como si le hubiera dicho algo profundo, y pienso en lo fácil que es estar con alguien que no te exige nada.

Engancho la correa de Beau en su collar y nos despedimos. Sé que Patrick se quedará mirándonos, y cuando doblo el recodo del camino lo veo todavía en la puerta.

17

El móvil de Ray sonó mientras estaba sentado desayunando. Lucy todavía estaba intentando ganarse su insignia como mejor exploradora de las Brownies y estaba tomándoselo mucho más en serio de lo que la ocasión merecía. Le asomaba la punta de la lengua por una comisura de la boca mientras servía con sumo cuidado el beicon quemado y los huevos pasados en los platos de sus padres. Tom se había quedado a dormir fuera y no tenía que volver hasta la hora de comer. Ray había estado de acuerdo con Mags cuando ella había comentado lo positivo que era que Tom estuviera haciendo amigos pero, en realidad, solo estaba disfrutando de la paz de un hogar libre de portazos y gritos airados.

—Tiene un aspecto delicioso, cielito. —Ray sacó el móvil del bolsillo y echó un vistazo a la pantalla. —Miró a Mags—. Trabajo. —Ray se preguntó si sería alguna actualización sobre la operación Halcón, el nombre asignado al asunto sobre narcotráfico en el barrio de Creston. La jefa lo había tentado durante una semana más antes de tirar definitivamente la toalla con Ray, con la orden firme de que se centrara en el caso Halcón antes que en cualquier otro. No mencionó siquiera la solicitud de aplazamiento. No era necesario.

Mags se quedó mirando a Lucy, quien estaba absorta en emplatar el desayuno.

—Desayuna antes. Por favor.

A regañadientes, Ray presionó el botón rojo para rechazar la llamada y la desvió al buzón de voz. Apenas había pinchado con el tenedor su ración de beicon con huevos cuando sonó el teléfono fijo. Mags respondió.

—Ah, hola, Kate. ¿Es urgente? Estamos en pleno desayuno.

Ray de pronto se sintió incómodo. Fue pasando los correos de la BlackBerry para ocuparse en algo, al tiempo que iba echando vistazos rápidos a Mags, quien lograba transmitir con el simple gesto de tener los hombros rígidos que no estaba muy contenta con la intromisión. ¿Por qué lo llamaba Kate a su casa? ¿Y un domingo? Él intentó aguzar el oído cuanto pudo para oír qué decía Kate, pero no logró distinguir ni una sola palabra. La ya conocida sensación de náusea que le había sobrevenido varias veces en los días pasados había regresado, y se quedó mirando el plato de huevos con beicon sin ningún entusiasmo.

Mags le pasó el teléfono sin mediar palabra.

—Hola, Ray. —Kate parecía animada, ignorante del conflicto interno que él estaba sufriendo—. ¿En qué andas?

—Nada, cosas de familia. ¿Qué pasa? —Notó que Mags tenía la mirada clavada en él y fue consciente de que estaba siendo más parco de lo habitual.

—Siento mucho molestarte —respondió Kate con seriedad—, pero he creído que no te gustaría esperar hasta mañana.

—¿Qué ocurre?

—La solicitud de ampliación del caso de accidente con fuga ha dado resultado. Tenemos un testigo.

Ray se encontraba en su despacho media hora después.

—Bueno, ¿qué tenemos?

Kate leyó en diagonal el correo electrónico impreso remitido por el Centro de Investigaciones de la Policía.

—Un chico que afirma que se le cruzó un coche rojo que conducía de forma errática más o menos en la misma época en que tuvo lugar el accidente —dijo ella—. Quería denunciarlo, pero al final no lo hizo.

Ray sintió una inyección de adrenalina.

—¿Por qué no se puso en contacto cuando hicimos el primer llamamiento de testigos?

—No es de aquí —dijo Kate—. Estaba visitando a su hermana por su cumpleaños, por eso está más o menos seguro de la fecha, pero regresó a Bournemouth ese mismo día y no se enteró del atropello con fuga. De todas formas, ató cabos en cuanto su hermana le comentó que habíamos ampliado el plazo de la investigación cuando hablaron ayer por la noche.

—¿Resulta creíble? —preguntó Ray. Los testigos eran una especie impredecible. Algunos tenían una memoria asombrosa para los detalles; otros no podían decir ni de qué color era la camisa que llevaban sin mirarse antes, e incluso así se equivocaban.

—No lo sé. Aún no hemos hablado con él.

—¿Por qué narices no lo habéis hecho todavía?

—Son las nueve y media —dijo Kate adoptando un tono a la defensiva—. Hemos recibido la información unos cinco minutos antes de llamarte, y he creído que querrías hablar tú con él personalmente.

—Lo siento.

Kate se encogió de hombros como diciendo que no tiene importancia.

—Y lamento si he sonado ausente cuando me has llamado. Me he sentido algo... Algo violento, ¿sabes?

—¿Va todo bien?

Era una pregunta trampa. Ray asintió en silencio.

—Va todo bien. Me sentía incómodo, eso es todo.

Se miraron durante un instante, antes de que Ray volviera a hablar.

—Bueno, vale, vamos a por él. Quiero hasta el último detalle que pueda darnos sobre ese coche. El modelo, el color, la matrícula; cualquier cosa sobre quién lo conducía. Parece que se nos ha dado otra oportunidad con este caso, hagámoslo bien esta vez.

—¡Ni una puñetera pista! —Ray se paseaba delante de la ventana de su despacho sin intentar disimular su desesperación—. No puede decirnos ni cómo era el conductor, ni si era blanco o negro, ¡por el amor de Dios! ¡Ni siquiera sabe si era un hombre o una mujer! —Se frotó la cabeza con fuerza, como si la estimulación pudiera motivar una idea repentina.

—La visibilidad era mala —le recordó Kate—, y estaba concentrándose en no perder el control de su propio coche.

Ray no estaba de humor para mostrarse compresivo.

—El tío no debería haberse echado a la carretera si un poco de lluvia iba a afectarle tanto. —Se sentó de golpe, bebió un sorbo de café e hizo una mueca de asco cuando notó que estaba helado—. Algún día conseguiré beberme una taza de café entera —dijo entre dientes.

—Un Ford pequeño —dijo Kate leyendo sus notas—, con la luna rajada. Seguramente un Fiesta o un Focus. Algo es algo.

—Bueno, peor es nada —admitió Ray—. Pongámonos manos a la obra. Me gustaría localizar a la madre de Jacob. Si conseguimos echar el guante a alguien por este asunto, quiero que ella vea que no hemos escatimado esfuerzos en averiguar quién mató a su hijo.

—Entendido —dijo Kate—. Conecté bien con la jefe de estudios del colegio cuando la llamé para informarle sobre la solicitud de ampliación. Volveré a llamar y haré algunas averiguaciones. Alguien debe de haber mantenido el contacto con ella.

—Yo pondré a Malcolm a investigar lo del coche. Conseguiremos una orden para que la policía de tráfico compruebe las matrículas de todos los Fiesta y los Focus registrados en Bristol, y nos vemos a la hora de comer cuando tengamos el documento.

Dejando a un lado lo que Moira le había ofrecido con demasiado optimismo como paella, Ray puso una mano sobre la pila de papeles que tenía delante.

—Novecientos cuarenta y dos. —Emitió un silbido.

—Y son solo los de la zona —dijo Kate—. ¿Y si solo pasaba por allí?

—Intentemos acotarlo un poco más. —Dobló el documento y se lo entregó a Kate—. Compara esta lista con la de las matrículas: están anotados los coches que pasaron por allí desde media hora antes del atropello hasta media hora después. Comprobaremos cuántos estaban en circulación durante esa fracción de tiempo, y empezaremos el descarte partiendo de ese punto.

—Estamos acercándonos —dijo Kate con la mirada encendida—. Lo presiento.

Ray sonrió.

—No adelantemos acontecimientos. ¿Qué otros asuntos llevas en este momento?

Ella fue enumerándolos con los dedos.

—El robo en Londis, los atracos en serie a taxistas asiáticos y una posible agresión sexual que nos tocará en el siguiente turno. Ah, y tengo un curso de dos días sobre diversidad la semana que viene.

Ray soltó una risotada socarrona.

—Considérate liberada del yugo de la diversidad —dijo—. Y pásame la lista del resto de los trabajos para que los reasignemos. Te quiero trabajando exclusivamente en este caso.

—¿Esta vez será oficial? —preguntó Kate, y enarcó una ceja.

—Tienes mi palabra —dijo Ray sonriendo—. Pero no te pases con las horas extra.

18

Cuando el autobús llega a Port Ellis, Patrick ya está esperándome. Nos hemos encontrado en la playa todas las mañanas durante las últimas dos semanas y, cuando él me sugirió que pasáramos juntos su tarde libre, solo lo dudé durante un instante. No puedo pasarme la vida asustada.

—¿Adónde vamos? —pregunto, y miro a mi alrededor en busca de pistas. Su casa está en dirección contraria, y pasamos junto al pub sin entrar.

—Ya lo verás.

Salimos del pueblo y seguimos el camino que desciende hasta el mar. Mientras caminamos, nuestras manos se tocan y sus dedos se entrelazan con los míos. Siento una descarga eléctrica y relajo la mano tomando la suya.

La noticia de que ahora salgo con Patrick se ha propagado por Penfach como la pólvora. Ayer me encontré con Iestyn en la tienda del pueblo.

—He oído que te ves con el chico de Alun Mathews —me dijo con una sonrisa de medio lado—. Es un buen muchacho, ese tal Patrick; podrías haber encontrado uno mucho peor.

Noté que me ruborizaba.

—¿Cuándo podrás venir a echarle un vistazo a la puerta de mi casa? —le pregunté para cambiar de tema—. Sigue igual, la cerradura sigue enganchando la llave del tal forma que no logro hacerla girar.

—Tienes que dejar de preocuparte por eso —respondió Iestyn—. Nadie va a robarte en este lugar.

Tuve que inspirar con fuerza antes de responder, porque sabía que me consideraría rara por el simple hecho de cerrar mi puerta con llave.

—Da igual —le dije—, me sentiría mejor si estuviera arreglada.

Una vez más, Iestyn me prometió pasar por casa para solucionarlo, pero cuando salí a la hora de comer no había dado señales de vida, y tardé diez minutos largos en cerrar la puerta con llave.

El camino sigue estrechándose, y no logro ver el amplio mar al final del sendero. El océano está gris e implacable, las salpicaduras de espuma blanca saltan por los aires procedentes del furioso oleaje. Las gaviotas sobrevuelan en círculo la superficie, impulsadas por el viento que las envuelve en la bahía. Al final me doy cuenta de adónde está llevándome Patrick.

—¡La estación de salvamento! ¿Podemos entrar?

—Esa era la idea —dice—. Ya has visto la clínica veterinaria; se me ocurrió que podría gustarte ver este otro lugar; por lo visto, paso tanto tiempo aquí como allí.

La estación de salvamento de Port Ellis es un extraño edificio bajo, que podría ser fácilmente confundido con una fábrica de no ser por la torre de vigilancia que tiene encima; sus cuatro ventanales de cristal me recuerdan una torre de control.

Llegamos a dos puertas automáticas de color azul en la fachada del edificio, y Patrick teclea el código de acceso en un panel gris junto a una puerta más pequeña situada a un lado.

—Adelante, te enseñaré el lugar.

En su interior, la estación huele a una mezcla de sudor y mar; a ese hedor intenso que el salitre deja en la ropa. El embarcadero está presidido por lo que Patrick me cuenta que llaman «el Navío»; una zodiac de color naranja.

—Vamos sujetos con arneses —dice—. Cuando hace mal tiempo, es lo único que podemos hacer para no caer al mar.

Me paseo por el cobertizo de lanchas y leo las notas que hay clavadas en la puerta, las listas del equipamiento marcadas como «revisadas» a diario. En la pared hay una placa, es el recuerdo conmemorativo de tres voluntarios que perdieron la vida en 1916.

—«Coxswain P. Grant y miembros del equipo de salvamento Harry Ellis y Glyn Barry» —leo en voz alta—. Qué espanto.

—Acudieron a una llamada de un barco de vapor con problemas en la península de Gower —explica Patrick. Se acerca a mí y me rodea con un brazo por el hombro. Debe de haberme visto la cara, porque añade—: En esa época era todo muy diferente, no tenían ni la mitad del equipo con el que contamos ahora.

Me toma de la mano y me saca del cobertizo de lanchas para llevarme a una pequeña sala donde hay un hombre con una chaqueta de franela azul preparando café. Tiene la tez curtida de una persona que se ha pasado la vida bajo el sol.

—¿Todo bien, David? —pregunta Patrick—. Te presento a Jenna.

—Está enseñándote lo suyo, ¿verdad? —David me guiña un ojo, y yo sonrío ante una bromita que seguramente es ya un clásico.

—Jamás había reflexionado tanto sobre el significado de los botes de salvamento —digo—. Simplemente daba por sentada su existencia.

—No habrían durado mucho tiempo aquí si no hubiéramos luchado por ello —dice David al tiempo que se echa una cucharada bien llena en su café ya dulzón—. El coste de nuestro funcionamiento lo paga la Royal National Lifeboat Institution, no el gobierno, por eso siempre estamos intentando recaudar fondos, por no mencionar el trabajo que hacemos de captación de voluntarios.

—David es nuestro jefe de operaciones —dice Patrick—. Él dirige la estación; nos mantiene a todos a raya.

David ríe.

—No anda muy desencaminado.

Suena un teléfono, el sonido retumba en la sala de personal, y David se disculpa. Unos segundos después, reaparece bajándose la cremallera de la chaqueta de franela para salir corriendo hacia el cobertizo de lanchas.

—Ha volcado una canoa frente a la bahía de Rhossili —dice gritando a Patrick—. Han desparecido un padre y un hijo. Helen ha llamado a Gary y a Aled.

Patrick abre un armario y saca un bulto de goma amarilla, un chaleco salvavidas de color rojo y un mono impermeable azul oscuro.

—Lo siento, Jenna, tengo que irme. —Se pone el mono impermeable sobre los vaqueros y la sudadera—. Coge mis llaves y espérame en mi casa. Volveré más pronto de lo que crees.

Se mueve con rapidez y, antes de poder responderle, sale corriendo hacia la sala del bote salvavidas, en el preciso instante en que dos hombres entran a toda prisa por las puertas automáticas que se abren con diligencia. En cuestión de minutos, los cuatro hombres están arrastrando el bote hacia el agua y embarcan de un salto con agilidad. Uno de los tripulantes —no sabría decir cuál— tira de la cuerda para encender el motor fueraborda, y la lancha se aleja disparada de la playa, rebotando sobre las olas del mar picado.

Me quedo ahí de pie, mirando la mancha naranja haciéndose cada vez más pequeña hasta que queda engullida por el gris.

—Son rápidos, ¿verdad?

Me vuelvo y veo a una mujer apoyada en el quicio de la puerta de la sala de personal. Aparenta más de cincuenta años, con una melena negra salpicada de canas, y lleva una blusa estampada con una insignia de la RNLI prendida en la pechera.

—Me llamo Helen —dice—. Contesto el teléfono, enseño el lugar a los visitantes y esas cosas. Tú debes de ser la chica de Patrick.

Me ruborizo ante tanta confianza.

—Soy Jenna. La cabeza todavía me da vueltas: no pueden haber tardado más de quince minutos en reaccionar desde la llamada hasta la salida.

—Doce minutos y treinta y cinco segundos —dice Helen. Sonríe ante mi evidente sorpresa—. Debemos mantener un registro del tiempo de todas las llamadas y tiempos de respuesta. Todos nuestros voluntarios viven a solo unos minutos de aquí. Gary vive al final del camino, y Aled es el dueño de la carnicería de la calle principal.

—¿Y qué pasa con la tienda cuando lo llaman?

—Cuelga un cartel en la puerta. Los habitantes del pueblo ya están acostumbrados; hace veinte años que es voluntario.

Me vuelvo para mirar el mar, donde ahora ya no se ven embarcaciones, salvo un enorme velero que navega mar adentro. Hay unas nubes tan cargadas y tan bajas que el horizonte prácticamente ha desaparecido; cielo y océano son una masa única de gris turbulento.

—No les pasará nada —dice Helen con ternura—. Una jamás deja de preocuparse, pero al final te acostumbras.

Me quedo mirándola con curiosidad.

—David es mi marido —me explica Helen—. Cuando se jubiló pasaba más tiempo en la estación de salvamento que en casa, por eso pensé: «Si no puedes con ellos, únete a ellos». Me sentí fatal la primera vez que lo vi salir por una llamada de socorro. Una cosa era despedirme de él cuando me quedaba en casa, pero ver en persona cómo se subía a esa lancha... Y cuando el tiempo está como el de hoy... Bueno... —Se estremece—. Pero volverán. Siempre vuelven.

Me posa una mano en el brazo, y me siento agradecida ante la comprensión de una mujer mayor.

—Esto te hace valorarlo, ¿verdad? —digo—. Lo mucho que... —Me callo porque soy incapaz de reconocerlo, incluso ante mí misma.

—¿Lo mucho que necesitas que vuelvan a casa? —termina Helen en voz baja.

Asiento con la cabeza.

—Sí.

—¿Quieres que te enseñe el resto de la estación?

—No, gracias —digo—. Creo que volveré a casa de Patrick y lo esperaré allí.

—Es un buen hombre.

Me pregunto si tiene razón. Me pregunto cuánto sabrá ella. Subo por la colina y me vuelvo cada pocos pasos con la esperanza de volver a ver el bote salvavidas naranja. Pero no veo nada, y se me hace un nudo en el estómago por la ansiedad. Algo malo va a suceder, lo sé.

Resulta extraño estar en casa de Patrick sin él, y resisto la tentación de subir la escalera y echar un vistazo. Por mis ganas de tener algo que hacer, sintonizo la radio para escuchar una emisora local y empiezo a lavar los platos que están apilados sobre la encimera, junto al fregadero.

«Un hombre y su hijo adolescente han desaparecido después de que su canoa volcara a una milla de la bahía de Rhossili.»

La emisión se oye con interferencias y ajusto la sintonía para intentar captar mejor la señal.

«El equipo de salvamento marítimo de Port Ellis ha acudido a la llamada después de que los habitantes del lugar dieran el aviso, pero hasta ahora no han logrado recuperar a los dos tripulantes desaparecidos. Les facilitaremos más información sobre lo sucedido en próximos boletines.»

El viento agita los árboles hasta que estos prácticamente se comban del todo. No veo el mar desde la casa y no estoy segura de si alegrarme por ello, o si debo dejarme llevar por la corazonada que he tenido e ir caminando hasta la estación de salvamento en busca de esa diminuta manchita naranja.

Termino de lavar los platos y me seco las manos con el paño mientras doy vueltas por la cocina. La repisa del aparador está abarrotada de papeles y su desorden resulta curiosamente reconfortante. Pongo la mano en el pomo de la puerta y oigo las palabras de Patrick resonando en mi cabeza: «No se te ocurra abrir las puertas de abajo».

¿Hay algo ahí dentro que él no quiere que vea? Me vuelvo para mirar a mis espaldas, como si Patrick pudiera entrar en cualquier momento, y tiro de la puerta con decisión para abrirla. De inmediato me cae algo encima y dejo escapar un grito ahogado, y alargo una mano para agarrar un jarrón antes de que caiga sobre el suelo embaldosado y se haga pedazos. Vuelvo a colocarlo entre el montón de menaje de cristal; el olor del interior del aparador tiene un toque de lavanda enmohecida de la ropa de casa almacenada allí. No hay nada siniestro en su interior: solo una colección de recuerdos.

Estoy a punto de cerrar la puerta cuando veo el borde de un marco de plata que sobresale entre una pila de manteles. Lo saco con cuidado. Se trata de una foto de Patrick, está rodeando con el brazo a una rubia de pelo corto y dientes muy blancos y rectos. Ambos sonríen, no a cámara, sino uno a otro. Me pregunto quién será ella y por qué él me habrá ocultado la foto. ¿Será esta la mujer con la que iba a casarse? Me quedo mirando la imagen intentando descubrir algún detalle que me ayude a saber cuándo se tomó. Patrick tiene el mismo aspecto que ahora, y me pregunto si esta mujer forma parte de su pasado o todavía está en su vida. Quizá yo no sea la única que tiene secretos. Vuelvo a colocar la foto enmarcada entre los manteles y cierro la puerta de la cómoda, y dejo el contenido tal como lo he encontrado.

Me paseo inquieta por la cocina, pero me canso de mi inquietud y me preparo una taza de té, que me tomo sentada a la mesa.

La lluvia me golpea en la cara, y me nubla la vista y me llena los ojos de siluetas en sombra. Apenas escucho el ruido del motor por el rugido del viento, pero aun así oigo el golpe cuando él impacta contra el capó, el golpe cuando choca contra el asfalto.

Y de pronto el agua que se me mete en los ojos no es lluvia sino agua del mar. Y el motor no es el de un coche, sino el runrún de un motor fueraborda. Y aunque el grito es mío, el rostro que me mira —los ojos oscuros con las pestañas húmedas—, ese rostro no es del Jacob, sino el de Patrick.

—Lo siento —digo, no muy segura de estar hablando en voz alta—, yo no quería...

Noto que una mano me mueve el hombro y me despierto de golpe del sueño. Confundida, levanto la cabeza de los brazos cruzados —el rectángulo que he ocupado sobre la mesa de madera todavía está caliente por mi aliento—, y siento el frescor de la atmósfera de la cocina como una bofetada en la cara. Entrecierro los ojos por la crudeza de la luz eléctrica y levanto un brazo para taparme la cara.

—¡No!

—Jenna, despierta. Jenna, estabas soñando.

Poco a poco dejo caer el brazo, abro los ojos y veo a Patrick arrodillado delante de mi silla. Abro la boca, pero no puedo hablar, me siento atontada por la pesadilla y sobrepasada por la sensación de alivio de que él esté ahí.

—¿Con qué estabas soñando?

Tengo que hacer un esfuerzo para construir la frase.

—No... No estoy segura. Estaba asustada.

—Ya no tienes por qué estarlo —dice Patrick. Me peina los cabellos húmedos que tengo pegados a las sienes y me toma la cara entre las manos—. Estoy aquí.

Tiene la cara blanca, el pelo mojado por la lluvia y gotas que le caen de las pestañas. Sus ojos, que por lo general están tan llenos de luz, se ven vacíos y apagados. Parece destrozado y, sin detenerme a pensar lo que hago, me inclino hacia delante y lo beso en los labios. Él reacciona con voracidad, sigue sujetándome la cara entre las manos, luego me suelta de pronto y apoya su frente sobre la mía.

—Han suspendido la búsqueda.

—¿La han suspendido? ¿Quieres decir que siguen perdidos?

Patrick asiente en silencio, y percibo la intensa emoción que le anega los ojos. Deja caer todo el peso de su cuerpo sobre los talones.

—Volveremos a salir al alba —dice con tono neutro—, pero nadie conserva ninguna esperanza. —Luego cierra los ojos y apoya la cabeza sobre mi regazo, y llora sin contenerse por el padre y su hijo adolescente que salieron a navegar despreocupados en su embarcación a pesar de todas las advertencias de peligro.

Le acaricio el pelo y dejo que me corran las lágrimas. Lloro por un adolescente solo en el mar; lloro por su madre; lloro por los sueños que me atormentan de noche; por Jacob; por mi pequeño.

19

Es Nochebuena cuando recuperan los cuerpos del mar, días después de que Patrick y el resto del equipo de salvamento hayan dejado de buscarlos. Había supuesto, ingenuamente, que acabarían apareciendo juntos, pero ya debería saber que la marea jamás se comporta de forma predecible. El hijo salió primero, arrastrado con suavidad por el oleaje hasta la bahía de Rhossili, que parecía demasiado manso para infligir las terribles heridas detectadas en su padre, arrastrado hasta un punto situado a más de un kilómetro de distancia.

Estamos en la playa cuando Patrick recibe la llamada, y sé por cómo tensa la mandíbula que no se trata de buenas noticias. Camina unos pasos para alejarse de mí, para protegerme, y se vuelve para mirar al mar mientras escucha en silencio a David. Cuando finaliza la llamada se queda plantado en el sitio, recorriendo el horizonte con la mirada como si estuviera buscando respuestas. Me acerco a él y le poso una mano sobre el brazo, y él se sobresalta, como si hubiera olvidado por completo que estoy aquí.

—Lo siento muchísimo —digo, en un vano intento de encontrar las palabras adecuadas.

—Estaba saliendo con una chica —dice mientras sigue mirando al mar—. La conocí en la universidad y vivimos juntos en Leeds.

Escucho, aunque no estoy segura de adónde quiere ir a parar.

—Al regresar aquí la traje conmigo. Ella no quería venir, pero no queríamos estar separados, así que dejó su trabajo y se mudó conmigo a Port Ellis. Lo detestaba. Era demasiado pequeño, demasiado tranquilo, demasiado lento para ella.

Me sobreviene una sensación de incomodidad, como si estuviera entrometiéndome. Deseo decirle que se calle, que no tiene por qué contármelo, pero tengo la impresión de que él no puede parar.

—Un día tuvimos una discusión, en pleno verano. Fue por lo mismo de siempre: ella quería volver a Leeds, yo quería quedarme y abrir una clínica. Ella salió hecha una furia y se fue a la playa a surfear, pero se quedó atrapada en aguas revueltas y no regresó jamás.

—Dios mío, Patrick. —Se me hace un nudo en la garganta—. Qué horror.

Por fin se vuelve para mirarme.

—Su tabla de surf apareció al día siguiente en la orilla, pero jamás encontramos su cuerpo.

—¿«Encontramos»? —digo—. ¿Te encargaste tú de salir a buscarla? —No puedo imaginar lo doloroso que debe de haber sido.

Él se encoge de hombros.

—Lo hicimos todos. A eso nos dedicamos, ¿verdad?

—Sí, pero… —Dejo la frase inacabada. Por supuesto que salió a buscarla, ¿cómo no iba a hacerlo?

Rodeo con los brazos a Patrick y él se inclina sobre mí, con la cara pegada a mi cuello. Había imaginado que tenía una vida perfecta: que no había nada más en él que la persona divertida y de trato fácil que aparenta. Pero los fantasmas contra los que lucha son tan reales como los míos. Por primera vez estoy con alguien que me necesita tanto como yo lo necesito.

Caminamos lentamente hacia mi casa, donde Patrick me dice que lo espere mientras recoge algo de su coche.

—¿Qué es? —pregunto, intrigada.

—Ya verás. —El brillo ha regresado a su mirada, y me maravillo ante su capacidad de sobrellevar tanta tristeza vital. Me pregunto si habrá sido el paso de los años lo que le ha dado fuerza, y espero sentirme igual algún día.

Cuando Patrick regresa, lleva un árbol de Navidad echado sobre el hombro como si nada. Siento una punzada de dolor al recordar lo mucho que me encantaba la Navidad. Cuando éramos pequeñas, Eve y yo seguíamos estrictos rituales de decoración: primero las luces, luego el espumillón, a continuación la solemne colocación de las bolas de Navidad y, por último, el ángel maltrecho balanceándose en lo alto del árbol. La imagino siguiendo esas tradiciones con sus propios hijos.

No quiero un árbol en mi casa. La decoración navideña es para niños; para familias. Pero Patrick insiste.

—Ahora no pienso llevármelo —dice. Lo mete por la puerta y deja un rastro de agujas de abeto en el suelo. Lo coloca sobre un pedestal de madera sin barnizar y comprueba que está derecho—. Además, es Navidad. Debes tener un árbol.

—Pero ¡es que no tengo nada para decorarlo! —protesto.

—Echa un vistazo en mi bolsa.

Abro el macuto militar de Patrick y veo una vieja caja de zapatos cerrada con una gruesa goma elástica. Levanto la tapa y encuentro una docena de bolas rojas con el cristal rayado por el paso del tiempo.

—Oh —susurro—, son preciosas. —Sujeto una en alto y esta empieza a girar de forma hipnótica, reflejando mi rostro en cientos de imágenes.

—Eran de mi abuela. Ya te dije que tenía toda clase de objetos en ese aparador.

Oculto el rubor que me provoca el recuerdo de haber estado fisgoneando en el mueble de Patrick, y por el descubrimiento de su foto con la mujer que ahora sé que debía de tratarse de la chica ahogada.

—Son muy bonitas. Gracias.

Decoramos juntos el árbol. Patrick ha traído un cordel de lucecitas diminutas y yo encuentro un lazo para colgar entre las ramas. Hay solo doce bolas de cristal, pero la luz rebota entre ellas como si fueran estrellas fugaces. Inspiro el perfume del abeto y deseo atesorar para siempre esta imagen de felicidad.

Cuando terminamos con el árbol, me siento y apoyo la cabeza en el hombro de Patrick y observo cómo danza la luz reflejada por el cristal y proyecta formas caprichosas en la pared. Él dibuja círculos con el dedo en la parte de mi muñeca que queda al aire, y yo me siento relajada como hace años que no me sentía. Me vuelvo para besarlo, asomando la punta de la lengua en busca de la suya y, cuando abro los ojos, veo que él también los tiene abiertos.

—Vamos arriba —susurro. No sé por qué deseo esto justo ahora, ahora mismo, pero siento la necesidad física de estar con él.

—¿Estás segura? —Patrick retrocede un poco y me mira directamente a los ojos.

Asiento en silencio. No estoy segura, no del todo, pero quiero ver qué ocurre. Necesito saber si puede ser diferente.

Me pasa las manos por el pelo, me besa el cuello, la mejilla, los labios. Se levanta y me lleva con ternura, de la mano, escalera arriba, mientras sigue acariciándome la palma con el pulgar como si no pudiera resistirse a acariciarme ni por un segundo. Mientras subo por la escalera angosta, él me sigue y va tocándome con suavidad la cintura. Siento que el corazón se me desboca.

Alejada del fuego y del calor del radiador, la habitación está fría, pero es la expectación, no el frío, lo que me hace temblar. Patrick se sienta en la cama y tira con suavidad de mí para tumbarme junto a él. Levanta una mano y me aparta el pelo de la cara, me pasa un dedo por detrás de la oreja y lo baja por el cuello. Estoy al borde de un ataque de nervios: pienso en lo poco estimulante que soy, en lo gris y poco aventurera, y me pregunto si él todavía querrá seguir conmigo en cuanto se dé cuenta de ello. Pero lo deseo muchísimo, y esta sensación de deseo en el vientre es tan inesperada que resulta incluso más excitante. Me acerco más a Patrick; me acerco tanto que resulta imposible distinguir entre nuestras respiraciones. Durante un minuto permanecemos tumbados así: rozándonos con los labios pero sin llegar a besarnos, tocándonos pero sin probarnos. Va desabrochándome lentamente la camisa sin dejar de mirarme ni un segundo a los ojos.

No puedo esperar más. Me desabrocho los vaqueros y los dejo caer moviendo las piernas hasta que me llegan a los pies, luego desabrocho con torpeza la camisa de Patrick. Nos besamos con voracidad y nos vamos quitando la ropa hasta que él está desnudo y yo solo tengo las braguitas y la camiseta interior. Él la coge por el borde y yo niego con la cabeza fugazmente.

Se queda quieto. Espero que él insista, me mira unos segundos y agacha la cabeza para besarme los pechos a través de la suave tela de algodón. A medida que desciende yo arqueo la espalda y me entrego a sus caricias.

Empiezo a emerger entre un caos de sábanas y piernas cuando siento, más que veo, que Patrick alarga una mano para apagar la lámpara de la mesita de noche.

—Déjala encendida, por favor —digo, y él no pregunta por qué. En lugar de hacerlo, me envuelve entre sus brazos y me da un beso en la frente.

Cuando me despierto, me doy cuenta enseguida de que algo ha cambiado, pero todavía estoy atontada por el sueño y no sé exactamente el qué. No se trata de la presencia de alguien en la cama junto a mí —aunque notar un peso a mi lado se me hace raro—, sino de la sensación de haber dormido de verdad. Una tímida sonrisa va aflorando en mi rostro. Me he despertado de forma natural. Ningún chillido me ha sacado del sueño de golpe; ni el chirrido del frenazo, ni el impacto del cráneo contra el cristal. Es la primera noche en doce meses que no he soñado con el accidente.

Pienso en levantarme y prepararme un café, pero la calidez de la cama me retiene bajo la colcha, y decido abrazarme al cuerpo desnudo de Patrick. Le recorro el costado con una mano y palpo la firmeza de su abdomen, la fuerza de sus muslos. Siento un escalofrío entre las piernas y vuelvo a quedarme atónita ante la reacción de mi cuerpo, que se muere por ser acariciado. Patrick se mueve, levanta la cabeza durante una fracción de segundo y me sonríe, aunque sigue con los ojos cerrados.

—Feliz Navidad.

—¿Quieres un café? —Le beso el hombro desnudo.

—Después —dice, y tira de mí para meterme bajo la colcha.

Nos quedamos en la cama hasta el mediodía, devorándonos el uno al otro y comiendo panecillos calientes untados con mermelada de grosella negra. Patrick baja a por más café y cuando sube trae los regalos que anoche colocamos con cuidado bajo el árbol.

—¡Un abrigo! —exclamo al romper el papel del paquete blando, envuelto con torpeza, que me entrega Patrick.

—No es muy romántico —dice, avergonzado—, pero no puedes seguir llevando ese viejo chubasquero si vas a la playa sin importar el tiempo que haga; acabarás congelada.

Me lo pongo enseguida. Es grueso, caliente e impermeable, con bolsillos enormes y capucha. Es un millón de veces mejor que el chubasquero que he llevado hasta ahora, que encontré colgado en el porche de la casa cuando me trasladé a este lugar.

—Creo que mantenerme caliente y seca es algo muy romántico —digo, y beso a Patrick—. Me encanta, gracias.

—Hay algo en el bolsillo. En realidad no es un regalo, es algo que creo que deberías tener.

Palpo con una mano los bolsillos y saco un teléfono móvil.

—Es uno viejo que tenía por casa. No es nada del otro mundo, pero funciona; y así no tendrás que ir hasta el parque de caravanas cuando quieras llamarme.

Estoy a punto de decirle que la única persona a la que llamo es a él, cuando caigo en la cuenta de que a lo mejor es eso lo que quiere decirme con este regalo. Que no le gusta el hecho de que esté ilocalizable. No estoy muy segura de cómo me siento con esto, pero le doy las gracias y me recuerdo que no tengo por qué tenerlo encendido todo el tiempo.

Me entrega un segundo regalo, con un envoltorio profesional de papel violeta y lazo a juego.

—No lo he envuelto yo —confiesa, aunque es evidente.

Lo desenvuelvo con cuidado y abro la cajita con la reverencia que sé que merece. Dentro hay un broche con una concha de nácar. La luz incide sobre ella y una docena de colores se ven irisados sobre su superficie.

—Oh, Patrick. —Me siento abrumada—. Es precioso. —Lo saco de la cajita y me lo prendo en el abrigo nuevo.

Me siento avergonzada al sacar el dibujo a lápiz que he hecho para Patrick de la playa de Port Ellis; con el bote salvavidas, no zarpando, sino regresando seguro a tierra.

—Tienes un gran talento, Jenna —dice, y levanta el dibujo enmarcado para contemplarlo—. Pierdes el tiempo aquí en la bahía. Deberías montar una exposición, dar a conocer tu nombre.

—No podría —digo, pero no le explico por qué.

Le sugiero dar un paseo para estrenar mi abrigo nuevo y nos llevamos a Beau a la playa.

La bahía está desierta, la marea está más baja que nunca, y deja una vasta franja de arena blanca al descubierto. Cargadas nubes muy blancas penden bajas sobre los acantilados, y se ven más blancas aún por el contraste con el mar azul intenso. Las gaviotas nos sobrevuelan en círculo, sus quejumbrosos chillidos se oyen con eco en la vacuidad, y las olas chocan rítmicamente contra la arena.

—Casi da pena dejar huellas. —Le doy la mano a Patrick mientras paseamos. Por primera vez no he traído la cámara. Nos adentramos en el mar y dejamos que la espuma helada nos moje las puntas de las botas.

—Mi madre se bañaba en este mar el día de Navidad —dice Patrick—. Siempre discutía con mi padre por ese motivo. Él sabía lo peligrosas que podían ser las mareas y le decía que estaba siendo una irresponsable. Pero ella cogía una toalla y salía corriendo a darse un chapuzón en cuanto sacábamos los regalos de los calcetines. Todos creíamos que era una locura, por supuesto, y nos quedábamos jaleándola desde la orilla.

—Menuda costumbre. —Pienso en la chica que se ahogó y me pregunto cómo puede soportar él estar siquiera junto al mar después de una tragedia así. Beau corre hacia las olas y abre las mandíbulas para morderlas con cada movimiento del oleaje.

—¿Qué hay de ti? —pregunta Patrick—. ¿Alguna tradición familiar alocada?

Me quedo pensando durante un rato y sonrío al recordar la emoción que sentía de niña cuando llegaban las vacaciones de Navidad.

—Nada comparable a lo de tu madre —digo al final—, pero me encantaban las fiestas navideñas. Mis padres empezaban a prepararlas en octubre, y la casa estaba repleta de paquetes escondidos en los armarios y bajo las camas. Después de que se fuera mi padre, seguíamos haciéndolo, pero ya no era lo mismo.

—¿Alguna vez intentaste localizarlo? —Me apretuja la mano.

—Sí. Cuando estaba en la universidad. Le seguí la pista y descubrí que tenía una nueva familia. Le escribí una carta y él me contestó que lo pasado, pasado estaba. Se me partió el corazón.

—Jenna, eso es horrible.

Me encojo de hombros fingiendo que no me importa.

—¿Tienes buena relación con tu hermana?

—La tenía. —Cojo una piedra e intento hacerla rebotar sobre la superficie del agua, pero las olas van demasiado deprisa—. Eve se puso de parte de mi madre cuando mi padre se marchó, y yo estaba furiosa con mi madre porque lo había echado. A pesar de ello, siempre nos hemos apreciado, aunque hace años que no la veo. Le envié una felicitación hace un par de semanas. No sé si la habrá recibido, ni siquiera sé si sigue viviendo en el mismo sitio.

—¿Os peleasteis?

Asiento con la cabeza.

—A ella no le gustaba mi marido. —Me parece un atrevimiento haberlo dicho en voz alta y me estremezco cuando el miedo me recorre los hombros.

—¿A ti te gustaba?

Es una pregunta rara, y me quedo pensando la respuesta. He pasado mucho tiempo odiando a Ian; teniéndole miedo.

—Sí que me gustó en el pasado —digo por fin. Recuerdo lo encantador que era; lo distinto que parecía a los otros chicos de la universidad, con sus torpezas y su humor socarrón.

—¿Hace cuánto que estás divorciada?

No lo corrijo.

—Bastante. —Recojo un puñado de guijarros y empiezo a lanzarlos al mar. Una piedra por cada año pasado desde la última vez que me sentí amada. Desde la última vez que me sentí cuidada—. Algunas veces me pregunto si podría regresar. —Suelto una risita entre dientes, pero me suena hueca incluso a mí, y Patrick me mira con gesto reflexivo.

—¿Y no tuvisteis hijos?

Me agacho y finjo estar buscando piedrecitas.

—No le gustaba mucho la idea —digo. Y no está tan alejado de la verdad, al fin y al cabo. Ian jamás quiso tener nada que ver con su hijo.

Patrick me rodea por los hombros con un brazo.

—Lo siento, estoy preguntando demasiado.

—No pasa nada —digo, y me doy cuenta de que estoy siendo sincera. Me siento segura con Patrick. Caminamos con parsimonia por la playa. El camino está resbaladizo por el hielo y me alegro de poder sujetarme al brazo de Patrick. Le he contado más de lo que pretendía, pero no puedo contarle todo. Si lo hago, se marchará, y no tendré a nadie que me ayude a no caer.

20

Ray se despertó sintiéndose optimista. Se había tomado unos días por Navidad, y aunque se había pasado por el despacho en un par de ocasiones y se había llevado trabajo a casa, tenía que reconocer que le había sentado bien el descanso. Se preguntaba cómo le habría ido a Kate con la investigación del atropello con fuga.

De la lista que tenían con aproximadamente novecientos Ford Fiesta y Focus rojos matriculados en Bristol, solo unos cuarenta habían activado el sistema de registro de matrícula automático. Las imágenes se borraban tras noventa días de ser grabadas, pero armada con una lista de números de matrículas, Kate había localizado a todos los propietarios y los había entrevistado para conocer sus movimientos el día del atropello. En las últimas cuatro o cinco semanas había hecho ciertos avances con la lista, pero los resultados eran cada vez menos satisfactorios. Había coches que habían vendido con la documentación en regla; propietarios que se habían mudado sin facilitar la nueva dirección; era un milagro que hubiera descartado a tantos, sobre todo teniendo en cuenta la época del año en la que se encontraban. Ahora que las fiestas habían terminado, ya era hora de avanzar un poco más.

Ray asomó la cabeza por la puerta del cuarto de Tom. Al chico solo se le veía la coronilla por debajo de la colcha arrugada, y

Ray volvió a cerrar la puerta con sigilo. Su optimismo de Año Nuevo no era extensible a cómo se sentía con su hijo, cuyo comportamiento había empeorado. De hecho, había recibido dos advertencias formales de su tutora. Lo siguiente sería una expulsión temporal del centro, lo que a Ray le parecía un castigo absurdo teniendo en cuenta que el chico ya se saltaba más clases que a las que acudía, y estaba claro que detestaba la idea de estar en el colegio.

—¿Lucy sigue durmiendo? —le preguntó Mags cuando se reunió con ella en la cocina.

—Siguen durmiendo los dos.

—Esta noche tendremos que acostarlos más temprano —dijo Mags—. Dentro de tres días vuelven al colegio.

—¿Tengo alguna camisa limpia? —preguntó Ray.

—¿Quieres decir que no has lavado ninguna? —Mags se metió en el lavadero y regresó con una pila de camisas planchadas sobre el brazo—. Pues menos mal que alguien sí lo ha hecho. No olvides que esta noche vamos a tomar una copa con los vecinos.

Ray soltó un gruñido.

—¿De verdad tenemos que ir?

—Sí. —Mags le entregó las camisas.

—¿Quién hace una fiesta un día después de Año Nuevo? —dijo Ray—. Me parece absurdo.

—Emma dice que es porque todo el mundo está muy ocupado en Navidad y Año Nuevo. Cree que es un buen momento para ponerse al día una vez que las fiestas han pasado.

—Pues no lo es —dijo Ray—. Es un auténtico coñazo. Siempre lo es. De lo único que quieren hablar conmigo es de por qué les pusieron una multa en una zona de cincuenta cuando ellos iban a sesenta en una zona que no está para nada cerca de ningún colegio, y de lo injusto que es el sistema. Y al final acaban despotricando contra la policía.

—Solo lo hacen para darte conversación, Ray —dijo Mags, armada de paciencia—. No te ven muy a menudo…

—Y existe un muy buen motivo para que así sea.

—Lo único que quieren es hablar contigo sobre tu trabajo. No seas tan duro con ellos. Si tanto lo odias, cambia de tema. Dales conversación.

—Odio dar conversación.

—Vale. —Mags dejó una sartén con demasiada fuerza sobre la encimera—. Entonces no vengas, Ray. Sinceramente, prefiero que no vengas a que te presentes allí con ese humor.

Ray deseó que no le hablara como si fuera uno de sus hijos.

—No he dicho que no vaya a ir, solo que será aburrido.

Mags se volvió para mirarlo a la cara, con una expresión no tanto de exasperación como de decepción.

—No todo en esta vida puede ser emocionante, Ray.

—Feliz Año Nuevo a los dos. —Ray entró al despacho del CID y tiró una caja de bombones de latón Quality Street sobre la mesa de Stumpy—. He supuesto que esto compensaría el tener que trabajar en Navidad y Año Nuevo. —El despacho cubría los turnos con muy pocas personas en vacaciones, y Stumpy se había llevado todos los números.

—Hará falta algo más que una caja de bombones para compensar el haber tenido que empezar a las siete de la mañana el día de Año Nuevo.

Ray sonrió.

—De todas formas, ya estás demasiado viejo para haber estado de fiesta toda la noche, Stumpy. Mags y yo estábamos durmiendo mucho antes de las doce en Nochevieja.

—Yo creo que todavía estoy recuperándome —dijo Kate bostezando.

—¿La fiesta estuvo bien? —preguntó Ray.

—Las partes que recuerdo sí. —Soltó una risita, y Ray sintió una punzada de envidia. Dudaba mucho que las fiestas a las que asistía Kate incluyeran conversaciones tediosas sobre multas por exceso de velocidad y vertido de desperdicios en la vía pública, que era lo que a él le esperaba esa noche.

—¿Qué tenemos para hoy? —preguntó.

—Tengo buenas noticias para ti —dijo Kate—. Tenemos un número de matrícula.

Ray esbozó una amplia sonrisa.

—Ya era hora. ¿Estás segura de que es el que buscamos?

—Bastante segura. No hay ni rastro de ese vehículo en el sistema de reconocimiento automático de matrículas desde el día del atropello, y aunque no ha pagado los impuestos, no se ha tramitado la baja del vehículo, por eso supongo que lo han desguazado o lo han quemado. El coche está registrado con una dirección de Beaufort Crescent, a unos ocho kilómetros del lugar donde atropellaron a Jacob. Stumpy y yo fuimos a echar un vistazo ayer, pero no había nadie en la casa. Es de alquiler, así que Stumpy está intentando conseguir los datos en el registro de la propiedad para ver si el dueño nos puede facilitar otra dirección del inquilino.

—Pero ¿tenemos un nombre? —preguntó Ray, incapaz de disimular la impaciencia de la que era presa.

—Tenemos un nombre. —Kate sonrió—. No hay ni rastro de él en el registro de la policía ni en el censo electoral, y no encuentro nada en internet, pero hoy tendremos algo. He conseguido permiso para consultar el registro de datos privados en las empresas públicas, y ahora que ya han pasado las fiestas deberían empezar a devolverme las llamadas que he hecho.

—También tenemos novedades sobre la madre de Jacob —dijo Stumpy.

—Eso es genial —dijo Ray—. Debería tomarme vacaciones una vez al año más a menudo. ¿Has hablado con ella?

—No tiene número de teléfono —dijo Stumpy—. Kate contactó con una profesora suplente de Saint Mary que la conocía. Por lo visto, tras el accidente, la madre de Jacob tenía la sensación de que todo el mundo la culpaba a ella. Eso la consumió, y la rabia de que el conductor se hubiera ido de rositas...

—¿Que se hubiera ido de rositas? —repitió Ray—. Claro, como nos quedamos aquí sentados sin mover un dedo.

—Yo solo repito lo que me han dicho —dijo Stumpy—. A lo que iba, rompió todos los vínculos que tenía con el lugar y se marchó de Bristol para empezar desde cero. —Dio un golpecito en la pila de papeles, que parecía haber aumentado un centímetro de grosor desde la última vez que Ray la había visto—. Estoy esperando un correo de la policía local, aunque deberíamos tener una dirección a última hora.

—Buen trabajo. Es muy importante que tengamos a la madre de nuestro lado si acabamos en un juicio. Lo último que necesitamos es a alguien en contra de la policía hablando con la prensa sobre el hecho de que hayamos tardado un año en encontrar un acusado. —Sonó el teléfono de Kate.

—¿Diga? Soy la agente Evans.

Ray ya se estaba dando la vuelta para marcharse a su despacho cuando Kate empezó a gesticular como loca dirigiéndose a él y a Stumpy.

—¡Maravilloso! —dijo al teléfono—. Muchísimas gracias.

Garabateó algo a toda prisa en una libreta que tenía sobre la mesa, y seguía sonriendo cuando colgó el teléfono un segundo después.

—Tenemos al conductor —dijo con gesto triunfal.

Stumpy sonrió, y no era habitual en él.

—Ha sido gracias a la compañía telefónica —dijo Kate, dando saltitos sobre la silla—. Han procesado nuestra solicitud de exención para la protección de datos en la antigua entrada de su directorio y ¡nos han conseguido la dirección!

—¿Dónde es?

Kate arrancó la primera hoja de su libreta y se la entregó a Stumpy.

—Un trabajo excelente —dijo Ray—. Pongámonos en marcha. —Cogió dos juegos de llaves de coche del armario metálico de la pared y tiró uno a Stumpy, que lo agarró al vuelo—. Stumpy, coge la carpeta con los datos que tenemos sobre la madre de Jacob. Ve a la policía local y diles que no podemos esperar a recibir una llamada; que necesitamos la dirección ahora mismo. No vuelvas hasta que no la hayas encontrado, y, cuando lo hagas, asegúrate de que sabe que nadie va a irse de rositas; que vamos a hacer todo lo posible por que se haga justicia con la muerte de Jacob. Kate y yo iremos a echar el guante al conductor. —Hizo una pausa y lanzó el otro juego de llaves a Kate—. Pensándolo bien, tú has obtenido mejores resultados. Tengo que cancelar mis planes para esta noche.

—¿Ibas a algún lugar entretenido? —preguntó Kate.

Ray sonrió.

—Créeme, prefiero estar aquí.

21

La llamada a la puerta me sobresalta. ¿Ya es la hora? Pierdo la
noción del tiempo cuando estoy editando fotos. Beau levanta las
orejas pero no ladra, y le acaricio la cabeza de camino hacia la
puerta. Retiro el pestillo.

—Debes de ser la única persona de la bahía que cierra la puerta
con llave —me reprocha Patrick en broma. Entra y me da un beso.

—Supongo que es por mis costumbres de ciudad —digo con
tono despreocupado. Vuelvo a echar el pestillo y me peleo con la
llave en la cerradura.

—¿Todavía no lo ha arreglado Iestyn?

—Ya sabes cómo es. No para de prometerme que lo solucio-
nará, pero lo cierto es que nunca lo hace. Ha dicho que pasaría
esta tarde, aunque no pienso esperarle. Lo que creo es que le
parece ridículo que quiera cerrar la puerta y ya está.

—Bueno, pues razón no le falta. —Patrick se inclina sobre la
puerta, agarra la enorme llave y la hace girar con fuerza hasta
que la mueve y cierra—. No creo que nadie haya entrado a robar
en ninguna casa de Penfach desde 1954. —Sonríe y yo ignoro la
broma. Patrick no sabe que registro la casa por las noches cuando él no está conmigo, ni que me despierto siempre que oigo
algún ruido en el exterior. Quizá se hayan terminado las pesadillas, pero el miedo sigue estando presente.

—Ven a la cocina a calentarte —digo. Afuera hace mucho frío
y Patrick parece aterido.

—El parte meteorológico de hoy indica que seguirá así durante unos días. —Sigue mi consejo y se pega a la vieja cocina de hierro—. ¿Tienes leña suficiente? Podría traerte mañana.

—Iestyn me ha traído para varias semanas —le digo—. Viene a cobrar el alquiler a primeros de mes y suele presentarse con un montón de leña en su remolque; y nunca me quiere cobrar nada.

—Es un buen tipo. Mi padre y él se conocen de toda la vida; pasaban la tarde en el pub, luego volvían a rastras a casa y fingían ante mi madre que no estaban borrachos. No creo que haya cambiado mucho.

Me río al imaginarlo.

—Me cae bien. —Saco dos cervezas de la nevera y le doy una a Patrick—. ¿Cuál es el ingrediente misterioso de la cena?

Me ha llamado esta mañana para decirme que él traía la comida, y tengo curiosidad por saber qué lleva en la bolsa de congelados que ha dejado en la entrada.

—Un cliente agradecido me lo ha regalado esta mañana —dice Patrick. Abre el cierre de la bolsa y mete la mano en el interior. Cual mago sacando un conejo, extrae una reluciente langosta de color negro azulado, que mueve las pinzas con desgana en mi dirección.

—¡Oh, Dios mío! —Me siento a un tiempo encantada e intimidada por el menú, porque jamás he intentado cocinar nada tan complicado—. ¿Tienes muchos clientes que te paguen con langostas?

—Una cantidad bastante sorprendente —dice Patrick—. Otros me pagan con faisanes o conejos. Algunas veces simplemente me los regalan, pero otras llego a trabajar y me encuentro algo en la puerta. —Sonríe—. He aprendido a no preguntar de dónde sale. Es difícil pagar impuestos con faisanes pero, por suerte, todavía hay bastantes clientes que nos pagan con cheques y conseguimos mantener la clínica a flote. Jamás me negaría a atender a un animal enfermo porque no haya dinero de por medio.

—Eres un sentimental —digo, y lo rodeo con los brazos y lo beso con ternura en los labios.

—Chitón —dice cuando nos separamos—, o te cargarás la imagen de machote que tanto me ha costado conseguir. Además, no soy tan ñoño como para no despellejar un conejo o hervir una langosta. —Suelta la risa histriónica de un malvado de dibujos animados.

—Tonto —digo, y me río de él—. De verdad que espero que sepas cómo se cocina, porque te aseguro que yo no. —Miro la langosta con preocupación.

—Mire y aprenda, señora —dice Patrick al tiempo que se enrolla un trapo de cocina en el brazo y hace una extraña reverencia—. La cena estará servida en breve.

Busco mi sartén más grande, y Patrick vuelve a meter la langosta dentro de la bolsa para congelados mientras esperamos que el agua hierva en el fogón de la cocina de hierro. Lleno el fregadero para lavar la lechuga y nos ponemos manos a la obra en un silencio de compañeros. Beau se nos cruza de tanto en tanto entre las piernas y así nos recuerda su presencia. Me resulta fácil y no me siento amenazada, y sonrío para mí misma, mirando de soslayo a Patrick, que está ensimismado preparando la salsa.

—¿Todo bien? —me pregunta cuando me ve mirándolo, y deja la cuchara de madera sobre la sartén—. ¿Qué estás pensando?

—Nada —respondo, y vuelvo a mi ensalada.

—Venga, vamos, dímelo.

—Estaba pensando en nosotros.

—¡Ahora sí que tienes que contármelo! —dice Patrick entre risas. Mete la mano en el fregadero, se la moja y me salpica con las gotas de agua.

Suelto un grito. No puedo evitarlo. Antes de que mi cerebro tenga la oportunidad de razonarlo y decirme que quien está aquí es Patrick —solo Patrick bromeando—, me vuelvo de golpe y me cubro la cabeza con los brazos. Ha sido una reacción instintiva y visceral, que provoca que se me acelere el pulso y me deja las palmas de las manos sudadas. Siento cómo el aire se arremolina en torno a mí y, durante un segundo, me veo transportada a otro tiempo. A otro lugar.

El silencio es palpable, y poco a poco voy poniéndome derecha, muy recta, y noto que el corazón va a salírseme del pecho. Patrick tiene las manos situadas a ambos lados del cuerpo, con expresión de horror. Intento hablar, pero tengo la boca totalmente seca y la sensación de pánico todavía me anuda la garganta. Miro a Patrick, a la confusión y la culpa que refleja su rostro, y sé que tendré que explicárselo.

—Lo siento mucho —empiezo a decir—. Yo... —Me tapo la cara con las manos, desesperada.

Patrick se acerca. Intenta abrazarme pero yo lo aparto, avergonzada por mi reacción y batallando contra este impulso repentino de contárselo todo.

—Jenna —dice con ternura—, ¿qué te ha pasado? —Alguien llama a la puerta y nos miramos.

—Ya abro yo —dice Patrick, pero yo niego con la cabeza.

—Debe de ser Iestyn. —Agradezco la distracción y me froto la cara con los dedos—. Volveré dentro de un minuto.

En cuanto abro la puerta, sé exactamente qué está sucediendo.

Lo único que buscaba era una vía de escape: hacerme creer a mí misma que la vida que había vivido antes del accidente pertenecía a otra persona, y convencerme de que podía volver a ser feliz. A menudo me he preguntado cómo reaccionaría si me encontraban, cómo me sentiría si quisieran hacerme regresar, y si me resistiría.

Sin embargo, cuando el policía pronuncia mi nombre, no puedo asentir en silencio.

—Sí, soy yo —digo.

El hombre es mayor que yo, tiene el pelo negro y muy corto, y viste traje oscuro. Parece amable, y me pregunto cómo será su vida; si tiene hijos, si está casado.

La mujer que se encuentra a su lado se acerca. Ella parece más joven, tiene el pelo negro y los rizos le caen sobre la cara.

—Soy la agente Kate Evans —dice, y abre una cartera de cuero para mostrarme su placa—. Del CID de Bristol. Queda detenida por conducción temeraria con resultado de muerte, y por huir del lugar del accidente. Tiene derecho a permanecer en silencio, pero podría perjudicarla en su defensa el no facilitar, cuando se le solicite, algún dato que pueda aportar más adelante en presencia de un tribunal...

Cierro los ojos y suelto el aire poco a poco. Ha llegado el momento de dejar de fingir.

SEGUNDA PARTE

22

Estabas sentada en un rincón del consejo estudiantil cuando te vi por primera vez. Tú no me viste, no en ese momento, aunque debía de destacar: un hombre trajeado entre una multitud de estudiantes. Rodeada de amigas, estabas riéndote con tantas ganas que tenías que secarte las lágrimas. Me llevé el café a la mesa de al lado y fingí revisar unos papeles mientras escuchaba lo que comentabas, que iba saltando de un tema a otro, como suele ocurrir con las conversaciones entre mujeres. Al final, dejé los papeles y me limité a observarte. Me enteré de que erais todas estudiantes de bellas artes y de que tú estabas en último curso. Debería haberlo adivinado por tu confianza a la hora de llevar la voz cantante en el bar; llamabas a tus amigos que se encontraban en el otro extremo de la sala y te reías sin importarte lo que los demás pensaran de ti. Fue en ese momento cuando averigüé tu nombre: Jenna. Me sentí ligeramente decepcionado cuando lo oí. Tu cabellera espesa y tu piel pálida te daban un aire prerrafaelita, y yo había imaginado un nombre algo más clásico. Aurelia, quizá, o Eleanor. Eras, no obstante, la más atractiva de todo el grupo. Las demás eran demasiado atrevidas, demasiado previsibles. Tú debías de tener la misma edad que ellas —quince años más joven que yo, por lo menos—, pero poseías una madurez que reflejaba tu rostro incluso por aquel entonces. No parabas de mirar a tu alrededor en el bar, como si buscaras a alguien, y yo te sonreí, pero tú no me viste, y yo tuve que irme a dar mi clase pasados unos minutos.

Había accedido a impartir seis de esas clases de profesionales invitados a la universidad, como parte de un programa para integrar el mundo universitario en la comunidad empresarial. Eran bastante fáciles: los estudiantes o estaban medio dormidos, o tremendamente atentos, inclinados hacia delante para asimilar cada una de las palabras que yo pronunciaba sobre la creación de una empresa. No estaba mal para alguien que jamás había ido a la universidad. Aunque resultara sorprendente para una clase de empresariales, había bastantes chicas entre los asistentes, y no me perdí el intercambio de miraditas entre ellas cuando entré al anfiteatro el primer día. Supuse que yo era la novedad: mayor que los chicos de los pasillos, aunque más joven que sus profesores y lectores interinos. Mis trajes eran hechos a medida; mis camisas, entalladas y con destellos plateados en los puños. No tenía canas —no por aquel entonces— ni tampoco la típica barriguita de tío de mediana edad que ocultar bajo la americana.

Mientras hablaba, de forma intencionada, hacía una pausa en mitad de la frase y establecía contacto visual con una estudiante, una distinta cada semana. Ellas se ruborizaban y correspondían con una sonrisa antes de que yo desviara la mirada para proseguir con la lección. Disfrutaba al ver las ridículas razones con las que justificaban quedarse más rato en el anfiteatro una vez finalizada la clase, y llegaban a tropezarse en su esfuerzo por llegar hasta mí antes de que yo recogiera los libros y me marchara. Me sentaba al borde de la mesa, apoyando mi peso sobre una mano mientras me inclinaba un poco para escuchar sus preguntas, y veía cómo se apagaba el destello de esperanza en sus ojos cuando se daban cuenta de que no iba a pedirles una cita No me interesaban. No como me interesabas tú.

Una semana después, allí volvías a estar tú con tus amigas y, cuando pasé junto a tu mesa, me miraste y sonreíste; no por educación, sino con una amplia sonrisa que te llegó hasta los ojos. Llevabas una camiseta de tirantes azul intenso, bajo la cual se veían las tiras de raso negro del sujetador, y unos pantalones militares holgados, cuya cintura te llegaba hasta las caderas. Un pequeño fragmento de carne, de piel tersa y bronceada, quedaba pellizcado entre los tirantes y las tiras de la prenda de lencería, y me pregunté si te habrías dado cuenta y si, de ser así, por qué no te importaba.

La conversación pasó de versar sobre las clases a las relaciones. Con chicos, supongo, aunque tú los llamabas hombres. Tus amigas hablaban en voz baja y yo tuve que aguzar el oído, y me preparé para oír tu parte de aquella letanía sobre los rollos de una sola noche y los coqueteos sin ninguna implicación. Pero no me había equivocado al juzgarte, y lo único que oí de ti fueron montones de risas y comentarios graciosos y bienintencionados dirigidos a tus amigas. No eras como ellas.

Estuve pensando en ti durante toda la semana. A la hora de comer me di un paseo por los jardines del campus, con la esperanza de toparme contigo. Vi a una de tus amigas —la alta con el pelo teñido— y caminé detrás de ella durante un rato, pero se metió en la biblioteca y no pude seguirla para ver si iba a reunirse contigo.

El día de mi cuarta clase, llegué antes de la hora y mis esfuerzos se vieron recompensados cuando te vi sentada a solas, en la misma mesa en la que te había visto sentada en las dos ocasiones anteriores. Estabas leyendo una carta, y me di cuenta de que estabas llorando. Tenías el rímel corrido y, aunque no lo habrías creído si te lo hubiera dicho, estabas muchísimo más hermosa así. Llevé mi café hasta tu mesa.

—¿Te importa si me siento?

Guardaste la carta en el bolso.

—Adelante.

—Ya nos hemos visto por aquí antes, creo —dije, sentado enfrente de ti.

—¿De veras? Lo siento, no lo recuerdo.

Resultaba irritante que te hubieras olvidado tan fácilmente, pero estabas disgustada, y quizá no pudieras pensar con claridad.

—Ahora doy clases aquí. —Muy al principio había descubierto que pertenecer a la categoría del profesorado tenía un atractivo inmediato para las universitarias. Ya fuera por el deseo de «hacer méritos» o por pura comparación con los chicos que estudiaban allí, que apenas acababan de salir de la adolescencia; no estaba muy seguro, pero todavía no me había fallado.

—¿De veras? —Se te iluminó la mirada—. ¿De qué asignatura?

—Empresariales.

—Oh. —La chispa desapareció de tus ojos, y sentí un estallido de resentimiento al ver que podías despreciar algo tan importante con tanta rapidez. Tu arte difícilmente lograría pagar el sustento y los gastos de una familia, ni regenerar la economía de una ciudad, ya puestos.

—Bueno, ¿y qué haces cuando no estás dando clases? —me preguntaste.

No debería haberme importado lo que pensaras, pero de pronto me pareció que tenía que impresionarte.

—Tengo una empresa de software —te dije—. Vendemos programas a todo el mundo.

No mencioné a Doug, cuyo porcentaje de participación era del sesenta por ciento en comparación con mi cuarenta por ciento, ni tampoco aclaré que «a todo el mundo», en ese momento, significaba a Irlanda. La empresa estaba creciendo; no estaba diciéndote nada que no hubiera dicho al gerente del banco en nuestra última solicitud de un préstamo.

—Estás en tu último año, ¿verdad? —Cambié de tema.

Asentiste con la cabeza.

—Estoy estudiando...

Levanté una mano.

—No me lo digas, deja que lo adivine.

Tú te reíste, estabas disfrutando del jueguecito, y me tomé mi tiempo para fingir que intentaba averiguarlo mientras observaba tu vestido de licra a rayas y el pañuelo con el que te habías sujetado el pelo. En esa época estabas más gordita, y la protuberancia de tus pechos tensaba la tela sobre el busto. Veía el contorno de los pezones y me pregunté si serían rosados o marrones.

—Estudias bellas artes —dije al final.

—¡Sí! —Parecías maravillada—. ¿Cómo lo has sabido?

—Tienes pinta de artista —dije, como si fuera una obviedad. No dijiste nada, pero dos manchas de color aparecieron en tus mejillas, y te resultaba imposible dejar de sonreír.

—Ian Petersen. —Tendí una mano para que me la estrecharas, sentí la frescura de tu piel sobre mis dedos y me quedé agarrándote más tiempo del necesario.

—Jenna Gray.

—Jenna —repetí—. Es un nombre poco común. ¿Es alguna abreviatura?

—De Jennifer. Pero siempre me han llamado Jenna. —Soltaste una risa despreocupada. El último rastro de tus lágrimas se había esfumado y, con ellas, la vulnerabilidad que me resultaba tan atractiva.

—No he podido evitar fijarme en que estabas un poco disgustada. —Señalé la carta, metida a presión en tu abarrotado bolso abierto—. ¿Te han dado malas noticias?

Tu expresión se ensombreció de inmediato.

—Es de mi padre.

Yo no dije nada, me limité a ladear la cabeza ligeramente y esperé. Las mujeres no suelen necesitar que nadie las invite a hablar de sus problemas, y tú no fuiste una excepción.

—Se marchó de casa cuando yo tenía quince años, y no he vuelto a verlo desde entonces. El mes pasado lo localicé y le he escrito, pero él no quiere saber nada. Dice que tiene una nueva familia y que deberíamos aplicarnos lo de «lo pasado, pasado está». —Hiciste el signo de comillas con los dedos y fingiste una actitud sarcástica que no logró ocultar tu tristeza.

—Eso es terrible —dije—. No me cabe en la cabeza que alguien no quiera verte.

Tu expresión se suavizó al instante y te ruborizaste.

—Está perdido —dijiste, aunque volvían a brillarte los ojos y bajaste la vista en dirección a la mesa.

Me incliné hacia delante.

—¿Puedo invitarte a un café?

—Eso sería genial.

Cuando regresé a la mesa tú estabas con un grupo de amigos. Reconocí a dos de las chicas, pero había una tercera con ellas, y un chico con agujeros en las orejas y el pelo largo. Habían ocupado todas las sillas, y yo tuve que ir a buscar una a otra mesa para poder sentarme. Te pasé la taza y esperé a que explicaras a los demás que estábamos en medio de una conversación, pero tú te limitaste a darme las gracias por el café y me presentaste a tus amigos, cuyos nombres olvidé enseguida.

Una de tus amigas me hizo una pregunta, pero yo no podía quitarte los ojos de encima. Estabas hablando muy animadamente con el chico del pelo largo sobre algún trabajo de fin de curso. Te había caído un mechón por delante de la cara y no parabas de colocártelo, impaciente, detrás de la oreja. Debiste de percibir mi mirada fija en ti, porque volviste la cabeza. Tu sonrisa era de disculpa, y en ese mismo instante te perdoné la descortesía de atender a tus amigos antes que a mí.

El café se me enfrió. No quería ser el primero en marcharme y que todos se quedaran hablando de mí, pero quedaban minutos escasos para que empezara mi clase. Me levanté y esperé a que me hicieras caso.

—Gracias por el café.

Quería preguntarte si podíamos vernos otra vez, pero ¿cómo iba a hacerlo delante de todos tus amigos?

—La semana que viene, ¿tal vez? —dije, como si en realidad no me importara lo más mínimo. Pero tú ya te habías vuelto hacia tus colegas, y me marché con el eco de vuestras risas retumbándome en los oídos.

Esa risa me impidió regresar a la semana siguiente, y cuando volvimos a encontrarnos quince días después, el alivio que vi en tu cara me demostró que había hecho lo correcto al mantener las distancias. No te pedí permiso para sentarme esa vez, simplemente llevé dos cafés a tu mesa; el tuyo, solo y con un terrón de azúcar.

—¡Te has acordado de cómo me gusta el café!

Me encogí de hombros, sin darle importancia, aunque lo anoté como un aspecto negativo en mi agenda el día que nos conocimos, siempre anoto cosas.

Esa vez tomé la precaución de preguntarte más cosas sobre ti y me quedé mirando cómo ibas desplegándote, cual hoja mustia deseosa de ser humedecida. Me enseñaste tus dibujos, y yo fui hojeando las obras, con buena técnica aunque poco originales, mientras te decía que eran excepcionales. Cuando llegaron tus amigas estuve a punto de levantarme para ir a buscar más sillas, pero tú les dijiste que estabas ocupada y que te reunirías con ellas más tarde. En ese momento dejé de preocuparme por que pudieras desaparecer, y te sostuve la mirada hasta que tú la apartaste, ruborizada y sonriente.

—No nos veremos la semana que viene —dije—. Hoy es mi última clase. —Me conmovió tu expresión de desilusión.

Abriste la boca para decir algo, pero te contuviste, y yo esperé disfrutando de la sensación de expectación. Podría habértelo pedido yo, pero preferí escucharlo de tus labios.

—Podríamos quedar algún día para tomar una copa, ¿no? —dijiste.

Me tomé mi tiempo para responder, como si no se me hubiera ocurrido a mí también.

—¿Y qué te parecería ir a cenar? Han abierto un nuevo restaurante francés en la ciudad, ¿te apetecería ir a probarlo este fin de semana?

Tu gozo tan sincero me resultó encantador. Pensé en Marie, y su fría indiferencia ante todo; tan inexpresiva ante las sorpresas y aburrida de la vida. Jamás lo había relacionado con una cuestión de edad, pero cuando vi tu alegría ante la perspectiva de una cena en un restaurante elegante, supe que no me había equivocado al buscar a alguien más joven. Alguien con menos mundo. No te creía del todo inocente, por supuesto, pero al menos no te habías convertido todavía en una persona cínica y desconfiada.

Te recogí en el descansillo de la residencia de estudiantes e ignoré las miradas de curiosidad de los jóvenes que pasaban jun-

to a tu puerta. Me sentí encantado al verte salir con un elegante
vestido negro, y tus largas piernas embutidas en un par de tupidas medias negras. Cuando te abrí la puerta del coche, tú te quedaste muy sorprendida.

—Podría acostumbrarme a esto.

—Estás guapísima, Jennifer —dije, y tú te reíste.

—Nadie me llama Jennifer.

—¿Te importa?

—No, supongo que no. Solo que me suena raro.

El restaurante no se merecía las maravillosas críticas que había
leído pero, por lo visto, a ti no te importaba. Pediste patatas asadas con el pollo y yo hice un comentario sobre tu elección.

—Resulta poco frecuente encontrar una mujer que no se preocupe por ganar unos kilos. —Sonreí para demostrarte que estaba
quitándole importancia.

—Yo no hago dieta —dijiste—. La vida es demasiado corta.
—Pero aunque te comiste la cremosa salsa del pollo, dejaste las
patatas. Cuando el camarero nos ofreció la carta de postres, yo
hice un gesto para rechazarla.

—Solo café, por favor. —Me di cuenta de que te sentiste decepcionada, pero no necesitabas meterte en el cuerpo todos esos dulces cargados de grasa—. ¿Qué harás cuando te licencies? —pregunté.

Lanzaste un suspiro.

—No lo sé. Algún día me gustaría abrir una galería, pero, por
ahora, lo que necesito es encontrar un trabajo.

—¿De artista?

—¡Ojalá fuera tan fácil! Me dedico sobre todo a la escultura,
e intentaré vender lo que hago, pero me refería a encontrar un
trabajo como los de toda la vida: en un bar, a lo mejor, o de reponedora, algo para pagar las facturas. Seguramente acabaré volviendo a vivir con mi madre.

—¿Te llevas bien con ella?

Arrugaste la nariz como lo habría hecho una niña.

—En realidad no. Mi hermana y ella están muy unidas, pero nosotras nunca nos hemos entendido. Fue culpa suya que mi padre se largara.

Rellené las copas de vino.

—¿Qué hizo ella?

—Lo echó. Me dijo que lo sentía, pero que ella también tenía que vivir la vida, y que ya no podía seguir viviéndola así. Y luego se negó a hablar del tema. Creo que es lo más egoísta que he visto jamás.

Vi el dolor en tus ojos y me acerqué para posar mis manos sobre las tuyas.

—¿Vas a contestar la carta de tu padre?

Negaste con la cabeza enérgicamente.

—Dejó bien claro en la suya que quería que yo lo dejara en paz. No sé qué hizo mi madre, pero fue lo bastante malo para que él no quiera volver a vernos jamás.

Entrelacé mis dedos con los tuyos y te acaricié la tersa piel entre tu dedo pulgar y el índice.

—No podemos elegir a los padres —dije—, mal que nos pese.

—¿Tú estás muy unido a los tuyos?

—Están muertos. —Había contado tantas veces esa mentira que ya casi me la creía. Incluso podría haber sido cierto; ¿cómo iba yo a saberlo? No les di mi dirección cuando me trasladé al sur, y no creo que hayan perdido el sueño por mi marcha.

—Lo siento.

Me apretujaste la mano y tus ojos se tornaron vidriosos por la compasión.

Noté que algo se movía en mi entrepierna y bajé la vista para mirar en dirección a la mesa.

—Fue hace mucho tiempo.

—Pues entonces tenemos algo en común —dijiste.

Esbozaste una valiente sonrisa con la que pretendías demostrarme que me entendías.

—Ambos añoramos a nuestro padre.

No me quedó claro si fuiste ambigua de forma intencionada; te equivocabas en ambos sentidos. Pero te dejé pensar que me habías calado.

—Olvídate de él, Jennifer —te dije—. No te mereces ser tratada así. Estás mejor sin él.

Tú asentiste, pero supe que no me creías. No todavía, en cualquier caso.

Esperabas que me fuera contigo a tu dormitorio, pero no quería pasar una hora en una habitación para estudiantes, bebiendo café barato en tazas resquebrajadas. Te habría llevado a mi casa, pero las cosas de Marie todavía seguían allí, y sabía que tú pondrías objeciones a eso. Además, lo nuestro parecía distinto. No quería tener un rollo de una sola noche. Te quería a ti.

Te acompañé hasta la puerta.

—Al parecer todavía quedan caballeros —bromeaste.

Yo hice una pequeña reverencia a medias y, cuando reíste, me sentí estúpidamente encantado de haberte hecho feliz.

—Me parece que jamás me había invitado a salir un auténtico caballero.

—Pues entonces... —dije, te tomé una mano y me la llevé a los labios—, debemos convertirlo en costumbre.

Te ruborizaste y te mordiste el labio. Levantaste un poco la barbilla, lista para recibir mi beso.

—Que duermas bien —dije. Me volví, regresé a mi coche y no miré hacia atrás. Tú me deseabas, resultaba muy evidente, pero todavía no me querías lo suficiente.

23

Ray se quedó pasmado por la total ausencia de emociones de Jenna Gray. No hubo ningún llanto de rabia, ni negación de los hechos, ni arrepentimiento repentino. Se quedó mirándola a la cara mientras Kate proseguía con la detención, pero lo único que vio fue una expresión fugaz de lo que él interpretó como alivio. Se sentía en el aire, y eso era extraño, como si le hubieran separado las piernas del cuerpo. Tras más de un año buscando a la persona que había matado a Jacob, Jenna Gray era la última persona a quien esperaba encontrar.

Era llamativa, más que guapa. Tenía la nariz fina, aunque larga, y su piel blanca estaba cubierta de tantas pecas que se amontonaban en algunas partes. Tenía los ojos verdes ligeramente orientados hacia arriba, que le daban cierto aspecto felino, y una melena castaña rojiza que le llegaba hasta los hombros. Iba sin maquillar, y aunque sus pantalones holgados le ocultaban la figura, sus finas muñecas y su cuello esbelto indicaban que era de complexión delgada.

Jenna preguntó si podían darle un momento para recoger sus cosas.

—Tengo un amigo en casa; necesito explicarle qué está pasando. ¿Podrían dejarnos solos un par de minutos? —Habló en voz tan baja que Ray tuvo que inclinarse hacia delante para oírla.

—Me temo que no será posible —le dijo—. Entraremos con usted.

Ella se mordió el labio e hizo una breve pausa, luego se apartó para que Ray y Kate entraran en la casa. Había un hombre de pie en la cocina con una copa de vino en la mano. Cualquiera de las emociones que faltaban en el rostro de Jenna estaban redobladas en la cara del individuo que Ray supuso que era el novio.

El lugar era tan pequeño que le habría extrañado que él no lo hubiera oído todo ya, pensó Ray, al tiempo que echaba un vistazo al espacio abarrotado de objetos. Una hilera de piedras colocadas a modo de decoración acumulaba polvo encima de la chimenea, delante de la cual había una alfombra de color carmesí oscuro, salpicada de pequeñas quemaduras. Una manta cubría el sofá con un caleidoscopio de colores, supuso Ray que para dar un toque más alegre al lugar, pero la luz era tenue y los techos bajos de la casa hicieron que incluso él tuviera que agachar la cabeza para evitar darse con la viga que separaba la zona de salón de la cocina. Menudo sitio para vivir. A kilómetros de todas partes y gélido, a pesar del fuego. Se preguntó por qué habría escogido ese sitio; si habría pensado que allí podría esconderse mejor que en ningún otro lugar.

—Les presento a Patrick Mathews —dijo Jenna, como si estuvieran en una reunión social. Pero entonces le dio la espalda a Ray y a Kate, y el inspector tuvo la sensación de que estaba metiéndose donde no le llamaban.

—Tengo que acompañar a estos agentes de policía. —Ella hablaba de forma cortante y con tono neutral—. El año pasado ocurrió algo terrible y debo solucionarlo.

—¿Qué ocurre? ¿Adónde te llevan?

O el tipo no sabía nada sobre lo que ella había hecho, o ella mentía muy bien, pensó Ray.

—Nos la llevamos a Bristol —dijo, y avanzó un paso para entregar a Patrick una tarjeta—, donde será interrogada.

—¿No puede solucionarse mañana? Podría llevarla en coche a Swansea por la mañana.

—Señor Mathews —dijo Ray, y notó que la paciencia empezaba a acabársele. Habían tardado tres horas en llegar a Penfach y una hora más en localizar la casa de Blaen Cedi—. El pasado mes de noviembre un niño de cinco años fue atropellado y murió a causa de ello, y el conductor se dio a la fuga. Me temo que es un asunto que no puede esperar hasta mañana.

—Pero ¿qué tiene eso que ver con Jenna?

Se hizo un silencio. Patrick miró primero a Ray y luego a Jenna. Sacudió poco a poco la cabeza.

—No. Tiene que haber un error. Si tú ni siquiera conduces.

Ella le sostuvo la mirada.

—No hay ningún error.

Ray sintió un escalofrío por la firmeza de su voz. Durante un año había intentado imaginar quién podría tener la sangre fría de seguir conduciendo y dejar atrás a un niño moribundo. En ese momento en que se encontraba cara a cara con ella, estaba haciendo un gran esfuerzo por conservar la calma. Sabía que no le ocurriría solo a él: a sus colegas también les habría costado gestionar esa situación, al igual que les costaba ser correctos con los violadores y los pederastas. Se quedó mirando a Kate, y percibió que ella sentía lo mismo. Cuanto antes llegaran a Bristol, mejor.

—Tenemos que irnos —dijo a Jenna—. Cuando lleguemos a la sala de detenciones será interrogada y tendrá la oportunidad de contarnos qué ocurrió. Hasta ese momento, no podemos hablar sobre el caso. ¿Lo ha entendido?

—Sí. —Jenna cogió una pequeña mochila que estaba colgada en el respaldo de una silla. Se quedó mirando a Patrick—. ¿Podrías quedarte y cuidar de Beau? Intentaré llamarte cuando sepa qué va a suceder.

Él asintió con la cabeza, pero no dijo nada. Ray se preguntó qué estaría pensando el hombre. ¿Cómo sería descubrir que te había mentido alguien a quien creías conocer?

Ray le puso las esposas a Jenna, comprobó que no estuvieran demasiado apretadas y se dio cuenta de que ella no reaccionaba de forma alguna al hacerlo. Vio una parte de piel herida en la palma de la mano, pero ella cerró el puño y la magulladura dejó de verse.

—El coche está bastante lejos —dijo Ray—. Hemos tenido que dejarlo en el aparcamiento del parque de caravanas.

—No es mucho —dijo Jenna—. Esta sólo a un kilómetro.

—¿Solo? —dijo Ray. Le había parecido más larga mientras Kate y él la recorrían a oscuras. Ray había encontrado una linterna suelta en la guantera del coche, pero las pilas estaban casi agotadas y había tenido que ir sacudiéndola cada pocos metros para que funcionara.

—Llámame en cuanto llegues —dijo Patrick mientras sacaban a Jenna a la calle—. ¡Y consigue un abogado! —le gritó, pero la negra noche se tragó sus palabras y ella no respondió.

Componían un trío peculiar, dando tumbos por el camino hacia el parking, y Ray se alegró de que Jenna estuviera cooperando. Tal vez fuera delgada, pero era tan alta como Ray, y estaba claro que se conocía el camino mejor que ellos. El inspector se encontraba del todo desorientado y ni siquiera estaba seguro de la distancia exacta a la que estaba el borde del acantilado. Cada pocos pasos oía cómo chocaban las olas y parecía estar tan cerca que prácticamente esperaba que le salpicara la espuma. Se sintió aliviado al llegar al camping sin ningún contratiempo, y abrió la puerta trasera del Corsa sin distintivos policiales para que Jenna entrara, y ella lo hizo en silencio total.

Kate y él se apartaron del coche unos metros para hablar.

—¿Tú crees que es consciente de lo que ocurre? —preguntó Kate—. Apenas ha dicho un par de palabras.

—¿Quién sabe? A lo mejor está bajo los efectos del shock.

—Supongo que había imaginado que se libraría, después de todo este tiempo. ¿Cómo puede ser alguien tan insensible? —Kate negó con la cabeza.

—Escuchemos antes lo que tiene que decir, ¿te parece? —dijo Ray—. Antes de llevarla al paredón. —Tras la euforia de haber localizado por fin al conductor, la detención había resultado ser singularmente decepcionante.

—Ya sabes que las chicas guapas también pueden ser asesinas, ¿verdad? —dijo Kate. Estaba burlándose de él. Pero antes de que

Ray pudiera responder, ella le quitó las llaves del coche y se dirigió con paso firme hacia el vehículo.

El viaje de vuelta en coche fue aburridísimo, con un embotellamiento a lo largo de toda la M4. Ray y Kate iban hablando en voz baja sobre temas intrascendentes: políticas de empresa; los coches nuevos; el anuncio en las órdenes semanales sobre los casos de delitos graves. Ray había supuesto que Jenna se había dormido, pero habló cuando se acercaban a Newport.

—¿Cómo me han localizado?

—No ha sido tan difícil —dijo Kate cuando Ray no respondió—. Tenía una cuenta de banda ancha a su nombre. Contrastamos la información con su casero para cerciorarnos de que era el lugar correcto; él nos ha ayudado mucho.

Ray miró hacia atrás para percibir la reacción de Jenna ante aquellas palabras, pero ella estaba mirando por la ventanilla en dirección al atasco. La única señal de que no estaba del todo relajada eran sus puños cerrados, apoyados sobre el regazo.

—Debe de haber sido duro para usted vivir con lo que ha hecho —prosiguió Kate.

—Kate —dijo Ray con tono de advertencia.

—Aunque seguro que ha sido más duro para la madre de Jacob...

—Ya basta, Kate —dijo Ray—. Déjalo para el interrogatorio. —Le lanzó su mirada admonitoria y ella se la devolvió desafiante. Iba a ser una noche muy larga.

24

Cobijada por la oscuridad del coche de policía me permito llorar.
Las lágrimas calientes me caen sobre los puños cerrados mientras
la agente me habla y no hace esfuerzo alguno por disimular el
desprecio en su tono de voz. Es lo que merezco pero, aun así, es
difícil de soportar. No he olvidado a la madre de Jacob ni por un
momento. Ni por un momento he dejado de pensar en su pérdida; una pérdida mucho más grande que la mía. Me odio por lo
que he hecho.

Me obligo a inspirar con fuerza para disimular mis sollozos;
no quiero que los agentes me presten más atención. Los imagino
llamando a la puerta de Iestyn, y me arden las mejillas por la
vergüenza. La noticia de que estaba saliendo con Patrick se ha
extendido como la pólvora por el pueblo: a lo mejor ya se ha propagado el rumor sobre este último escándalo.

Nada podría haber sido peor que la mirada que percibí en los
ojos de Patrick cuando volví a entrar en la cocina con los policías. Vi en su rostro que se sentía traicionado con la misma claridad que si hubiera estado escrito en letras de tres metros de alto.
Todo cuanto creía de mí era mentira, una mentira inventada para
encubrir un crimen inexcusable. No le culpo por esa mirada. No
debería haber cometido el error de intimar tanto con alguien; de
dejar que alguien intimara conmigo.

Ya estamos en las afueras de Bristol. Necesito aclararme las
ideas. Me llevarán a una sala de interrogatorios, imagino; me su-

gerirán que llame a un abogado. La policía me hará preguntas y yo las responderé con toda la calma posible. No lloraré ni pondré excusas. Me acusarán, iré a juicio y todo habrá terminado. Por fin se hará justicia. ¿Es así como funciona? No estoy segura. Mi conocimiento de estas cosas proviene de las novelas policíacas y los artículos de prensa; jamás imaginé acabar de este lado de la barrera. Veo una pila de periódicos en mi imaginación, mi foto ampliada para que se me vea hasta la última arruga de la cara. El rostro de una asesina.

«Una mujer ha sido detenida en relación con la muerte de Jacob Jordan.»

No sé si la prensa publicará mi nombre pero, aunque no lo hagan, estoy segura de que publicarán la noticia. Me llevo la mano al pecho y noto el corazón desbocado. Estoy acalorada y sudorosa, como si estuviera subiéndome la fiebre. Todo está desencadenándose.

El coche aminora la marcha y entra al aparcamiento de un feo complejo de edificios grises, separado de los edificios de oficinas colindantes solo por el escudo del cuartel de policía de Avon y Somerset, situado sobre la entrada principal. El inspector aparca el coche con una hábil maniobra en un angosto hueco entre dos coches patrulla oficiales, y la agente me abre la puerta.

—¿Se encuentra bien? —me pregunta. Ahora me habla con un tono más relajado, como si se arrepintiera de las duras palabras que me ha dedicado antes.

Asiento en silencio, con patético gesto de agradecimiento.

No hay espacio suficiente para que la puerta se abra del todo, y me cuesta salir con las muñecas esposadas. El sudor que me provoca el esfuerzo me hace sentir más temerosa y desorientada, y me pregunto cuál es el auténtico propósito de las esposas. Al fin y al cabo, si escapara, ¿adónde iría? El patio trasero está rodeado por muros muy altos, con puertas electrónicas que impiden la salida. Cuando por fin logro enderezarme, la agente Evans me sujeta por el brazo y me aleja del coche. No me agarra con fuerza, pero el gesto me hace sentir claustrofobia y tengo que esforzarme por no intentar zafarme de ella. Me conduce hasta una puerta metálica donde el inspector presiona un botón y habla por un interfono.

—Soy el detective inspector Stevens —dice—. Tengo un cero nueve con una mujer.

La pesada puerta se abre con un clic y entramos a una sala enorme con sucias paredes blancas. La puerta se cierra de golpe a nuestro paso con un ruido que parece prolongarse en mis oídos durante todo un minuto. El ambiente está cargado, a pesar del aparato de aire acondicionado instalado en el techo, y un sonido rítmico llega de alguna parte en el interior de las paredes laberínticas que llevan a la zona central. En el fondo de la sala hay un banco metálico de color gris atornillado por las patas al suelo, donde hay un joven de unos veinte años sentado, mordiéndose las uñas y escupiendo lo que saca. Viste pantalones de chándal azul con los bordes deshilachados, zapatillas de deporte y una sucia sudadera gris con un logo indiscernible. La hediondez que desprende su cuerpo se me mete en la garganta y me vuelvo antes de que él pueda percibir la mezcla de miedo y pena que hay en mi mirada.

Soy demasiado lenta.

—Dame un buen repaso, ¿quieres, cariño? —El tipo habla con voz aguda y nasal, como la de un niño.

Vuelvo a mirarlo, pero no digo nada.

—¡Ven para acá y mírame las joyas de la corona si te apetece! —Se agarra la entrepierna y suelta una risotada que no está en armonía con su imagen grisácea y triste.

—Corta el rollo, Lee —dice el inspector Stevens, y el hombre sonríe con suficiencia y se deja caer contra la pared, riéndose de su ocurrencia.

La agente Evans vuelve a sujetarme por el codo, y me clava las uñas en la piel cuando me conduce por la sala hasta situarme ante un mostrador alto. Instalado detrás de un ordenador se encuentra un agente uniformado, con la tela de la camisa blanca en tensión sobre su enorme barriga. Dirige un asentimiento con la cabeza a la agente Evans, pero a mí no me dedica más que una mirada rápida.

—¿Circunstancias de la detención?

La agente me quita las esposas y enseguida tengo la sensación de poder respirar mejor. Me froto las marcas rojas de las muñecas y siento placer ante la punzada de dolor que me provoca el gesto.

—Sargento, esta es Jenna Gray. El día 26 de noviembre de 2012, Jacob Jordan fue atropellado por un coche en el barrio de Fishponds.

»El conductor del vehículo no se detuvo. El coche ha sido identificado como un Ford Fiesta rojo, matrícula J634 OUP, registrado a nombre de Jenna Gray. Hace unas horas nos hemos personado en Blaen Cedi, una casa ubicada cerca de Penfach, en Gales, donde a las 19.33 hemos procedido a detener a Gray por sospecha de homicidio involuntario por conducción temeraria y huida del lugar del atropello.

Se oye un silbido grave procedente del banco de la sala de detención, y el inspector Stevens se vuelve para lanzar a Lee una mirada admonitoria.

—¿Qué hace este tipo aquí? —pregunta sin dirigirse a nadie en particular.

—Está esperando la imputación. Ahora lo saco de aquí. —Sin volverse, el sargento grita—: Sally, vuelve a meter a Roberts en la celda número 2, ¿quieres? —Una carcelera no muy alta y fornida sale del despacho situado detrás del mostrador de detenciones, con un enorme manojo de llaves prendidas al cinturón. Está comiendo algo y se sacude las migas que tiene en la corbata. La carcelera lleva a Lee hasta lo más profundo de la sala de detenciones, y él me lanza una mirada de desprecio al doblar la esquina. Así será en la cárcel, pienso, cuando se enteren de que he matado a un niño. El desprecio en las miradas de las otras presas; personas que me darán la espalda cuando pase. Entonces me muerdo el labio inferior cuando soy consciente de que será mucho, muchísimo peor que eso. El miedo me forma un nudo en el estómago, y por primera vez me pregunto si seré capaz de superarlo. Me recuerdo a mí misma que he sobrevivido a cosas peores.

—El cinturón —me dice el sargento de detenciones, y me pasa una bolsa de plástico transparente.

—¿Disculpe? —Me habla como si yo conociera las normas, pero ya estoy perdida.

—El cinturón. Quíteselo. ¿Lleva alguna joya? —Empieza a impacientarse, y yo me quito el cinturón como puedo, lo saco de la cintura de los vaqueros y lo meto en la bolsa.

—No, no llevo joyas.

—¿Anillo de bodas?

Niego con la cabeza y de forma instintiva me toco la tenue marca que tengo en el dedo anular. La agente Evans está revisando mi mochila. No hay ningún objeto personal en su interior, pero, de todas formas, me da la sensación de estar observando a un ladrón registrando mi casa para robarme. Un tampón cae rodando sobre el mostrador.

—¿Va a necesitarlo? —me pregunta. Habla con despreocupación, pero ni el inspector Stevens ni el agente de detenciones dicen nada, lo que no quita que yo me ponga roja como un tomate.

—No.

Lo tira a la bolsa de plástico, antes de abrir mi cartera y sacar un par de tarjetas y apartar las monedas. Es en ese momento cuando veo la tarjeta azul celeste que está entre los recibos y las tarjetas de crédito. Los presentes se quedan en silencio, y yo prácticamente puedo oír los latidos de mi corazón desbocado. Cuando me quedo mirando a la agente Evans, me doy cuenta de que ha dejado de escribir y está mirándome a los ojos. No quiero mirarla, pero no puedo agachar la cabeza. «Déjalo estar —me digo—. Tú déjalo estar.» Con parsimonia y toda la intención, coge la tarjeta y se queda mirándola. Creo que va a preguntarme por ella, pero la incluye en la lista del informe y la mete en la bolsa de plástico con el resto de mis pertenencias. Suelto aire, relajada.

Intento concentrarme en lo que está diciendo el sargento, pero me pierdo con la letanía de normas y derechos. No, no quiero informar a nadie de que estoy aquí. No, no quiero un abogado…

—¿Está segura? —me interrumpe el inspector Stevens—. Tiene derecho a recibir asesoramiento legal de oficio mientras esté aquí, ya lo sabe.

—No necesito un abogado —digo en voz baja—. Yo lo hice.

Se hace un silencio. Los tres agentes de policía intercambian miradas.

—Firme aquí —dice el sargento de detenciones—, y aquí, y aquí. —Cojo el bolígrafo y garabateo mi nombre junto a gruesas cruces negras. El sargento mira al inspector Stevens—. ¿Pasamos directamente al interrogatorio?

La sala de interrogatorios es sofocante y huele a tabaco rancio, a pesar de la pegatina de «Prohibido fumar» que está despegándose de la pared. El inspector Stevens me señala con un gesto de la mano dónde debo sentarme. Intento acercar la silla a la mesa, pero está atornillada al suelo. Sobre la mesa alguien ha grabado una serie de tacos con la punta de un boli. El inspector Stevens toquetea el interruptor de una caja negra instalada en la pared situada junto a él y se oye un pitido agudo. Se aclara la voz.

—Son las 22.45 del martes 2 de enero del año 2014 y nos encontramos en la sala número 3 de interrogatorios de la comisaría de Bristol. Soy el detective inspector Ray Stevens, con número de placa 431, y se encuentra conmigo la agente Kate Evans, con número de placa 3908. —Me mira—. ¿Podría decir su nombre en voz alta y su fecha de nacimiento para la grabación, por favor?

Trago saliva para humedecerme la boca y poder hablar.

—Jenna Alice Gray, 28 de agosto de 1976.

Voy asimilando sus palabras; la gravedad de las acusaciones que se me imputan, las consecuencias del atropello con fuga para la familia, para la comunidad en su conjunto. No está diciéndome nada que no sepa ya y no puede hacerme sentir más culpable de lo que ya me siento.

Al final me llega el turno de hablar.

Hablo en voz baja, con la mirada fija en la mesa que nos separa y la esperanza de que no me interrumpa. Lo único que quiero es soltarlo todo de una vez.

—Había sido un día largo. Había estado exponiendo en la otra punta de Bristol y estaba cansada. Estaba lloviendo y no veía bien.

Hablo con tono pausado y tranquilo. Quiero explicar cómo ocurrió, pero no quiero ponerme a la defensiva; ¿cómo podría defender lo ocurrido? He pensado muchas veces en lo que diría llegado este momento, pero ahora que estoy aquí, las palabras me suenan torpes y falsas.

—Él salió de la nada —digo—. La calle estaba despejada, y luego apareció él, corriendo por la calzada. Ese niño, con la gorra de lana azul y los guantes rojos. Era demasiado tarde, demasiado tarde para hacer nada.

Me sujeto al borde de la mesa para anclarme en el presente mientras el pasado amenaza con adquirir protagonismo. Oigo el chirrido de los frenos, huelo el hedor acre de la goma quemada sobre el asfalto húmedo. Cuando Jacob impactó contra el parabrisas, durante unos segundos estuvo a escasos centímetros de mí. Podría haber alargado una mano y tocarle la cara a través del cristal. Pero se alejó de mí girando sobre sí mismo por los aires y cayó sobre el asfalto. Entonces vi a su madre, acuclillada junto al cuerpo sin vida del niño, intentando encontrarle el pulso. Al no lograrlo, chilló; fue un sonido primitivo que la privó totalmente de aire, y yo me quedé mirándola, horrorizada, a través de la luna hecha añicos, mientras un charco de sangre iba formándose bajo la cabeza del pequeño, tiñendo la calzada húmeda hasta que el asfalto se cubrió de rojo bajo el haz de luz de mis faros.

—¿Por qué no se detuvo? ¿Por qué no bajó del coche? ¿Por qué no llamó para pedir ayuda?

Me obligo a regresar a la sala de interrogatorios y me quedo mirando al inspector Stevens.

Casi había olvidado que él seguía allí.

—No podía.

25

—¡Por supuesto que podría haber parado! —exclamó Kate, paseándose sin parar en el reducido espacio que separaba su mesa de la ventana, yendo y viniendo sin pausa—. Es tan fría que me pone los pelos de punta.

—¿Quieres sentarte de una vez? —Ray se bebió el café de un trago y reprimió un bostezo—. Me estás poniendo incluso más nervioso. —Ya eran más de las doce de la noche cuando Ray y Kate sugirieron, a regañadientes, un descanso del interrogatorio para permitir que Jenna durmiera un rato.

Kate se sentó.

—¿Por qué crees que está soltándolo todo como si nada un año después?

—No lo sé —dijo Ray. Se arrellanó en la silla y puso los pies sobre la mesa de Stumpy—. Hay algo que no acaba de cuadrarme.

—¿El qué?

Ray sacudió la cabeza.

—Es solo un presentimiento. Seguramente es porque estoy cansado. —La puerta del despacho del CID se abrió y entró Stumpy—. Vuelves tarde. ¿Cómo ha ido por el reino de la contaminación?

—Muy ajetreado —dijo Stumpy—. Dios sabe por qué alguien querría vivir en ese sitio.

—¿Has logrado meterte a la madre de Jacob en el bolsillo?

Stumpy asintió con la cabeza.

—Digamos que no será la presidenta de nuestro club de fans, pero está de nuestra parte. Tras la muerte de Jacob se sintió muy criticada por la comunidad. Dijo que ya había sido duro que la aceptaran como extranjera y que el accidente solo contribuyó a echar más leña al fuego.

—¿Cuándo se marchó? —preguntó Kate.

—Justo después del funeral. Hay una gran comunidad polaca en Londres, y Anya se ha quedado con unos primos en una casa compartida. Leyendo entre líneas, creo que tiene problemas con los papeles para poder trabajar, lo cual no ha ayudado mucho a la hora de localizarla.

—¿Se alegró de poder hablar contigo? —Ray estiró los brazos e hizo crujir los nudillos. Kate hizo un mohín.

—Sí —dijo Stumpy—. De hecho, me dio la impresión de que se sintió aliviada de poder hablar con alguien sobre Jacob. ¿Sabes que no se lo había contado a nadie de su familia? Dice que se siente demasiado avergonzada.

—¿Avergonzada? ¿Por qué narices iba a sentirse avergonzada? —preguntó Ray.

—Es una larga historia —dijo Stumpy—. Anya llegó a Reino Unido a los dieciocho años. No fue muy clara al explicar cómo lo hizo, pero acabó de señora de la limpieza, cobrando en negro, en empresas del polígono industrial de Gleethorne. Hizo buenas migas con uno de los chicos que trabajaban allí y se quedó embarazada sin desearlo.

—¿Y lo tuvo sola? —aventuró Kate.

—Exacto. En todos los sentidos, a los padres de Anya les horrorizaba que su hija tuviera el bebé fuera del matrimonio y le exigieron que regresara a Polonia, donde podrían cuidarla, pero Anya se negó a volver. Dice que quería demostrar que era capaz de salir adelante ella sola.

—¿Y ahora se culpa por ello? —Ray negó con la cabeza—. Pobre chica. ¿Cuántos años tiene?

—Veintiséis. Cuando Jacob murió creyó que era un castigo por no hacer caso a sus padres.

—Qué triste. —Kate permanecía sentada en silencio, con las rodillas pegadas al pecho—. Pero si no fue culpa suya… ¡Ella no conducía ese puñetero coche!

—Y se lo he dicho, claro, pero ha cargado con mucha culpabilidad por todo este asunto. En cualquier caso, la he informado de que habíamos detenido a alguien y que esperábamos poder acusarlo, eso suponiendo que hayáis hecho bien vuestra parte. —Lanzó una mirada de soslayo a Kate.

—No intentes provocarme —dijo Kate—. Es demasiado tarde y no tengo el cuerpo para tonterías. Hemos cogido a Gray, para que lo sepas, pero se ha hecho tarde, así que está en la cama hasta mañana por la mañana.

—Que es exactamente lo que voy a hacer yo—dijo Stumpy—. Si te parece bien, jefe. —Se desanudó la corbata.

—Tú y también yo —dijo Ray—. Venga, Kate, se acabó por esta noche. Lo retomaremos por la mañana y veremos si conseguimos que Gray nos diga dónde está el coche.

Regresaron al patio trasero. Stumpy levantó la mano para despedirse con saludo militar mientras cruzaba con el coche por las enormes puertas metálicas, y dejó a Ray y a Kate de pie en la oscuridad casi total.

—Qué día tan largo —dijo Ray. A pesar del agotamiento, de pronto no tuvo ganas de irse a casa.

—Sí.

Estaban tan juntos que Ray olía el tenue rastro del perfume de Kate. Él sintió el corazón desbocado. Si la besaba en ese momento, no habría vuelta atrás.

—Bueno, pues buenas noches —dijo Kate. Pero no se movió.

Ray se alejó un paso y sacó las llaves del bolsillo.

—Buenas noches, Kate. Que duermas bien.

Lanzó un suspiro mientras se alejaba con el coche. Había estado muy cerca de traspasar el límite.

Demasiado cerca.

Eran las dos cuando Ray se metió en la cama y, en lo que se le antojaron unos segundos, el despertador lo devolvió al trabajo. Había dormido a ratos, incapaz de dejar de pensar en Kate, y luchó por sacársela de la cabeza durante la sesión informativa de la mañana.

A las diez en punto se reunieron en la cafetería. Ray se preguntó si Kate habría pasado la noche pensando en él, pero enseguida se reprendió a sí mismo por la idea. Estaba siendo ridículo y, cuanto antes lo olvidara, mejor.

—Estoy demasiado mayor para quedarme hasta tan tarde —dijo mientras estaban en la cola para servirse uno de los especiales para el desayuno de Moira, popularmente conocido como el «apretón», gracias a sus propiedades para endurecer las arterias. Ray tenía cierta esperanza de que Kate le contradijera, pero se sintió ridículo por haberlo pensado.

—Yo agradezco no estar todavía de guardia —dijo ella—. ¿Recuerdas el bajón que nos daba a las tres de la madrugada?

—Dios, ¿de verdad he hecho yo eso? Lo de luchar por mantenerse despierto y desear con todas mis fuerzas que se produjera alguna persecución en coche para recibir una inyección de adrenalina. Sería incapaz de volver a hacerlo.

Llevaron los platos llenos de beicon, salchichas, huevos, morcilla y pan frito hasta una mesa vacía, donde Kate hojeó un ejemplar del *Bristol Post* mientras comía.

—Los típicos artículos con chispa —dijo—. Elecciones locales, festividades escolares, quejas por las cacas de perro. —Dobló el periódico y lo apartó a un lado, donde la foto de Jacob se quedó mirándolos desde la primera plana.

—¿Le has sacado algo más a Gray esta mañana? —preguntó Ray.

—Me ha dicho lo mismo que ayer —dijo Kate—. Así que, de momento, al menos es coherente. Pero no responde ninguna pregunta relativa al lugar donde está el coche, ni sobre la razón por la que no se detuvo.

—Bueno, por suerte, nuestro trabajo consiste en saber qué ocurrió, no por qué ocurrió —le recordó Ray—. Tenemos información suficiente para acusarla. Ponte en contacto con la fiscalía y averigua si tomarán hoy alguna decisión.

Kate lo miró pensativa.

—¿Qué pasa?

—Cuando dijiste ayer que algo no te cuadraba... —dejó la frase inacabada.

—¿Sí? —preguntó Ray para animarla a seguir.

—Yo tengo la misma sensación. —Kate bebió un sorbo de su taza de té y la dejó con delicadeza sobre la mesa, mirando el recipiente como si pudiera encontrar la solución en su interior.

—¿Crees que podría estar inventándoselo?

Ocurría de tanto en tanto, sobre todo en los casos importantes como aquel. Aparecía alguien dispuesto a confesar un delito, y a mitad de interrogatorio descubrían que era imposible que esa persona pudiera haberlo cometido. Desconocían algún dato vital —algo que deliberadamente se ocultaba a la prensa—, y todo el argumento se desmontaba.

—No creo que esté inventándoselo, no. Es su coche, al fin y al cabo, y su relato coincide casi al dedillo con el de Anya Jordan. Lo que ocurre es que... —Se arrellanó en la silla y miró a Ray—. ¿Te acuerdas cuando en el interrogatorio describió el punto exacto del impacto? —Ray asintió con la cabeza para que siguiera hablando—. Dio muchísimos detalles sobre el aspecto de Jacob. Sobre la ropa que llevaba, sobre su mochila...

—Porque tiene buena memoria. Algo así se te queda grabado en el cerebro, es lo que yo habría pensado. —Ray estaba haciendo de abogado del diablo; prediciendo lo que diría la jefa. En el fondo, Ray también tenía la mosca detrás de la oreja con la confesión del día anterior. Jenna Gray estaba ocultándoles algo.

—Por las marcas de las ruedas sabemos que el coche no iba despacio —prosiguió Kate—, y Gray dijo que Jacob había «salido de la nada». —Dibujó unas comillas en el aire con los dedos—. Entonces, si todo ocurrió tan rápido, ¿cómo pudo verlo con tanto detalle? Y, si no ocurrió tan rápido, y tuvo tiempo para verlo y recordar lo que llevaba puesto, ¿cómo pudo atropellarlo?

Ray no habló durante un rato. Kate tenía la mirada encendida, a pesar de lo poco que había dormido, y reconoció la expresión decidida en sus ojos.

—¿Qué estás insinuando?

—Todavía no quiero presentar la acusación.

Él asintió poco a poco. Soltar a una sospechosa antes de obtener una confesión completa supondría hacer que la jefa se pusiera como una furia.

—Quiero encontrar el coche.

—Eso no cambiará nada —dijo Ray—. Lo máximo que conseguiremos será el ADN de Jacob en el capó y las huellas de Gray en el volante. No nos desvelará nada que no sepamos ya. Estoy más interesado en encontrar el móvil de la mujer. Afirma que lo tiró cuando se marchó a Bristol porque no quería que nadie se pusiera en contacto con ella; pero ¿y si lo tiró porque era una prueba? Quiero saber a quién llamó justo antes y después del accidente.

—Entonces la soltamos bajo fianza —dijo Kate, y miró a Ray con expresión interrogante.

Él titubeó. Acusar a Jenna habría sido el camino más fácil. Aplausos en la reunión de la mañana; palmaditas en la espalda recibidas de la jefa. Pero ¿podía acusarla sabiendo que había algo más que estaba escapándosele? Las pruebas le decían una cosa; su instinto le decía otra bien distinta.

Ray pensó en Annabelle Snowden, viva en casa de su padre incluso mientras él rogaba a la policía que encontrasen a su secuestrador. Su instinto no se había equivocado entonces, pero él lo había ignorado.

Si liberaban a Jenna bajo fianza durante unas semanas podían llegar a una situación más conveniente: asegurarse de que no apareciera ningún escollo en el momento en que la llevaran a juicio.

Asintió mirando a Kate.

—Suéltala.

26

No llamé hasta casi una semana después de nuestra primera cita, y capté cierta inseguridad en tu voz cuando lo hice. Estabas preguntándote si habrías malinterpretado las señales, ¿verdad? Si habías dicho algo inadecuado o te habías puesto el vestido inapropiado...

—¿Estás libre esta noche? —te pregunté—. Me encantaría salir contigo de nuevo. —Mientras hablaba me di cuenta de las ganas que tenía de volver a verte. Me había resultado tremendamente difícil esperar una semana para hablar contigo.

—Me habría encantado, pero ya tengo planes. —Había cierto tono de reproche en tu voz; sin embargo, yo ya conocía esa táctica desde hacía mucho tiempo. Los jueguecitos de las mujeres al principio de la relación son diversos aunque muy evidentes. Sin duda habías hecho una autopsia de nuestra cita con tus amigas, que te habrían dado todo tipo de consejos como las lavanderas apoyadas en la valla de un jardín contemplando lo ocurrido.

«No te muestres muy amable.»

«Hazte la dura.»

«Cuando te llame, di que estás ocupada.»

Resultaba cansino e infantil.

—Qué lástima —dije con tono despreocupado—. He conseguido dos entradas para ver a Pulp esta noche y pensaba que te habría gustado ir.

Dudaste un instante y creí que ya te tenía, pero tú aguantaste el tipo.

—De verdad que no puedo, lo siento mucho. Le prometí a Sarah que tendríamos una noche de chicas y que iríamos al Ice Bar. Acaba de cortar con su novio, y no puedo darle plantón yo también.

Resultaba convincente, y me pregunté si te habrías preparado la mentira con antelación. Dejé que se hiciera el silencio entre ambos.

—Mañana por la noche estoy libre —dijiste con tono de pregunta.

—Me temo que mañana ya tengo algo que hacer. Otra vez será. Pásalo bien esta noche. —Colgué y me quedé sentado junto al teléfono durante un rato. Me tembló un músculo del ojo y me lo froté con furia. No había previsto que te gustaran los jueguecitos, y me decepcionó el hecho de que lo considerases necesario.

No logré serenarme en todo el día. Limpié la casa y retiré las cosas de Marie de todas las habitaciones y las amontoné en un solo cuarto. Había más cosas de las que creía, pero difícilmente podía devolvérselas. Lo metí todo en una maleta para llevarlo al vertedero.

A las siete de la tarde me tomé una cerveza, y luego otra. Me senté en el sofá con los pies sobre la mesita de centro, estaban dando un aburrido concurso de preguntas y respuestas en la tele, y pensé en ti. Me planteé la posibilidad de llamarte a la residencia y dejarte un mensaje, y hacerme el sorprendido cuando te encontrase allí a pesar de lo que me habías dicho. Pero cuando me hube acabado la tercera cerveza, ya había cambiado de opinión.

Fui en coche hasta el Ice Bar y encontré un sitio no muy lejos de la entrada. Me quedé sentado al volante durante un rato, observando a la gente que entraba y salía del local. Las chicas llevaban unas faldas cortísimas, pero mi interés no iba más allá de la mera curiosidad. Estaba pensando en ti. Me sentía inquieto por la forma en que acaparabas mis pensamientos, incluso en ese momento, y en lo importante que me parecía comprobar si me habías dicho la verdad. Había ido hasta allí para pillarte: para abrirme paso entre la multitud del bar y no ver ni rastro tuyo, porque habías vuelto a la residencia, y estabas sentada en tu cama con una botella de vino barato viendo una peli de Meg Ryan. Pero me di cuenta de que eso no era lo que quería: quería verte pasar caminando por mi lado, dispuesta a pasar una noche de chicas con tu desgraciada amiga a la que habían dejado. Quería que me demostraras que estaba equivocado. Era una sensación tan nueva que estuve a punto de reír en voz alta.

Bajé del coche y entré en el bar. Pedí un par de botellas de Beck y empecé a abrirme paso en la sala, que estaba hasta la bandera de gente. Alguien chocó contra mí y me manchó de cerveza los zapatos, pero yo estaba demasiado ensimismado para exigir una disculpa.

Y entonces te vi. Estabas de pie al final de la barra, agitando un billete de diez libras sin resultado, en dirección a los camareros, que se las apañaban como podían para atender a los clientes dispuestos en cuádruple fila. Me viste y durante unos segundos no me identificaste, como si no lograras situarme, entonces sonreíste, aunque fue una sonrisa más contenida que la última vez que la vi.

—¿Qué estás haciendo aquí? —preguntaste cuando conseguí llegar a ti—. Creí que estarías viendo a Pulp. —Parecías un tanto reservada. Las mujeres dicen que les gustan las sorpresas, pero la verdad es que les gustaría saberlo de antemano, para poder estar preparadas.

—He dado las entradas a un tío del trabajo —dije—. No me apetecía ir solo.

Parecías abrumada por ser la causante de mi cambio de planes.

—Pero —dijiste—, ¿cómo has acabado aquí? ¿Ya habías estado aquí antes?

—Me he encontrado con un amigo por casualidad —dije al tiempo que levantaba las dos botellas de Beck que había comprado precisamente anticipando esa pregunta—. He ido hasta la barra y ahora no lo encuentro por ninguna parte. ¡Supongo que habrá tenido suerte!

Reíste. Levanté una de las botellas de cerveza.

—No podemos malgastarla, ¿verdad?

—De veras que tengo que volver con mis amigas. Se suponía que invitaba a una ronda, eso si logro que me sirvan. Sarah está guardando una mesa allí. —Miraste hacia la sala del rincón, donde había una chica alta con el pelo teñido sentada a una mesa pequeña, hablando con un chico de unos veintitantos años. Mientras los observábamos, él se inclinó hacia delante y la besó.

—¿Con quién está? —te pregunté.

Hiciste una pausa y negaste lentamente con la cabeza.

—No tengo ni idea.

—Parece que ha superado muy bien lo de su novio —dije.

Tú reíste.

—Bueno... —Volví a levantar la botella de cerveza.

Tú sonreíste de oreja a oreja y la aceptaste, brindaste con la mía antes de beber un buen trago y te lamiste el labio inferior cuando bajaste la botella. Fue un gesto intencionado y provocativo y noté que se me ponía dura. Me sostuviste la mirada de forma provocadora mientras tomabas un nuevo trago de cerveza.

—Vamos a mi casa —dije de pronto.

Sarah se había esfumado, por lo visto, con su nuevo rollo. Me pregunté si a él no le importaría que ella fuera tan facilona.

Dudaste un instante, aunque seguías mirándome. A continuación te encogiste de hombros y me diste la mano. El bar estaba abarrotado, y yo me abrí paso a empujones, sujetándote con fuerza para no perderte. Tus ganas de acompañarme me excitaron y me decepcionaron: no podía evitar preguntarme cuántas veces habrías hecho lo mismo y con quién.

Salimos disparados de la sauna de aire caliente del Ice Bar a la calle, y tú temblaste con el impacto del frío.

—¿No has traído abrigo?

Negaste con la cabeza, y yo me quité la chaqueta para ponértela sobre los hombros mientras nos dirigíamos hacia el coche. Me sonreíste con agradecimiento y yo también sentí calidez.

—¿Puedes conducir?

—Estoy bien —me limité a decir. Avanzamos en silencio durante bastante tiempo. Se te había subido la falda al sentarte. Alargué la mano izquierda para colocarla sobre tu rodilla y fui tocándote con los dedos la cara interna del muslo. Tú moviste la pierna: no fue más que un milímetro, pero lo suficiente para que mi mano se quedara en tu rótula en lugar de en el muslo.

—Esta noche estás preciosa.

—¿De verdad lo crees? Gracias.

Retiré la mano para cambiar de marcha. Al volver a colocarla sobre tu pierna, la deslicé unos centímetros más arriba, y acaricié con delicadeza tu piel. Esa vez no te moviste.

Ya en mi casa, te pusiste a dar vueltas por el salón mientras cogías objetos para observarlos. Resultaba desconcertante, y preparé el café tan rápido como pude. De todas formas era un ritual sin sentido, ninguno de los dos quería tomar nada, aunque tú dijeras que sí. Coloqué las tazas sobre la mesa de cristal y tú te sentaste junto a mí en el sofá, mirándome de medio lado. Te coloqué el pelo por detrás de las orejas y dejé las manos a ambos lados de tu cara durante un rato, antes de besarte. Tu reacción fue inmediata, tu lengua exploraba mi boca y tus manos me acariciaban la espalda y los hombros. Te empujé con delicadeza hacia atrás, mientras seguía besándote, hasta que te quedaste tumbada debajo de mí. Sentí que tus piernas rodeaban las mías: resultaba muy agradable estar con alguien de reacciones tan inmediatas. Marie podía mostrarse tan poco entusiasta en tantas ocasiones que era como si estuviera del todo ausente; su cuerpo experimentaba los movimientos, pero su mente estaba en otra parte.

Deslicé la mano pierna arriba y palpé la tersura de la cara interior de tus muslos blandos. Acaricié con las yemas el raso, entonces alejaste tu boca de la mía y te incorporaste sobre el sofá, alejándote de mi mano.

—Ve más despacio —me dijiste, pero tu sonrisa me indicaba que no hablabas en serio.

—No puedo hacerlo —dije—. Eres tan increíble que no puedo contenerme.

Afloró un rubor rosado en tus mejillas. Me apoyé en un brazo y con el otro te levanté la falda hasta la cintura.

Muy despacio, pasé un dedo sobre la goma elástica de tus bragas.

—Yo no...

—Calla —dije ,y te besé—. No lo estropees. Eres una niña maravillosa, Jennifer. Me pones muy cachondo.

Tú también me besaste y dejaste de fingir. Lo deseabas tanto como yo.

27

El tren procedente de Bristol con destino a Swansea tarda casi dos horas en llegar, y aunque me muero por ver el mar, me alegro de poder estar sola y tener tiempo para pensar. No he dormido nada durante mi detención, no he logrado dejar de pensar mientras esperaba a que amaneciera. Tenía miedo de que, si cerraba los ojos, regresaran las pesadillas. Por eso he permanecido despierta, sentada sobre el colchón de plástico y escuchando los gritos y golpes sordos procedentes de ambos lados del pasillo. Esta mañana, la carcelera me ha ofrecido ducharme y me ha señalado un espacio entre dos paredes de cemento, situado en un rincón del pabellón para mujeres. Las baldosas estaban mojadas, y había un puñado de pelos tapando el desagüe, cual araña aplastada. He rechazado el ofrecimiento, y el hedor de la sala de detenciones todavía está impregnado en mi ropa.

Han vuelto a interrogarme, la agente y el tipo mayor. Estaban desesperados por mi silencio, pero no van a obligarme a contar más detalles.

—Yo lo maté —repetí—, ¿no basta con eso?

Al final me han dejado en paz y me han sentado en el banco metálico de la sala de detenciones, junto al mostrador, mientras hablaban en susurros con el sargento.

—Vamos a liberarla bajo fianza —me ha dicho al final el inspector Stevens, y yo lo he mirado sin entender hasta que él me ha explicado qué quería decir. No esperaba que me soltaran y me he sentido culpable por el alivio que me ha producido saber que tenía un par de semanas más de libertad.

Las dos mujeres sentadas al otro lado del vagón se bajan en Cardiff con un montón de bolsas de la compra y están a punto de olvidarse el abrigo. Se dejan un ejemplar del *Bristol Post*, y yo lo hojeo, aunque sin intención de leerlo en profundidad.

La noticia está en primera plana: «Detienen a la conductora del atropello con fuga».

Empiezo a respirar con agitación y leo el artículo en diagonal para localizar mi nombre; lanzo un suspiro de alivio cuando veo que no lo han publicado.

«Una mujer de unos treinta años ha sido detenida en relación con la muerte del niño de cinco años Jacob Jordan, fallecido en noviembre de 2012, víctima de un atropello con fuga en Fishponds. La mujer ha quedado en libertad bajo fianza y debe presentarse en la comisaría central de policía de Bristol dentro de un mes.»

Me imagino el periódico en todos los hogares de Bristol: familias que sacuden la cabeza y abrazan a sus pequeños con más fuerza. Releo el artículo para comprobar que no me he saltado nada que pudiera revelar dónde vivo, y luego lo doblo de forma que el artículo no quede a la vista.

En la estación de autobuses de Swansea busco una papelera y tiro el periódico colocándolo bajo las latas de Coca-Cola y los envoltorios de comida rápida desechados. Tengo las manos manchadas de tinta, e intento quitármela a base de frotar, pero mis dedos están negros.

El autobús con destino a Penfach se retrasa y cuando por fin llego al pueblo se está haciendo de noche. La tienda de la oficina de correos sigue abierta, y cojo una cesta para comprar algo de comida. La tienda tiene dos mostradores, uno en cada extremo, ambos atendidos por Nerys Maddock, ayudada por su hija de dieciséis años cuando sale del colegio. Comprar sobres en el mostrador del colmado es igual de imposible que comprar una lata de atún en el de la oficina de correos, por eso hay que esperar a que Nerys cierre la caja registradora y vaya corriendo hasta el otro lado de la tienda, a la caja del extremo opuesto. Hoy es la hija la que atiende en el mostrador del colmado. Lleno una cesta con huevos, leche y fruta, cojo un saco de pienso para perros y coloco la compra sobre el mostrador. Sonrío a la chica, que siempre ha sido simpática conmigo, y ella levanta la mirada de la revista que está leyendo, pero no dice nada. Me mira de arriba abajo, y luego vuelve a dirigir la mirada hacia el mostrador.

—¿Hola? —digo. Mi creciente incomodidad convierte el saludo en pregunta.

Suena la campanilla de la puerta de entrada y una mujer mayor, a la que reconozco, entra en la tienda. La chica se levanta y llama a gritos a alguien de la habitación contigua. Dice algo en galés, y, en cuestión de segundos, Nerys se reúne con ella en la caja registradora.

—Hola, Nerys, me llevo esto. ¿Me cobras, por favor? —digo. Nerys tiene una expresión tan impávida como su hija, y me pregunto si habrán tenido una discusión entre ambas. Mira a lo lejos, no a mí, y se dirige a la mujer que tengo detrás.

—*Alla i eich helpu chi?*

Inician una conversación. Las palabras galesas me suenan tan incomprensibles como siempre, pero las miradas ocasionales en mi dirección, y el desprecio en la mirada de Nerys, me dejan su significado muy claro. Están hablando sobre mí.

La mujer me rodea y entrega el dinero para pagar su periódico, y Nerys abre la caja registradora. Levanta mi cesta con la compra y la deja al otro lado del mostrador, a sus pies, y luego se vuelve para dirigirse hacia la tienda.

El calor que siento en las mejillas hace que me arda toda la cara. Vuelo a meter el monedero en el bolso y doy media vuelta, tan desesperada por salir de la tienda que me tropiezo con un expositor y provoco que los paquetes de preparado para salsa se caigan al suelo. Oigo un chasquido de desaprobación antes de poder abrir la puerta entre grandes esfuerzos.

Camino a toda prisa por el pueblo, sin mirar a izquierda ni

derecha por miedo a una nueva confrontación, y cuando por fin llego al parque de caravanas estoy llorando de forma incontrolable. La persiana de la tienda está levantada, lo que supone que Bethan está ahí, pero no me atrevo a entrar y verla. Sigo por el camino hacia mi casa y hasta ese momento no me doy cuenta de que el coche de Patrick no estaba en el aparcamiento del parque de caravanas. No sé por qué esperaba que estuviera allí —no lo llamé desde la comisaría, así que es imposible que sepa que he vuelto—, pero su ausencia me deja una sensación de recelo. Me pregunto si se ha quedado en casa, o si se marchó en cuanto la policía me llevó detenida; si ya no querría saber nada más de mí. Me consuelo pensando que, aunque le haya resultado fácil alejarse de mí, es imposible que haya abandonado a Beau.

Con la llave en la mano, observo que las manchas rojas de la puerta no son debidas a una ilusión óptica, proyectadas por el sol del ocaso, sino manchas de pintura, pintadas a brochazos con un manojo de hierbas que ahora descansa tirado junto a mis pies. Las palabras ha sido escritas a toda prisa; hay goterones de pintura sobre el escalón de piedra.

VETE.

Miro a mi alrededor, esperando por algún motivo descubrir que alguien está vigilándome, pero cada vez está más oscuro y no veo nada más allá de unos metros de distancia. Me estremezco y me peleo con la llave, y pierdo la paciencia con la tozuda cerradura y doy una patada a la puerta con toda la fuerza de la frustración. Un fragmento de pintura desconchada sale volando y vuelvo a patearla, mi emoción reprimida se libera con una furia repentina e irracional. No contribuye a que funcione la cerradura, por supuesto, y al final lo dejo y apoyo la frente contra la puerta de madera hasta que me tranquilizo lo suficiente para intentar hacer girar la llave.

La casa está fría y desolada, como si se hubiera unido al pueblo en su deseo de que me vaya. Sé, sin necesidad de llamarlo, que Beau no está, y cuando entro en la cocina para ver si la calefacción está encendida veo una nota manuscrita sobre la mesa.

Beau está en una de las casetas de la clínica veterinaria. Envíame un mensaje de texto cuando llegues. P.

Me basta con eso para saber que todo ha terminado. No puedo evitar que se me salten las lágrimas y me froto los ojos con fuerza para que dejen de humedecerme las mejillas. Me recuerdo a mí misma que he sido yo la que ha escogido este camino y que debo recorrerlo.

Apelando a la amabilidad de Patrick, le envío un mensaje y él me contesta diciendo que me traerá a Beau después del trabajo. Esperaba, en cierto modo, que me lo enviara con alguien, y me siento al mismo tiempo ansiosa e inquieta ante la idea de verlo.

Tengo dos horas antes de que llegue. Ya es de noche, pero no quiero quedarme aquí. Vuelvo a ponerme el abrigo y salgo. La playa es un lugar curioso para pasear de noche. No hay nadie en lo alto del acantilado, y camino hasta la orilla y me quedo junto al agua, y mis botas desaparecen durante unos segundos mientras los últimos flecos de cada ola me alcanzan. Doy un paso adelante y el agua me lame el borde de la pernera del pantalón. Siento cómo la humedad va ascendiendo por mis piernas.

Y sigo avanzando.

La inclinación del suelo de arena de Penfach es gradual, puedes adentrarte cientos de metros en el mar hasta que el suelo empieza a ser más profundo y se hunde. Contemplo el horizonte y voy poniendo un pie tras otro, y siento cómo la arena me succiona por los pies. El agua me llega por encima de las rodillas y me salpica las manos, y pienso en cuando jugaba en el mar con Eve, cada una con un cubo bien sujeto, lleno de algas, y saltando sobre las olas de cresta espumosa. Hace un frío gélido, y mientras el agua se arremolina alrededor de mis muslos me quedo sin respiración, pero sigo avanzando. Ya no pienso, solo camino, camino para adentrarme en el mar. Oigo un rugido pero, si procede del mar, no logro saber si es una advertencia o una llamada. Cada vez me cuesta más moverme: las olas me llegan al pecho y tengo que empujar mucho para mover las piernas a pesar de la fuerza del oleaje. Y entonces me caigo; piso en el vacío y me hundo. Me obligo a no nadar, pero no escucho esa voz y mis brazos empiezan a moverse por libre. De pronto pienso en Patrick, obligado a buscar mi cadáver hasta que la marea lo arrastre a la orilla, magullado por las rocas y comido por los peces.

Como si me hubieran dado una bofetada en toda la cara, sacudo la cabeza con violencia e inspiro una bocanada de aire. No puedo hacerlo. No puedo pasar la vida huyendo de mis errores. Estoy muerta de miedo y he perdido de vista la orilla. Me muevo en círculos antes de que las nubes se desplacen y dejen a la vista la luna que brilla sobre los acantilados, muy por encima de la playa. Empiezo a nadar. Me he alejado mucho desde el momento en que dejé atrás la plataforma de arena, y aunque pataleo hacia abajo, en busca de un punto de apoyo, no encuentro más que agua helada. Una ola me golpea y trago agua salada; me dan arcadas mientras intento respirar entre toses. La ropa mojada tira de mí hacia abajo, y no logro quitarme las botas atadas con cordones ni dando patadas, y su peso me sumerge aún más.

Me duelen los brazos y siento una presión en el pecho, pero todavía pienso con claridad y aguanto la respiración para meter la cabeza bajo el agua, y me concentro en mover las manos rítmicamente al atravesar las olas. Cuando saco la cabeza para tomar aire, creo que estoy algo más cerca de la orilla, y repito el movimiento una y otra vez, una y otra vez. Doy una patada en dirección al fondo y noto algo con la punta de la bota. Doy un par de brazadas más y vuelvo a patear, y esta vez toco fondo. Nado y me arrastro para salir del mar, con agua salada en los pulmones, los oídos y los ojos, y cuando llego a la arena seca, me pongo a gatas e intento recuperar la estabilidad antes de levantarme. Estoy temblando de forma incontrolable: por el frío y por la conciencia de ser capaz de hacer algo tan imperdonable.

Cuando llego a casa me quito la ropa y la dejo en el suelo de la cocina. Me pongo varias capas de prendas secas, bajo la escalera y enciendo la chimenea. No oigo acercarse a Patrick pero sí el ladrido de Beau, y antes de que Patrick llame a la puerta yo ya le he abierto. Me agacho para saludar a Beau, y para disimular mi inseguridad a la hora de ver a Patrick.

—¿Vas a entrar? —digo cuando por fin me pongo de pie.

—Tengo que volver.

—Quédate un minuto. Por favor.

Hace una pausa y luego entra y cierra la puerta tras él. No hace el gesto de ir a sentarse y nos quedamos de pie un rato; Beau está en el suelo, entre ambos. Patrick mira la cocina, sin dirigirse a mí, y clava la vista en el charco de agua que ha dejado mi ropa mojada. Una expresión de confusión le nubla la mirada, pero no habla, y en ese momento me doy cuenta de que cualquier sentimiento que haya tenido hacia mí se ha evaporado. No le importa el motivo por el que mi ropa está empapada; ni por qué incluso el abrigo que me regaló está chorreando. Lo único que le importa es el terrible secreto que le he ocultado.

—Lo siento. —Es inapropiado que lo diga, pero lo siento de verdad.

—¿Por qué lo sientes? —No piensa ponérmelo fácil.

—Siento haberte mentido. Debería haberte contado que había... —No puedo terminar la frase, pero Patrick se adelanta.

—¿Matado a alguien?

Cierro los ojos. Cuando los abro, Patrick está yéndose.

—No sabía cómo contártelo —digo, atropellándome al hablar por pura ansiedad de soltarlo todo—. Tenía miedo de lo que pensarías.

Niega con la cabeza, como si no supiera qué hacer conmigo.

—Dime una cosa: ¿dejaste a ese niño y te largaste con el coche? Puedo entender lo del accidente, pero no que te marcharas sin intentar ayudarlo. —Me mira a los ojos en busca de una respuesta que no puedo darle.

—Sí —digo—. Sí que lo hice.

Abre la puerta con tanta fuerza que tengo que apartarme, y se marcha.

28

Esa primera vez te quedaste a dormir. Eché el cubrecama sobre ambos y me quedé tumbado a tu lado observando cómo dormías. Tenías el rostro terso y relajado, con fugaces movimientos visibles bajo la piel translúcida de tus párpados. Mientras dormías no tenía que fingir, ni mantener las distancias para que no te dieras cuenta de lo mucho que estaba colándome por ti. Podía olerte el pelo; besarte en los labios; sentir tu suave aliento sobre el mío. Mientras dormías eras perfecta.

Sonreíste antes de abrir los ojos. Me tocaste sin provocarme, y yo me tumbé de espaldas y dejé que me hicieras el amor. Por primera vez, me alegraba de encontrar a alguien en mi cama a la mañana siguiente, y me di cuenta de que no quería que te marcharas. De no haber sido absurdo, te habría dicho justo en ese instante que te quería. En lugar de decírtelo, te preparé el desayuno, te llevé de vuelta a la cama y te demostré lo mucho que te deseaba.

Me encantó que me preguntaras cuándo volveríamos a vernos. Eso suponía que no tenía que pasar otra semana solo, esperando el momento justo para llamarte. Además, así te hacía creer que eras tú quien quería verme, y salimos de nuevo esa noche, y otra vez dos noches más tarde.

Poco después, ya te quedabas a dormir en mi casa todas las noches.

—Deberías dejar algunas cosas aquí —te dije un día.

Parecías sorprendida y me di cuenta de que estaba violando las normas: no es el hombre el que debe meter prisa en una relación. Pero cuando regresaba del trabajo cada día y veía que solo había una taza boca abajo en la repisa del fregadero sabía que tú no habías estado en mi casa, y esa ausencia me inquietaba. No existía ningún motivo para que regresaras; nada que te retuviera aquí.

Esa noche viniste con una bolsa pequeña: dejaste un cepillo de dientes nuevo en el vaso del baño; ropa interior limpia en el cajón que te había vaciado. Por la mañana te serví un té y te di un beso antes de irme a trabajar, y paladeé el sabor de tus labios mientras conducía hasta la empresa. Llamé a casa en cuanto llegué al despacho y supe, por tu voz pastosa, que te habías vuelto a dormir.

—¿Qué pasa? —preguntaste.

¿Cómo podía decirte que solo quería volver a escuchar tu voz?

—¿Hoy podrás hacer la cama? —te dije—. Es que nunca la haces.

Te reíste, y yo deseé no haber llamado. Cuando llegué a casa fui directamente arriba sin quitarme los zapatos. Pero todo iba bien: tu cepillo de dientes seguía en el vaso.

Te hice sitio en el armario y, poco a poco, fuiste trayendo más ropa.

—Esta noche no me quedaré a dormir —me dijiste un día mientras yo estaba sentado en la cama anudándome la corbata. Tú también estabas sentada en la cama tomando té, con el pelo alborotado y el rímel de la noche anterior todavía manchándote los ojos—. Voy a salir con unos tíos de mi clase.

Yo no dije nada, estaba demasiado concentrado en hacer el nudo perfecto en mi corbata azul oscuro.

—No te importa, ¿verdad?

Me volví hacia ti.

—¿Sabes que hoy hace exactamente tres meses que nos conocimos en el consejo de estudiantes?

—¿De verdad?

—Había reservado una mesa en Le Petit Rouge para esta noche. Es el restaurante al que te llevé en la primera cita, ¿recuerdas? —Me levanté y me puse la americana—. Debería haberlo consultado contigo antes, no hay motivo para que recordaras algo tan tonto como ese día.

—¡Sí que lo recuerdo! —Dejaste el té y retiraste el cubrecama, y te acercaste de rodillas hasta los pies de la cama, donde yo me encontraba. Estabas desnuda y cuando me rodeaste con los brazos noté la calidez de tus pechos sobre mi camisa—. Recuerdo todo lo ocurrido ese día: lo caballeroso que fuiste y lo mucho que deseé volver a verte.

—Tengo algo para ti —dije de pronto. Esperé que siguiera en el cajón de mi mesita de noche. Busqué a tientas hasta que lo encontré al fondo, bajo una caja de condones—. Toma.

—¿Es lo que creo? —Sonreíste y lanzaste la llave al aire. Me di cuenta de que no había quitado el llavero de Marie, y el corazón plateado brilló con la luz.

—Estás aquí a diario. Deberías tener una llave.

—Gracias. Significa mucho para mí.

—Tengo que ir a trabajar. Que lo pases muy bien esta noche. —Y te besé.

—No, lo anularé. Te has tomado muchas molestias; me encantaría salir a cenar contigo esta noche. Y ahora que tengo esto —levantaste la llave—, estaré en casa cuando vuelvas del trabajo.

El dolor de cabeza se me había quitado un poco mientras conducía hacia el trabajo, pero no se me quitó del todo hasta que no llamé a Le Petit Rouge y reservé una mesa para esa noche.

Cumpliendo con tu palabra, estabas esperándome cuando llegué a casa, con un vestido que se ceñía de forma provocativa a tus curvas y dejaba a la vista tus piernas bronceadas.

—¿Cómo estoy? —Giraste sobre ti misma y te quedaste sonriéndome, con una mano en la cadera.

—Preciosa.

La neutralidad de mi tono no te pasó desapercibida y abandonaste la pose. Dejaste caer un poco los hombros y te pusiste una mano por delante del vestido.

—¿Es demasiado ajustado?

—Estás bien —dije—. ¿Qué otra ropa tienes aquí?

—Es demasiado ajustado, ¿verdad? Solo tengo los vaqueros que llevaba ayer, y una camiseta limpia.

—Perfecto —dije, y di un paso adelante para besarte—. A las chicas con las piernas como las tuyas les sientan mejor los pantalones, y estás guapísima con esos vaqueros. Corre a cambiarte e iremos a tomar una copa antes de cenar.

Me preocupaba que el hecho de haberte dado una copia de la llave fuera un error pero, por lo visto, descubriste el atractivo de encargarte de las tareas del hogar. Casi todos los días llegaba a casa y olía a pastel recién horneado, pollo asado..., y aunque siempre cocinabas platos muy básicos, estabas aprendiendo. Cuando lo que preparabas era incomestible, yo lo dejaba, y tú no tardabas en volver a intentarlo con más ganas. Un día te encontré leyendo un libro de recetas, con bolígrafo y papel al lado.

—¿Qué es una salsa *roux*? —me preguntaste.

—¿Y yo cómo voy a saberlo? —Había sido un día complicado, y estaba cansado. Pero tú no te diste cuenta.

—Estoy preparando lasaña. Auténtica, nada precocinado. Tengo todos los ingredientes, pero es como si la receta estuviera escrita en otro idioma.

Miré los alimentos dispuestos sobre la superficie de trabajo: relucientes pimientos rojos, tomates, zanahorias y carne picada cruda. Las verduras estaban en bolsas de papel marrón de la frutería, e incluso la carne parecía comprada en la carnicería, no en el supermercado. Debiste pasarte toda la tarde preparándolo.

No sé qué me impulsó a estropeártelo. Era algo relacionado con la expresión de orgullo de tu rostro, o quizá con el hecho de que parecieras tan cómoda, tan segura. Demasiado segura.

—En realidad no tengo mucha hambre.

Tu expresión se entristeció y yo me sentí mejor enseguida, como si me hubiera arrancado una tirita, o como si me hubiera arrancado una costra molesta.

—Lo siento —dije—. ¿Te ha costado mucho prepararlo todo?

—No, no pasa nada —dijiste, pero estaba claro que te sentías ofendida. Cerraste el libro—. Ya la prepararé otro día.

Deseé que no te pasaras la noche de mal humor, pero lo dejaste pasar y abriste una botella del vino barato que te gustaba. Me serví un dedo de whisky y me senté frente a ti.

—No puedo creer que me licencie el mes que viene —dijiste—. Se me ha pasado volando.

—¿Has pensado algo más sobre lo que harás?

Arrugaste la nariz.

—En realidad, no. Me tomaré el verano de descanso; a lo mejor hago algún viaje.

Era la primera vez que te escuchaba hablar del deseo de viajar y me pregunté quién te habría metido esa idea en la cabeza; con quién planeabas ir.

—Podríamos ir a Italia. Me gustaría llevarte a Venecia. Te encantaría su arquitectura, y hay unas galerías de arte increíbles.

—Eso sería maravilloso. Sarah e Izzy van a irse a la India durante un mes, así que podría acompañarlas un par de semanas, o viajar con el Interraíl por Europa. —Reíste—. ¡Oh, no sé! Quiero hacerlo todo, ¡ese es el problema!

—Quizá podrías esperar un poco. —Removí el whisky que me quedaba dando vueltas al vaso—. De todas formas, todo el mundo estará fuera durante el verano, luego todos volveréis e intentaréis entrar en el mercado laboral al mismo tiempo. A lo mejor deberías adelantarte a los demás mientras están haciendo vida social por el mundo.

—A lo mejor.

Vi que no estabas convencida.

—He estado pensando en el momento en que acabes la universidad y creo que deberías mudarte aquí de verdad.

Levantaste una ceja, como si hubiera alguna trampa en lo que había dicho.

—Es lo más lógico; prácticamente ya vives aquí, y no podrás pagarte un alquiler en la vida con la clase de trabajo al que quieres dedicarte, y acabarás en un lugar cutre compartiendo piso.

—Pensaba volver a mi casa durante un tiempo —dijiste.

—Me sorprende que quieras tener nada que ver con tu madre después de que ella te haya impedido ver a tu padre.

—Ahora me llevo bien con ella —dijiste, aunque se te veía menos segura en ese momento.

—Estamos bien juntos —dije—. ¿Por qué vamos a cambiar esta situación? Tu madre vive a una hora de distancia; apenas podríamos vernos. ¿No quieres estar conmigo?

—¡Claro que sí!

—Podrías mudarte a mi casa y no tendrías que preocuparte para nada por el dinero. Yo pagaría las facturas y tú podrías concentrarte en ir adquiriendo experiencia y vender tus esculturas.

—Eso no sería justo para ti; yo tendría que contribuir con algo.

—Supongo que podrías encargarte de la cocina, y ayudarme a mantener la casa ordenada, aunque en realidad sería innecesario. Me basta con despertar a tu lado todas las mañanas y tenerte aquí cuando regreso del trabajo.

Afloró una amplia sonrisa en tu rostro.

—¿Estás seguro?

—No he estado más seguro de nada en toda mi vida.

Te mudaste el último día de clase, después de arrancar todos tus pósters de las paredes y meter tus cosas en un coche que le pediste prestado a Sarah.

—Iré a buscar el resto de mis cosas a casa de mi madre el próximo fin de semana —dijiste—. Un momento, hay algo más en el coche. Es una especie de sorpresa para ti. Para los dos.

Saliste corriendo por la puerta y abriste la del acompañante del coche, donde había una caja de cartón a los pies del asiento.

La trajiste con tanto cuidado a la casa que supuse que su contenido podía romperse, pero cuando me la entregaste noté que era demasiado ligero para ser porcelana o cristal.

—Ábrela. —Estabas a punto de reventar de la emoción.

Levanté la tapa de la caja y una bolita de pelo se quedó mirándome desde abajo.

—Es un gato —dije con tono inexpresivo. Jamás he entendido el amor por los animales, en especial por gatos y perros domésticos, que van soltando pelo por todas partes y exigen paseos, afecto y compañía.

—¡Es un gatito! ¿Verdad que es monísimo?

Lo sacaste con cuidado de la caja y te lo llevaste al pecho.

—La gata de Eve ha tenido cachorros por sorpresa, y los ha donado todos a una criadora, pero me guardó este para mí. Le ha puesto Gizmo.

—¿No se te ocurrió preguntármelo antes de meter un animal en mi casa? —No me molesté en disimular mi enfado, y tú empezaste a llorar. Era una táctica tan patética que me enfadé más todavía—. ¿Es que no has visto todos esos anuncios que advierten sobre las cosas que hay que plantearse antes de tener una mascota? No me extraña que haya tantos animales abandonados; ¡es por personas como tú, que toman decisiones impulsivas!

—Creí que podría gustarte —dijiste, todavía llorando—. Creí que me haría compañía mientras estuvieras en el trabajo; puede mirarme mientras pinto.

Me paré a pensarlo. Se me ocurrió que el gato podría servirte de entretenimiento mientras estaba fuera de casa. Quizá pudiera arreglármelas para soportarlo, si eso te hacía feliz.

—Lo único que te pido es que te asegures de que no se acerca a mis trajes —dije. Subí la escalera y, cuando volví a bajar, habías colocado una cama para el gato y dos cuencos en la cocina, y una caja con arena para sus necesidades junto a la puerta.

—Solo hasta que el gato pueda salir —dijiste. Tenías los ojos rojos y detesté que me hubieras visto perder el control. Me obligué a acariciar al gatito y oí cómo suspirabas aliviada. Te acercas-

te a mí y me rodeaste con los brazos por la cintura—. Gracias.
—Me besaste de esa forma que siempre acababa en sexo, cuando
yo te presionaba muy ligeramente los hombros y tú te arrodilla-
bas sin protestar.

Te obsesionaste con el gatito. Con su comida, con sus jugue-
tes, incluso limpiar su caja de las cacas era más interesante que
ordenar la casa o preparar la cena. Mucho más interesante
que hablar conmigo. Te pasabas la tarde entera jugando con él,
tirándole ratones de peluche atados a una cuerda para arrastrar-
los por el suelo. Me dijiste que estabas pintando durante el día,
pero cuando llegaba a casa encontraba tus cosas desperdigadas
por el comedor, exactamente en la misma posición que habían
estado el día anterior.

Unas dos semanas después de que te mudaras, más o menos,
llegué a casa y me encontré una nota manuscrita en la mesa de la
cocina: «He salido con Sarah. ¡No me esperes despierto!».

Habíamos hablado ese día, como lo hacíamos siempre, hasta
dos o tres veces, pero no pensaste en comentarme que ibas a salir.
No me habías dejado nada preparado para comer, así que supuse
que cenarías con Sarah y no te habías preocupado por lo que yo
comería. Saqué una cerveza de la nevera. El gatito maulló e intentó subírseme al pantalón, y me clavó las uñas en la pierna. Lo
sacudí y el animal cayó al suelo. Lo encerré en la cocina y encendí la tele, pero no podía concentrarme. Solo podía pensar en la
última vez que Sarah y tú salisteis juntas: en lo deprisa que ella
desapareció con un tío al que acababa de conocer, y la facilidad
con la que tú me acompañaste a casa.

«No me esperes despierto.»

No te había pedido que vivieras conmigo para pasar las noches sentado a solas. Ya me había tomado el pelo una mujer; no
pensaba dejar que volviera a ocurrir. Los maullidos proseguían
y fui a buscar otra cerveza. Oía al gatito dentro de la cocina, y
abrí la puerta de golpe y lo envié patinando por el suelo. Fue gra-
cioso y me animó por un instante, hasta que volví al comedor y
vi el desastre de tus cosas tiradas por el suelo. Habías hecho un

lamentable intento de apilarlas en un rincón, pero había un pegote de arcilla sobre una hoja de periódico —cuya tinta se habría filtrado sin duda al suelo de parqué—, y un montón de recipientes llenos de sustancias turbias colocados sobre una bandeja.

El gatito maulló. Bebí un trago de cerveza. En la tele estaban poniendo un documental de animales, y estaba viendo cómo un zorro despedazaba a un conejo. Subí el volumen, pero seguía oyendo los maullidos. Se me metieron en la cabeza y cada chillido hacía que la rabia aumentara en mi interior un poco más; una rabia de fuego blanco que reconocí pero sobre la que no tenía ningún control. Me levanté y entré en la cocina.

Eran más de las doce cuando llegaste a casa. Yo estaba sentado en la cocina a oscuras, con una botella de cerveza vacía en la mano. Oí cómo cerrabas la puerta con sigilo, te bajabas la cremallera de las botas y caminabas por el pasillo hasta la cocina.

—¿Te has divertido?

Soltaste un grito, y me habría parecido divertido de no haber estado tan furioso contigo.

—¡Dios mío!, Ian, casi me matas del susto. ¿Qué haces sentado a oscuras? —Le diste al interruptor de la luz y el tubo fluorescente parpadeó hasta encenderse.

—Estaba esperándote.

—Te dije que llegaría tarde.

Hablaste con la voz un poco pastosa y me pregunté cuánto habrías bebido.

—Hemos ido todos a casa de Sarah al salir del pub, y... —Viste la expresión de mi cara y dejaste de hablar—. ¿Qué ocurre?

—Te he esperado levantado para que no te lo encontraras tú.

—¿Encontrarme el qué? —De pronto parecías más sobria—. ¿Qué ha pasado?

Señalé al suelo, junto al cubo de basura, donde el gatito yacía boca abajo e inmóvil. Había adquirido rigidez en las últimas dos horas, y tenía una pata tiesa y levantada.

—¡Gizmo! —Te llevaste las manos a la boca y creí que ibas a ponerte a vomitar—. ¡Oh, Dios mío! ¿Qué ha ocurrido?

Me levanté para consolarte.

—No lo sé. He llegado a casa del trabajo y he visto que había vomitado en el sofá. He buscado en internet para ver si encontraba algún consejo, pero media hora después estaba muerto. Lo siento muchísimo, Jennifer, sé lo mucho que lo querías.

Estabas llorando, sollozando sobre mi camisa mientras yo te abrazaba con fuerza.

—Estaba bien cuando he salido. —Levantaste la vista para mirarme, en busca de respuestas en mi cara—. No entiendo qué puede haber ocurrido.

Debiste captar el titubeo en mi expresión, porque seguiste insistiendo.

—¿Qué? ¿Qué quieres decir?

—Seguramente no tiene importancia —dije—. No quiero que esto se te haga más difícil.

—¡Dímelo!

Lancé un suspiro.

—Cuando he llegado a casa lo he encontrado en el comedor.

—Si lo dejé encerrado en la cocina, como hago siempre —dijiste, pero ya empezabas a dudar de ti misma.

Me encogí de hombros.

—La puerta estaba abierta. Y Gizmo había hecho pedazos el periódico que estaba en el montón junto a tu trabajo. Era evidente que estaba alucinado con todo eso. No sé qué habrá en ese bote de mermelada con la etiqueta roja, pero la tapa no estaba y Gizmo tenía el hocico metido dentro.

Te pusiste blanca.

—Es el barniz que uso para las esculturas.

—¿Es tóxico?

Asentiste en silencio.

—Tiene carbonato de bario. Es una sustancia muy peligrosa y siempre me aseguro de guardarlo muy bien antes de marcharme. Oh, Dios, ha sido todo culpa mía. ¡Pobrecito!, ¡pobre Gizmo!

—Cariño, no te culpes de lo ocurrido. —Te abracé y te apreté contra mi cuerpo mientras te besaba en el pelo. Apestabas a humo de cigarrillo—. Ha sido un accidente. Intentas hacer demasiadas cosas a la vez. Deberías haberte quedado en casa a terminar la escultura mientras lo tenías todo fuera; seguro que Sarah lo habría entendido, ¿verdad? —Te apoyaste en mí y tus sollozos empezaron a remitir. Te quité el abrigo y dejé tu bolso en la mesa—. Venga; vamos arriba. Me levantaré antes que tú mañana y ya me encargaré de Gizmo.

Una vez en el cuarto, permaneciste en silencio, y te llevé a que te lavaras los dientes y la cara. Apagué la luz y te metí en la cama, y te arropé entre mis brazos como a una niña. Me encantaba que me necesitaras tanto. Empecé a acariciarte la espalda en círculos y a besarte en el cuello.

—¿Te importa si no lo hacemos esta noche? —dijiste.

—Ayudará —dije—. Quiero que te sientas mejor.

Estabas tumbada debajo de mi cuerpo, pero cuando te besé no hubo respuesta por tu parte. Te la metí y empujé con fuerza, con el deseo de provocar una reacción —cualquier reacción—, pero tú cerraste los ojos y no hiciste ningún ruido. Me privaste de todo el placer, y tu egoísmo me obligó a follarte con más fuerza.

29

—¿Qué es eso? —Ray estaba de pie detrás de Kate y se quedó mirando las tarjetas que ella tenía en las manos.

—Algo que tenía Gray en la cartera. Cuando la saqué, ella se puso blanca, como si le impactara verla ahí. Estoy intentando averiguar de qué se trata.

La tarjeta tenía el tamaño normal de una tarjeta de visita. Era de color celeste, con dos líneas de una dirección del centro de Bristol, y nada más escrito en ella. Ray se la quitó a Kate de la mano y la frotó entre el índice y el pulgar.

—Es una tarjeta muy barata —dijo—. ¿Tienes idea de qué es este logotipo? —En la parte superior, con tinta negra, había dos ochos incompletos, uno dentro del otro.

—Ni idea. No lo reconozco.

—Supongo que esa dirección no ha activado nada en particular en nuestros sistemas, ¿no?

—Nada relacionado con información confidencial ni en el censo electoral.

—¿Será una tarjeta de visita de alguna antigua empresa de ella? —Ray se quedó mirando de nuevo el logotipo.

Kate negó con la cabeza.

—No creo, a juzgar por la reacción que ella tuvo cuando la saqué. Parecía que era algo que ella no quería que yo supiera.

—Bien, entonces, adelante con ello. —Ray se dirigió con paso decidido hacia el armario metálico que había junto a la pared y sacó las llaves de un coche—. Solo hay una forma de averiguarlo.

—¿Adónde vamos?

Ray levantó la tarjeta azul como respuesta, y Kate cogió el abrigo y salió corriendo detrás de él.

A Ray y a Kate les llevó un rato encontrar el número 127 de Grantham Street, una casa semiadosada de ladrillo a la vista en absoluto llamativa, ubicada en una hilera infinita de números impares donde quedaban alejadas, incomprensiblemente, de sus homólogas pares. Se quedaron frente a la vivienda un rato, contemplando la maleza del jardín delantero y las rejillas grises que cubrían todas las ventanas. Sobre la hierba había dos colchones que servían de lugar de descanso para un gato vigilante, que se puso a maullar mientras ellos se abrían paso por el camino de entrada hasta la puerta principal. A diferencia de las casas adyacentes, que tenían puertas baratas de plástico, el número 127 tenía una puerta de madera barnizada con mirilla. No había ranura para las cartas, pero pegado a la pared, junto a la puerta, había un buzón metálico, cuya puertezuela estaba cerrada con un candado.

Ray llamó al timbre. Kate se metió la mano en el bolsillo de la chaqueta para sacar su identificación, pero Ray la tomó por el brazo con una mano.

—Lo mejor será que no las mostremos —dijo—, no hasta que sepamos quién vive aquí.

Oyeron unas pisadas sobre el suelo embaldosado. Los pasos se detuvieron, y Ray clavó la vista en la mirilla situada en el centro de la puerta. Fuera cual fuese el examen al que los habían sometido, sin duda lo superaron, porque, transcurridos unos segundos, Ray oyó cómo retiraban el pestillo de la puerta. Giró un nuevo cerrojo, y la puerta se entreabrió unos centímetros, frenada por una cadena. Las excesivas medidas de seguridad habían hecho imaginar a Ray que se trataría de alguien mayor, pero la mujer que se asomó por la puerta entreabierta tenía más o menos su misma edad. Llevaba un vestido cruzado de tela estampada y una rebeca de punto color azul marino, con un pañuelo amarillo claro atado al cuello con un nudo.

—¿Qué quieren?

—Estoy buscando a una amiga —dijo Ray—. Se llama Jenna Gray. Vivía en esta calle, pero no logro recordar en qué número. Supongo que usted no la conocerá, ¿verdad?

—Me temo que no.

Ray miró por encima del hombro de la mujer para intentar ver el interior de la casa, y ella cerró un poco más la puerta, lo miró directamente a los ojos y le sostuvo la mirada.

—¿Hace mucho que vive aquí? —preguntó Kate, ignorando las reticencias de la mujer.

—Lo suficiente —respondió la mujer con brusquedad—. Ahora, si me disculpan...

—Sentimos haberla molestado —dijo Ray al tiempo que tomaba a Kate del brazo—. Venga, cariño, vámonos. Haré algunas llamadas; veremos si podemos localizar su dirección. —Sacó el móvil delante de la mujer.

—Pero...

—Gracias de todas formas —dijo Ray. Y dio un codazo a Kate.

—Vale —dijo ella, y al final lo entendió—. Haremos unas cuantas llamadas. Gracias por su tiempo.

La mujer cerró la puerta con fuerza, y Ray oyó los dos giros de la llave, uno tras otro. Siguió sujetando a Kate hasta que ya no fueron visibles desde la casa, y era muy consciente de la proximidad con el cuerpo de ella.

—¿Qué opinas? —preguntó Kate mientras subían al coche—. ¿Habrá vivido Gray ahí en algún momento? ¿O sabe esa mujer más de lo que nos ha contado?

—Tengo claro que sabe algo —dijo Ray—. ¿Te has fijado en lo que llevaba puesto?

Kate se quedó pensando un rato.

—Un vestido y una rebeca de color azul marino.

—¿Algo más?

Kate negó con la cabeza, confundida.

Ray presionó un botón de su móvil y la pantalla cobró vida. Se lo pasó a Kate.

—¿Le has hecho una foto?

Ray sonrió de oreja a oreja. Alargó una mano e hizo zoom sobre la imagen, y señaló el nudo del pañuelo amarillo de la mujer, donde había una pequeña marca circular.

—Es un pin corporativo —dijo. Amplió más la foto y al final fue visible. Se veían las gruesas líneas negras de dos ochos, uno contenido en el interior del otro.

—¡El símbolo de la tarjeta! —dijo Kate—. Buen trabajo.

—No cabe duda de que Jenna está relacionada de alguna forma con esta casa —dijo Ray—. Pero ¿cómo?

30

Jamás entendí por qué tenías tantas ganas de que conociera a tu familia. Odiabas a tu madre y, aunque hablabas con Eve más o menos una vez a la semana, ella jamás hacía el esfuerzo de venir a Bristol, entonces ¿por qué tenías que ir tú hasta Oxford siempre que ella te quería allí? Pero tú te ibas, como una niña buena, y me dejabas solo una noche —a veces más—, mientras babeabas con su barriga de embarazada y, sin duda, flirteabas con su marido rico. Todas las veces que me pediste que te acompañara, me negué a ir.

—Al final van a creer que te he inventado —dijiste. Sonreíste para demostrarme que lo decías en broma, aunque había cierto timbre de desesperación en tu voz—. Quiero pasar la Navidad contigo; no fue lo mismo sin ti el año pasado.

—Entonces quédate aquí conmigo. —Era una decisión fácil de tomar. ¿Por qué no te bastaba conmigo?

—Pero es que también quiero estar con mi familia. Ni siquiera tenemos que quedarnos a dormir; podríamos ir a comer y ya está.

—¿Y no poder beber? ¡Menudo día de Navidad!

—Yo conduciré. Por favor, Ian, es que tengo muchas ganas de presumir de novio.

Estabas prácticamente suplicándomelo. Poco a poco habías ido poniéndote menos maquillaje, pero ese día te habías pintado los labios, y me quedé mirando la línea roja de tu boca mientras me suplicabas.

—Vale. —Me encogí de hombros—. Pero la Navidad del año que viene estaremos solo nosotros dos.

—¡Gracias! —Sonreíste con alegría y me abrazaste.

—Supongo que habrá que llevar regalos. Lo cual tiene mucha guasa, teniendo en cuenta toda la pasta que manejan.

—Está todo arreglado —dijiste, demasiado contenta para captar mi tono sarcástico—. Eve siempre quiere algún perfume, y Jeff es feliz con una botella de whisky escocés. De verdad, irá bien. Te encantarán.

Tuve mis dudas. Había escuchado más que suficiente tus comentarios sobre *Lady Eve* para formarme una opinión sobre ella, aunque estaba intrigado por saber qué era lo que te hacía estar tan obsesionada con ella. Jamás había considerado la ausencia de hermanos como una pérdida, y me resultaba irritante que tú hablaras de Eve tan a menudo. Entraba a la cocina cuando estabas hablando por teléfono con ella, y si te callabas de golpe sabía que estabais hablando de mí.

—¿Qué tal te ha ido hoy? —dije para cambiar de tema.

—He tenido un día genial. He ido a una comida con artesanos en Three Pillars, uno de esos grupos de trabajo de la industria creativa. Es asombrosa la cantidad de personas que trabajamos por nuestra cuenta, en casa, en estudios pequeños. O en las mesas de la cocina... —Me miraste con expresión de disculpa.

Se había vuelto imposible comer en la cocina por culpa de la capa constante de pintura, polvo de arcilla y dibujos garabateados que dejabas desperdigados sobre la mesa. Tus cosas estaban por todas partes, y ya no tenía un sitio donde relajarme. La casa no había parecido tan pequeña cuando la compré, e incluso cuando Marie estaba aquí habíamos tenido espacio suficiente para ambos. Marie era más silenciosa que tú. Menos arrebatadora. Era más fácil vivir con ella, en cierto sentido, salvo por el tema de la cama. Pero aprendí a soportarlo, y sabía que no me volverían a pillar con la guardia baja.

Tú seguías hablando sobre la comida a la que habías asistido, y yo intentaba concentrarme en tus palabras.

—Así que hemos pensado que entre los seis podríamos pagarnos un alquiler.

—¿Qué alquiler?

—El alquiler de un estudio compartido. Yo no puedo permitirme pagarlo sola, pero estoy ganando dinero suficiente dando clases para compartir el gasto con los demás, y de esa forma podría tener un horno en condiciones, y podría sacar de aquí todo esto.

No me había dado cuenta de que estabas ganando una especie de sueldo impartiendo clases. Yo te había sugerido que dieras clases de cerámica, porque me parecía que era una forma más lógica de que aprovecharas el tiempo en lugar de esculpir figuritas que vendías por una miseria. Esperaba que te ofrecieras a contribuir al pago de mi hipoteca antes que acceder a participar en una especie de sociedad. Al fin y al cabo, habías estado viviendo de gorra sin pagar el alquiler hasta ese momento.

—En principio suena muy bien, cariño, pero ¿qué pasa si alguien se va? ¿Quién se encargará de pagar lo que os falte de alquiler? —Me di cuenta de que no lo habías pensado.

—Necesito un lugar donde trabajar, Ian. La enseñanza está muy bien y todo eso, pero no es a lo que quiero dedicarme toda la vida. Mis esculturas empiezan a venderse, y si las pudiera producir más deprisa, y aceptar más encargos, creo que serían un negocio bastante rentable.

—Pero, en realidad, ¿cuántos escultores lo consiguen? Lo que digo es que tienes que ser realista; podría no ser más que una afición que te proporcione algo de dinero para el día a día. —No te gustó escuchar la verdad.

—Pero al trabajar en una cooperativa podemos ayudarnos los unos a los otros. Los mosaicos de Avril encajarían muy bien con mi trabajo, y Grant pinta unos óleos alucinantes. Sería genial involucrar a algunos de mis compañeros de la universidad, aunque hace siglos que no sé nada de ellos.

—Será una fuente de problemas —dije.

—Es posible. Lo pensaré mejor.

Percibí que estabas a punto de cambiar de parecer. Podía perderte ante aquel nuevo sueño.

—Escucha —dije intentando ocultar la ansiedad que sentía—, he estado pensando en que nos mudemos de casa.

—¿De veras? —dijiste con suspicacia.

Asentí en silencio.

—Encontraremos un sitio con bastante espacio exterior y construiremos un estudio en el jardín.

—¿Mi propio estudio?

—Un estudio completo, con horno y todo. Allí podrás tener tus cosas todo lo desordenadas que quieras.

—¿Lo harías por mí? —Una amplia sonrisa afloró en tu rostro.

—Haría cualquier cosa por ti, Jennifer, ya lo sabes.

Era cierto. Habría hecho cualquier cosa por retenerte.

Mientras estabas en la ducha, sonó el teléfono.

—¿Está Jenna? Soy Sarah.

—Hola, Sarah —dije—. Lo siento, pero ha salido con unos amigos. ¿No te devolvió la llamada la última vez? Yo le di tu mensaje. —Se hizo un silencio.

—No.

—Ah. Bueno, le diré que la has llamado.

Mientras seguías arriba, te registré el bolso. No había nada fuera de lo normal; los recibos eran de todos los sitios donde me habías dicho que habías estado. Sentí cómo explotaba la burbuja de tensión que se me había formado dentro. Por pura costumbre, miré en la parte para los billetes de tu cartera, y aunque estaba vacía, sentí ansiedad en la punta de los dedos. Cuando miré mejor vi que había un desgarro en la tela y que dentro había un pequeño fajo doblado. Me lo metí en el bolsillo. Si era para la casa, cogido del dinero del bote, me preguntarías si lo había visto. Si no, sabría que estabas ocultándome algo. Robándome dinero.

No llegaste a decir nada.

Cuando me dejaste, ni siquiera me di cuenta de que te habías ido. Esperaba que volvieras a casa y solo cuando me fui a la cama me di cuenta de que tu cepillo de dientes había desaparecido. Busqué las maletas, y descubrí que solo faltaba una bolsa pequeña. ¿Te habría ofrecido él comprarte lo que necesitabas? ¿Te habría dicho que te daría todo cuanto quisieras? ¿Y qué le habrías ofrecido tú a cambio? Me dabas asco. Pero te dejé marchar. Me dije que estaba mejor sin ti, y que mientras no fueras corriendo a la policía acusándome de lo que seguramente ellos llamarían «malos tratos», te dejaría escapar a donde quisieras. Podría haber salido a buscarte, pero no quise. ¿Entiendes eso? No te quería. Y te habría dejado en paz, de no haber sido por un artículo de nada que he leído hoy en el *Bristol Post*. No han publicado tu nombre, pero ¿creías que no sabría que se trataba de ti?

He imaginado a la policía interrogándote sobre tu vida; sobre tus relaciones. Les he visto poniéndote a prueba; poniendo palabras en tu boca. Te he visto llorando y contándoselo todo. Sabía que te desmoronarías y que no pasaría mucho tiempo hasta que vinieran a llamar a mi puerta para hacerme preguntas sobre cuestiones que no les incumben. Que me llamarían matón, maltratador, el tipo que pega a su mujer. Yo no era ninguna de esas cosas: jamás te di nada que no pidieras.

Adivina adónde he ido hoy. ¿No lo imaginas? He ido a Oxford a hacer una visita a tu hermana. He pensado que si alguien sabía dónde estabas ahora, sería ella. La casa no ha cambiado mucho después de cinco años. Ahí seguían los árboles de pimienta perfectamente podados a ambos lados de la puerta de entrada; igual que el irritante timbre de la puerta.

La sonrisa de Eve ha desaparecido en cuanto me ha visto.

—Ian —ha dicho con tono inexpresivo—. Qué sorpresa.

—Hace mucho que no nos vemos —he dicho. Jamás ha tenido los huevos de decirme a la cara lo que piensa de mí—. Estás dejando que se escape todo el calor —he añadido, y he puesto un pie sobre las baldosas blancas y negras del recibidor. Eve no ha podido más que echarse a un lado y dejar que mi brazo le roce los pechos cuando he pasado a su lado y he ido hasta el salón. Ha venido a toda prisa detrás de mi en un intento de demostrar que seguía siendo la señora de su casa. Ha sido patético.

Me he sentado en el sillón de Jeff, a sabiendas de que ella lo odiaría, y Eve se ha sentado frente a mí. He visto claramente que estaba librando una batalla interna consigo misma, porque quería preguntarme qué estaba haciendo yo allí.

—¿Jeff no está? —he preguntado. He captado un destello de algo en la mirada de Eve. Me tenía miedo, eso he visto, y esa idea me ha puesto extrañamente cachondo. No ha sido la primera vez que me planteaba cómo sería *Lady Eve* en la cama; si sería tan estirada como tú.

—Ha llevado a los niños a la ciudad.

Se ha removido en el asiento y yo he dejado que se prolongara el silencio entre ambos hasta que ella no ha podido soportarlo más.

—¿Para qué has venido?

—Simplemente pasaba por aquí —he dicho mientras miraba la enorme sala de estar. La ha redecorado desde la última vez que estuvimos allí; te gustaría. Han escogido esos colores apagados y blancuzcos que querías para nuestra cocina—. Ha pasado mucho tiempo, Eve.

Eve ha hecho un leve gesto de asentimiento con la cabeza, pero yo no he reaccionado.

—Estoy buscando a Jennifer —he dicho.

—¿Qué quieres decir? ¡No me digas que al final te ha dejado! —Ha pronunciado esas palabras con más pasión de la que jamás haya visto en ella.

Paso por alto la pulla.

—Hemos cortado.

—¿Ella está bien? ¿Dónde vive ahora?

Ha tenido las narices de mostrarse preocupada por ti. Después de todo lo que ha llegado a decir. Zorra hipócrita.

—¿Quieres decir que no ha venido corriendo a buscarte?

—No sé dónde está.

—¿Ah, no, de veras? —he dicho sin creerla ni por un segundo—. Pero si las dos estabais tan unidas, deberías tener alguna idea. —He sentido que empezaba a temblarme el músculo del ojo, y me lo he frotado para que dejara de moverse.

—Hace cinco años que no hablamos, Ian. —Se ha puesto de pie—. Creo que ahora deberías irte.

—¿Estás diciéndome que no has sabido nada de ella en todo este tiempo? —He estirado las piernas y me he recostado en el sillón. Ya decidiría yo cuando marcharme.

—No —ha dicho Eve. He visto que miraba de forma fugaz en dirección a la repisa de la chimenea.

—Ahora quiero que te vayas.

La chimenea era algo sin personalidad, con una elegante estufa de gas dentro y brasas de pega. Sobre la superficie pintada de blanco había un montón de tarjetas e invitaciones, apoyadas contra un reloj de mesa.

He sabido de inmediato qué era lo que ella no quería que yo viera. Deberías haberlo pensado un poco mejor, Jennifer, antes de enviar una prueba tan evidente. Ahí estaba, fuera de lugar en medio de tanta invitación en condiciones; una fotografía de una playa tomada desde lo alto de un acantilado. En la arena había unas letras: LADY EVE.

Me he levantado y he dejado que Eve me acompañara a la puerta. Me he inclinado para besarla en la mejilla, he notado que se alejaba de mí y he tenido que luchar contra el deseo de estamparla de un bofetón contra la pared por haberme mentido.

Ha abierto la puerta y he fingido que estaba buscando las llaves.

—Debo de haberlas dejado en el salón —he dicho—. Será solo un segundo.

Se ha quedado en el recibidor y he regresado a la sala de estar. He cogido la postal y le he dado la vuelta, pero no he encontrado la dirección que esperaba leer, solo un mensaje edulcorado a Eve con tu típica letra incomprensible. Solías escribirme notas; me las dejabas debajo de la almohada o dentro del maletín. ¿Por qué dejaste de hacerlo? Se me ha tensado un músculo en el cuello. Me he quedado mirando la foto. ¿Dónde te has metido? La tensión que sentía amenazaba con hacerme estallar, y he roto la postal en dos y en otros dos trozos más, y más, y me he sentido mejor al instante. He dejado los pedacitos sobre la repisa, al lado del reloj de mesa, justo en el momento en que Eve regresaba.

—Las he encontrado —he dicho, y me he dado un golpecito en el bolsillo.

Ha echado un vistazo al salón, sin duda esperando encontrar que hubiera algo fuera de lugar. «Déjala que mire», he pensado. «Que lo descubra».

—Ha sido un placer volver a verte, Eve —he dicho—. Seguro que pasaré la próxima vez que visite Oxford. —Y he vuelto a dirigirme hacia la puerta de entrada.

Eve ha abierto la boca, pero no ha dicho nada, así que he hablado yo por ella:

—Me encantará volver a verte.

He buscado en internet en cuanto he llegado a casa. Hay algo claramente británico en esos acantilados que rodean la playa por tres lados, y en su cielo gris cargado de nubes. He buscado «Playas en Reino Unido» y he empezado a revisar todas las imágenes. He ido haciendo clic página por página, pero lo único que he encontrado eran fotos de guías vacacionales de playas de arena llenas de niños sonrientes. He cambiado la búsqueda a «Playas en Reino Unido con acantilados» y he seguido mirando foto por foto. Te encontraré, Jennifer. No importa dónde hayas ido, te encontraré.

Y entonces iré por ti.

31

Bethan se dirige con paso firme hacia mí, con un gorro de punto calado hasta las orejas. Empieza a hablar cuando todavía se encuentra a cierta distancia. Es un truco inteligente: no puedo oír lo que dice, pero no puedo evitar que me lo diga. Solo me queda esperar ahí de pie a que ella llegue hasta donde estoy yo.

Hemos estado caminando por los campos, Beau y yo, evitando acercarnos a lo alto de los acantilados y al mar bravío. Tengo demasiado miedo de volver a acercarme al mar, aunque no es el agua lo que me asusta, sino mi mente. Tengo la sensación de estar volviéndome loca y no importa lo mucho que camine, no logro alejarme de esa sensación.

—Ya me ha parecido que eras tú la que andaba paseando por aquí arriba.

El parque de caravanas apenas es visible desde aquí; debe de haberme visto tan solo como un puntito en la cima. La sonrisa de Bethan sigue siendo sincera y cálida, como si nada hubiera cambiado desde la última vez que hablamos, aunque tiene que saber que estoy en libertad bajo fianza. Lo sabe todo el pueblo.

—Iba a dar un paseo —dice—. ¿Quieres venir?

—Tú nunca das paseos.

Bethan tuerce un poco la boca.

—Pues entonces será que tenía muchas ganas de hablar contigo, ¿no?

Empezamos a caminar juntas. Beau va corriendo por delante en su inacabable búsqueda de conejos. El día es fresco y luminoso, y nuestra respiración se hace visible ante nosotras mientras avanzamos. Es casi mediodía, aunque el suelo sigue duro por la helada de esta mañana, y la primavera parece muy lejana. He empezado a señalar los días en el calendario; el día en que me tengo que presentar en comisaría para sellar mi libertad bajo fianza está marcado con una enorme equis negra. Me quedan diez días. Sé por el documento que me entregaron en detenciones que tal vez tenga que esperar un poco hasta el juicio, pero no es probable que pase otro verano en Penfach. Me pregunto cuánto lo echaré de menos.

—Supongo que ya has escuchado la noticia —digo, incapaz de soportar el silencio durante más tiempo.

—Habría sido difícil no enterarse en Penfach. —Bethan respira con dificultad, y empiezo a caminar un poco más despacio—. No es que haga mucho caso de los rumores —prosigue—. Preferiría que me lo contara la auténtica fuente, pero tengo la clara impresión de que has estado evitándome. —No lo niego—. ¿Quieres hablar de ello?

De forma instintiva niego con la cabeza, aunque al final me doy cuenta de que empiezo a hablar. Inspiro con fuerza.

—Maté a un niño. Se llamaba Jacob.

Oigo que Bethan emite un sonido apenas audible —una inspiración, quizá, o una sacudida de cabeza—, aunque no dice nada. Veo de soslayo el mar a medida que nos acercamos a los acantilados.

—Era de noche y estaba lloviendo. Cuando lo vi ya era demasiado tarde.

Bethan lanza un largo suspiro.

—Fue un accidente. —No se trata de una pregunta, y me siento conmovida por su lealtad.

—Sí.

—Pero eso no es todo, ¿verdad?

El ratio de alcance de los rumores en Penfach es impresionante.

—No, eso no es todo.

Llegamos a lo alto del acantilado y doblamos hacia la izquierda para empezar a dirigirnos hacia la bahía. Me cuesta muchísimo seguir hablando.

—No me detuve. Seguí conduciendo y lo dejé tirado en la calzada, junto a su madre. —No puedo mirar a Bethan, y ella permanece callada durante varios minutos. Cuando por fin habla, va directa al grano.

—¿Por qué?

Es la pregunta más difícil de responder, pero aquí, al menos, puedo contar la verdad.

—Porque estaba asustada.

Por fin me atrevo a mirar con disimulo a Bethan, aunque no logro interpretar su expresión.

Está mirando al mar y yo me detengo y me sitúo a su lado.

—¿Me odias por lo que hice?

Esboza una sonrisa triste.

—Jenna, has hecho algo terrible, y lo pagarás todos los días del resto de tu vida. Me parece que eso ya es castigo suficiente, ¿no crees?

—No han querido atenderme en la tienda. —Me siento mezquina, hablando de mi inquietud por la compra, pero la humillación me duele más de lo que soy capaz de reconocer.

Bethan se encoge de hombros.

—Son gente rara. No les gustan los de fuera y si encuentran una justificación para hacer campaña contra ellos, pues bueno...

—No sé qué hacer.

—Ignóralos. Haz la compra fuera del pueblo y vive con la cabeza bien alta. Lo ocurrido es algo entre los tribunales y tú, y no es asunto de nadie más.

Le dedico una sonrisa de agradecimiento. El pragmatismo de Bethan me hace sentir muy segura.

—Tuve que llevar ayer a uno de los gatos al veterinario —comenta despreocupada, para cambiar de tema.

—¿Has hablado con Patrick?

Bethan se detiene y se vuelve para mirarme.

—No sabe qué decirte.

—La última vez que lo vi se las apañó la mar de bien. —Recuerdo la frialdad de su voz y la ausencia de emotividad en su mirada cuando se marchó.

—Es un hombre, Jenna, son criaturas simples. Habla con él como has hablado conmigo. Cuéntale lo asustada que estabas. Entenderá lo arrepentida que estás.

Pienso en la relación tan estrecha que tenían Patrick y Bethan cuando eran niños y, por un breve instante, me pregunto si ella tendrá razón: ¿podría existir una posibilidad real de seguir con Patrick? Pero ella no vio el modo en que él me había mirado.

—No —digo—. Se ha terminado.

Hemos llegado a la bahía. Una pareja está paseando al perro junto al mar pero, de no ser por ellos, el lugar estaría vacío. La marea está subiendo, va lamiendo la arena cada vez más adentro de la playa, y hay una gaviota en medio, picoteando un caparazón de cangrejo. Estoy a punto de despedirme de Bethan cuando veo algo de soslayo sobre la arena, próximo a la marea que asciende. Entrecierro los ojos y vuelvo a mirar, pero las olas pasan por encima de la arena y no logro leer lo que dice. Lo cubre otra ola y desaparece por completo, pero estoy segura de haber visto algo, muy segura. De pronto siento frío y me ciño más el abrigo. Oigo un ruido por el camino, por detrás de nosotras, y me vuelvo de golpe, pero no veo nada. Me quedo mirando con detenimiento el paseo de la playa, lo alto de los acantilados y de nuevo la playa. ¿Está Ian ahí, en alguna parte? ¿Está vigilándome?

Bethan me mira, asustada.

—¿Qué ocurre? ¿Pasa algo malo?

Me quedo mirándola, pero no la veo. Veo lo que estaba escrito, eso que no estoy segura de haberlo visto en la arena o si me lo he imaginado. Las blancas nubes dan la impresión de empezar a girar a mi alrededor, el bombeo de la sangre me retumba en los oídos hasta que apenas oigo siquiera el rumor del mar.

—Jennifer —digo en voz baja.

—¿Jennifer? —pregunta Bethan. Mira hacia la playa, donde el mar alisa la arena—. ¿Quién es Jennifer?

Intento tragar saliva pero tengo la boca seca.

—Soy yo. Yo soy Jennifer.

32

—Lo siento —dijo Ray. Estaba sentado en el borde de la mesa
de Kate y le pasó un trozo de papel.

Kate lo dejó sobre la mesa, pero no lo miró.

—¿Es la decisión final de la fiscalía?

Ray asintió con la cabeza.

—No tenemos pruebas que demuestren la teoría de que Jenna
está ocultando algo, y no podemos retrasar más las cosas. Tiene
que presentarse en la comisaría para dar por acabada la libertad
bajo fianza y tenemos que presentar la acusación. —Captó la expresión de Kate—. Has hecho un buen trabajo. Has buscado más
allá de las pruebas, y eso es exactamente lo que hace una buena
inspectora. Pero una buena inspectora también sabe cuándo parar.

Se levantó y le apretó el hombro con amabilidad, antes de
dejarla para que leyera la decisión de la fiscalía. Resultaba frustrante, pero ese era el riesgo que implicaba seguir una corazonada, que no siempre era fiable.

A las dos de la tarde llamaron de recepción para avisar de que
Jenna había llegado. Ray la inscribió en la lista de detenciones y
la invitó a sentarse en el banco metálico de la pared, mientras
preparaba el formulario de la acusación. Ella llevaba el pelo recogido en una coleta, lo que dejaba a la vista sus pómulos y su
piel pálida y clara.

Ray entregó el documento con la acusación, con las huellas

dactilares de la acusada, al sargento de detenciones y caminó hasta el banco metálico.

—En cumplimiento de la sección de la ley sobre tráfico rodado de 1988 se la acusa de causar la muerte a Jacob Jordan como resultado de conducción temeraria, el 26 de noviembre de 2012. Se la acusa también, en cumplimiento de la sección 170, subapartado 2 de la ley sobre tráfico rodado de 1988, de omisión de socorro al no haberse detenido para informar del accidente. ¿Tiene algo que declarar? —Ray se quedó mirándola con intensidad en busca de cualquier señal de miedo o impresión, pero ella cerró los ojos y negó con la cabeza.

—Nada.

—Voy a detenerla hasta que se presente ante el Juzgado de lo Penal de Bristol mañana por la mañana.

La carcelera que estaba a la espera dio un paso hacia delante, pero Ray se interpuso.

—La llevaré yo. —Levantó el brazo de Jenna ligeramente hasta la altura del codo, y la condujo hacia el pabellón de mujeres. El ruido de sus suelas de goma provocó una cacofonía de preguntas a medida que iban avanzando por el pasillo de celdas.

—¿Puedo salir a echar un pitillo?

—¿Ya ha llegado al resolución de mi caso?

—¿Puede traerme otra manta?

Ray las ignoró, porque era demasiado listo para interferir en el territorio del sargento de detenciones, y las voces fueron acallándose y transformándose en gruñidos de disgusto. El inspector se detuvo delante de la celda número 7.

—Zapatos fuera, por favor.

Jenna se desató los cordones y con un pie se sacó las botas empujando por el tacón. Las dejó colocadas junto a la puerta, donde cayó un poco de arena que acabó en el brillante suelo gris. Se quedó mirando a Ray, quien hizo un gesto de asentimiento en dirección a la celda vacía, y luego entró y se sentó en el colchón de plástico azul. Ray se apoyó contra el quicio de la puerta.

—¿Qué es lo que no está contándonos, Jenna?

Ella se volvió con brusquedad y le miró a los ojos.

—¿Qué quiere decir?

—¿Por qué siguió conduciendo?

Jenna no respondió. Se apartó el pelo de la cara y Ray volvió a ver esa horrible cicatriz en la palma de su mano.

Tal vez fuera una quemadura. O un accidente laboral.

—¿Cómo se hizo eso? —le preguntó señalando la herida.

Ella apartó la mirada para evitar la pregunta.

—¿Qué me ocurrirá en el juicio?

Ray suspiró. No iba a conseguir que Jenna Gray le contara nada más, eso estaba claro.

—Mañana son solo las vistas preliminares —dijo Ray—. Le preguntarán cómo se declara y el caso será remitido al Tribunal Superior de lo Penal.

—¿Y luego?

—Habrá una sentencia.

—¿Iré a la cárcel? —preguntó Jenna, y ahora sí miró a Ray a los ojos.

—Puede que sí.

—¿Durante cuánto tiempo?

—Cualquier condena de hasta catorce años. —Ray se quedó mirando a Jenna, y al final captó el miedo que empezaba a aflorar en su rostro.

—Catorce años —repitió ella. Tragó saliva con esfuerzo.

Ray contuvo la respiración. Durante un segundo, pensó que estaba a punto de escuchar aquello que la había empujado a alejarse del lugar del atropello esa noche y no detenerse. Pero ella le volvió la espalda y se tumbó en el colchón de plástico azul, y cerró los ojos con fuerza.

—Ahora me gustaría dormir un poco, por favor.

Ray se quedó mirándola y luego se marchó. El eco de la puerta de la celda al cerrarse resonó tras él mientras se alejaba.

—Bien hecho. —Mags besó a Ray en la mejilla cuando él entró por la puerta—. Lo he visto en las noticias. No te equivocaste al no abandonar ese caso.

Dio una respuesta automática, todavía disgustado por el comportamiento de Jenna.

—¿La jefa está contenta con el resultado?

Ray siguió a Mags hasta la cocina, donde ella abrió una lata de cerveza amarga y se la sirvió en un vaso.

—Está encantada. Por supuesto, ahora dice que la solicitud de aplazamiento en el aniversario del accidente fue idea suya... —Ray esboza una sonrisa amarga.

—¿Y eso no te fastidia?

—En realidad no —dijo Ray, y tomó un sorbo de su pinta y la dejó sobre la mesa con un suspiro de satisfacción—. Me da igual quién se atribuya el mérito por el caso, mientras se investigue como es debido y obtengamos algún resultado en los tribunales. Además —añadió—, es Kate la que se ha encargado de la parte más difícil de este caso.

Debería habérselo imaginado, pero Mags hizo un pequeño mohín al oír el nombre de Kate.

—¿Cuál crees que será la sentencia para Gray en el juicio? —preguntó ella.

—Puede que seis o siete años. Depende de quién sea el juez, y de si deciden convertirla en un caso «ejemplarizante». Aunque siempre hay una carga emotiva cuando está involucrado un niño.

—Seis años no son nada. —Ray sabía que ella estaba pensando en Tom y en Lucy.

—Salvo en el caso de que seis años sea demasiado tiempo —dijo Ray, en cierta forma, para sí mismo.

—¿Qué quieres decir?

—Hay algo raro en todo este caso.

—¿En qué sentido?

—Creemos que hay algo más en su historia que no nos cuenta. Pero ahora ya la hemos acusado, así que es el fin: yo habría permitido que Kate se tomara todo el tiempo que necesitara si hubiera podido.

Mags lo miró con severidad.

—Creía que tú eras el que llevaba las riendas de este caso. ¿Por qué es Kate quien ha tenido la sensación de que hay algo más? ¿Por eso liberaste a Gray bajo fianza?

Ray levantó la vista, sorprendido por la brusquedad del tono de Mags.

—No —respondió con parsimonia—. La liberé bajo fianza porque lo consideraba útil para tener más tiempo para aclarar los hechos y asegurarnos de que estábamos acusando a la persona correcta.

—Gracias, inspector Stevens, ya sé cómo funcionan esas cosas. Tal vez me pase el día llevando a los niños al colegio y preparándoles la comida para que se la lleven, pero fui agente de policía en una época, así que te pido que, por favor, no me hables como si fuera idiota.

—Lo siento. Me declaro culpable. —Ray levantó las manos como si estuviera defendiéndose, pero Mags no se rió. Colocó un trapo de cocina bajo el grifo de agua caliente y empezó a limpiar con brusquedad las superficies.

—Me sorprende, y eso es todo. Esa mujer se larga del lugar del accidente, se deshace del coche y se oculta en medio de la nada, y cuando la localizan un año después lo reconoce todo. Me parece que el caso está cerrado. Eso es lo que opino.

Ray estaba luchando por ocultar su enfado. Había sido un día largo y lo único que quería era sentarse a beber una cerveza y relajarse.

—Hay algo más en este caso —dijo—. Y confío en Kate, tiene olfato para esto. —Sintió que se ruborizaba, y se preguntó si estaría pasándose un poco a la hora de defender a Kate.

—¿De veras? —preguntó Mags con impertinencia—. Bien por Kate. —Ray emitió un profundo suspiro.

—¿Ha ocurrido algo? —Mags siguió limpiando—. ¿Es por Tom?

Mags empezó a llorar.

—Oh, Dios, Mags, ¿por qué no me lo has dicho antes? ¿Qué ha ocurrido? —Se levantó y la rodeó con un brazo, la apartó del fregadero y le quitó con amabilidad el trapo de las manos.

—Creo que podría estar robando.

La rabia que atenazó a Ray fue tan sobrecogedora que, durante un instante, fue incapaz de hablar.

—¿Por qué lo crees? —Era la gota que colmaba el vaso. Una cosa era que se saltara las clases y estuviera haciendo el vago por la casa por el desajuste hormonal de la adolescencia, pero ¿robar?

—Bueno, no estoy segura —dijo Mags—. Todavía no le he dicho nada a él... —Ella captó la mirada de Ray, y levantó una mano con gesto de advertencia—. Ni quiero hacerlo. No hasta que no conozca los hechos.

Ray inspiró con fuerza.

—Cuéntamelo todo.

—Hace unas horas estaba limpiando su cuarto... —Mags cerró los ojos durante un instante, como si incluso el simple recuerdo le resultara insoportable—, y me he topado con una caja de cosas debajo de su cama. Había un iPod, unos cuantos DVD, un montón de golosinas y un par de zapatillas de deporte sin estrenar. —Ray negó con la cabeza, pero no dijo nada—. Sé que no tiene dinero —continuó Mags—, porque todavía está pagando esa ventana que rompió, y no puedo imaginar de qué otra forma lo habrá conseguido a menos que lo haya robado.

—Cojonudo —dijo Ray—. Va a acabar en el trullo. Eso quedará muy bien, ¿verdad? El hijo del inspector detective detenido por ladrón de tiendas.

Mags lo miró con desesperación.

—¿Eso es lo único que se te ocurre? Tu hijo se ha pasado los últimos dieciocho meses sintiéndose profundamente triste. Tu hijo, que hasta entonces había sido feliz, un niño centrado e inteligente, ahora se salta las clases y roba, y en lo primero que piensas tú es: «¿Cómo va a afectar eso al futuro de mi carrera?». —Se calló en mitad del discurso, y levantó las manos como señal de desprecio—. No puedo hablar de esto contigo ahora.

Se volvió y se dirigió hacia la puerta, y luego se volvió para mirar a Ray.

—Deja que me encargue yo de Tom. Tú no harás más que empeorar las cosas. Además, está claro que tienes asuntos más importantes en los que pensar.

Se oyeron unas pisadas que corrían escalera arriba, seguidas por el portazo del dormitorio. Ray sabía que no tenía ningún sentido seguirla; ella no tenía ganas de hablar. Su carrera no había sido lo primero en lo que había pensado, solo había sido algo más en lo que pensar. Y, dado que él era el único que estaba ganando dinero para el sustento de la familia, era un poco desconsiderado por parte de Mags despreciarlo de esa forma. En cuanto a Tom, dejaría que ella se encargara de todo si así lo deseaba. Además, para ser sincero consigo mismo, no sabía por dónde empezar.

33

La casa de Beaufort Crescent era mucho más grande que la antigua. No me concedieron una hipoteca por el valor total, así que pedí un préstamo personal y esperaba poder pagarlo. Satisfacer las cuotas supondría un esfuerzo extra, pero valía la pena. La casa tenía un amplio jardín para tu estudio, y vi cómo te brillaba la mirada cuando señalamos el lugar donde lo instalaríamos.

—Es perfecto —dijiste—. Tendré todo lo que necesito en este lugar.

Me tomé unos días libres en el trabajo y me puse a construir el estudio la misma semana que nos mudamos, y tú te deshiciste en agradecimientos conmigo. Me traías tazas de té recién hecho hasta el fondo del jardín, y me llamabas para comer sopa con pan horneado en casa. No quería que aquello terminara y, sin pretenderlo, comencé a trabajar más despacio. En lugar de bajar al jardín para empezar a las nueve de la mañana, lo hacía a las diez. Prolongaba la pausa de después de comer, y, por la tarde, me quedaba sentado en el interior de la estructura de madera del estudio y dejaba pasar el tiempo sin hacer nada hasta que me llamabas para cenar.

—No puedes seguir trabajando con tan poca luz, cariño —me decías—. Y, mira, ¡tienes las manos congeladas! Entra y deja que te haga entrar en calor. —Me besabas y me decías lo emocionada que estabas con la idea de tener tu propio espacio de trabajo; que jamás te habían cuidado tan bien; y que me amabas.

Yo tenía que regresar al trabajo y te prometí tener listo el interior para el fin de semana. Pero cuando llegué a casa ese primer día después del trabajo, tú ya habías metido dentro una mesa vieja y habías desperdigado por todas partes tus barnices y herramientas. Tu horno nuevo estaba en un rincón, y el torno en medio de la habitación. Estabas sentada en un pequeño taburete, concentrada en la arcilla que giraba entre tus manos. Me quedé observándote por la ventana mientras la pieza de cerámica iba tomando forma con ese delicado tacto. Deseé que percibieras mi presencia, pero no levantaste la vista y abrí la puerta.

—¿Verdad que es maravilloso? —Seguías sin mirarme—. Me encanta estar aquí fuera. —Levantaste el pie del pedal y el torno se fue deteniendo poco a poco—. Iré a cambiarme de camisa y luego prepararé la cena. —Me besaste rápidamente en la mejilla al tiempo que tenías la precaución de mantener las manos levantadas para no mancharme la ropa.

Me quedé en el estudio durante un rato, mirando las paredes donde yo había pensado poner unas estanterías; al rincón donde había planeado montarte una mesa especial. Di un paso hacia delante y pisé el pedal del torno. Giró de golpe, apenas media vuelta, y sin tus manos expertas encima, la pieza se inclinó hacia un lado y quedó aplastada.

Después de aquello me sentí como si los días pasaran sin verte. Llevaste un radiador al estudio para poder pasar más horas allí, e incluso los fines de semana te encontraba a primera hora de la mañana poniéndote la ropa manchada de arcilla para ir al estudio en cuanto amanecía. Te monté unas estanterías, pero no llegué a montarte la mesa que había pensado, y tu imagen trabajando en una mesa cutre siempre me ponía de los nervios.

Creo que llevábamos más o menos un año en la casa cuando yo tuve que ir a París por trabajo. Doug tenía un contacto para conseguir un nuevo cliente, y planeamos darles muy buena impresión para que nos hicieran un importante encargo de software. El negocio estaba tardando en despegar, y los dividendos eran mucho menos cuantiosos y frecuentes de lo que me habían prometido. Me había hecho una tarjeta de crédito para poder seguir llevándote a cenar y comprarte flores, pero cada vez me costaba más satisfacer los pagos. El cliente de París podría ayudarnos a conseguir una situación económica más equilibrada.

—¿Puedo acompañarte? —me preguntaste. Fue la única vez que te vi tan interesada en mi empresa—. Me encanta París.

Había visto tontear a Doug una vez que llevé a Marie a una fiesta del despacho, y la forma en que ella reaccionó. No pensaba volver a caer en el mismo error.

—Estaré trabajando sin descanso; no será nada divertido para ti. Vayamos juntos cuando yo no esté tan ocupado. Además, tienes jarrones que terminar.

Te habías pasado lo que a mí se me antojaban varias semanas paseándote por todas las tiendas de regalos y galerías de arte de la ciudad con muestras de tu trabajo, y lo único que conseguiste fueron dos tiendas; cada una quería una docena de jarrones, o poco más, y recipientes para vender por encargo. Estabas tan contenta que parecía que hubieras ganado la lotería, y te esforzabas mucho más en cada pieza de lo que te habías esforzado jamás.

—Cuanto más tiempo inviertas, menos ganarás —te había recordado pero, por lo visto, era un desperdicio compartir mi experiencia en el mundo de los negocios contigo, porque tú seguías invirtiendo horas y horas en pintar y barnizar.

Te llamé al llegar a París y sentí una punzada repentina de añoranza del hogar al escuchar tu voz. Doug invitó al cliente a cenar, pero yo puse como excusa una migraña y me quedé en mi habitación, donde pedí un filete al servicio de habitaciones y deseé haberte llevado conmigo. La cama hecha de forma inmaculada parecía gigantesca y para nada incitadora, y, a las once de la noche, bajé al bar del hotel. Pedí un whisky y me quedé en la barra y pedí otro antes de acabar el primero. Te envié un mensaje de texto, pero tú no respondiste; supuse que estarías en tu estudio sin pensar que podía llamarte.

Había una mujer en una mesa próxima al lugar donde yo estaba en la barra. Iba vestida con un traje a rayas y tacones negros, y tenía un maletín de trabajo en la silla situada junto a ella. Estaba revisando unos papeles y, cuando levantó la vista, me dedicó una sonrisa triste. Correspondí el gesto.

—Eres inglés —dijo.

—¿De verdad resulta tan evidente?

Ella rió.

—Cuando viajas tanto como yo, aprendes a identificar las señales. —Recogió los papeles en los que estaba trabajando, los metió en el maletín y lo cerró de golpe.

—Ya está bien por hoy. —No hizo gesto alguno de querer marcharse.

—¿Puedo acompañarte? —le pregunté.

—Me encantaría.

No lo había planeado, pero era exactamente lo que necesitaba. No le pregunté cómo se llamaba hasta la mañana siguiente, cuando salió del baño envuelta en una toalla.

—Emma —dijo. No me preguntó mi nombre, y me planteé con qué frecuencia lo haría, en habitaciones de hotel con desconocidos, en ciudades desconocidas.

Cuando se marchó, te llamé y me contaste cómo te había ido el día; me dijiste que la dueña de la tienda de regalos estaba encantada con tus jarrones, y que te morías de ganas de verme. Dijiste que me echabas de menos y que no te gustaba nada que estuviéramos separados, y sentí que recuperaba la seguridad en lo nuestro y volvía a sentirme seguro.

—Te quiero —dije. Sabía que necesitabas oírlo, que no te bastaba con ver todo lo que era capaz de hacer por ti; ni lo mucho que te cuidaba. Lanzaste un leve suspiro.

—Yo también te quiero.

Doug se había empleado a fondo con el cliente durante la cena, y por las bromitas de la reunión a la hora del desayuno me quedó claro que habían ido a un club de *striptease*. A mediodía ya habíamos cerrado el trato, y Doug estaba hablando por teléfono con el banco para asegurarles, una vez más, que éramos solventes.

Le dije al recepcionista del hotel que me pidiera un taxi.

—¿Dónde están las mejores joyerías? —le pregunté.

Me lanzó una sonrisa cómplice que me puso nervioso.

—Un regalo para una señorita, ¿señor?

Ignoré el comentario.

—¿Cuál es el mejor lugar?

Su sonrisa se tornó algo más formal.

—Faubourg Saint-Honoré, *monsieur*. —Siguió mostrándose solícito mientras yo esperaba la llegada del taxi, aunque su suposición le costó la propina y tardé todo el recorrido hasta la joyería en recuperarme del disgusto.

Recorrí a pie toda la calle Faubourg Saint-Honoré antes de encontrar la pequeña tienda de un joyero con el poco imaginativo nombre de Michel, donde había unas bandejas de terciopelo negro cargadas de relucientes diamantes. Deseaba tomarme mi tiempo para escoger, pero el personal con sobrios trajes revoloteaba a mi alrededor, ofreciéndome ayuda y consejo, y me resultaba imposible concentrarme. Al final escogí el más grande: una sortija que difícilmente rechazarías. Un diamante tallado en forma de cuadrado engastado en un simple anillo de platino. Entregué la tarjeta de crédito al tiempo que me decía a mí mismo que valía la pena.

Viajé de regreso a casa la mañana siguiente, con la cajita de cuero quemándome en el bolsillo del abrigo. Tenía pensado llevarte a cenar, pero cuando abrí la puerta y tú saliste corriendo y me abrazaste con tanta fuerza no pude esperar ni un segundo más.

—Cásate conmigo.

Te reíste, pero debiste percibir la sinceridad en mi mirada, porque te detuviste y te llevaste una mano a la boca.

—Te quiero —dije—. No puedo estar separado de ti.

Tú no dijiste nada, y yo titubeé. Eso no formaba parte de mi plan. Había pensado que te lanzarías a mis brazos, que me besarías, que incluso romperías a llorar pero, sobre todo, que dirías que sí. Busqué a tientas la cajita de la joyería y te la puse en la mano.

—Lo digo en serio, Jennifer. Quiero que seas mía para siempre. Di que lo serás, por favor, di que serás mía.

Negaste de forma casi imperceptible con la cabeza, pero abriste la cajita y te quedaste boquiabierta.

—No sé qué decir.

—Di que sí.

Se hizo un silencio lo bastante largo para que yo sintiera una presión en el pecho por el miedo a que te negaras. Y al final dijiste que sí.

34

Un golpe metálico me sobresalta. Después de que el inspector Stevens me dejara en mi celda anoche, me quedé mirando la pintura desconchada del techo, sintiendo cómo me calaba el frío a través del colchón desde la base de cemento que hay debajo hasta que el sueño acabó venciéndome. Cuando me he levantado de la cama con gran esfuerzo, las piernas me dolían y la cabeza me retumbaba.

Oigo un ruido en la puerta, y me doy cuenta de que el golpe metálico venía de la rendija cuadrada situada en el centro de la puerta, a través de la cual una mano está metiendo una bandeja de plástico.

—Venga ya, no tengo todo el día.

Recibo la bandeja.

—¿Puedo tomar calmantes?

La carcelera está de pie junto a la rendija y no le veo la cara, solo se vislumbra un uniforme negro y una mata de pelo rubio.

—El médico no está. Tendrás que esperar hasta que te lleven a los tribunales. —Casi no ha terminado de hablar cuando la rendija se cierra de golpe y el ruido retumba por toda la celda, y oigo cómo se alejan sus plúmbeas pisadas.

Me siento en la cama a beberme el té, que se ha derramado sobre la bandeja. Está tibio y demasiado dulzón, pero me lo bebo con mucha sed, porque caigo en la cuenta de que no he tomado nada desde la comida de ayer. El desayuno consiste en una salchicha y unas judías cocidas en un recipiente de esos para calentar en el microondas. El plástico se ha fundido por los bordes, y las judías están cubiertas por una salsa de color naranja intenso. Dejo la comida en la bandeja con la taza vacía y uso el retrete. No hay taza del váter, solo una pila metálica y hojas de papel áspero. Me doy prisa por terminar antes de que regrese la carcelera.

Mi ración de comida abandonada se ha enfriado cuando vuelvo a oír las pisadas. Se detienen delante de mi celda y oigo el traqueteo de las llaves, luego la pesada puerta se abre y veo a una chica rechoncha de unos veintitantos años. El uniforme negro y el pelo rubio y grasiento la señalan como la guardia que me ha servido el desayuno, y le señalo la bandeja que he dejado sobre el colchón.

—Me temo que no he podido comérmelo.

—No me extraña —dice con una risotada—. Yo no lo tocaría aunque estuviera muriéndome de hambre.

Me siento en el banco metálico frente al mostrador de detenciones y me calzo las botas. Se han unido a mí otras tres personas: todos hombres, y todos vestidos con pantalón de chándal y sudaderas tan parecidas que al principio creo que llevan una especie de uniforme. Se sientan arrellanados con la espalda pegada a la pared, tan habituados al lugar como extraña me siento yo. Me giro y veo un montón de anuncios en la pared que tenemos sobre la cabeza, pero ninguno tiene sentido. Se trata de información sobre abogados defensores, intérpretes, delitos que deben «tenerse en cuenta». ¿Se supone que debo saber qué está pasando? Cada vez que me invade el miedo, me recuerdo lo que hice y me digo que no tengo derecho a estar asustada.

Esperamos durante lo que debe de ser media hora o más, hasta que se oye un timbre y el sargento de detenciones levanta la vista hacia la pantalla de la cámara de videovigilancia, donde ahora se ve un enorme autobús blanco.

—Ha llegado la limusina, muchachos —dice.

El chaval que tengo a mi lado sorbe saliva y murmura algo que ni puedo ni quiero entender.

El sargento de detenciones abre la puerta a un par de agentes de custodia.

—Hoy tengo cuatro para ti, Ash —le dice al hombre—. Oye, anoche le dieron una buena paliza al City, ¿no? —Sacude la cabeza con parsimonia, con gesto de compasión, aunque está sonriendo, y luego el hombre llamado Ash le da un golpecito amistoso en el hombro.

—Ya tendremos nuestro día —dice. Se queda mirándonos por primera vez—. ¿Tienes lista la documentación de estos?

Los hombres siguen hablando de fútbol, y la agente de custodia se acerca a mí.

—¿Todo bien, cariño? —me pregunta. Está regordeta y tiene un aire maternal, que no pega para nada con su uniforme, y siento una ridícula necesidad de romper a llorar. Me dice que me ponga de pie, me pasa la palma de la mano por debajo de los brazos, la espalda y las piernas. Me mete un dedo por la cintura del pantalón y palpa la goma del sujetador a través de mi blusa. Percibo los codazos que se dan los chicos sentados en el banco y me siento tan expuesta como si estuviera desnuda. La agente me esposa la muñeca derecha a su mano izquierda y me saca al exterior.

Nos llevan al juzgado en un autobús compartimentado que me recuerda a los camiones para el transporte de caballos de las exhibiciones hípicas a las que mi madre nos llevaba a Eve y a mí. Me cuesta mucho mantenerme sentada sobre el angosto banco cuando el autobús gira, porque llevo las muñecas esposadas a una cadena que recorre todo el cubículo a lo largo. La falta de espacio me provoca claustrofobia y me quedo mirando a través del cristal tintado que hace que los edificios de Bristol pasen ante mí como un caleidoscopio de sombras y colores. Intento encontrar alguna lógica a los volantazos, pero el vaivén me ha mareado y tengo que cerrar los ojos, y apoyo la frente sobre el frío cristal.

Mi celda móvil es sustituida por una fija en las profundidades del Juzgado de lo Penal. Me sirven un té —esta vez, caliente— y una tostada que se resquebraja y me pincha la garganta. Me dicen que mi abogado llegará a las diez. ¿Cómo es posible que todavía no sean ni las diez? Hoy ya he vivido toda una vida.

—¿Señora Gray?

El abogado es joven y de oficio, lleva un traje caro y se atreve con las rayas.

—No he pedido un abogado.

—Tiene derecho a que la defienda un abogado, señorita Gray, o a representarse a sí misma. ¿Quiere encargarse usted misma de su defensa? —Su ceja enarcada me indica que solo los muy tontos valoran esto último como una alternativa.

Niego con la cabeza.

—Bien. Veamos, tengo entendido que ha reconocido los cargos que se le imputan de conducción temeraria con resultado de muerte, y de omisión del deber de socorro, y que ha facilitado los detalles relativos al accidente. ¿Es correcto?

—Sí.

Revisa el expediente que ha traído, con el lazo rojo desatado y tirado con descuido sobre la mesa. Todavía no me ha mirado.

—¿Quiere declararse culpable o no culpable?

—Culpable —digo, y la palabra queda pendida en el aire; es la primera vez que la pronuncio en voz alta. Soy culpable.

Escribe algo más largo que esa única palabra, y siento el deseo de mirar por encima de su hombro para poder leerlo.

—Debo pedir libertad bajo fianza para usted, y tiene muchas posibilidades de conseguirla. No hay condenas anteriores, al margen de la libertad bajo fianza que ya le han concedido, pedir una fianza a tiempo… Está claro que su acción de evasión de la justicia jugará en nuestra contra… ¿Tiene algún problema de salud mental?

—No.

—Es una lástima. Da igual. Haré todo cuanto esté en mi mano. Bien, ¿tiene alguna pregunta?

Se me ocurren decenas de ellas.

—Ninguna —digo.

—Todos en pie.

Esperaba ver a más personas, pero aparte de un tipo con cara de aburrido que sostiene una libreta, situado en un lateral del juzgado —el ujier me explica que es de la prensa—, hay muy poca gente. Mi abogado se sienta en el centro de la sala, dándome la espalda. A su lado hay una mujer joven con una falda color azul marino, y repasa con un subrayador una hoja impresa. En la misma mesa alargada, pero a varios metros de distancia, en una disposición casi idéntica, se encuentra la acusación.

El ujier que está a mi lado tira de mí por una manga y me doy cuenta de que soy la única que todavía sigue de pie. El magistrado, un hombre de rostro chupado y pelo ralo, acaba de llegar y se inicia la sesión. El corazón me late con fuerza y siento el rostro ardiendo por la vergüenza. Las escasas personas presentes entre el público me miran con curiosidad, como si fuera una pieza de museo. Recuerdo algo que leí en una ocasión sobre las ejecuciones públicas en Francia: la guillotina se instalaba en la plaza mayor para que todos pudieran verlo; las mujeres tejían ruidosamente con sus agujas mientras esperaban que comenzara el espectáculo. Me estremezco de pies a cabeza cuando caigo en la cuenta de que soy el entretenimiento del día.

—¿Puede levantarse la acusada?

Vuelvo a ponerme en pie y digo mi nombre cuando me lo pide el secretario del juzgado.

—¿Cómo se declara?

—Culpable. —Mi voz suena aflautada y toso para aclararme la voz, aunque no me piden que vuelva a hablar.

Los abogados discuten sobre la fianza a una velocidad que hace que me dé vueltas la cabeza.

«Hay tanto en juego que la acusada podría fugarse.»

«La acusada ha cumplido con las condiciones de la libertad bajo fianza; seguirá respetándolas.»

«Estamos hablando de una posible condena de por vida.»

«Estamos hablando de una vida sesgada.»

Se hablan a través del magistrado, como dos niños discutiendo que se comunican a través del padre. Sus palabras son de una extraña emotividad, adornadas con exagerados gestos que son un auténtico desperdicio ante un público tan escaso. Discuten sobre la fianza: sobre el hecho de si yo debería permanecer en prisión hasta el día del juicio en el Tribunal Superior de lo Penal, o de si debería estar en libertad bajo fianza esperando al juicio en mi casa. Caigo en la cuenta de que mi abogado intenta conseguir mi liberación, y siento el deseo de tirarle de la manga y decirle que no tengo ningún interés en la fianza. Salvo por Beau, no hay nadie esperándome en casa. Nadie me añora. En la cárcel estaré segura. Pero permanezco sentada en silencio, con las manos en el regazo, no muy segura de qué imagen debería estar dando. Aunque nadie está mirándome. Soy invisible. Intento seguir el enfrentamiento entre los abogados, para saber quién va ganando en la batalla dialéctica, pero no tardo en perderme con tanta teatralidad.

El magistrado hace callar a los presentes y me mira fijamente con expresión muy seria. Siento la absurda necesidad de decirle que no soy como los ocupantes habituales de esta sala. Que me crié en una casa como la suya, y que fui a la universidad; que celebraba cenas en casa; y que tenía amigos. Que en un pasado fui una persona sociable. Que hasta el año pasado jamás había infringido la ley, y que lo ocurrido fue un terrible error. Pero su mirada es indiferente y me doy cuenta de que no le importa quién soy yo, ni cuántas cenas he celebrado. No soy más que otra criminal que ha cruzado su puerta; nada me diferencia de todos los demás. Tengo la sensación de que se me ha despojado de mi identidad una vez más.

—El abogado de la defensa ha luchado con fervor por conseguir su libertad bajo fianza, señora Gray —dice el magistrado—, me ha asegurado que no volverá a evadir la justicia. —Se oye una risita nerviosa entre el público, donde un par de ancianas se han colocado en segunda fila armadas con sendos termos. Son mis *tricoteuses* de los tiempos modernos. Las comisuras de la boca del magistrado se mueven visiblemente—. Me ha asegurado que el hecho de que haya huido en un principio de la escena del accidente fue resultado de un instante de enajenación, que no es nada habitual en usted y que no se repetirá. Espero por su bien, señora Gray, que su abogado esté en lo cierto. —Hace una pausa, y contengo la respiración—. Le concedo la libertad bajo fianza.

Lanzo un largo suspiro que podría interpretarse como alivio.

Se oye un ruido procedente del gabinete de prensa y veo al joven con la libreta asomado por la hilera de bancos, metiéndosela a toda prisa en el bolsillo de la chaqueta. Hace un gesto con la cabeza en dirección al banquillo antes de salir, cruza la puerta y esta se queda batiendo a su paso.

—Todos en pie.

Cuando el magistrado abandona la sala, el murmullo de las conversaciones aumenta de volumen, y veo que mi abogado está hablando con la acusación. Ríen sobre algo, luego se acerca al banquillo de los acusados para hablar conmigo.

—Buen resultado —dice, y sonríe—. El caso ha sido visto para sentencia en el Tribunal Superior de lo Penal, hasta el día 17 de marzo; le proporcionarán información sobre asistencia legal y las alternativas que tiene para su defensa. Le deseo un buen viaje de regreso a casa, señora Gray.

Se me hace raro salir caminando en libertad de la sala, tras veinticuatro horas metida en una celda. Voy a la cafetería del juzgado y pido un café para llevar, y me quemo la lengua por la impaciencia de probar algo más fuerte que el té de la comisaría.

Hay un techo de cristal en la entrada del Juzgado de lo Penal de Bristol que cobija del rocío de la mañana a pequeños grupos de personas, que hablan de forma apresurada entre calada y calada de sus cigarrillos. Cuando bajo los escalones, tropiezo con una mujer que va en dirección contraria, y me cae algo de café sobre la mano por culpa de la endeble tapa de plástico, que no encaja bien en el vaso.

—Lo siento —digo enseguida. Pero cuando me detengo y levanto la vista veo que la mujer también se ha parado, y que sujeta un micrófono. Un repentino destello de luces me deslumbra y veo a un fotógrafo situado a unos pocos metros de mí.

—¿Cómo te sientes ante la perspectiva de acabar en la cárcel, Jenna?

—¿Qué? Yo...

Me pone el micrófono tan cerca que casi me roza la boca.

—¿Seguirás declarándote culpable como hoy? ¿Cómo crees que se siente la familia de Jacob?

—Yo, sí, yo...

Hay personas que me empujan por todos lados, la periodista me pregunta en voz alta para que la oiga a pesar de unos cánticos que no llego a entender. Hay tanto ruido que me da la impresión de estar en un estadio de fútbol, o en medio de un concierto. No puedo respirar, y cuando intento volverme me empujan en dirección contraria. Alguien me tira del abrigo, pierdo el equilibrio y caigo con todo mi peso sobre alguien que me empuja con brusquedad para que vuelva a enderezarme. Veo una pancarta, de torpe confección y blandida por encima de una pequeña turba de manifestantes. Quienquiera que lo haya escrito ha empezado a hacerlo con letras demasiado grandes y las últimas ha tenido que apretujarlas para que quepan. «¡Justicia para Jacob!»

Eso es. Ese es el cántico que oigo.

«¡Justicia para Jacob! ¡Justicia para Jacob!» Una y otra vez. Los gritos parecen proceder de mi espalda y de todo mi entorno. Miro hacia un lado en busca de espacio, pero ahí también hay gente; se me cae el café, pierde la tapa y se derrama por el suelo, el líquido me salpica los zapatos y cae por los escalones. Vuelvo a tropezar y, durante un segundo, pienso que voy a caerme y que voy a acabar pisoteada por la turba enfurecida.

—¡Escoria!

Distingo una expresión de ira en una boca y unos enormes pendientes de aro que se agitan de un lado para otro. La mujer emite un sonido primitivo procedente del fondo de su garganta, y luego me escupe en la cara. Me vuelvo justo a tiempo, y noto la saliva caliente impactar contra mi cuello y deslizarse hasta la solapa de mi abrigo. Me impresiona igual que si me hubiera pegado un puñetazo, y lanzo un grito y me tapo la cara con las manos, a la espera del siguiente ataque.

«¡Justicia para Jacob! ¡Justicia para Jacob!»

Noto que alguien me sujeta por el hombro y me tenso, intento zafarme y busco, como loca, una vía de escape.

—Vamos a salir por el camino rápido, ¿quiere?

Es el inspector Stevens, tiene el gesto serio y decidido mientras tira de mí con fuerza escalera arriba hasta la sala del juzgado. Me suelta en cuanto hemos pasado el arco de seguridad, pero no dice nada, y yo lo sigo en silencio por unas puertas de doble hoja hasta un silencioso patio en la parte trasera de los tribunales. Me señala una cancela.

—Por allí llegará a la estación de autobuses. ¿Está bien? ¿Quiere que llame a alguien?

—Estoy bien. Gracias. Gracias, no sé qué habría hecho si no llega a presentarse para ayudarme. —Cierro los ojos un instante.

—Malditos buitres —dice el inspector Stevens—. La prensa dice que está haciendo su trabajo, pero no pararán hasta que no consigan su artículo. En cuanto a los manifestantes; bueno, digamos que había un par de colgados entre esos que llevaban las pancartas, son como las puertas giratorias: no importa el motivo, siempre se los encontrará en la escalinata de los juzgados armando bulla. No se lo tome como algo personal.

—Intentaré no hacerlo. —Le sonrío incómoda y me vuelvo para marcharme, pero él me detiene.

—¿Señora Gray?

—¿Sí?

—¿Ha vivido alguna vez en el número 127 de Grantham Street?

Siento que el rostro se me queda exangüe y me obligo a sonreír.

—No, inspector —respondo con cautela—. No, jamás he vivido allí. —Él asiente con gesto reflexivo y levanta una mano para despedirse. Me vuelvo mientras me alejo y cruzo la cancela y veo que sigue allí de pie, mirándome.

Por suerte, me alivia ver que el tren a Swansea va casi vacío, así que me hundo en el asiento y cierro los ojos. Todavía estoy temblando tras el encontronazo con los manifestantes. Miro por la ventana e inspiro aliviada por estar de nuevo en Gales.

Cuatro semanas. Me quedan cuatro semanas antes de entrar en prisión. Me cuesta creerlo, y, al mismo tiempo, no podría ser más real. Llamo a Bethan y le cuento que estaré en casa esta noche.

—¿Te han dado la libertad bajo fianza?

—Hasta el 17 de marzo.

—Eso está bien, ¿verdad? —Suena confusa por mi falta de entusiasmo.

—¿Hoy has bajado a la playa? —pregunto a Bethan.

—He llevado a los perros hasta lo alto del acantilado a la hora de comer. ¿Por qué?

—¿Había algo en la arena?

—Nada fuera de lo habitual —dijo riendo—. ¿Qué esperabas encontrar?

Lanzo un suspiro de alivio. Empiezo a dudar si de verdad vi aquellas letras.

—Nada —digo—. Nos vemos dentro de un rato.

Cuando llego a casa de Bethan me invita a quedarme a cenar, pero no soy una compañía agradable y rechazo la invitación. Insiste en que no me vaya con las manos vacías, y espero mientras me pone la sopa en un recipiente para llevar. Ha pasado casi una hora cuando se despide de mí con un beso y me llevo a Beau por el camino hasta la casa.

La puerta se ha deformado tanto con el mal tiempo que casi no puedo girar la llave para abrirla. La empujo con el hombro y cede un poco, lo suficiente para desencajar la cerradura y girar la llave, que ahora se ha quedado en el interior del mecanismo. Beau empieza a ladrar con furia y le digo que se calle. Me temo que he roto la puerta, pero me da igual. Si Iestyn la hubiera arreglado la primera vez que le dije que se atascaba, habría sido un trabajo fácil. Ahora, a base de tanto forzar la llave en la cerradura, le dará más trabajo al cerrajero.

Vierto la sopa de Bethan en un cazo y la pongo al fuego, y dejo el pan a un lado. La casa está fría y busco un jersey que ponerme, pero no hay nada por aquí abajo. Beau está inquieto, corre de un lado para otro de la sala de estar, como si hubiera estado fuera durante más de veinticuatro horas.

Hoy la escalera parece distinta, y no logro saber qué es. No había anochecido del todo cuando he entrado, pero no hay ninguna luz procedente de la ventanita que hay al final de la escalera. Algo está tapándole el paso.

Llego al último escalón antes de darme cuenta de qué es.

—Rompiste tu promesa, Jennifer.

Ian flexiona una rodilla y me da una patada en el pecho. No logro sujetarme a la barandilla de madera y caigo de espaldas, y ruedo por la escalera hasta que impacto contra el suelo de piedra.

35

Te quitaste el anillo a los tres días, y me sentó como si me hubieras pegado un puñetazo. Dijiste que tenías miedo de estropearlo, y que te lo quitabas tan a menudo para trabajar que pensaste que acabarías perdiéndolo. Empezaste a llevarlo colgado al cuello con una delicada cadena de oro, y te llevé a comprar un anillo de bodas; algo sencillo que pudieras llevar todo el tiempo.

—Puedes ponértelo ahora —te dije al salir de la joyería—. Pero la boda no será hasta dentro de seis meses.

Ibas cogida de mi mano y te la apretujé con fuerza cuando cruzábamos la calle.

—En lugar del anillo de compromiso, quiero decir. Para que lleves algo en el dedo. —Me malinterpretaste.

—No me importa, Ian, de verdad. Puedo esperar a que estemos casados.

—Pero ¿cómo sabrá la gente que estás prometida? —No podía dejarlo estar. Te obligué a parar y te puse las manos en los hombros. Miré a mi alrededor, a las personas que abarrotaban las tiendas, e intenté tranquilizarme, pero te sujetaba con fuerza—. ¿Cómo sabrán que estás conmigo si no llevas mi anillo?

Reconocí la expresión de tu mirada. La había visto en Marie —esa mezcla de desafío y preocupación—, y me enfadó verla en ti tanto como me enfadaba verla en ella. ¿Cómo te atrevías a tenerme miedo? Sentí que me tensaba, y cuando vi un mohín de dolor en tu rostro, me di cuenta de que estaba clavándote los dedos en los hombros. Dejé caer las manos a ambos lados del cuerpo.

—¿Tú me quieres? —pregunté.

—Ya sabes que sí.

—Entonces ¿por qué no quieres que los demás sepan que vamos a casarnos?

Metí la mano en la bolsa de plástico, saqué la cajita y la abrí. Quería hacer desaparecer esa mirada de tus ojos y, de forma impulsiva, hinqué una rodilla en el suelo y levanté la cajita en tu dirección. Se oyó un rumor emitido por los compradores que pasaban y un rubor intenso te afloró a las mejillas. La gente que nos rodeaba redujo la marcha y se detuvo a mirar, y yo sentí una oleada de orgullo por que tú estuvieras conmigo. Mi hermosa Jennifer.

—¿Quieres casarte conmigo?

Parecías abrumada.

—Sí.

Respondiste más rápido que la primera vez que te lo había preguntado, y la presión del pecho desapareció al instante. Te puse el anillo en el dedo anular y me levanté para besarte. Se oyeron vítores a nuestro alrededor, y algunas personas me dieron palmaditas en la espalda. Me dio la sensación de que no podría parar de sonreír. Era lo que debería haber hecho desde un principio: debí de hacerlo de forma más ceremoniosa, celebrarlo más. Tú te lo merecías.

Caminamos cogidos de la mano por las abarrotadas calles de Bristol, y yo iba frotando el metal de tu dedo con el pulgar de la mano derecha.

—Casémonos ahora mismo —te dije—. Vamos al Registro Civil, conseguimos unos testigos en la calle y nos casamos.

—Pero ¡si está todo listo para septiembre! Estará toda mi familia. No podemos hacerlo ahora, así como así.

Me habías convencido en cierto modo de que un bodorrio a lo grande, por la iglesia, sería un error: no tenías un padre que te acompañara hasta el altar, y ¿para qué gastar dinero en un convite con amigos que ya no veías? Habíamos reservado sitio para una ceremonia por lo civil en el Courtyard Hotel, con un banquete para veinte comensales después. Pedí a Doug que fuera mi padrino, y los demás invitados serían de tu parte. Intenté imaginar a mis padres de pie a nuestro lado, pero solo logré visualizar la mirada de mi padre como la última vez que lo vi.

La decepción. El asco. Sacudí la cabeza para borrar esa imagen de mi mente.

Te mostraste firme.

—No podemos cambiar los planes así como así, Ian. Solo quedan seis meses; no habrá que esperar mucho.

No era mucho tiempo, pero yo seguía contando los días que faltaban para que fueras la señora Petersen. Me convencí de que me sentiría mejor entonces: más seguro. Entonces sabría que me querías y que te quedarías conmigo.

La noche antes de la boda insististe en quedarte a dormir con Eve en el hotel, mientras yo sufría una velada extraña con Jeff y Doug en el pub. Doug hizo medio intento de que celebráramos una despedida en condiciones, aunque nadie se opuso cuando yo sugerí que nos retirásemos temprano antes del gran día.

En el hotel me relajé con un whisky doble. Jeff me dio una palmadita en el brazo y me dijo que era un gran tipo, aunque jamás hubiéramos tenido nada en común. No bebió conmigo, y media hora antes de la ceremonia hizo un gesto para señalar la puerta, donde una mujer con gorra de marinero acababa de aparecer.

—¿Listo para conocer a tu suegra? —dijo Jeff—. No está tan mal, te lo prometo. —En las pocas ocasiones que había coincidido con Jeff, su extrema jovialidad me había parecido irritante, pero ese día agradecí la distracción. Tenía ganas de llamarte, de asegurarme de que ibas a estar allí, y no podía evitar la sensación de pánico en el estómago ante la idea de que fueras a plantarme en el altar; de que pudieras humillarme delante de toda esa gente.

Fui con Jeff hasta la barra. Tu madre me tendió una mano, y yo me incliné para besar su mejilla reseca.

—Grace, encantado de conocerte. Me han hablado mucho de ti.

Me dijiste que no te parecías nada a tu madre, pero vi que tus pómulos marcados eran de ella. Tal vez tuvieras el color de piel de tu padre, y sus genes artísticos, pero la constitución delgada y la mirada atenta eran herencia de tu madre.

—Me gustaría poder decir lo mismo de ti —dijo Grace con un gesto divertido en la sonrisa—. Pero si quiero enterarme de cómo le va la vida a Jenna, tengo que hablar con Eve.

Adopté lo que esperaba que fuera una expresión de comprensión, como si yo también me sintiera afectado por tu problema de comunicación. Ofrecí una copa a Grace, y ella aceptó el champán.

—Felicidades —dijo, aunque no propuso un brindis.

Me tuviste esperando durante quince minutos, porque era tu derecho, supongo. Doug hizo el teatrillo de que había perdido las alianzas, algo que hacía que nuestra boda se pareciera a cualquier otra de las que se estaban celebrando en el país. Pero cuando te vi avanzar por el pasillo pensé que no podía haber otra novia más hermosa que tú. Tu vestido era muy sencillo: con escote en forma de corazón y una falda que te adelgazaba las caderas y caía hasta el suelo entre brillos de satén. Llevabas un ramillete de rosas blancas, y el pelo recogido en un moño, del que colgaban unos tirabuzones brillantes.

Estábamos uno junto al otro, y yo te miraba sin que te dieras cuenta mientras escuchabas al juez de paz oficiar la ceremonia. Cuando pronunciamos los votos, me miraste a los ojos y dejé de preocuparme por Jeff, Doug o tu madre. Podría haber mil personas en la sala, yo solo te veía a ti.

—Ahora os declaro marido y mujer.

Se oyó una ovación titubeante, y yo te besé en los labios antes de volvernos y recorrer el pasillo juntos. El hotel había dispuesto las copas y los canapés en la barra, y yo te observaba moviéndote por la sala, recibiendo los cumplidos y enseñando tu anillo para que lo admiraran los demás.

—Está preciosa, ¿verdad?

No me había dado cuenta de que Eve se había situado a mi lado.

—Es preciosa —dije, y Eve asintió en silencio para admitir la corrección.

Cuando me volví, me di cuenta de que tu hermana ya no estaba mirándote, sino que estaba con la mirada fija en mí.

—No le harás daño, ¿verdad?

Reí.

—¿Qué clase de pregunta es esa para un hombre el día de su boda?

—Es la más importante, ¿no crees? —dijo Eve. Tomó un sorbo de champán y se quedó mirándome con detenimiento—. Me recuerdas muchísimo a mi padre.

—Bueno, pues a lo mejor es eso lo que ha visto Jennifer en mí —respondí con parquedad.

—Seguramente —dijo Eve—. Solo espero que tú no la abandones también.

—No tengo ninguna intención de abandonar a tu hermana —dije—, aunque eso no es asunto tuyo. Ya es una mujer, no una niña disgustada con su padre mujeriego.

—Mi padre no era un mujeriego. —No estaba defendiéndolo, se limitada a exponer los hechos, pero me picó la curiosidad. Siempre había supuesto que había dejado a tu madre por otra mujer.

—Entonces ¿por qué se marchó?

Ella obvió mi pregunta.

—Cuida de Jenna; merece que la traten bien.

No podía soportar seguir mirando su expresión petulante ni un segundo más, ni escuchar sus ruegos ridículos y paternalistas. Dejé a Eve en la barra y fui a rodearte por la cintura con un brazo. Mi esposa.

Te había prometido llevarte a Venecia y estaba impaciente por mostrártela. En el aeropuerto entregaste con orgullo tu nuevo pasaporte y sonreíste cuando leyeron tu nombre en voz alta.

—¡Suena tan raro!

—Pronto te acostumbrarás a oírlo —te dije—. Señora Petersen.

Cuando te diste cuenta de que había organizado un viaje de lujo en primera clase, te pusiste como loca de contenta, e insististe en aprovecharlo al máximo. El vuelo solo duraba dos horas, pero en ese tiempo te probaste el antifaz, fuiste pasando de una película a otra y bebiste champán. Yo te miraba y me encantaba verte tan feliz, y que fuera gracias a mí.

El transbordo se retrasó y no llegamos al hotel hasta tarde. El champán me había dado dolor de cabeza, y me sentía cansado y molesto por el deplorable servicio. Me recordé exigir una devolución del dinero por el retraso del transbordo cuando volviéramos a casa.

—Vamos a dejar el equipaje y salimos a pasear directamente —dijiste cuando llegamos al vestíbulo forrado de mármol.

—Vamos a estar aquí dos semanas. Llamaremos al servicio de habitaciones y desharemos las maletas; todo seguirá estando aquí por la mañana. Además —te rodeé por la cintura con un brazo y te di un pellizco en el culo—, es nuestra noche de bodas.

Me besaste y me metiste la lengua en la boca; luego te apartaste y me cogiste de la mano.

—¡No son ni las diez! Venga, vamos a dar un paseo por la manzana, tomamos una copa y luego te prometo que se acabará por esta noche.

El recepcionista sonrió y no hizo ningún intento de fingir que no había presenciado nuestra escena improvisada.

—¿Discusión de enamorados? —Reí a pesar de la mirada que le eché, y me quedé petrificado al ver que tú te reías con él.

—Estoy intentando convencer a mi marido... —Sonreíste al pronunciar esa palabra, y me guiñaste el ojo como si eso cambiara las cosas—... de que tenemos que salir a pasear por Venecia antes de ir a ver nuestra habitación. Parece tan hermosa... —Cerraste los ojos durante demasiado tiempo antes de pestañear, y me di cuenta de que estabas un poco borracha.

—Sí que es hermosa, *signora*, pero no tanto como usted. —El recepcionista realizó una ligera y ridícula reverencia.

Te miré y vi que me mirabas con los ojos entornados, aunque te habías ruborizado, y comprendí que te sentías halagada. Halagada por ese gigoló; ese tipo baboso con manicura en las manos y una flor en el ojal.

—La llave de nuestra habitación, por favor —dije. Me puse delante de ti y me incliné sobre el mostrador. Se hizo una breve pausa, antes de que el recepcionista me pasara un tarjetero con dos llaves en forma de tarjeta de crédito—. *Buona sera, signore.* —Había dejado de sonreír.

Rechacé la ayuda para llevar las maletas y te hice arrastrar la tuya hasta el ascensor, donde apreté el botón para ir hasta la tercera planta. Te miré en el espejo.

—Qué agradable ha sido, ¿verdad? —dijiste, y sentí la bilis regurgitándome hasta la garganta. Todo había ido tan bien en el aeropuerto; había sido tan divertido en el avión; y en ese momento estabas fastidiándolo todo. Estabas hablando, pero yo no te escuchaba: estaba pensando en cómo habías sonreído con afectación; en cómo te habías ruborizado y habías permitido que él coqueteara contigo; en cómo habías disfrutado con ello.

Nuestra habitación estaba al final de un pasillo enmoquetado. Introduje la tarjeta en el lector y tiré de ella, esperando, impaciente, que se oyera el clic que indicaba que la cerradura estaba abierta. Abrí la puerta de golpe y metí rodando la maleta, y no me importó darte con la puerta en las narices. En el interior hacía calor —demasiado calor—, pero las ventanas no se abrían, y me abrí el cuello de la camisa para refrescarme un poco. Sentía el bombeo de la sangre en los oídos, pero tú seguías hablando; seguías de cháchara como si no ocurriera nada malo; como si no me hubieras humillado.

Mi puño se cerró sin que yo se lo ordenase, la piel se tensó en los nudillos. La burbuja de presión empezó a expandirse en mi pecho, y ocupó todo el espacio disponible, lo cual desplazó los pulmones a un lado. Me quedé mirándote, tú todavía seguías riendo, todavía contenta; levanté el puño y te golpeé en la cara.

De forma casi inmediata, estalló la burbuja. Me sobrevino la calma, como la inyección de adrenalina recibida tras el sexo, o después de una sesión en el gimnasio. Se me quitó el dolor de cabeza y el músculo del ojo dejó de temblarme. Tú emitiste una especie de sollozo, algo ahogado, pero no te miré. Salí de la habitación y bajé de nuevo a la recepción en el ascensor. Salí a la calle sin mirar atrás. Encontré un bar y me bebí dos cervezas, al tiempo que ignoraba los intentos del barman de darme conversación.

Transcurrida una hora, regresé al hotel.

—¿Podría darme hielo, por favor?

—*Si, signore.* —El recepcionista desapareció y regresó con un cubo de hielo— ¿Quiere unas copas de vino, signore?

—No, gracias. —Ya estaba tranquilo, respiraba de forma pausada y constante. Subí por la escalera para retrasar mi llegada.

Cuando abrí la puerta, tú estabas hecha un ovillo en la cama. Te incorporaste y te arrastraste hasta el cabecero, y te quedaste apoyada en él. Había un rastro de pañuelos de papel manchados de sangre en la mesita de noche pero, a pesar de tus esfuerzos por asearte, tenías sangre reseca en el labio superior. Ya estaba apareciéndote un moratón en el tabique nasal y en el ojo. Al verme, empezaste a llorar, y las lágrimas se tiñeron de sangre al llegar a la barbilla, y cayeron sobre tu camisa para mancharla de rosa.

Dejé el cubo de hielo sobre la mesa y desdoblé una servilleta, piqué un poco de hielo antes de envolverlo en la tela. Me senté a tu lado. Estabas temblando, pero te coloqué con delicadeza la compresa sobre la piel.

—He encontrado un bar muy agradable —te dije—. Creo que te gustará. He dado un paseo y he visto un par de sitios donde quizá te apetezca comer mañana, si te sientes con ganas.

Te retiré la compresa de hielo, y tú me mirabas con los ojos muy abiertos y en guardia. Seguías temblando.

—¿Tienes frío? Toma, tápate con esto. —Saqué una manta de la cama y te la puse sobre los hombros—. Estás cansada, ha sido un día muy largo. —Te besé en la frente, pero seguías llorando, y deseé con todas mis fuerzas que no hubieras estropeado nuestra primera noche. Había pensado que eras distinta, y que tal vez jamás volvería a sentir la necesidad de buscar esa liberación: esa sensación relajante de paz que me sobreviene tras una pelea. Lamenté ver que, después de todo, eras exactamente igual que todas las demás.

36

Lucho por volver a respirar. Beau empieza a gimotear, me lame la cara y me empuja con el hocico. Intento pensar, intento moverme, pero la fuerza del impacto me ha dejado doblada y no puedo levantarme. Aunque consiguiera mover el cuerpo, ha ocurrido algo en mi interior, algo que hace que mi mundo sea cada vez más pequeño. De pronto he regresado a Bristol, y no sé de qué humor volverá Ian a casa. Estoy preparándole la cena, preparándome para que me la tire a la cara. Estoy retorciéndome en el suelo de mi estudio, intentando cubrirme la cabeza para protegerme de los puñetazos que está dándome.

Ian se acerca con parsimonia a la escalera y sacude la cabeza como si estuviera a punto de sermonear a una niña rebelde. Siempre lo he decepcionado; porque nunca he sabido qué debía decir o hacer, sin importar lo mucho que me haya esforzado por saberlo. Habla con tono pausado; si no fuera por lo que está diciendo, cualquiera creería que es amable. Pero me basta con oír su voz para temblar de forma incontrolable, como si estuviera tendida sobre una placa de hielo.

Está de pie encima de mí —con las piernas abiertas sobre mi cuerpo— y me recorre lentamente con la mirada. Las rayas de sus pantalones son afiladas como cuchillos; la hebilla de su cinturón está tan lustrosa que veo mi rostro aterrorizado reflejado en ella. Ve algo en su chaqueta, tira de un hilo suelto y lo deja caer flotando al suelo. Beau sigue gimoteando. Ian lo patea con fuerza en la cabeza y el perro sale disparado a varios metros deslizándose por el suelo.

—¡No le hagas daño, por favor!

Beau solloza, pero se levanta. Se mete en la cocina para quitarse de en medio.

—Has acudido a la policía, Jennifer —dice Ian.

—Lo siento. —Lo digo como un susurro y no estoy segura de que él lo haya oído pero, si lo repito, e Ian cree que le suplico, se enfadará más. Resulta raro lo deprisa que lo recuerdo todo: la necesidad de caminar con pies de plomo como me ha dicho que haga sin mostrarme patética, que es lo que le enfurece. Con los años, me equivoqué en eso más de lo que acerté.

Trago saliva.

—Lo... Lo siento.

Tiene las manos metidas en los bolsillos. Parece relajado, despreocupado. Pero yo le conozco. Sé lo rápido que puede...

—¿Qué cojones es lo que sientes?

En un abrir y cerrar de ojos se acuclilla a mi lado, con las rodillas atrapándome los brazos contra el suelo.

—¿Te crees que con eso lo arreglas todo?

Se inclina hacia delante y me clava las rodillas en los bíceps. Me muerdo la lengua demasiado tarde para evitar soltar un grito de dolor que hace que él frunza los labios de asco por mi falta de autocontrol. Siento la amargura de la bilis en la garganta y trago saliva para que pase.

—Les has hablado de mí, ¿verdad? —Tiene saliva blanca en las comisuras de la boca y me salpica en la cara cuando habla. Recuerdo fugazmente a los manifestantes del juzgado, aunque me da la sensación de que ha ocurrido en un momento mucho más lejano, y no hace solo unas horas.

—No. No, les he contado nada.

Volvemos a jugar a aquel juego; ese en el que él me lanza una pregunta y yo intento esquivarla. Antes se me daba bien. Al principio creía ver un destello de respeto en su mirada: de pronto abandonaba la discusión y se marchaba para encender la tele o salía a la calle. Pero he perdido la práctica o tal vez él ha cambiado las normas, y empiezo a equivocarme sin poder evitarlo. De momento, no obstante, parece satisfecho con mi respuesta, y cambia de tema de golpe y porrazo.

—Estás saliendo con alguien, ¿verdad?

—No, no salgo con nadie —respondo enseguida. Me alegro de estar diciendo la verdad, aunque sé que no me creerá.

—Mentirosa. —Me pega un bofetón en la mejilla con el reverso de la mano.

Se oye un fuerte crujido, como el restallido de un látigo, y cuando vuelve a hablar ese sonido me retumba en los oídos.

—Alguien te ha ayudado a diseñar una web, alguien te encontró esta casa. ¿Quién es?

—Nadie —digo, y noto el sabor de mi sangre en la boca—. Lo he hecho yo sola.

—Eres incapaz de hacer nada sola, Jennifer. —Se inclina hacia delante hasta que tiene la cara prácticamente pegada a la mía. Me obligo a no moverme, porque sé que él odia que me encoja.

—Ni siquiera has sabido huir como Dios manda, ¿verdad? ¿Sabes lo fácil que ha sido encontrarte una vez que supe que estabas haciendo fotos? Por lo visto, la gente de Penfach está más que dispuesta a ayudar a un desconocido que busca a una vieja amiga.

No se me había pasado por la cabeza preguntarme cómo acabaría encontrándome Ian. Siempre supe que lo conseguiría.

—Muy bonita la postal que enviaste a tu hermana, por cierto.

El comentario casual fue como otra bofetada en la cara, y me hizo estremecer de nuevo.

—¿Qué le has hecho a Eve? —Si le ocurre algo a Eve o a sus hijos por mi descuido, jamás me lo perdonaría. Estaba tan desesperada por demostrarle que todavía me importaba que no se me ocurrió que pudiera estar poniéndola en peligro.

Él se ríe.

—¿Por qué iba a hacerle nada? No me interesa más de lo que me interesas tú. Eres una zorra patética e inútil, Jennifer. No eres nada sin mí. Nada. ¿Qué eres?

No respondo.

—Dilo. ¿Qué eres?

Me entra sangre en la garganta y lucho por hablar sin atragantarme.

—No soy nada.

Entonces se ríe, cambia el peso de su cuerpo y me libera de la presión del dolor, y siento un ligero alivio en los brazos. Me pasa un dedo por la cara; desciende hasta la mejilla y los labios.

Sé qué viene a continuación, pero eso no facilita las cosas. Poco a poco va desabrochándome los botones, me quita el pantalón muy lentamente y me sube la chaqueta hasta dejar mis pechos al descubierto. Me mira con decepción, sin una pizca de deseo, y se lleva la mano al botón de sus pantalones. Cierro los ojos y desaparezco en mi interior, soy incapaz de moverme o de hablar. Me pregunto por un instante qué ocurriría si gritara, o si dijera que no. Si luchara contra él, o si me limitara a darle un empujón. Pero no lo hago, ni lo he hecho jamás, así seré yo la única culpable.

No tengo ni idea de cuánto rato llevo aquí tendida, pero la casa está oscura y fría. Me subo los vaqueros, me vuelvo hacia un lado y me sujeto por las rodillas. Siento un ligero dolor entre las piernas y algo húmedo que sospecho que es sangre. No estoy segura de si me he desmayado, pero no recuerdo cuándo se ha marchado Ian.

Llamo a Beau. Se produce un segundo angustiante de silencio, antes de que aparezca arrastrando el paso desde la cocina, con el rabo metido entre las patas y las orejas pegadas a la cabeza.

—Lo siento mucho, Beau. —Voy a cogerlo, pero cuando alargo una mano, él me ladra. Solo una vez; es un ladrido de advertencia, con la cabeza vuelta hacia la puerta. Me levanto a duras penas y siento la punzada de un dolor agudo. Oigo que alguien llama a la puerta.

Me quedo plantada en mitad de la sala, medio doblada sobre

mí misma, con la mano en el collar de Beau. Él emite un gruñido grave, pero no vuelve a ladrar.

—¿Jenna? ¿Estás ahí?

Patrick.

Siento un alivio inmediato. La puerta no está cerrada y la abro de golpe y tengo que reprimir un sollozo cuando le veo. Dejo la luz del recibidor apagada para ocultar mi rostro, porque sospecho que ya me han salido las marcas.

—¿Estás bien? —pregunta Patrick—. ¿Ha ocurrido algo?

—Debo... Debo de haberme quedado dormida en el sofá.

—Bethan me ha dicho que habías vuelto. —Duda un instante, mira fugazmente al suelo y luego vuelve a mirarme—. He venido para disculparme. Jamás debería haberte hablado así, Jenna, pero es que fue todo muy impactante.

—No pasa nada —digo. Miro por detrás de él, en dirección al acantilado, preguntándome si Ian seguirá ahí, vigilándonos. No puedo permitir que me vea con Patrick; no puedo permitir que haga daño a Patrick además de a Eve, además de a todas las personas que me importan—. ¿Eso es todo?

—¿Puedo pasar? —Da un paso hacia delante, pero yo niego con la cabeza—. Jenna, ¿qué ocurre?

—No quiero verte, Patrick. —Me oigo decirlo y no me permito retirarlo.

—No te culpo —dice. Hace un mohín como si llevara varios días durmiendo mal—. Me he comportado de un modo atroz, Jenna, y no sé cómo compensártelo. Cuando supe lo que habías..., lo que ocurrió, me impactó tanto que no supe cómo reaccionar. No era capaz de estar contigo.

Empiezo a llorar. No puedo evitarlo. Patrick me toma de la mano y yo no quiero soltarlo.

—Quiero entenderlo, Jenna. No puedo fingir que no esté impactado, que no me resulte difícil, pero quiero saber qué ocurrió. Quiero estar a tu lado si me necesitas.

No digo nada, aunque sé que solo hay una cosa que puedo decir. Solo hay una forma de lograr que no hagan daño a Patrick.

—Te echo de menos, Jenna —me dice en voz baja.

—No quiero volver a verte. —Le retiro la mano y me obligo a añadir más convicción a mis palabras—. No quiero tener nada que ver contigo.

Patrick retrocede como si le hubiera dado un puñetazo, y se queda blanco como el papel.

—¿Por qué estás haciendo esto?

—Es lo que quiero. —La mentira está matándome.

—¿Es porque te dejé?

—No tiene nada que ver contigo. Nada de todo esto tiene que ver contigo. Déjame en paz.

Patrick me mira y yo me obligo a mirarlo, suplicando que no descubra el conflicto que llevo escrito en los ojos. Al final, levanta las manos y admite la derrota mientras se vuelve para marcharse. Sale dando tumbos al camino y echa a correr.

Cierro la puerta y caigo al suelo, acerco a Beau a mi cuerpo y lloro sonoramente sobre su pelaje. No pude salvar a Jacob, pero todavía puedo salvar a Patrick.

En cuanto me encuentro con ánimos, llamo a Iestyn para que me arregle la cerradura.

—Ya ni siquiera puedo girar la llave —digo—. Está rota del todo, no hay forma de cerrar la puerta.

—No te preocupes por eso —me dice Iestyn—. Nadie va a robarte en este lugar.

—¡Necesito que la repares! —La intensidad de mi exigencia nos sorprende a ambos, y se produce un instante de silencio.

—Volveré dentro de nada.

Regresa una hora después, trabaja a toda prisa, pero rechaza la taza de té que le ofrezco. Silba en voz baja mientras desmonta la cerradura y aplica aceite en el mecanismo, antes de volver a montarla y demostrarme lo bien que gira la llave.

—Gracias —digo prácticamente llorando de alivio. Iestyn me mira con curiosidad mientras yo me ciño más la chaqueta de punto. Empiezan a salirme moratones en los brazos, y los bordes van expandiéndose como manchas de tinta sobre un papel. Me duele el cuerpo como si hubiera corrido una maratón, tengo la mejilla izquierda hinchada y noto que me baila un diente. Dejo que me caiga el pelo sobre la cara para ocultar las marcas más visibles.

Veo que Iestyn se ha quedado mirando las manchas de pintura roja en la puerta.

—Ya lo limpiaré —digo, pero él no responde.

Se despide con un gesto de la cabeza, pero luego parece que se lo piensa mejor y vuelve a mirarme.

—Penfach es un lugar pequeño —dice—. Todos sabemos lo de todos.

—Eso ya lo sé —digo. Si espera que me defienda, va a quedarse con las ganas. Recibiré mi castigo del tribunal, no por parte de los habitantes de este pueblo.

—De ser tú, yo seguiría a mi aire —dice Iestyn—. Lo dejaría pasar todo hasta que se olvide.

—Gracias por el consejo —digo muy seria.

Cierro la puerta y subo corriendo a darme un baño. Me meto en el agua caliente con los ojos cerrados para no ver cómo van aflorando las marcas en mi piel. En el pecho y en los muslos aparecen los cardenales provocados por sus dedos, que resaltan más sobre mi piel blanca. He sido una idiota al creer que podría huir de mi pasado. No importa lo rápido que corra, ni lo lejos que vaya: jamás podré escapar.

37

—¿Necesitas ayuda con algo? —dijo Ray, aunque sabía que Mags lo tenía todo controlado, como siempre.

—Está todo preparado —dijo, y se quitó el delantal—. El chili y el arroz están en el horno, las cervezas están en la nevera y los brownies de chocolate para el postre.

—Suena de maravilla. —Insistió en permanecer en la cocina, aunque no sabía qué hacer.

—Si quieres hacer algo, puedes vaciar el lavavajillas.

Ray empezó a sacar los platos limpios e intentó buscar un tema neutral de conversación que no acabara en discusión.

La reunión de esa noche había sido idea de Mags. Una celebración por que el caso hubiera llegado a buen término, según había dicho. Ray se preguntó si sería su forma de demostrarle que sentía haber discutido con él.

—Quiero volver a darte las gracias por haberlo propuesto —dijo cuando el silencio se hizo insoportable. Levantó la bandeja de la cubertería del lavavajillas y dejó un reguero de agua sobre el suelo. Mags le pasó un trapo de cocina.

—Es uno de los casos más difíciles a los que te has enfrentado —dijo ella—. Deberías celebrarlo. —Le quitó el trapo y lo lanzó al fregadero—. Además, así podéis pasar los tres una noche juntos en lugar de ir al Nag's Head; venís aquí, coméis algo y os tomáis unas cervezas. Bueno…

Ray captó la crítica, pero no dijo nada. Esa era la auténtica razón para organizar la cena.

Los dos se movían por la cocina como si estuvieran caminando sobre una superficie helada; como si Ray no se hubiera pasado la noche en el sofá; como si el hijo de ambos no tuviera un botín de objetos robados en su cuarto. Ray se arriesgó a mirar a Mags, pero no logró interpretar su expresión y decidió que lo mejor sería seguir callado. Al final, le daba la impresión que se equivocaba siempre, dijera lo que dijese.

Ray sabía que era injusto comparar a Mags con Kate, pero las cosas resultaban mucho más fáciles en el trabajo. Kate jamás parecía resentida, por eso él no tenía que ensayar mentalmente antes de hablar con ella, como hacía siempre que tenía que tratar un tema difícil con Mags.

No estaba muy seguro de si Kate querría acudir a la cena esa noche.

—Entenderé que decidas no venir —le había dicho, pero Kate se había mostrado confundida.

—¿Por qué no iba a querer...? —Se mordió el labio—. Ah, entiendo. —Había intentado ponerse seria como Ray, pero no lo consiguió y le brilló la mirada—. Ya te lo dije, eso está olvidado. Si tú lo llevas bien, yo también.

—Lo llevo bien —había dicho Ray.

Deseó que así fuera. De pronto se sintió muy incómodo imaginando a Kate y a Mags en la misma habitación. Al pasar la noche anterior despierto y tumbado en el sofá, no había conseguido desprenderse de la sensación de que Mags sabía que él había besado a Kate y que la había invitado con la intención de decírselo. Aun sabiendo que a Mags no le iban las escenitas en público, la perspectiva de una confrontación esa misma noche todavía le provocaba sudores fríos.

—El colegio nos ha enviado hoy una carta con Tom —dijo Mags. Eso la sacó de pronto de su actitud tranquila, y Ray tuvo la impresión de que había estado guardándose la noticia hasta que él regresara a casa del trabajo.

—¿Qué dice?

Mags se la saca del delantal y se la entrega.

Queridos señor y señora Stevens:

Agradecería que concertaran una cita para reunirse conmigo en mi despacho y hablar sobre una situación surgida en el colegio.

Atentamente,

ANN CUMBERLAND

Jefe de estudios, centro de educación secundaria Morland Downs.

—¡Por fin! —dijo Ray. Golpeó la carta con el reverso de la mano—. Entonces ¿reconocen que tenemos un problema? ¡Ya era hora, maldita sea!

Mags abrió el vino.

—Llevamos, ¿cuánto? ¿Más de un año? diciendo que están acosando a Tom. Y ellos ni siquiera se lo habían planteado, ¿verdad?

Mags se quedó mirándolo, y por un momento hizo un mohín y su actitud defensiva desapareció.

—¿Cómo hemos podido no verlo? —Buscó, en vano, un pañuelo de papel que llevaba metido en la manga de la chaqueta—. ¡Me siento como una madre inútil! —Se buscó en la otra manga, pero no encontró nada.

—Oye, Mags, déjalo. —Ray sacó su pañuelo y le enjugó con dulzura las lágrimas que le corrían por debajo de las pestañas—. A ti no se te ha pasado. A ninguno de los dos. Sabíamos que algo no iba bien desde que empezó en ese colegio, y hemos estado insistiéndoles para que lo arreglaran desde el principio.

—Pero no es responsabilidad suya el arreglarlo. —Mags se sonó la nariz—. Nosotros somos los padres.

—Puede ser, pero el problema no está en casa, ¿verdad? Está en el colegio, y quizá ahora que lo han reconocido podrá hacerse algo de verdad.

—Espero que esto no empeore la situación para Tom.

—Hablaré con el agente local de la zona de Morland Downs —dijo Ray—. Veré si puede pasar por el centro y dar una charla sobre el acoso escolar.

—¡No!

La vehemencia de Mags le dejó sin palabras.

—Vamos a colaborar con el centro para resolverlo. No todo tiene que convertirse en un caso policial. Por una vez vamos a mantenerlo dentro del ámbito de la familia, ¿de acuerdo? Preferiría que no hablaras de Tom en el trabajo.

A renglón seguido, sonó el timbre.

—¿Te apetece hacer esto? —preguntó Ray.

Mags asintió, se frotó la cara con el pañuelo y luego se lo devolvió.

—Estoy bien.

Ray se miró en el espejo del recibidor. Tenía la piel apagada y parecía cansado, y sintió la repentina necesidad de pedirles a Kate y a Stumpy que se marcharan, para pasar la noche a solas con Mags. Pero Mags llevaba toda la tarde cocinando; no se sentiría agradecida con él si él no valoraba su esfuerzo. Suspiró y abrió la puerta.

Kate llevaba unos vaqueros y unas botas de caña alta hasta la rodilla, y una camiseta negra con el cuello de pico. Su atuendo no tenía nada especialmente glamuroso, pero parecía más joven y más relajada que en el trabajo, y el efecto general resultaba bastante desconcertante. Ray retrocedió un paso y la invitó a entrar en el recibidor.

—Ha sido una idea genial —dijo Kate—. Muchísimas gracias por haberme invitado.

—Es un placer —dijo Ray. La acompañó a la cocina—. Stumpy y tú habéis trabajado muchísimo estos meses: quería demostraros lo mucho que valoro vuestro esfuerzo. —Sonrió—. Y, para ser sincero, debo decir que ha sido idea de Mags, no sería justo atribuirme el mérito.

Mags reconoció su comentario con una tímida sonrisa.

—Hola, Kate, me alegro de conocerte al fin. ¿Has encontrado bien la casa? —Las dos mujeres se situaron una frente a otra, y Ray se quedó impactado por el contraste entre ambas. Mags no había tenido tiempo de ir a cambiarse, y llevaba la sudadera con manchas de salsa en el pecho. Tenía el mismo aspecto de siempre —cálida, familiar, amable—, pero junto a Kate parecía... A Ray le costaba encontrar la palabra. Menos «refinada». Ray sintió de inmediato una punzada de culpabilidad y se acercó más a Mags, como si la proximidad fuera una forma de sanar la deslealtad.

—¡Qué cocina tan maravillosa! —Kate se quedó mirando la rejilla con los brownies situada a un lado, recién sacados del horno y cubiertos de chocolate blanco. Levantó una tarta de queso que llevaba en un envase de cartón—. He traído un postre, pero me temo que no será nada en comparación con esto.

—Qué bonito detalle —dijo Mags, y se acercó para recibir el paquete de manos de Kate—. Siempre he pensado que los pasteles saben mucho mejor cuando alguien los ha preparado para ti, ¿no crees?

Kate le dedicó una sonrisa de agradecimiento y Ray lanzó un lento suspiro. Quizá la velada no resultara tan incómoda como había temido, aunque, cuanto antes llegara Stumpy, mejor.

—Bueno, ¿qué puedo ofrecerte de beber? —dijo Mags—. Ray está bebiendo cerveza, pero yo estoy tomando vino, por si te apetece más.

—Me encantaría.

Ray gritó por la escalera.

—Tom, Lucy, bajad a saludar, pareja de antisociales.

Se oyeron pisadas que corrían y ambos chavales bajaron por la escalera. Entraron en la cocina y se quedaron de pie en la puerta, con cara de circunstancias.

—Esta es Kate —dijo Mags—. Está formándose como inspectora en el equipo de papá.

Ray abrió los ojos de par en par ante la explicación, pero Kate parecía imperturbable.

—Quedan todavía un par de meses —dijo sonriendo—, y seré una inspectora oficial. ¿Qué tal, chicos?

—Bien —dijeron Lucy y Tom al unísono.

—Tú debes de ser Lucy —dijo Kate.

Lucy tenía el pelo rubio como su madre pero, por lo demás, era clavadita a Ray. Todo el mundo comentaba lo mucho que se parecían ambos niños a él. Ray no veía el parecido mientras estaban despiertos —ambos tenían una personalidad donde se mezclaban cosas de su madre y de él—, pero cuando estaban dormidos, y sus rasgos estaban relajados, Ray veía su propia cara en el rostro de sus hijos. Se preguntó si siempre habría parecido tan agresivo como su hijo lo parecía en ese momento: mirando al suelo como si estuviera enfadado con las baldosas. Se había puesto gomina en el pelo y se había dejado unos cuantos mechones de punta tan cortantes como su expresión.

—Este es Tom —dijo Lucy.

—Di hola, Tom —dijo Mags.

—Hola, Tom —repitió él, y siguió mirando al suelo.

Mags sacudió un trapo de cocina en su dirección, desesperada.

—Perdona, Kate.

Kate sonrió a Tom, y se quedó mirando a Mags para ver si ella iba a obligarlo a seguir allí.

—¡Niños! —dijo Mags. Cogió la bandeja tapada con papel celofán y llena de bocadillos y se la entregó a Tom—. Podéis comer arriba, si no os queréis quedar con los viejos. —Abrió los ojos como platos para fingir espanto al pronunciar la palabra, y eso hizo reír a Lucy. Tom puso cara de circunstancias, y ambos desaparecieron yéndose a su cuarto en un abrir y cerrar de ojos.

—Son buenos chicos —dijo Mags—, gran parte del tiempo. —Acabó la frase en voz tan baja que no quedó claro si estaba diciéndolo para sí misma o para los demás.

—¿Han tenido problemas de acoso escolar? —preguntó Kate.

Ray gruñó para sí mismo. Se quedó mirando a Mags, que evitó mirarlo de forma intencionada. Tensó la mandíbula.

—Nada que no podamos solucionar —dijo Mags con brusquedad.

Ray hizo un mohín y miró a Kate, intentando poner cara de disculpa sin que Mags se percatara de ello. Debería haber advertido a Kate lo sensible que era su mujer con todo lo relacionado con Tom. Se hizo un silencio incómodo, entonces el móvil de Ray emitió el sonido que indicaba que acababa de entrarle un mensaje. Se lo sacó del bolsillo agradecido para sus adentros, aunque se le cayó el alma a los pies en cuanto vio la pantalla.

—Stumpy no podrá venir —dijo—. Su madre ha tenido una nueva recaída.

—¿Está bien? —preguntó Mags.

—Creo que sí; va de camino al hospital. —Ray envió un mensaje a Stumpy, y volvió a meterse en el móvil en el bolsillo—. Pues seremos solo nosotros tres.

Kate miró a Ray y luego a Mags, quien se había vuelto para remover la olla de chili.

—Mirad —dijo Kate—, ¿por qué no lo dejamos para otro momento, cuando pueda venir Stumpy?

—No seas tonta —dijo Ray, con tan poco ánimo que sonó falso, incluso a sí mismo—. Además tenemos todo este chili con carne: no podremos acabárnoslo sin ayuda. —Miró a Mags, con ganas de que ella le diera la razón a Kate y se anulase la cena, pero ella seguía removiendo el guiso.

—Desde luego —dijo Mags con tono animado. Entregó un par de manoplas para el horno a Ray—. ¿Puedes sacar la cacerola? Kate, ¿por qué no llevas esos platos al comedor?

No había sitios asignados, pero Ray se sentó sin pensarlo a la cabeza de la mesa, y Kate se colocó a su izquierda. Mags puso el cazo con el arroz sobre la mesa, luego regresó a la cocina a por el cuenco de queso rallado y un recipiente de crema agria. Se sentó enfrente de Kate, y, durante un rato, los tres estuvieron ocupados pasándose las bandejas y sirviéndose sus platos.

Cuando empezaron a comer, el traqueteo de la porcelana hizo que la ausencia de conversación resultara aún más palpable, y Ray intentó pensar en un tema del que hablar. Mags no quería que hablaran del trabajo, aunque tal vez fuera el tema más seguro.

En ese momento, Mags dejó el tenedor en el plato.

—¿Cómo te sientes en el CID, Kate?

—Me encanta. El horario me mata, pero el trabajo es genial, y es lo que siempre he querido hacer.

—He oído que es una tortura trabajar con este inspector.

Ray miró de golpe a Mags, pero ella estaba sonriendo con tranquilidad a Kate. Aunque eso no contribuyó a que se aliviara la incomodidad que iba sintiendo de forma creciente.

—No está tan mal —dijo Kate con una mirada de soslayo a Ray—. Aunque no sé cómo aguantas su caos; su despacho está hecho un desastre. Está todo lleno de tazas de café a medio beber.

—Eso es porque trabajo demasiado para poder bebérmelas enteras —replicó Ray. Que se burlaran a su costa no era un precio muy alto a pagar teniendo en cuenta las circunstancias.

—Él siempre tiene razón, por supuesto —dijo Mags.

Kate fingió pensarlo.

—Salvo cuando se equivoca. —Ambas rieron, y Ray se permitió relajarse un poco—. ¿Está siempre tarareando la banda sonora de *Carros de fuego*, como hace en el trabajo a todas horas? —preguntó Kate.

—No puedo saberlo —dijo Mags sin acritud—. Apenas le veo. —El ánimo desenfadado se evaporó y, durante un instante, comieron en silencio. Ray tosió y Kate levantó la vista. Él le dedicó una sonrisa de disculpa y ella le quitó importancia al comentario encogiéndose de hombros, pero, cuando él se volvió se dio cuenta de que Mags estaba mirándolos con un ligero fruncimiento del ceño. Soltó el tenedor y apartó su plato.

—¿Echas de menos el trabajo, Mags? —le preguntó Kate.

Todo el mundo preguntaba lo mismo a Mags, como si esperasen que echara de menos el papeleo, las guardias con horarios de mierda, las casas sucias de las que había que salir limpiándose las suelas.

—Sí —respondió sin dudarlo.

Ray levantó la vista.

—¿De veras?

Mags siguió hablando con Kate como si Ray no hubiera dicho nada.

—No echo de menos el trabajo, exactamente, sino a la persona que era entonces. Echo de menos tener algo que contar, algo que enseñar a los demás. —Ray dejó de comer. Mags era la misma persona que siempre había sido. La misma que siempre sería. Llevar una identificación policial no la cambiaría, ¿verdad?

Kate asintió como si la entendiera, y Ray se sintió agradecido por el esfuerzo que ella estaba haciendo.

—¿Te gustaría volver?

—¿Cómo podría hacerlo? ¿Quién iba a cuidar a esos dos? —Mags miró hacia arriba, en dirección al dormitorio de sus hijos—. Por no hablar de él.

Miró a Ray, pero no estaba sonriendo, y él intentó descifrar el significado de la mirada de su mujer.

—Ya sabes lo que dicen: «Detrás de un gran hombre...».

—Es cierto —dijo Ray de pronto, con más vehemencia de lo que la conversación requería. Se quedó mirando a Mags—. Tú consigues que todo esto siga en pie.

—¡El postre! —dijo Mags de pronto, y se levantó—. A menos que te apetezca un poco más de chili, Kate.

—Estoy bien así, gracias. ¿Puedo echarte una mano?

—Quédate aquí, lo tendré listo en un segundo. Recogeré esto y luego iré arriba y me aseguraré de que los chicos no planean ninguna travesura.

Lo llevó todo a la cocina, luego Ray oyó las pisadas escalera arriba y el tenue murmullo de las voces en la habitación de Lucy.

—Lo siento —dijo él—. No sé qué mosca le habrá picado.

—¿Es por mí? —preguntó Kate.

—No, no lo creo. Últimamente está muy rara. Creo que está preocupada por Tom. —Esbozó una sonrisa tranquilizadora—. Será culpa mía, siempre lo es.

Oyeron los pasos de Mags bajando la escalera, y cuando reapareció traía una bandeja con los brownies y una jarra de nata líquida.

—En realidad, Mags —dijo Kate al tiempo que se levantaba—, creo que voy a pasar del postre.

—¿Tal vez algo de fruta? Tengo melón, si te apetece.

—No, no es por eso. Es que estoy muerta. Ha sido una semana muy larga. La cena ha estado muy bien, gracias.

—Bueno, si estás segura... —Mags dejó los brownies en la mesa—. No he llegado a felicitarte por el caso Gray; Ray me ha dicho que ha sido todo gracias a ti. Es algo muy bueno para tu currículo al comienzo de tu carrera.

—Ah, bueno, ha sido un esfuerzo conjunto —dijo Kate—. Formamos un buen equipo.

Ray sabía que ella estaba refiriéndose a todo el equipo del CID, pero ella lo miró mientras lo decía, y él no se atrevió a mirar a Mags.

Se quedaron de pie en el recibidor, y Mags besó a Kate en la mejilla.

—Ven a visitarnos otro día, ¿quieres, Kate? Ha sido genial conocerte por fin. —Ray deseó ser el único que había captado la falsedad en la voz de su mujer. Se despidió de Kate, y vivió un momento de indecisión a la hora de darle un beso o no dárselo. Decidió que sería raro no hacerlo, y la besó tan rápido como pudo, pero percibió la mirada de Mags clavada en él y se sintió aliviado cuando vio que Kate se alejaba por el camino de entrada y llegaba a la cancela, y esta se cerraba tras ella.

—Bueno, no creo que yo pueda resistirme a esos brownies —dijo con una alegría que no sentía—. ¿Tú vas a probarlos?

—Estoy a dieta —dijo Mags. Entró en la cocina y desplegó la tabla de planchar, llenó la plancha con agua y esperó a que se calentara—. Te pondré una tartera en la nevera con el arroz y el chili para Stumpy; ¿se lo llevarás mañana? No habrá cenado bien si ha pasado la noche en el hospital, y no creo que le apetezca ponerse a cocinar.

Ray llevó su cuenco a la cocina y se quedó allí de pie.

—Qué buena eres.

—Es un buen tipo.

—Sí que lo es. Trabajo con un equipo de personas maravillosas.

Mags permaneció en silencio durante un rato. Cogió un par de pantalones y empezó a plancharlos. Cuando habló, lo hizo con despreocupación, aunque presionó con fuerza la punta de la plancha sobre la tela.

—Es guapa.

—¿Kate?

—No, Stumpy. —Mags se quedó mirándole, exasperada—. Claro que Kate.

—Supongo. No me había fijado nunca. —Era una mentira ridícula; Mags lo conocía mejor que nadie.

Ella enarcó una ceja, pero Ray se sintió aliviado al verla sonreír.

Él se arriesgó a provocarla con un comentario.

—¿Estás celosa?

—Ni una pizca —dijo Mags—. De hecho, si se encarga de planchar, puede venirse a vivir aquí.

—Siento haberle contado lo de Tom —dijo Ray.

Mags presionó un botón de la plancha y el chorro de vapor salió con un silbido y humedeció los pantalones. Ella dejó la vista clavada en la plancha mientras hablaba.

—Te encanta tu trabajo, Ray, y me encanta que te encante. Eso forma parte de ti. Pero es como si los niños y yo nos quedáramos en un segundo plano. Me siento invisible.

Ray abrió la boca para protestar, pero Mags negó con la cabeza.

—Hablas más con Kate que conmigo —dijo—. Lo he visto esta noche; esa conexión que hay entre vosotros. No soy idiota, ya sé qué se siente cuando trabajas tantas horas con alguien: hablas con esa persona, por supuesto. Pero eso no significa que no puedas hablar también conmigo. —Disparó un nuevo chorro de vapor y deslizó con más fuerza la plancha sobre la tabla, de atrás hacia delante, de atrás hacia delante—. Nadie ha llegado a su lecho de muerte deseando haber estado más tiempo en el trabajo. Pero nuestros hijos se hacen mayores y tú estás perdiéndotelo. Y dentro de muy poco ellos se habrán ido y tú te jubilarás, y estaremos tú y yo solos, y no tendremos nada que decirnos.

Ray pensó que no era cierto e intentó encontrar algo que decir, pero las palabras se le atascaron en la garganta y negó con la cabeza como si pudiera hacer desaparecer lo que Mags acababa de decir. Creyó oírla suspirar, aunque podría haber sido otro resoplido del vapor de la plancha.

38

Jamás me perdonaste por lo de aquella noche en Venecia. Jamás dejaste de tener esa mirada vigilante, y no volviste a entregarte a mí por completo. Incluso cuando despareció el moretón del tabique nasal y pudimos olvidarlo todo, sabía que tú continuabas pensando en ello. Lo sabía por la forma en que me seguías con la mirada por la habitación cuando yo iba a coger una cerveza, y por la duda que oía en tu tono de voz antes de que me respondieras, aunque siempre me dijeras que estabas bien.

Salimos a cenar para celebrar nuestro aniversario. Había encontrado un libro de Rodin con cubierta de piel en una librería de viejo de Chapel Road, y lo envolví en una hoja de papel del periódico que había guardado el día de nuestra boda.

—El primer aniversario de bodas es el de papel —te recordé, y se te iluminó la mirada.

—¡Es perfecto! —Doblaste la hoja de periódico con cuidado y la metiste dentro del libro, donde yo había escrito: «Para Jennifer, a quien amo cada día más», y te besé con fuerza en los labios—. Yo también te quiero, y lo sabes —dijiste.

Algunas veces no estaba seguro, pero no dudaba sobre lo que yo sentía por ti. Te amaba tanto que me asustaba; no sabía que fuera posible amar tanto a alguien como para hacer cualquier cosa por retenerlo. Si hubiera podido llevarte a una isla desierta, apartada de todo el mundo, lo habría hecho.

—Me han pedido que imparta un nuevo taller para adultos —dijiste mientras nos acompañaban a la mesa.

—¿Qué tal te pagan?

Arrugaste la nariz.

—Bastante mal, pero es parte de una terapia que se ofrece a personas sin recursos que sufren depresión. Creo que es una experiencia que vale mucho la pena.

Solté una risotada.

—Suena superdivertido.

—Existe una estrecha relación entre los objetivos creativos y el humor de las personas —dijiste—. Sería genial saber que estoy ayudándolos a recuperarse, y son solo ocho semanas. Podría encajarlo con las demás clases que imparto.

—Siempre que tengas tiempo para seguir produciendo tu propia obra. —En ese momento, tus piezas podían encontrarse en cinco tiendas de la ciudad.

Asentiste en silencio.

—Me las arreglaré. Los pedidos de siempre son fáciles de realizar, y limitaré el número de encargos durante un tiempo. La verdad, no esperaba acabar dando tantas clases; debería impartir menos horas a partir del año que viene.

—Bueno, ya sabes lo que dicen —dije riendo—: «El que sabe, sabe, y el que no, ¡es profesor!».

No dijiste nada.

Nos sirvieron la comida, y el camarero se desvivió por ponerte la servilleta en la falda y servir el vino.

—He pensado que estaría bien que abriera una cuenta en el banco para mí sola, para los ingresos del trabajo —dijiste.

—¿Por qué necesitas hacerlo? —Me pregunté quién te lo habría sugerido, y por qué estarías hablando de nuestra economía con un desconocido delante.

—Será más fácil cuando haga la declaración de la renta. Ya sabes, es mejor si todo está en una misma cuenta.

—Solo te dará más trabajo con el papeleo —dije. Corté mi filete por la mitad para ver si estaba hecho como lo había pedido, y aparté con cuidado la tira de grasa y la puse a un lado del plato.

—Me da igual.

—No, es más fácil si lo seguimos teniendo todo en la mía —dije—. Al fin y al cabo, yo soy el que paga las facturas y la hipoteca.

—Eso es cierto. —Moviste el risotto con el tenedor.

—¿Necesitas más dinero para tus gastos? —pregunté—. Este mes puedo darte más para la casa si quieres.

—Quizá un poco.

—¿Para qué lo necesitas?

—Podría ir de compras —dijiste—. Me vendría bien comprarme algo de ropa.

—¿Por qué no te acompaño? Ya sabes cómo eres comprándote ropa; siempre escoges cosas que te quedan horribles cuando llegas a casa, y acabas devolviendo la mitad de lo que has comprado. —Me reí y alargué una mano para darte un apretón—. Pediré el día en el trabajo y nos iremos de compras. Podemos comer juntos en algún lugar bonito y luego ir de tiendas, y tú puedes quemar mi tarjeta de crédito hasta que se desintegre. ¿Te parece bien?

Asentiste con la cabeza, y yo me concentré en mi filete. Pedí otra botella de vino tinto y cuando acabé, éramos la última pareja del restaurante. Dejé una propina demasiado grande y me caí sobre el camarero cuando me trajo el abrigo.

—Lo siento —dijiste—, ha bebido demasiado.

El camarero sonrió por educación y yo esperé hasta que estuvimos fuera antes de agarrarte por el brazo y clavarte el pulgar y el índice.

—No vuelvas a disculparte por mí nunca más.

Jamás te impactaba nada. No sé por qué, ¿no era lo que debías estar esperando desde que estuvimos en Venecia?

—Lo siento —dijiste, y te solté el brazo y te tomé de la mano.

Era tarde cuando llegamos a casa y tú subiste enseguida. Yo apagué las luces de abajo y te acompañé, pero tú ya estabas en la cama. Cuando me coloqué a tu lado, te volviste hacia mí y me besaste, al tiempo que me acariciabas el pecho.

—Lo siento, te quiero —dijiste.

Cerré los ojos y esperé a que bajaras por debajo de la colcha. Sabía que no serviría para nada: me había bebido dos botellas de vino y no sentía más que un cosquilleo en la entrepierna mientras la tenías metida en la boca. Te dejé seguir intentándolo un rato y luego te aparté la cabeza.

—Ya no me pones cachondo —dije. Me volví para ponerme mirando de cara a la pared y cerré los ojos. Tú te levantaste para ir al baño y te oí llorar mientras me quedaba dormido.

No había pensado engañarte una vez que estuviéramos casados, pero tú dejaste de esforzarte en la cama. ¿Me culpas por haber buscado en otra parte, cuando la alternativa era la postura del misionero con una esposa que tiene los ojos cerrados durante todo el tiempo? Empecé a salir los viernes por la noche después del trabajo y llegaba a casa de madrugada siempre que me había saciado con quien fuera que se metiera en la cama conmigo. A ti parecía darte igual, y después de un tiempo, ya ni siquiera me molestaba en volver a casa. Me presentaba el sábado a la hora de comer y te encontraba en el estudio, y jamás me preguntabas ni dónde había estado ni con quién. Se convirtió en una especie de juego que consistía en ver hasta dónde podía forzar la situación antes de que me acusaras de que te estaba siendo infiel.

El día que lo hiciste yo estaba viendo un partido de fútbol. El Manchester United jugaba contra el Chelsea, y yo estaba sentado con los pies sobre la mesa y bebiendo una cerveza fría. Tú te plantaste delante de la tele.

—¡Apártate de ahí, están en la prórroga!

—¿Quién es Charlotte? —me preguntaste.

—¿A qué te refieres? —Estiré el cuello para poder ver.

—Está escrito en un recibo que tenías en el bolsillo del abrigo, con un número de teléfono. ¿Quién es?

Se oyeron vítores cuando el Manchester United marcó un gol antes de que el árbitro pitara el final del partido. Lancé un suspiro y alargué una mano para apagar la tele con el mando.

—¿Ya estás contenta? —Encendí un cigarrillo a sabiendas de que eso te pondría como una moto.

—¿Puedes fumártelo fuera?

—No, no puedo —dije, y te eché todo el humo a la cara—. Porque esta es mi casa y no la tuya.

—¿Quién es Charlotte? —Estabas temblando pero seguiste de pie delante de mí.

Yo me reí.

—No tengo ni idea. —Y era cierto: no la recordaba en absoluto. Podía ser cualquiera de todas las chicas que conocía—. Seguramente es una camarera que se fijó en mí; debo de haberme metido el recibo en el abrigo sin tan siquiera mirarlo. —Hablaba de forma relajada, sin ponerme para nada a la defensiva, y me di cuenta de cómo te debilitabas—. Espero que no estés acusándome de nada. —Te sostuve la mirada, desafiante, pero tú miraste hacia otro lado y no volviste a hablar. Estuve a punto de reír. ¡Eras tan fácil de vencer!

Me levanté. Tú llevabas una camiseta de tirantes sin sujetador y se te veía el canalillo, y los pezones por debajo de la tela.

—¿Has salido a la calle con esa pinta? —te pregunté.

—Solo a hacer la compra.

—¿Con las tetas al aire? ¿Quieres que la gente crea que eres una especie de fulana?

Te tapaste los pechos con las manos y yo te las aparté.

—¿Te parece bien que un montón de desconocidos te las vean, pero yo no puedo vértelas? Tienes que escoger, Jennifer: o eres una puta o no lo eres.

—No lo soy —dijiste en voz baja.

—Pues no es lo que parece desde aquí. —Levanté la mano y te apagué el cigarrillo en el pecho, aplastándolo sobre tus tetas. Te pusiste a chillar, pero yo ya había salido del salón.

39

Cuando Ray se dirigía de nuevo a su despacho tras la reunión informativa de la mañana, una agente de servicio de la comisaría lo pilló por banda. Rachel era una mujer delgada y esbelta de cincuenta y pocos años, de rasgos pulidos, la cara como de pajarillo, y el pelo muy corto y plateado.

—¿Eres tú el inspector de guardia hoy, Ray?

—Sí... —contestó Ray con recelo, a sabiendas que detrás de aquella pregunta nunca había nada bueno.

—Tengo a una mujer en el mostrador de la entrada que se llama Eve Mannings y que teme por la vida de su hermana: dice que está en paradero desconocido.

—¿Y no puede ocuparse nadie más?

—Todos mis superiores han salido y está muy preocupada. Lleva ya una hora esperando para hablar con alguien.

Rachel no dijo nada más: no hacía falta. Se limitó a mirar a Ray por encima de unas anodinas gafas de montura metálica y esperó que hiciera lo correcto. Era como si lo estuviese regañando una tía amable pero intimidatoria.

Se asomó a mirar al mostrador de la recepción, donde una mujer estaba haciendo algo con un móvil.

—¿Es ella?

Saltaba a la vista que Eve Mannings era la clase de mujer que se sentía más a gusto en cualquier parte antes que en una comisaría de policía. Llevaba el pelo liso y castaño, una melena que le rozaba los hombros cuando inclinaba la cabeza a mirar su móvil, y un abrigo amarillo chillón con botones gigantes y un forro con estampado de flores. Tenía el rostro colorado, aunque eso no tenía por qué ser un reflejo de su estado de ánimo. Por lo visto, la calefacción centralizada de la comisaría solo tenía dos posiciones de ajuste: ártico o tropical, y ese día era evidente que tocaba tropical. Ray maldijo para sus adentros el protocolo que hacía que las denuncias por sospecha de desaparición tuviesen que ser gestionadas por un cargo superior. Rachel habría sido más que capaz de tomar declaración a aquella mujer.

Lanzó un suspiro.

—Está bien, enviaré a alguien a que hable con ella.

Satisfecha, Rachel regresó al mostrador.

Ray subió las escaleras y halló a Kate en su mesa.

—¿Puedes bajar un momento y tramitar una denuncia por sospecha de desaparición en el mostrador de recepción?

—¿Es que no pueden ocuparse los de uniforme?

Ray se rió al ver su cara.

—Eso ya lo he intentado yo. Anda, ve. Solo serán veinte minutos como mucho.

Kate suspiró.

—Solo me lo pides porque sabes que no sé decir que no.

—Tienes que tener mucho cuidado al decir esas cosas, y sobre todo saber muy bien a quién se las dices.

Ray sonrió. Kate puso cara de exasperación, pero un sugerente rubor le tiñó de rojo las mejillas.

—Bueno, ¿y de qué se trata?

Ray le dio el papel que le había dado Rachel.

—Eve Mannings. Te espera abajo.

—Vale, pero me debes una copa.

—Por mí, bien —contestó Ray mientras ella salía del departamento. Se había disculpado por estar tan torpe en la cena, pero Kate le había restado importancia y ya no habían vuelto a hablar del tema.

Ray se encaminó a su despacho. Cuando abrió su maletín,

encontró un pósit de Mags en su agenda con la fecha y la hora de su reunión en la escuela, la semana siguiente. Mags había rodeado los números con un círculo en bolígrafo rojo, por si él lo pasaba por alto. Ray lo pegó en la pantalla de su ordenador junto a las otras notas, todas con información supuestamente muy importante.

Aún iba por la mitad del papeleo de su bandeja de entrada cuando Kate llamó a su puerta.

—No me interrumpas —dijo Ray—, que voy con el turbo puesto.

—¿Puedo contarte lo de la sospecha de desaparición?

Ray dejó lo que estaba haciendo e indicó a Kate que se sentara.

—¿Qué estás haciendo? —le preguntó ella, mirando la montaña de papeles de su escritorio.

—Formularios administrativos. Rellenándolos, básicamente, y mis gastos de los últimos seis meses. Los del Departamento de Contabilidad dicen que si no los presento hoy, no autorizarán los pagos.

—Necesitas una secretaria.

—Necesito que me dejen hacer mi trabajo como policía —dijo—, en vez de tener que perder el tiempo con toda esta mierda. Lo siento. Dime cómo te ha ido.

Kate consultó sus notas.

—Eve Mannings vive en Oxford, pero su hermana Jennifer vive aquí en Bristol con su marido, Ian Petersen. Eve y su hermana se pelearon y dejaron de hablarse hace unos cinco años y no volvió a verla ni a ella ni a su cuñado desde entonces. Hace unas semanas, Petersen se presentó de repente en casa de Eve, preguntando dónde estaba su hermana.

—¿Ella lo ha abandonado?

—Eso parece. La señora Mannings recibió una postal de su hermana hace varios meses, pero no identificó el matasellos y ha tirado el sobre. Acaba de encontrar la postal hecha trizas detrás de un reloj de la repisa de la chimenea y está convencida de que la rompió su cuñado cuando fue a verla.

—¿Y por qué iba a hacer eso?

Kate se encogió de hombros.

—Ni idea. La señora Mannings tampoco lo sabe, pero el caso es que eso le ha hecho sospechar, por algún motivo. Quiere denunciar la desaparición de su hermana.

—Pero no está claro que haya desaparecido —dijo Ray con impaciencia—. Ni si le envió una postal. Simplemente, no quiere que la encuentren. Son dos cosas completamente distintas.

—Eso mismo le he dicho yo. Bueno, el caso es que te lo he anotado todo por escrito.

Le dio a Ray una funda de plástico con un par de hojas escritas a mano.

—Gracias, echaré un vistazo. —Ray extrajo el informe de la funda y lo dejó en su mesa, encima del mar de papeleo—. Suponiendo que consiga acabar con esta tanda de papeles, ¿todavía te apetece ir luego a tomar una copa? Creo que voy a necesitarla.

—Me encantará.

—Genial —dijo Ray—. Tom tiene que ir a algún sitio después de clase y le dije que lo recogería sobre las siete, así que será algo rápido, ¿vale?

—No te preocupes. ¿Significa eso que Tom está haciendo amigos?

—Eso creo —contestó Ray—. No es que me informe a mí de quiénes son. Espero que podamos averiguar más cosas cuando vayamos a la escuela la semana que viene, pero no estoy conteniendo la respiración hasta entonces.

—Bueno, si necesitas a alguien que te escuche en el pub, no te cortes y cuéntame lo que quieras —dijo Kate—. Aunque no es que sea la más indicada para dar consejos sobre adolescentes, la verdad...

Ray se echó a reír.

—Si te soy sincero, está bien hablar de otras cosas que no sean los hijos adolescentes.

—Entonces, me alegro de poder servirte de distracción.

Kate sonrió y Ray evocó la súbita imagen de aquella noche en la puerta de su apartamento. ¿Pensaba Kate alguna vez en esa noche? Se planteó preguntárselo, pero ella ya estaba volviendo a su mesa.

Ray sacó su móvil para enviarle un mensaje a Mags. Se quedó mirando la pantalla, pensando las palabras para que Mags no se disgustase ni que tampoco fuese una burda mentira. No debía alejarse en absoluto de la verdad, pensó. Salir a tomar una copa con Kate no debería ser distinto de ir a tomar una cerveza con Stumpy. Ray no hizo caso a la voz de su conciencia que le decía exactamente por qué no era lo mismo.

Lanzó un suspiro y devolvió el teléfono a su sitio en el bolsillo, sin escribir ningún mensaje. Era más fácil no decir nada de nada. Al mirar a través de la puerta entreabierta de su despacho, vio la parte superior de la cabeza de Kate, que estaba sentada a su mesa. Desde luego que estaba siendo toda una distracción para él, pensó. El problema es que no estaba seguro de que fuese la clase de distracción adecuada.

40

Pasan dos semanas antes de que me arriesgue a dejar que me vean en público, cuando los moretones de mis brazos se han difuminado y empiezan a adquirir un tono verdoso. Me asombra descubrir lo chocantes que me resultan esos hematomas en la piel, cuando hace apenas dos años eran parte inseparable de mí, tanto como el color de mi pelo.

No tengo más remedio que salir a comprar comida para el perro, y dejo a Beau en casa para poder tomar el autobús a Swansea, donde nadie se fijará en una mujer que recorre el supermercado con la vista clavada en el suelo, con una bufanda alrededor del cuello pese al buen tiempo. Enfilo el sendero en dirección al parque de caravanas, pero no consigo quitarme de encima la sensación de que alguien me observa. Miro atrás y de pronto me asusto al pensar que tal vez me he equivocado de dirección, así que miro en la dirección contraria, pero no, no hay nada allí tampoco. Giro en círculos, incapaz de ver nada por culpa de las manchas negras que han aparecido delante de mis ojos y que parecen moverse con furia adondequiera que mire. Estoy al borde de un ataque de pánico, el miedo atenazándome el pecho con tanta fuerza que me duele, y sigo adelante, a veces andando y otras corriendo, hasta que veo el recinto con las caravanas inmóviles y el edificio de escasa altura de la tienda de Bethan. Por fin, los latidos de mi corazón se van apaciguando poco a poco y lucho por volver a ser dueña de mí misma y recuperar el control. Es en momentos como este cuando la cárcel se convierte en una alternativa a esta vida que llevo.

El aparcamiento para coches de la tienda está reservado exclusivamente para los inquilinos de las caravanas, pero su proximidad a la playa lo convierte en una opción atractiva para los paseantes que quieren recorrer el camino de la costa, que dejan allí sus coches. A Bethan no le importa, salvo en temporada alta, cuando coloca unos letreros enormes que dicen PARKING PRIVADO y sale hecha una furia de la tienda cada vez que ve a alguna familia sacando sus cosas y su cesta de picnic del coche. En esta época del año, cuando el recinto está cerrado, los coches que aparcan allí de forma ocasional pertenecen a gente que saca a pasear a sus perros o a excursionistas profesionales.

—Puedes usarlo cuando quieras, por supuesto —me dijo Bethan cuando la conocí.

—No tengo coche —le expliqué.

Me dijo que mis amigos o mi familia podían aparcar ahí cuando vinieran a visitarme, y nunca comentó el hecho de que no recibiese ninguna visita más que la de Patrick, quien dejaba su Land Rover en el recinto antes de subir andando a verme. Me obligo a desterrar aquel recuerdo de mi mente antes de que cuaje y se quede.

Ahora hay muy pocos coches: el destartalado Volvo de Bethan, una furgoneta que no reconozco y... entrecierro los ojos con fuerza y niego con la cabeza. No, no puede ser. Ese de ahí no puede ser mi coche. Empiezo a sudar e inhalo una bocanada de aire mientras intento encontrar sentido a lo que ven mis ojos. El parachoques delantero está abollado y en el centro del parabrisas hay un cúmulo de grietas en forma de telaraña, del tamaño de un puño.

Es mi coche.

Nada de esto tiene sentido. Cuando me fui de Bristol, dejé allí mi coche, no porque creyera que la policía pudiese localizarlo —aunque se me pasó por la cabeza— sino porque no soportaba verlo. En un momento de desesperación, me pregunto si la policía lo habrá encontrado y lo habrá llevado allí para ponerme a prueba y vigilar mi reacción, y miro a mi alrededor como si en cualquier momento un grupo de agentes armados fuesen a abalanzarse sobre mí.

En mi estado de confusión, no sé dilucidar la importancia de aquello, si es relevante o no, pero debe de serlo, o la policía no habría insistido tanto para que les dijera lo que hice con el coche. Tengo que librarme de él. Pienso en las películas que he visto. ¿Y si lo tiro por un barranco? ¿O le pego fuego? Necesitaría cerillas y algo de combustible o un bidón de gasolina, pero ¿cómo prenderle fuego sin que lo vea Bethan?

Miro a la tienda pero no la veo en la ventana, así que respiro profundamente y cruzo el aparcamiento en dirección a mi coche. Las llaves están en el contacto y no lo dudo ni un momento. Abro la puerta y me acomodo en el asiento del conductor. Al cabo de un instante, me asaltan los recuerdos del accidente: oigo el grito de la madre de Jacob y mi propio alarido horrorizado. Empiezo a temblar e intento recobrar la serenidad. El coche arranca a la primera y salgo del aparcamiento a toda velocidad. Si Bethan mira en este preciso instante, no me verá a mí sino únicamente el coche y la estela de polvo que deja a su paso mientras me dirijo a Penfach.

—«¿A que es un placer volver a estar al volante?»

El tono de Ian es seco y pausado. Freno de golpe, y el coche derrapa bruscamente hacia la izquierda mientras pego un volantazo. Estoy a punto de accionar el tirador de la puerta cuando me doy cuenta de que el sonido procede del reproductor de CD.

—«Supongo que habrás echado de menos tu querido coche, ¿no? No hace falta que me des las gracias por devolvértelo.»

El efecto de su voz sobre mí es inmediato: al instante, me vuelvo infinitamente más pequeña, encogiéndome en el asiento como si pudiese engullirme y desaparecer en él, y tengo las manos calientes y pegajosas.

—«¿Es que has olvidado nuestros votos, Jennifer?»

Me llevo la mano al pecho y hago presión sobre él, tratando de apaciguar los latidos desbocados de mi corazón.

—«Estabas de pie a mi lado y prometiste amarme, honrarme y obedecerme hasta que la muerte nos separe.»

Está burlándose de mí, el soniquete del voto que hice hace tantos años en contraste con la frialdad de su voz. Está loco. Ahora me doy cuenta, y me aterroriza pensar en los años que pasé viviendo a su lado, sin saber de lo que era capaz en realidad.

—«Eso de ir a la policía con tus historias no es lo que se dice honrarme, ¿no te parece, Jennifer? Contarles lo que pasa en la intimidad del hogar no es obedecerme. No lo olvides: yo solo te daba lo que me pedías...»

No puedo seguir escuchando. Toco frenéticamente los botones del aparato y el CD sale expulsado con una lentitud desesperante. Lo extraigo e intento partirlo en dos, pero no quiere romperse y me pongo a chillarle, con mi cara crispada reflejada en su superficie brillante. Salgo del coche y tiro el CD a los arbustos.

—¡Déjame en paz! —grito—. ¡Déjame en paz de una vez!

Conduzco de forma temeraria, peligrosamente, siguiendo las hileras de setos altos, alejándome de Penfach en dirección al interior. Estoy temblando y me es del todo imposible cambiar de marcha, de manera que permanezco en segunda y el coche chirría como protesta. Oigo las palabras de Ian una y otra vez.

«Hasta que la muerte nos separe.»

Hay un establo en ruinas un poco más lejos, apartado de la carretera, y no veo ninguna otra casa alrededor. Me desvío por el sendero lleno de baches para dirigirme hacia allí. Cuando me acerco, descubro que el establo no tiene tejado, y unas vigas desnudas se alzan hacia el cielo. Hay unos neumáticos amontonados en un extremo, y una colección entera de maquinaria oxidada. Me servirá. Entro conduciendo hasta el fondo del establo y paro el coche en una esquina. Veo una lona tirada en el suelo y la despliego, empapándome del agua putrefacta que se había acumulado entre los pliegues. Tapo el coche con ella. Es arriesgado, pero bajo aquel lienzo verde oscuro el coche y se confunde con el resto del establo, y no parece que nadie haya removido nada allí dentro desde hace mucho tiempo.

Emprendo el largo camino a casa y me acuerdo del día que llegué a Penfach, cuando lo que tenía por delante era mucho más incierto que cuanto había dejado atrás. Ahora sé qué me depara el futuro: me quedan dos semanas más en Penfach, luego regresaré a Bristol para la sentencia y estaré a salvo.

Hay una parada de autobús más adelante, pero paso de largo y sigo andando, confortándome con el ritmo de mis pasos. Poco a poco empiezo a sentirme más tranquila. Son los juegos de Ian, eso es todo. Si quisiese matarme lo habría hecho cuando fue a la casa.

Ya está atardeciendo cuando regreso a casa, y unos nubarrones se acumulan en el cielo. Entro solo un momento para ponerme la chaqueta impermeable y llamar a Beau para que salga, y me lo llevo a la playa a correr un poco. Junto al mar, puedo volver a respirar, y sé que eso es lo que más voy a echar de menos.

La sensación de que alguien me vigila es sobrecogedora y me vuelvo para darle la espalda al mar. Siento la tenaza del miedo al ver la figura de un hombre en lo alto del acantilado, de cara a mí, y se me acelera el corazón. Llamo a Beau y lo sujeto por el collar, pero se pone a ladrar y se aparta de mí para echar a correr por la arena en dirección al sendero que lleva a donde el hombre está apostado; veo su silueta recortada contra el cielo.

—¡Beau, vuelve aquí!

Sigue corriendo, ajeno a mis órdenes, pero yo tengo los pies clavados en el suelo. Cuando Beau llega al final de la playa y enfila trotando alegremente el sendero, la figura se mueve. El hombre se agacha a acariciar a Beau y reconozco al instante aquellos gestos familiares. Es Patrick.

Puede que después de nuestro último encuentro fuera más reacia a la idea de verlo, pero el alivio que siento es tan grande que, antes de darme cuenta, estoy siguiendo las huellas que Beau ha dejado en la arena y andando para reunirme con ellos.

—¿Cómo estás? —dice.

—Bien.

Somos dos extraños, conversando en círculos alrededor del otro.

—Te he dejado varios mensajes.

—Lo sé.

Los he ignorado todos. Al principio los escuchaba, pero no podía soportar oír lo que le había hecho, así que borré el resto sin llegar a reproducirlos. Al final, me limité a desconectar el teléfono.

—Te echo de menos, Jenna.

Su ira me parecía comprensible, y era más fácil enfrentarme a ella, pero ahora se muestra sosegado y casi suplicante, y siento que flaquea mi determinación. Echo a andar de vuelta hacia la casa.

—No deberías estar aquí.

Resisto la tentación de mirar alrededor a ver si alguien nos observa, pero me aterra pensar que Ian nos vea juntos.

Siento una gota de lluvia en la cara y me subo la capucha. Patrick camina a mi lado.

—Jenna, habla conmigo. ¡Deja ya de huir!

Eso es justo lo que llevo haciendo toda mi vida, tanto es así que no puedo defenderme.

Un relámpago atraviesa el aire y la lluvia cae con tanta fuerza que me corta el aliento. El cielo se oscurece tan rápido que nuestras sombras se desvanecen, y Beau aplasta el cuerpo contra el suelo, aplanándose las orejas. Corremos a la casa y abro la puerta de un tirón justo cuando un trueno descerraja el aire. Beau pasa corriendo por entre nuestras piernas y sale disparado hacia la planta de arriba. Lo llamo, pero no vuelve.

—Voy a ver si está bien —dice Patrick.

Subo las escaleras y echo el cerrojo de la puerta principal antes de seguirlo, un minuto después. Lo encuentro en el suelo de mi dormitorio, con un tembloroso Beau en sus brazos.

—Todos son iguales —dice, sonriendo a medias—. Da lo mismo si es un caniche nervioso y asustadizo o un mastín muy macho: todos odian los fuegos artificiales.

Me arrodillo a su lado y acaricio la cabeza de Beau, que lloriquea un poco.

—¿Qué es esto? —pregunta Patrick. Mi caja de madera asoma debajo de la cama.

—Es mía —suelto con brusquedad, y la devuelvo de una violenta patada a su sitio.

Patrick abre mucho los ojos pero no dice nada, se levanta con movimiento torpe y se lleva a Beau abajo.

—Podría ser una buena idea ponerle la radio un rato —me dice.

Habla como si fuese el veterinario y yo la clienta, y me pregunto si será deformación profesional o si ha decidido que ya es suficiente. Sin embargo, después de acomodar a Beau en el sofá, bien tapado con una manta y con la emisora Classic FM a suficiente volumen para sofocar los truenos, vuelve a hablar, y esta vez lo hace en un tono más cordial.

—Yo cuidaré de él.

Me muerdo el labio.

—Déjalo aquí cuando te vayas —insiste—. No tendrás que verme ni que hablar conmigo. Solo déjalo aquí, que yo vendré a buscarlo y me lo quedaré mientras tú estés... —Se calla un instante—. El tiempo que estés fuera.

—Podrían ser años —digo, y la voz se me quiebra al pronunciar la última palabra.

—Vayamos día a día —dice. Se inclina hacia delante y me deposita unos delicadísimos besos en la frente.

Saco el otro juego de llaves del cajón de la cocina para dárselo y se marcha sin decir una sola palabra más. Contengo las lágrimas que no tienen ningún derecho a aflorar a mis ojos. Todo esto ha sido culpa mía y, por mucho que duela, era necesario. Pero el corazón me da un vuelco, ilusionado, cuando oigo que llaman a la puerta al cabo de cinco minutos e imagino que es Patrick, que ha vuelto a buscar algo que se ha dejado.

Abro la puerta de golpe.

—Quiero que te vayas de la casa —dice Iestyn, sin preámbulos.

—¿Qué? —Apoyo la palma de la mano en la pared para no perder el equilibrio—. ¿Por qué?

No me mira a los ojos, sino que baja la vista para tirarle a Beau de las orejas y toquetearle el hocico.

—Tienes que haberla desalojado mañana por la mañana.

—Pero Iestyn... ¡No puedo hacer eso! Tú sabes lo que está pasando. Las condiciones de mi fianza establecen que debo permanecer en esta dirección hasta el juicio.

—Eso no es problema mío. —Iestyn me mira a la cara al fin y compruebo que no está disfrutando para nada con aquello. Su gesto es firme, pero tiene un brillo herido en los ojos y sacude la cabeza lentamente—. Escucha, Jenna, todo Penfach sabe que te han detenido por atropellar a ese pobre chiquillo, y todos saben que estás aquí en la bahía porque me alquilas a mí la casa. Para ellos, es como si yo mismo hubiese estado conduciendo el coche. Solo es cuestión de tiempo que aparezcan más cosas como esas... —Señala los grafitis de la puerta, que pese a mis esfuerzos con el estropajo se han resistido a borrarse—. O algo peor. Excrementos de perro en el buzón, petardos, gasolina... Todos los días se leen cosas de ese estilo en los periódicos.

—No tengo adónde ir, Iestyn —digo, tratando de conmoverlo, pero sigue en sus trece.

—La tienda del pueblo ya no quiere vender mis productos —me explica—. Están horrorizados porque estoy dándole cobijo a una asesina.

Inspiro hondo.

—Y esta mañana se han negado a atender a Glynis. Una cosa es que se metan conmigo, pero cuando la toman con mi mujer...

—Solo necesito unos pocos días más, Iestyn —le suplico—. Tengo que presentarme ante el tribunal cuando dicte sentencia, dentro de quince días, y luego me iré para siempre. Por favor, Iestyn, deja que me quede hasta entonces.

Iestyn se mete las manos en los bolsillos y se queda mirando el mar un momento. Yo aguardo, consciente de que no puedo decir nada más para hacerle cambiar de opinión.

—Dos semanas —dice—, ni un día más. Y si eres un poco sensata, te mantendrás bien lejos del pueblo hasta entonces.

41

Te quedabas en tu estudio todo el día y desaparecías allí dentro también por las noches, a menos que yo te dijera lo contrario. Parecía que el hecho de que yo me pasase la semana matándome a trabajar te traía sin cuidado, y que tal vez me gustase encontrar algo de consuelo y comprensión por las noches, alguien que me preguntase qué tal me había ido el día. Eras como un ratón, escabulléndote a tu cobertizo a la mínima oportunidad. Empezabas a ser bastante famosa como escultora entre la comunidad local, no por las vasijas de cerámica, sino por las figurillas de veinte centímetros hechas a mano. A mí no me decían nada, la verdad, con esas caras torcidas y aquellos brazos y piernas desproporcionados, pero parecía que había un mercado para esas cosas, y no dabas abasto produciéndolas.

—He comprado una peli en DVD para verla esta noche —te dije cuando entraste en la cocina un sábado a prepararte un café.

—Vale.

No me preguntaste qué película era, y yo no lo sabía. Luego saldría a escoger una.

Te apoyaste en la encimera mientras hervía el agua, y te metiste los pulgares en los bolsillos de los vaqueros. Llevabas el pelo suelto, pero remetido por detrás de las orejas, y te vi el rasguño que llevabas en el lado de la cara. Tú te diste cuenta y te sacudiste el pelo hacia delante para que te tapara la mejilla.

—¿Te apetece un café? —dijiste.

—Sí, por favor.

Vertiste agua en dos tazas, pero solo añadiste café a una.

—¿Es que tú no vas a tomar?

—No me encuentro muy bien. —Te partiste un limón y echaste un gajo en tu taza—. Hace días que no me encuentro bien.

—Cariño, tendrías que habérmelo dicho. Ven, siéntate.

Te saqué una silla, pero tú negaste con la cabeza.

—No, no pasa nada. Es solo que no estoy muy fina. Mañana estaré bien, seguro.

Te abracé y presioné mi mejilla contra la tuya.

—Pobrecilla. Yo cuidaré de ti.

Tú me devolviste el abrazo y te mecí con dulzura, hasta que te apartaste. La sensación fue horrible: como si me rechazaras, cuando lo único que pretendía era consolarte. Sentí que se me endurecía la mandíbula y al instante vi un brillo de alerta en tus ojos. Me alegró verlo, porque eso me demostró que aún te importaba lo que yo pensara, lo que hiciese, pero al mismo tiempo también me molestó.

Levanté el brazo hacia tu cabeza y oí el brusco suspenso de tu respiración mientras dabas un respingo y cerrabas los ojos con fuerza. Dejé la mano inmóvil en el aire, cuando estaba a punto de acariciarte, y te quité algo que llevabas en el pelo.

—Una araña del dinero —dije, abriendo el puño para enseñártela—. Creo que las llaman así. Se supone que traen suerte, ¿no?

No estabas mejor al día siguiente e insistí en que te quedaras en la cama. Te llevé unas tostadas para asentarte el estómago y te leí en voz alta hasta que me dijiste que te dolía la cabeza. Yo quería llamar al médico, pero me prometiste que irías el lunes, en cuanto abriese la consulta. Te acaricié el pelo y vi aletear tus pestañas mientras dormías, y me pregunté qué estarías soñando.

Te dejé en la cama el lunes por la mañana, con una nota en la almohada recordándote que tenías que ir al médico. Llamé a casa desde el trabajo, pero no obtuve respuesta, y aunque llamé cada hora a partir de entonces, no contestabas al fijo y tenías apagado el móvil. Estaba muy angustiado, así que a la hora del almuerzo decidí que iría a casa a comprobar cómo estabas.

Tu coche estaba aparcado enfrente de la casa, y cuando metí la llave en la cerradura reparé en que el pestillo estaba echado todavía. Estabas sentada en el sofá con la cabeza hundida entre las manos.

—¿Estás bien? ¡Me estaba volviendo loco! —Levantaste la vista pero no dijiste nada—. ¡Jennifer! Llevo llamándote toda la mañana... ¿Por qué no cogías el teléfono?

—Salí a comprar un momento, y luego... —Se te apagó la voz sin darme una explicación.

La ira bullía en mi interior.

—¿Y no se te ocurrió pensar en lo preocupado que estaría yo?

Te agarré de la parte delantera del jersey y te obligué a ponerte de pie. Tú empezaste a chillar, y el ruido no me dejó pensar con lucidez. Te llevé a empujones al otro extremo de la habitación y te puse contra la pared, haciendo presión con los dedos en tu garganta. Notaba tu pulso acelerado y palpitando con fuerza bajo mis manos.

—¡Por favor, no! —gritaste.

Despacio, con delicadeza, seguí presionándote la garganta con los dedos, viendo que mi mano apretaba cada vez más y más, como si perteneciera a otra persona. Hiciste un ruido como si te estuvieras asfixiando.

—Estoy embarazada.

Te solté.

—No puedes estar embarazada.

—Lo estoy.

—Pero si tomas la píldora.

Te echaste a llorar, te hundiste poco a poco en el suelo y te rodeaste las rodillas con los brazos. Yo seguí allí de pie, intentando encontrarle sentido a lo que acababa de oír. Que estabas embarazada.

—Debió de ser esa vez que estaba enferma —dijiste.

Me puse en cuclillas y te rodeé con los brazos. Pensé en mi padre, en lo frío e inaccesible que había sido conmigo toda su vida, y juré que yo nunca sería así con mi propio hijo. Esperaba que fuera un niño. Me admiraría, querría ser como yo. No pude evitar que una sonrisa aflorase a mis labios.

Tú te soltaste las rodillas y me miraste. Estabas temblando y te acaricié la mejilla.

—¡Vamos a tener un hijo!

Aún tenías los ojos brillantes, pero poco a poco la tensión fue abandonando tu rostro.

—¿No estás enfadado?

—¿Por qué iba a estar enfadado?

Me sentía eufórico. Aquello lo cambiaría todo. Te imaginé redonda y opulenta con tu tripa de embarazada, dependiente de mí para tu bienestar físico, agradecida cuando te masajease los pies o te llevase una taza de té. Cuando naciese el niño, tú dejarías de trabajar y yo sería el sostén de nuestra familia. Vi nuestro futuro proyectándose en mi cerebro.

—Este niño es un milagro —te dije. Te agarré de los hombros y tú te pusiste tensa—. Ya sé que las cosas no han ido muy bien entre nosotros últimamente, pero a partir de ahora todo será diferente. Voy a cuidar de ti. —Me miraste directamente a los ojos y sentí que me invadía una oleada de culpa—. Ahora todo irá bien. Te quiero muchísimo, Jennifer.

Unas lágrimas nuevas te humedecieron las pestañas.

—Yo también te quiero.

Quería pedirte perdón —perdón por todo lo que te había hecho, por todas las veces que te había hecho daño— pero las palabras, sin formar aún, se me quedaron atascadas en la garganta.

—No se lo cuentes a nadie —te dije en cambio.

—¿Contar el qué?

—Lo de nuestras peleas. Prométeme que nunca se lo contarás a nadie.

Sentí tus músculos tensándose bajo mis dedos mientras te sujetaba por los hombros, y tus ojos, inmensos, adquirieron otra vez el brillo del miedo.

—Nunca —dijiste, apenas en un hilo de voz—. Nunca se lo diré a nadie.

Sonreí.

—Y ahora, deja de llorar; no debes estresar al bebé. —Me levanté y te tendí una mano para ayudarte a levantarte—. ¿Estás mareada?

Asentiste.

—Pues túmbate en el sofá. Te traeré una manta.

Protestaste, pero te guié hasta el sofá y te ayudé a tumbarte. Llevabas a mi hijo en tu vientre, y tenía intención de cuidar de los dos.

Te preocupaba la primera ecografía.

—¿Y si hay algo que está mal?

—¿Y por qué iba a haber algo mal? —te dije.

Me tomé el día libre en el trabajo y te llevé al hospital.

—Ya puede cerrar los dedos. ¿No es increíble? —dijiste, leyéndolo en alguno de tus muchos manuales para primerizas. Te habías obsesionado con el embarazo y comprabas montones de revistas y pasabas horas en internet leyendo toda clase de consejos sobre el parto y la lactancia materna. Daba igual lo que yo dijese, la conversación derivaba inevitablemente hacia nombres de niño o listas de accesorios necesarios que debíamos comprar.

—Increíble —dije. Ya me lo sabía de memoria. El embarazo no estaba yendo como yo esperaba. Tú parecías empeñada en seguir trabajando como antes, y aunque aceptabas mis ofrecimientos de masajes en los pies y tazas de té, no parecías agradecida. Prestabas más atención a nuestro hijo, que aún no había nacido —un hijo que, para empezar, ni siquiera podía percibir que hubiese alguien hablando de él— que a tu propio marido, y eso que lo tenías ahí delante de tus narices. Te imaginaba inclinándote encima de nuestro recién nacido, ajena por completo a mi propio papel en su creación, y de pronto me vino a la memoria la forma en que jugabas con aquel gatito, a veces incluso durante horas.

Me apretaste la mano cuando la ecografista te puso gel en la barriga, y apretaste más aún cuando oímos el sonido amortiguado de un latido y vimos un parpadeo diminuto en la pantalla.

—Ahí está la cabeza —dijo la ecografista—, y ahora deberían verle los brazos... ¡Miren! ¡El pequeñín les está saludando!

Tú te reíste.

—¿El pequeñín? —dije, esperanzado.

La mujer levantó la vista.

—Es una forma de hablar. No podremos determinar el sexo hasta dentro de bastante tiempo, pero todo parece en orden y es el tamaño adecuado para las fechas. —Imprimió una pequeña imagen y te la dio—. Enhorabuena.

La cita con la comadrona era media hora más tarde, y nos sentamos en la sala de espera con media docena más de parejas. Había una mujer en el otro extremo de la sala con una tripa grotescamente grande que la obligaba a sentarse con las piernas muy separadas. Aparté la mirada y sentí alivio al oír que nos llamaban.

La comadrona te cogió la carpeta azul y revisó tus notas, comprobando los datos personales y dándote información sobre la dieta y la salud prenatal.

—Si ya está hecha toda una experta —señalé—. Ha leído tantos libros que es imposible que haya algo que no sepa.

La comadrona me miró con curiosidad.

—¿Y usted, señor Petersen? ¿Es usted un experto?

—A mí no me hace falta —respondí, mirándola a los ojos y sosteniéndole la mirada—. No soy yo el que va a tener el bebé.

No contestó.

—Voy a tomarle la presión arterial, Jenna. Arremánguese y apoye el brazo en la mesa, por favor.

Tú vacilaste y tardé unos segundos en entender la razón. Apreté la mandíbula pero me recosté hacia atrás en la silla, observando el proceso con indiferencia forzada.

El morado del brazo exhibía distintas tonalidades de verde. Se había reducido de forma significativa los días anteriores, pero era obstinado, como todos. Aunque sabía que era imposible, a veces me parecía que tú misma te empeñabas en aferrarte a ellos, para recordarme lo que había pasado, para provocarme y que me sintiera culpable.

La comadrona no dijo nada y yo me relajé ligeramente. Te tomó la tensión, que estaba un poco alta, y anotó las cifras. Luego se dirigió a mí.

—Si tiene la bondad de esperar en la sala de espera, voy a hablar un momento con Jenna a solas.

—Eso no será necesario —dije—. No hay secretos entre nosotros.

—Es el protocolo estándar —contestó la comadrona con brusquedad.

La miré de hito en hito, pero no desvió la mirada y me levanté.

—Está bien.

Tardé lo mío en salir de la consulta y me fui junto a la máquina de café, desde donde podía ver la puerta de la comadrona.

Miré alrededor a las otras parejas: allí no había ningún hombre solo, nadie más que yo había recibido ese trato. Me fui directo a la consulta y abrí la puerta sin llamar. Tú tenías algo en la mano y lo deslizaste entre las hojas de la carpeta con tus notas sobre el embarazo. Era una tarjeta pequeña y rectangular de color azul celeste, con una especie de logo en el centro, arriba.

—Tenemos que mover el coche, Jennifer —dije—. Solo podemos aparcar ahí una hora.

—Ah, sí. Lo siento. —Esas últimas palabras iban dirigidas a la comadrona, que te sonrió, mientras que a mí me ignoró por completo. Se inclinó hacia delante y apoyó la mano en tu brazo.

—Nuestro número está en la parte delantera de la carpeta, así que si te preocupa algo, lo que sea, llámanos.

Conduje hasta casa en silencio. Tú sostenías la ecografía en tu regazo y de vez en cuando te veía acercarte la mano a la tripa, como tratando de conectar lo que llevabas en el vientre con la foto que sujetabas en la mano.

—¿De qué quería hablarte la comadrona? —te pregunté cuando llegamos a casa.

—Solo quería comentar mi historial médico —dijiste, pero habías respondido demasiado rápido, una respuesta que parecía ensayada.

Yo sabía cuándo mentías. Ese mismo día, mientras dormías, rebusqué entre tus notas buscando esa tarjeta de visita azul con el logo redondo, pero no estaba allí.

Te vi cambiar poco a poco, a medida que te crecía la barriga. Creía que tu necesidad de recurrir a mí iría en aumento, pero en vez de eso te volviste más autosuficiente, más fuerte. Te estaba perdiendo por culpa de aquel niño y no sabía cómo recuperarte.

Aquel verano hacía calor, y por lo visto a ti te encantaba pasearte por la casa con la cinturilla de la falda por debajo de la barriga y una camiseta minúscula colgando por encima. Tenías el ombligo salido y yo no soportaba mirarlo; no entendía cómo podías estar tan feliz paseándote así por la casa, ir a abrir la puerta incluso.

Dejaste de trabajar, a pesar de que no salías de cuentas hasta al cabo de varias semanas, así que cancelé los servicios de la empleada de la limpieza. No tenía sentido pagar a alguien para que fuera a limpiar la casa cuando tú estabas allí todo el día sin hacer nada.

Un día te dejé con la plancha y, al volver, ya lo habías planchado todo y la casa estaba inmaculada. Parecías exhausta, y a mí me conmovió tu esfuerzo. Decidí que te prepararía un baño, que te prodigaría unos cuantos mimos. Me pregunté si te apetecería que pidiera comida a domicilio, o tal vez incluso cocinaría para ti. Llevé las camisas arriba y abrí los grifos antes de llamarte.

Estaba colgando las camisas en el armario cuando me fijé en algo.

—¿Qué es esto?

Tú contestaste muy avergonzada.

—Es que la he quemado con la plancha sin querer. Lo siento mucho. Sonó el teléfono y se me fue el santo al cielo. Pero está muy abajo, no creo que se te vea si te la metes por dentro de los pantalones.

Parecías muy disgustada, pero lo cierto es que no tenía importancia. Solo era una camisa. La solté y di un paso adelante para darte un abrazo, pero tú te estremeciste y te tapaste la barriga con ademán protector, apartando la cara y contrayéndola como anticipándote a algo que nunca tuve intención de que sucediera.

Pero sucedió. Y la única que tuvo la culpa de eso eres tú.

42

El móvil de Ray sonó cuando estaba haciendo maniobras para aparcar el coche en el único espacio libre de todo el recinto. Pulsó el botón de ACEPTAR en el manos libres y se volvió a ver si aún podía moverse algún palmo hacia atrás.

Rippon, la jefa de policía, fue directa al grano.

—Quiero que adelantes la sesión informativa sobre la operación Halcón a esta misma tarde.

El Mondeo de Ray dio un golpe al Volvo que tenía aparcado detrás.

—Mierda.

—Esa no era la reacción que estaba esperando.

Había un dejo de humor en la voz de la jefa que Ray nunca había oído antes. Se preguntó qué habría pasado para que estuviera tan contenta.

—Lo siento. —Ray salió de su coche, dejando las llaves en el contacto por si el dueño del Volvo necesitaba salir. Miró al parachoques, pero no vio ninguna señal evidente—. ¿Qué me decía?

—La sesión informativa para la operación Halcón está programada para el lunes —dijo Olivia, con una paciencia muy poco característica—, pero quiero que la adelantes. Puede que hayas visto en las noticias esta mañana que otros departamentos han recibido críticas por su enfoque supuestamente tolerante con respecto a la posesión de drogas.

«Ah, ya lo entiendo», pensó Ray. A eso se debía su buen humor.

—Así que es el momento idóneo para nosotros para presentar nuestro enfoque de «tolerancia cero» respecto a las drogas. Ya tenemos todo listo, ahora solo necesito que reúnas los recursos relevantes unos días antes.

Ray sintió un sudor frío.

—Hoy no puedo hacerlo —dijo.

Hubo una pausa.

Ray esperó a que la jefa hablara, pero el silencio entre ellos se prolongó de forma insoportable hasta que se vio obligado a llenarlo.

—Tengo una reunión en la escuela de mi hijo a mediodía.

Se rumoreaba que Olivia realizaba las reuniones de padres en la escuela de sus hijos vía teleconferencia, de modo que Ray sabía que era poco probable que eso fuese a convencerla.

—Ray —dijo, sin rastro ya de su previo buen humor—, como sabes, siempre muestro un apoyo absoluto hacia las personas con menores a su cargo, y de hecho fui una de las primeras en este departamento en defender la conciliación laboral para los padres y las madres, pero a menos que esté equivocada, ¿tú tienes una esposa, no es así?

—Así es.

—¿Y ella va a ir a esa reunión?

—Sí.

—Entonces, ¿se puede saber cuál es el problema?

Ray se apoyó contra la pared de la puerta trasera y miró al cielo en busca de inspiración, pero lo único que vio fueron unos nubarrones grises.

—Verá, mi hijo está siendo víctima de acoso en el colegio. Es bastante grave, me temo. Esta es la primera oportunidad que tenemos de hablar con la escuela desde que admitieron que había un problema, y mi mujer quiere que yo también esté presente en la reunión. —Ray se maldijo por echarle la culpa a Mags—. Yo quiero estar presente —dijo—. Necesito estar presente.

El tono de Olivia se dulcificó ligeramente.

—Lamento oír eso, Ray. Los hijos pueden dar muchos quebraderos de cabeza. Si necesitas ir a esa reunión, entonces por supuesto que deberías ir, pero la sesión se realizará esta mañana, con la cobertura nacional que este departamento necesita para consolidarse como una fuerza policial progresista de tolerancia cero. Y si tú no puedes dirigirla, tendré que encontrar a alguien que lo haga. Hablaré contigo dentro de una hora.

—A eso lo llamo yo poner a alguien entre la espada y la pared —masculló Ray mientras devolvía el teléfono a su bolsillo. Era tan sencillo como eso: las perspectivas profesionales a un lado, la familia en el otro.

Una vez en su despacho, cerró la puerta y se sentó a su mesa, juntando y presionando las yemas de los dedos. La operación de ese día era de muy alto nivel y estaba convencido de que aquello era una prueba. ¿Tenía lo que había que tener para seguir ascendiendo en la escala policial? Ya no estaba seguro; de hecho, ni siquiera sabía si era eso lo que quería. Pensó en el coche nuevo que iban a necesitar al cabo de un año o así, en las vacaciones en el extranjero que sus hijos iban a empezar a reclamar más pronto que tarde, en la casa más grande que Mags se merecía. Tenía dos hijos brillantes que esperaba que fueran a la universidad, ¿y de dónde iban a sacar el dinero para eso a menos que Ray siguiese ascendiendo en la jerarquía? Nada era posible sin sacrificios.

Inspirando profundamente, Ray levantó el auricular para llamar a casa.

La puesta en marcha de la operación Halcón fue un éxito. Los periodistas fueron invitados a la sala de conferencias de la jefatura de policía para una sesión informativa de media hora, durante la cual la jefa presentó a Ray como a «uno de los mejores detectives del cuerpo». Ray sintió una inyección de adrenalina mientras respondía a preguntas sobre la dimensión de los problemas relacionados con las drogas en Bristol, el enfoque del departamento con respecto al cumplimiento estricto de las leyes y su propio compromiso con la restauración de la seguridad en la comunidad erradicando el tráfico de drogas en la calle. Cuando el periodista de ITN le pidió unas últimas declaraciones, Ray miró directamente a la cámara y no titubeó.

—Hay gente ahí afuera que trafica con drogas con total impunidad y que cree que la policía no tiene capacidad para detenerlos. Pero sí tenemos capacidad, y también resistencia, y no descansaremos hasta haberlos echado de las calles.

Hubo una ola de aplausos y Ray miró a la jefa, que asintió con la cabeza de forma casi imperceptible. Las órdenes judiciales se habían ejecutado anteriormente, con catorce detenciones en seis direcciones distintas. Los registros domiciliarios llevarían horas, y se preguntó cómo le estaría yendo a Kate como agente encargada de los elementos de prueba.

La llamó en cuanto tuvo ocasión.

—Una llamada muy oportuna —dijo—. ¿Estás en comisaría?

—Estoy en el despacho. ¿Por qué?

—Reúnete conmigo en la cafetería dentro de diez minutos. Tengo que enseñarte algo.

Ray estaba allí al cabo de cinco minutos, esperando con impaciencia a Kate, quien irrumpió por la puerta con una sonrisa de oreja a oreja.

—¿Quieres un café? —le preguntó Ray.

—No tengo tiempo. Tengo que volver. Pero échale un vistazo a esto.

Le dio una bolsa de plástico transparente en cuyo interior había una tarjeta azul celeste.

—Es la misma tarjeta que Jenna Gray llevaba en su cartera —dijo Ray—. ¿De dónde la has sacado?

—Estaba en una de las casas donde hemos hecho la redada esta mañana. Pero no es exactamente igual.

Alisó el plástico para que Ray pudiese leer la inscripción.

—La misma tarjeta, el mismo logo, pero distinta dirección.

—Interesante. ¿En casa de quién la has encontrado?

—Dominica Letts. No hablará hasta que llegue su abogado. —Kate consultó su reloj—. Mierda, tengo que irme. —Le arrojó la bolsa a Ray—. Puedes quedártela, tengo una copia.

Sonrió otra vez y desapareció, dejando a Ray con la mirada concentrada en la tarjeta. No había nada raro en la dirección, era una calle residencial como Grantham Street, pero Ray pensó que debería poder averiguar algo más de ese logo. Los dos ochos estaban rotos por la parte inferior y apilados uno encima del otro, como si fueran muñecas rusas.

Ray sacudió la cabeza. Tenía que ir a hablar con el equipo de custodia antes de irse a casa, y comprobar que todo estaba en orden para la sentencia de Gray del día siguiente. Dobló la bolsa y se la metió en el bolsillo.

Eran las diez pasadas cuando Ray se subió al coche para irse a casa, y la primera vez desde esa mañana que sentía algún remordimiento por su decisión de anteponer el trabajo a su familia. Pasó todo el camino de vuelta razonando consigo mismo, y para cuando llegó a casa, se convenció de que había tomado la decisión correcta. La única posible, en realidad. Hasta que metió la llave en la cerradura de la puerta y oyó que Mags estaba llorando.

—Oh, Dios santo, Mags. ¿Qué ha pasado? —Soltó la bolsa en la entrada y corrió a agacharse delante del sofá, apartándole el pelo para verle la cara—. ¿Tom está bien?

—¡No, no está bien! —exclamó ella, retirándole las manos bruscamente.

—¿Qué han dicho en la escuela?

—Lleva ocurriendo desde hace al menos un año, creen, aunque la directora dijo que no podían hacer nada hasta que tuvieran pruebas.

—¿Y ahora las tienen?

Mags se rió con amargura.

—Oh, sí, ya lo creo que las tienen. Por lo visto, están por todo internet. Pequeños robos en tiendas, agresiones grabadas con el móvil..., lo típico. Todo grabado y subido a YouTube para que lo vea el mundo entero.

Ray sintió que se le encogía el estómago. Solo de pensar en todo por lo que Tom había tenido que pasar, Ray se sentía físicamente enfermo.

—¿Está dormido? —dijo Ray, señalando con la cabeza a los dormitorios.

—Supongo. Seguramente está agotado: me he pasado la última hora gritándole.

—¿Gritándole? —Ray se levantó—. Joder, Mags, ¿no te parece que ya ha sufrido lo suficiente?

Echó a andar hacia las escaleras, pero Mags lo retuvo.

—No tienes ni idea, ¿verdad? —dijo. Ray la miró sin comprender—. Has estado tan ocupado resolviendo los problemas del trabajo que no te has enterado de nada de lo que está pasando en tu propia familia. Tom no está siendo víctima de acoso, Ray. Él es el acosador.

Ray sintió como si acabaran de pegarle un puñetazo.

—Alguien le está obligando a...

Mags lo interrumpió, con más delicadeza esta vez.

—Nadie le está obligando a hacer nada. Parece ser que Tom es el líder de una pequeña «banda», pero con mucha influencia. En total son seis..., incluidos Philip Martin y Connor Axtell.

—Eso tiene sentido —dijo Ray con tristeza, reconociendo los nombres.

—Lo único seguro es que Tom es quien dirige el cotarro. Fue idea suya no asistir a las clases, fue idea suya esperar a los chicos que salían del centro de educación especial...

Ray sintió una oleada de náuseas.

—¿Y las cosas que había debajo de su cama? —preguntó.

—Robadas por encargo, según parece. Aunque ninguna de ellas la robó Tom: todo indica que a él no le gusta ensuciarse las manos.

Ray nunca había oído tanta amargura en la voz de Mags.

—¿Qué hacemos ahora?

Cuando algo iba mal en el trabajo, había reglas a las que poder recurrir: protocolos de actuación, leyes, manuales. Un equipo completo de gente a su alrededor. Pero ahora Ray se sentía completamente perdido.

—Lo solucionamos —se limitó a decir Mags—. Nos disculpamos con las personas a las que Tom ha hecho daño, devolvemos los objetos robados, pero, sobre todo, averiguamos por qué lo está haciendo.

Ray se quedó en silencio un momento. No encontraba el coraje para decirlo, pero una vez que el pensamiento se instaló en su cabeza ya no pudo guardárselo para sí.

—¿Esto es culpa mía? —soltó—. ¿Es porque no he estado a su lado?

Mags le cogió la mano.

—No digas eso... Te volverás loco. La culpa es tan mía como tuya... Yo tampoco lo vi venir.

—Pero debería haber pasado más tiempo en casa. —Mags no le contradijo—. Lo siento mucho, Mags. No siempre será así, te lo prometo. Solo necesito llegar a comisario y entonces...

—Pero si a ti te encanta tu trabajo como inspector.

—Sí, pero...

—Entonces, ¿por qué quieres conseguir el ascenso y dejar de ser inspector?

Ray se derrumbó por un momento.

—Pues... por nosotros. Para poder tener una casa más grande y para que no tengas que volver a trabajar.

—¡Pero es que yo quiero volver a trabajar! —le replicó Mags con exasperación—. Los niños están en clase todo el día, tú estás en el trabajo... Quiero hacer algo con mi vida. Planear una nueva carrera me ha hecho sentir una ilusión que hacía años que no sentía. —Miró a Ray y su expresión se dulcificó—. Oh, pero mira que eres zoquete...

—Lo siento —repitió Ray.

Mags se inclinó y le dio un beso en la frente.

—Deja a Tom esta noche. Le diré que no vaya a la escuela mañana y hablaremos con él entonces. Ahora quiero que hablemos de nosotros.

Cuando se despertó, Ray vio a Mags dejando con delicadeza una taza de té al lado de la cama.

—He supuesto que querrías levantarte temprano —dijo—. Hoy dictan la sentencia de Gray, ¿verdad?

—Sí, pero puede ir Kate. —Ray se incorporó—. Me quedaré en casa y hablaremos los dos con Tom.

—¿Y perderte tu momento de gloria? No pasa nada, de verdad. Vete. Tom y yo nos quedaremos remoloneando por casa, como hacíamos cuando era pequeño. Tengo la sensación de que lo que necesita no es que le demos una charla, sino que lo escuchemos.

Ray pensó lo increíblemente lista que era su mujer.

—Vas a ser una profesora maravillosa, Mags. —La cogió de la mano—. No te merezco.

Mags sonrió.

—Puede que no, pero te ha tocado quedarte conmigo para siempre, me temo.

Le apretó la mano y se fue abajo, dejando a Ray con su taza de té. Este se preguntó cuánto tiempo llevaba anteponiendo el trabajo a su familia, y sintió vergüenza al darse cuenta de que no recordaba ninguna ocasión en que hubiese sido al revés. Eso tenía que cambiar. Tenía que empezar a poner a Mags y a sus hijos por delante de todo lo demás. ¿Cómo había estado tan ciego a las necesidades de su mujer, al hecho de que lo que ella quería en realidad era volver a trabajar? Era evidente que eso de pensar que la vida era un poco aburrida a veces no le pasaba únicamente a él. Mags lo había canalizado buscando una nueva carrera y un reto profesional. ¿Qué había hecho él? Pensó en Kate y notó que empezaba a ruborizarse.

Ray se duchó, se vistió y bajó a buscar su americana.

—Está aquí —anunció Mags, saliendo de la sala de estar con la chaqueta en la mano. Sacó la bolsa de plástico que asomaba del bolsillo—. ¿Qué es esto?

Ray la sacó y se la dio.

—Es algo que podría o no estar relacionado con el caso de Gray. Estoy intentando descifrar qué significa ese logo.

Mags levantó la bolsa en el aire y examinó la tarjeta.

—Es una persona, ¿no? —dijo sin dudarlo—. Con los brazos alrededor de alguien.

Ray se quedó boquiabierto. Miró la tarjeta y vio inmediatamente lo que Mags había descrito. Lo que a él le parecía un número ocho incompleto y del todo desproporcionado era sin duda una cabeza y unos hombros; los brazos alrededor de una figura más pequeña que evocaba las líneas de la primera.

—¡Pues claro! —exclamó. Pensó en la casa de Grantham Street, con sus múltiples cerraduras y sus cortinas de redecilla que impedían a cualquiera ver lo que ocurría dentro. Pensó en Jenna Gray y en ese miedo omnipresente en sus ojos, y una imagen fue empezando a cobrar forma lentamente.

Se oyó un ruido en la escalera y al cabo de unos segundos apareció Tom, con expresión acongojada. Ray lo miró fijamente. Durante meses había considerado a su hijo una víctima, pero ahora resultaba que era todo lo contrario.

—Me he equivocado por completo —dijo en voz alta.

—¿Te has equivocado en qué? —preguntó Mags.

Pero Ray ya estaba saliendo por la puerta.

43

La entrada al Tribunal Superior de lo Penal de Bristol está escondida en el lateral de una calle estrecha llamada, muy acertadamente, Small Street.

—Tendré que dejarla aquí, encanto —me dice el taxista. Si me ha reconocido por los periódicos, lo disimula muy bien—. Parece que hay mucho jaleo delante del juzgado y no puedo pasar más allá con el taxi.

Se detiene en la esquina de la calle, donde una colección de ejecutivos sale con aire muy ufano de un bar de la cadena All Bar One tras un almuerzo líquido. Uno de ellos me lanza una mirada cargada de lujuria.

—¿Te apetece una copa, guapa?

Aparto la mirada.

—Menuda frígida —murmura, y sus amigos se parten de la risa. Inspiro hondo, tratando de mantener el pánico a raya mientras escaneo las calles buscando a Ian. ¿Está aquí? ¿Estará vigilándome ahora mismo?

Los edificios altos a cada lado de Small Street se inclinan hacia dentro, frente a sí, creando un pasadizo sumido en sombra y donde retumba un eco constante que me produce escalofríos. No llevo recorridos más que unos pocos pasos cuando entiendo de qué hablaba el taxista. Han cortado una sección de la calle con unas barreras para el tráfico tras las cuales hay un grupo de unos treinta manifestantes. Varios portan pancartas apoyadas sobre los hombros y han envuelto la valla que tienen delante con una enorme sábana pintada. La palabra ¡ASESINA! figura escrita en pintura gruesa y roja, cada letra dejando un reguero que chorrea hacia la parte inferior de la sábana. Un par de agentes de policía con chalecos fluorescentes están apostados al lado del grupo, y no parecen en absoluto preocupados por la repetitiva consigna que se oye al otro extremo de Small Street.

—¡Justicia para Jacob! ¡Justicia para Jacob!

Camino despacio hacia los juzgados, pensando que ojalá hubiese cogido un pañuelo, o unas gafas oscuras. Por el rabillo del ojo veo a un hombre en el otro lado de la acera. Está apoyado en la pared, pero al verme se endereza y se saca el móvil del bolsillo. Aprieto el paso con la intención de entrar en el juzgado lo antes posible, pero el hombre se adapta a mi ritmo desde el otro lado de la calle. Realiza una llamada que dura escasos segundos. Me fijo en que tiene los bolsillos del chaleco beis llenos de lo que descubro que son objetivos de cámaras fotográficas, y lleva colgada una bolsa negra por encima del hombro. Se adelanta unos metros, abre la bolsa y saca una cámara; encaja en ella un objetivo con movimiento ágil, adquirido después de años de práctica, y me saca una foto.

No pienso hacerles caso, me digo, con la respiración agitada. Simplemente entraré en el juzgado como si no estuvieran. No pueden hacerme daño: la policía está aquí para impedirles el paso y que se queden detrás de esas barreras, de modo que actuaré como si no estuvieran.

Sin embargo, cuando doblo la esquina para dirigirme a la puerta del juzgado, veo al reportero que me abordó cuando salí del Juzgado de lo Penal varias semanas atrás.

—¿Unas rápidas declaraciones para el *Post*, Jenna? ¿Quieres la oportunidad de dar tu versión?

Me doy media vuelta y me quedo paralizada al ver que ahora estoy justo frente a los manifestantes. Las consignas se transforman en gritos de furia e insultos, y de pronto una avalancha de gente se dirige hacia mí. Una de las barreras cae violentamente al suelo de adoquines, y el ruido retumba entre los edificios altos como si hubiese sonado un disparo. Los policías se desplazan hacia allí con parsimonia, con los brazos extendidos, instando a los manifestantes a que permanezcan detrás de la barrera. Algunos aún gritan, pero la mayoría se ríen y charlan tranquilamente como si hubieran salido de compras. Un día fuera, pasándolo bien.

Cuando el grupo retrocede y la policía sustituye las barreras que rodean el área acordonada para la protesta, solo queda una mujer delante de mí, mirándome. Es más joven que yo —debe de tener unos veintitantos— y, a diferencia del resto de los manifestantes, no sostiene ninguna pancarta ni carteles de ninguna clase, solo lleva algo en la mano. El vestido que luce es marrón y un poco corto, por encima de unas medias negras tupidas que terminan, de forma incongruente, en unas zapatillas de deporte blancas muy sucias, y se ha dejado el abrigo abierto pese al frío.

—Era un niño tan bueno... —dice en voz baja.

Reconozco de inmediato los rasgos de Jacob en su cara: los ojos azul claro con las comisuras ligeramente curvadas hacia arriba, la cara en forma de corazón que termina en una barbilla puntiaguda.

Los manifestantes se quedan en silencio. Todos nos miran.

—No lloraba casi nunca, ni siquiera cuando se ponía enfermo; se tumbaba a mi lado y me miraba, esperando a encontrarse mejor.

Habla el idioma perfectamente, pero con un acento que no consigo identificar. De Europa del Este, tal vez. Su tono es sosegado, como si estuviera recitando algo que lleva aprendido de memoria, y aunque se mantiene firme, tengo la impresión de que siente tanto miedo como yo. Tal vez incluso más.

—Era muy joven cuando lo tuve, yo casi era una niña. Su padre no quería que lo tuviera, pero yo no fui capaz de abortar. Ya lo quería demasiado. —Habla con calma, sin emoción—. Jacob era lo único que tenía.

Los ojos se me llenan de lágrimas y solo siento vergüenza por reaccionar así, cuando la madre de Jacob tiene los ojos secos. Me obligo a mí misma a quedarme allí inmóvil y no limpiarme las mejillas. Sé que, como yo, está pensando en aquella noche, cuando se quedó mirando el parabrisas salpicado por la lluvia, los ojos entrecerrados para protegerlos de la luz de los faros. Hoy no hay nada entre nosotras, y puede verme con la misma claridad con la que la veo yo. Me pregunto qué le impide correr y abalanzarse sobre mí, golpearme o morderme o arañarme la cara. No sé si yo tendría la misma sangre fría si estuviera en su piel.

—¡Anya! —Un hombre la llama de entre la multitud de manifestantes, pero ella no le hace caso. Me enseña una fotografía, empujándola hacia mí hasta que la cojo con las manos.

No he visto esa foto en los periódicos ni en internet, esa sonrisa mellada con el uniforme de la escuela, la cabeza ladeada a medias hacia el fotógrafo. En esa foto Jacob es más pequeño, tendrá tres o cuatro años. Se acurruca en la parte interior del codo de su madre, los dos tumbados de espaldas sobre unos tallos largos de hierba, entreverados de semillas de dientes de león. El ángulo de la foto sugiere que Anya la tomó ella misma: tiene el brazo estirado como tocando justo la parte de fuera de la foto. Jacob mira al objetivo, entrecerrando los ojos bajo el sol y riendo. Anya también se ríe, pero está mirando Jacob, y en sus ojos se ven pequeños reflejos de él.

—Lo siento muchísimo —digo. Odio lo huecas que suenan esas palabras, pero no encuentro otras, y no soporto ofrecer solo silencio en respuesta a su sufrimiento.

—¿Tiene usted hijos?

Pienso en mi hijo, en su cuerpo ingrávido envuelto en el arrullo de hospital, en el dolor en mis entrañas, que no ha remitido desde entonces. Creo que debería existir una palabra para una madre sin hijos, para una mujer a la que le han arrebatado el hijo que la habría hecho una mujer completa.

—No.

Intento decir algo más, pero no hay nada. Le ofrezco la fotografía a Anya, que niega con la cabeza.

—No la necesito —dice—. Llevo su cara aquí conmigo. —Se coloca la palma de la mano sobre el pecho—. Pero usted... —Sigue una brevísima pausa—. Usted debe recordarlo. Debe recordar que era un niño. Que tenía una madre. Y que su corazón está roto.

Se da media vuelta y se agacha para pasar debajo de la barrera de seguridad. Desaparece entre la multitud, y respiro como si hubiese estado aguantando el aire bajo el agua.

Mi abogada es una mujer de unos cuarenta años. Me mira con calculado interés cuando entra en el reducido espacio de la sala de reuniones, donde un guardia de seguridad custodia la puerta.

—Ruth Jefferson —dice, extendiendo una mano firme—. Lo de hoy es un procedimiento sencillo, señora Gray. Usted ya se ha declarado culpable, de modo que en la vista de hoy el juez únicamente dictará sentencia. El suyo es el primer juicio después del almuerzo, y me temo que le ha tocado el juez King.

Se sienta delante de mí en la mesa.

—¿Qué pasa con el juez King?

—Digamos que no es famoso por su indulgencia —responde Ruth con una risa desganada que muestra una dentadura blanca y perfecta.

—¿Qué sentencia puede caerme? —pregunto, sin poder reprimirme. La verdad es que me da igual. Ahora lo único que importa es hacer lo correcto.

—Es difícil de decir. La omisión del deber de socorro a una víctima de accidente se castiga directamente con la retirada del carnet, pero como la pena mínima por homicidio por conducción temeraria son dos años, eso es irrelevante. Es la sentencia de cárcel la que podría variar de forma significativa. El homicidio por conducción temeraria se penaliza con hasta catorce años de cárcel, y la jurisprudencia indica entre dos y seis años. El juez King querrá aplicar el rango superior, y mi tarea consiste en convencerlo de que dos años sería una pena más adecuada. —Retira el capuchón de un bolígrafo negro—. ¿Tiene antecedentes de enfermedad mental?

Niego con la cabeza y advierto el destello de decepción en la cara de la abogada.

—Hablemos del accidente, entonces. Tengo entendido que las condiciones meteorológicas hacían que la visibilidad fuese muy escasa. ¿Vio usted al niño antes del momento de la colisión?

—No.

—¿Padece alguna enfermedad crónica? —pregunta Ruth—. Resultan útiles en estos casos. ¿O tal vez no se encontraba muy bien ese día en particular?

La miro sin comprender y la letrada chasquea la lengua.

—Me lo está poniendo muy difícil, señora Gray. ¿Tiene usted alguna alergia? ¿No sufriría por casualidad un ataque de estornudos antes del momento del impacto?

—No entiendo.

Ruth suspira y habla despacio, como si tratara con una niña pequeña.

—El juez King ya habrá examinado el informe de la vista preliminar y tendrá una sentencia en mente. Mi trabajo consiste en presentarlo como si esto no fuera más que un desgraciado accidente, un accidente que no pudo evitarse y que usted lamenta extremadamente. Ahora, yo no quiero poner palabras en su boca, pero si, por ejemplo... —continúa, lanzándome una mirada elocuente—, en el momento en que ocurrió el accidente usted sufrió un ataque de estornudos...

—Pero no fue así.

¿Es así como funciona? Una mentira detrás de otra, todo diseñado para obtener el mínimo castigo posible. ¿Tan desastroso es nuestro sistema judicial? Me pone enferma.

Ruth Jefferson examina sus notas y levanta la vista de pronto.

—¿El niño se le atravesó de repente y se le echó encima sin previo aviso? Según la declaración de la madre, ella le soltó la mano cuando se aproximaban a la carretera, así que...

—¡No fue culpa suya!

La abogada alza las cejas, perfectamente depiladas.

—Señora Gray —dice con calma—, no estamos aquí para establecer de quién fue la culpa. Estamos aquí para discutir las circunstancias atenuantes que llevaron a este terrible accidente. Por favor, intente no alterarse.

—Lo siento —digo—, pero no hay circunstancias atenuantes.

—Mi trabajo consiste en encontrarlas —contesta Ruth. Suelta el expediente e inclina el cuerpo hacia delante—. Créame, señora Gray, hay una gran diferencia entre pasar dos años en prisión o pasar seis y, si hay algo, lo que sea, capaz de justificar de algún modo que atropellase usted a un niño de cinco años y luego se diese a la fuga, tiene que decírmelo ahora.

Nos miramos fijamente.

—Ojalá lo hubiera —digo.

44

Sin detenerse a quitarse el abrigo, Ray entró en el CID y encontró a Kate estudiando los casos de la noche.

—A mi despacho, ahora.

Se levantó y lo siguió.

—¿Qué pasa?

Ray no respondió. Encendió el ordenador y dejó la tarjeta de visita azul celeste encima de su mesa.

—Recuérdame quién tenía esta tarjeta.

—Dominica Letts. La pareja de uno de nuestros sospechosos.

—¿Ha hablado?

—No tenía nada que declarar.

Ray se cruzó de brazos.

—Es un albergue para mujeres maltratadas.

Kate lo miró, confusa.

—La casa de Grantham Street —dijo Ray—, y ahora esta de aquí. —Señaló con la cabeza la tarjeta azul celeste—. Creo que son albergues para víctimas de violencia doméstica. —Se recostó en su silla y se puso las manos por detrás de la cabeza—. Dominica Letts es una víctima habitual de malos tratos, eso fue lo que casi hizo peligrar la operación Halcón. Pasé con el coche por esta dirección de camino al trabajo y es exactamente igual que la de Grantham Street: sensores de movimiento en la entrada y rejas en todas las ventanas, y no hay ningún buzón en la puerta.

—¿Crees que Jenna Gray también es una víctima?

Ray asintió despacio.

—¿Te has fijado en que nunca mira a los ojos? Siempre parece alterada, con los nervios a flor de piel, y se cierra en banda cuando se siente amenazada.

Antes de que pudiera continuar con su teoría, le sonó el teléfono y en la pantalla apareció la extensión parpadeante de la recepción.

—Tiene una visita, señor —le dijo Rachel—. Un hombre llamado Patrick Mathews.

El nombre no le resultaba familiar.

—No espero a nadie, Rach. ¿Puedes decirle que te deje un mensaje y librarte de él?

—Lo he intentado, señor, pero sigue insistiendo. Dice que necesita hablar con usted sobre su amiga, Jenna Gray.

Ray miró a Kate con expresión de asombro. El amigo de Jenna. Las comprobaciones que Ray había realizado sobre su pasado no habían revelado más que un apercibimiento por ebriedad y alteración del orden público cuando estudiaba en la universidad, pero ¿y si había algo más de lo que parecía a simple vista?

—Dile que suba y acompáñalo —dijo.

Informó a Kate del resto de los detalles mientras esperaban.

—¿Crees que da el perfil de maltratador? —dijo.

Ray negó con la cabeza.

—No, no parece de esa clase de hombres.

—Nunca lo parecen —dijo Kate. Se calló bruscamente cuando Rachel llegó acompañando a Patrick Mathews. Este llevaba una chaqueta impermeable muy gastada y una mochila en un hombro. Ray le indicó que se sentara en la silla junto a Kate y él así lo hizo, arrimándose al borde como dispuesto a levantarse en cualquier momento.

—Tengo entendido que posee información sobre Jenna Gray —dijo Ray.

—Bueno, no es información en realidad —contestó Patrick—. Es más bien un presentimiento.

Ray consultó su reloj. El juicio de Jenna estaba programado justo para después del almuerzo, y Ray quería estar en el tribunal cuando dictaran sentencia.

—¿Qué clase de presentimiento, señor Mathews?

Miró a Kate, quien se encogió de hombros de forma casi imperceptible. Patrick Mathews no era el hombre de quien Jenna tenía miedo, pero entonces ¿quién era ese hombre?

—Llámeme Patrick, por favor. Oiga, ya sé que cree que es lógico que le diga esto, pero no creo que Jenna sea culpable.

Ray sintió una punzada de interés.

—Me está ocultando algo sobre lo que ocurrió la tarde del accidente —dijo Patrick—. Me lo está ocultando a mí y a todo el mundo. —Soltó una risa amarga—. Pensaba que de verdad lo nuestro tenía futuro, pero si no quiere ser sincera conmigo, ¿cómo va a haber algo?

Lanzó las manos al aire con ademán de desesperación, y a Ray el gesto le recordó a Mags. «Nunca hablas conmigo», le había reprochado ella.

—¿Qué es lo que cree que le está ocultando? —preguntó Ray, con más agresividad de lo que pretendía. Se preguntó si no habría secretos en todas las relaciones.

—Jenna guarda una caja debajo de la cama. —Patrick parecía incómodo—. Nunca se me pasaría por la cabeza husmear en sus cosas, pero como no quería contarme nada de lo ocurrido aquella tarde..., y además, cuando toqué la caja sin querer ella reaccionó de malos modos, diciéndome que la dejara en paz... Bueno, esperaba encontrar algunas respuestas.

—Así que echó un vistazo en el interior de la caja.

Ray miró a Patrick con aire reflexivo. No parecía un hombre agresivo, pero fisgar en las cosas de otra persona correspondía a un patrón de comportamiento propio de alguien que quiere tener el control.

Patrick asintió con la cabeza.

—Tengo una llave de la casa: acordamos que iría y recogería a su perro esta mañana, cuando ella se fuese al juzgado. —Lanzó un suspiro—. Ojalá no lo hubiese hecho. —Entregó un sobre a Ray—. Mire dentro.

Ray abrió el sobre y vio la cubierta inequívocamente roja de un pasaporte británico. En su interior, una Jenna más joven le devolvía la mirada, con el gesto serio, el pelo recogido hacia atrás en una cola de caballo. A la derecha, vio un nombre: Jennifer Petersen.

—Está casada. —Ray miró a Kate. ¿Cómo se les había escapado ese detalle? El Departamento de Información realizaba una investigación exhaustiva de todos los detenidos por la policía, era imposible que hubiesen pasado por alto algo tan básico como un cambio de nombre, ¿no? Miró a Patrick—. ¿Usted lo sabía?

El juicio empezaría dentro de diez minutos. Ray tamborileó con los dedos sobre su mesa. Había algo en ese apellido, Petersen... Le sonaba de algo.

—Me dijo que había estado casada, pero supuse que era divorciada.

Ray y Kate intercambiaron una mirada. Ray levantó el auricular y llamó al juzgado.

—¿Ha empezado ya el juicio contra Gray?

Esperó mientras el funcionario del juzgado comprobaba la lista.

Petersen, no Gray. Menuda cagada...

—Está bien, gracias. —Colgó el auricular—. El juez King se ha retrasado, disponemos de media hora.

Kate se inclinó hacia delante.

—El informe que te di el otro día, cuando me enviaste a atender a la mujer de recepción. ¿Dónde está?

—En alguna parte en mi bandeja de entrada —dijo Ray.

Kate empezó a rebuscar entre los papeles de la mesa. Cogió tres expedientes que había en lo alto de la bandeja de Ray y, al no encontrar espacio libre en la superficie de la mesa, los tiró al suelo. Hojeó rápidamente el resto de informes, descartando cada página inútil y cogiendo la siguiente en cuestión de segundos.

—¡Aquí está! —anunció con tono triunfal. Extrajo el informe

de su funda de plástico y lo soltó encima de la mesa de Ray. Los fragmentos rotos de una fotografía cayeron revoloteando sobre la superficie y Patrick cogió uno. Lo examinó con curiosidad y luego miró a Ray.

—¿Puedo?

—Adelante —dijo Ray, sin saber muy bien a qué acababa de dar permiso.

Patrick reunió los fragmentos de la fotografía y empezó a juntarlos. A medida que la imagen de la bahía de Penfach fue cobrando forma delante de ellos, Ray dejó escapar un silbido.

—Así que Jenna Gray es la hermana por la que Eve Mannings está tan preocupada. —Pasó rápidamente a la acción—. Señor Mathews, gracias por traer el pasaporte. Me temo que voy a pedirle que nos espere en el juzgado. Hable con Rachel, en recepción, quien le dará indicaciones. Nosotros iremos lo antes posible. Kate, reúnete conmigo en la Unidad de Violencia Doméstica dentro de cinco minutos.

Mientras Kate acompañaba a Patrick abajo, Ray descolgó el teléfono.

—Natalie, soy Ray Stevens, del CID. ¿Puedes decirme qué tienes sobre un tal Ian Petersen? Varón blanco, cuarenta y tantos...

Ray bajo corriendo un tramo de escaleras y recorrió luego un pasillo tras cruzar una puerta con el cartel de SERVICIOS DE PROTECCIÓN. Al cabo de un momento, Kate se reunió con él y los dos pulsaron el timbre de la Unidad de Violencia Doméstica. Les abrió la puerta una mujer de aspecto alegre con el pelo negro muy corto y enjoyada con voluminosas piezas de bisutería.

—¿Has averiguado algo, Nat?

Les invitó a entrar e hizo girar la pantalla de su ordenador para que pudieran verla.

—Ian Francis Petersen —dijo—, nacido el 12 de abril de 1965. Antecedentes por conducir en estado de embriaguez, agresión y, en la actualidad, con una orden de alejamiento contra él.

—¿Orden de alejamiento de una mujer llamada Jennifer, por casualidad? —preguntó Kate, pero Natalie negó con la cabeza.

—Marie Walker. La apoyamos para que dejara a Petersen después de seis años de maltrato sistemático. Presentó denuncia, pero él quedó en libertad. La orden de alejamiento la dictó un juzgado de lo civil y sigue aún en vigor.

—¿Antecedentes por malos tratos antes de lo de Marie?

—No con sus parejas, pero hace diez años recibió una amonestación por agresión. Contra su madre.

Ray sintió que la bilis le subía a la garganta.

—Creemos que Petersen está casado con la mujer involucrada en el atropello con fuga de Jacob Jordan —explicó.

Natalie se levantó y se dirigió a una pared llena de archivadores grises. Abrió un cajón y rebuscó entre el contenido.

—Aquí está —anunció—. Todo lo que tenemos sobre Jennifer e Ian Petersen, y no es una lectura agradable, precisamente.

45

Las exposiciones que hacías eran para morirse de aburrimiento. Los locales eran distintos: almacenes reconvertidos, estudios, locales comerciales..., pero la gente era siempre la misma, profesionales liberales con pañuelos de colores que se pasaban el rato dando la paliza. Las mujeres eran peludas y dominantes, los hombres insípidos y unos auténticos calzonazos. Hasta el vino carecía de personalidad.

Durante la semana de tu exposición de noviembre te pusiste especialmente difícil. Yo te ayudé a llevar las piezas al almacén tres días antes y te pasaste el resto de la semana allí, preparándote.

—¿Se puede saber cuánto tiempo se tarda en colocar unas cuantas esculturas? —dije cuando llegaste tarde dos noches seguidas.

—Estamos contando una historia —dijiste—. Los asistentes se pasearán por la sala desplazándose de una escultura a otra, y las piezas tendrán que hablarles de la forma correcta.

Me eché a reír.

—¡Tendrías que oírte! Menuda sarta de gilipolleces. Tú asegúrate de que la etiqueta con el precio esté a la vista y se lea bien, eso es lo único que importa.

—No tienes que venir si no quieres.

—¿Es que no me quieres allí? —Te miré con recelo. Tenías los ojos un pelín demasiado brillantes, la barbilla un pelín demasiado desafiante. Me pregunté a qué venía tanta alegría de vivir de forma tan repentina.

—Es que no quiero que te aburras. Nos apañaremos.

Ahí estaba: el destello de algo indescifrable en tus ojos.

—¿Os apañaréis? —dije, arqueando una ceja.

Te pusiste nerviosa. Me diste la espalda e hiciste como que estabas atareada fregando los platos.

—Philip. Él es el comisario de la exposición.

Empezaste a secar con un trapo el interior de una cazuela que yo había dejado en remojo. Me acerqué y me coloqué detrás de ti, aprisionándote entre mi cuerpo y el fregadero para que mi boca estuviese a la altura de tu oído.

—¿Conque es el comisario, eh? ¿Así es como lo llamas mientras te está follando?

—No es nada de eso —dijiste. Desde el embarazo habías adoptado un tono particular de voz cuando hablabas conmigo. Era excesivamente sereno, la clase de voz con la que le hablarías a un chiquillo histérico o a un enfermo mental. Yo odiaba esa voz. Me moví unos centímetros hacia atrás y oí cómo soltabas la respiración, y luego volví a empujarte hacia delante. Adiviné por el sonido que te habías quedado sin resuello, y apoyaste ambas manos en el filo de fregadero para recobrar el aliento.

—¿No te estás follando a Philip? —te escupí las palabras en la nuca.

—No estoy follando con nadie.

—Bueno, desde luego, no estás follando conmigo —dije—. Al menos, no últimamente.

Sentí cómo se te tensaba el cuerpo y supe que esperabas que te deslizase la mano entre las piernas, que lo deseabas incluso. Casi me sabía mal decepcionarte, pero tu espalda escuálida tenía muy poco atractivo para mí en aquel entonces.

El día de la exposición yo estaba en el dormitorio cuando subiste a cambiarte. Vacilaste un momento.

—No es nada que no haya visto otras veces —dije.

Encontré una camisa limpia y la colgué en la parte de atrás de la puerta del armario; tú dejaste tu traje en la cama. Te vi quitarte el chándal y doblar tu sudadera para el día siguiente. Llevabas un sujetador blanco y unas bragas a juego, y me pregunté si habrías escogido ese color deliberadamente para que contrastase con el morado de tu cadera. Aún se notaba la hinchazón, y cuando te sentaste en la cama, te estremeciste, como para darle aún más importancia. Te pusiste unos pantalones blancos de lino y un top voluminoso de la misma tela, que te colgaba holgadamente de los hombros huesudos. Escogí un collar de cuentas verdes y gruesas de tu joyero, en el tocador.

—¿Quieres que te lo ponga?

Me miraste con aire vacilante y te sentaste en el pequeño taburete. Te pasé los brazos por delante de la cabeza y luego sostuve el collar delante de tu cara, y tú te apartaste el pelo a un lado. Desplacé las manos hasta la nuca, aumentando la presión del collar sobre tu cuello una fracción de segundo, y noté cómo te ponías tensa entre mis manos. Me reí y te abroché el cierre.

—Guapísima —dije. Me agaché y miré tu imagen en el espejo—. Intenta no hacer el ridículo hoy, Jennifer. Siempre te pones en evidencia en estas cosas bebiendo más de la cuenta y poniéndote pesadísima con la gente.

Me levanté y me puse la camisa, y me decidí por una corbata rosa claro. A continuación me puse la americana y me miré en el espejo, satisfecho con lo que veía en él.

—Será mejor que conduzcas tú, puesto que no vas a beber —sugerí.

Te había ofrecido en varias ocasiones comprarte un coche nuevo, pero tú insistías en aferrarte a tu destartalado Ford Fiesta. Yo me subía en él lo menos posible, pero no tenía ninguna intención de dejarte mi Audi después de la abolladura que le hiciste intentando aparcar, así que me senté en el asiento del pasajero de tu viejo cacharro y dejé que condujeras tú.

Cuando llegamos, ya había una gran cantidad de gente alrededor del bar, y cuando atravesamos la sala, se oyó un murmullo de admiración. Hubo quienes empezaron a aplaudir y otros se les sumaron, aunque eran demasiado pocos para considerar aquello una auténtica ovación, y el sonido resultante fue embarazoso.

Me diste una copa de champán y tú te serviste otra. Un hombre con el pelo oscuro y ondulado se nos acercó y, al ver cómo se te iluminaban los ojos, deduje que era Philip.

—¡Jenna!

Te besó en ambas mejillas y vi que lo tocabas apenas un instante, lo justo para que creyeras que no me daría cuenta. Un roce tan leve que podría haber sido casi como por accidente. Pero yo sabía que no lo era.

Nos presentaste y Philip me estrechó la mano.

—Debes de estar muy orgulloso de ella.

—Mi mujer tiene muchísimo talento —dije—. Por supuesto que estoy orgulloso de ella.

Hubo una pausa antes de que Philip volviera a hablar de nuevo.

—Siento robarte a Jenna, pero es que tengo que presentarle a algunas personas. Su trabajo ha suscitado mucho interés y...

Dejó de hablar y se frotó el índice contra el pulgar repetidamente, guiñándome un ojo.

—Nada más lejos de mi intención que interponerme en el camino de unas posibles ventas —señalé.

Os observé recorrer la sala, sin que Philip apartase en ningún momento la mano de la parte baja de tu espalda, y entonces supe que los dos estabais teniendo una aventura. No sé cómo conseguí sobrevivir al resto de la exposición, pero no aparté los ojos de ti en ningún momento. Cuando se acabó el champán, empecé con el vino, y me quedé junto a la barra del bar para ahorrarme los viajes. Y todo ese tiempo estuve observándote. Tenías una sonrisa en la cara que yo hacía siglos que no veía en casa, y por un momento me recordaste a la chica del sindicato de estudiantes de hacía todos esos años, riéndose con sus amigas. Últimamente casi nunca te reías.

Mi botella estaba vacía y pedí más vino. Los camareros de la barra se intercambiaron una mirada, pero hicieron lo que les pedí. La gente empezó a marcharse. Te vi despedirte de ellos: besando a algunos, estrechando la mano de otros. No tratabas a nadie con tanto cariño como a tu comisario. Cuando solo quedaba un puñado de personas, me acerqué y te dije:

—Es hora de irnos.

Parecías incómoda.

—No puedo irme aún, Ian, todavía hay gente. Y tengo que ayudar a recoger.

Philip dio un paso adelante.

—Jenna, no pasa nada. El pobre Ian apenas te ha visto: seguramente quiere tener ocasión de celebrarlo como es debido contigo. Yo acabaré de recogerlo todo y puedes venir a por tus piezas mañana. Ha sido un éxito apoteósico. ¡Buen trabajo!

Te besó en la mejilla, solo una vez en esta ocasión, pero a mí me hervía la sangre, y me había quedado sin habla.

Tú asentiste. Parecías decepcionada con Philip. ¿Acaso esperabas que te pidiese que te quedaras? ¿Que me enviara a mí a casa y te retuviera a ti allí? Te cogí de la mano y te la apreté con fuerza mientras seguías hablando con él. Yo sabía que tú no dirías nada, y poco a poco fui aumentando la presión hasta notar que el cartílago de tu mano se deshacía entre mis dedos.

Philip terminó de hablar por fin. Extendió la mano para estrechar la mía y tuve que soltarte. Te oí lanzar una exhalación y vi que te envolvías la mano con la otra.

—Ha sido un placer conocerte, Ian —dijo Philip, mirándote ante de mirarme a mí de nuevo—. Cuida de ella, ¿vale?

Me pregunté qué le habrías contado.

—Yo siempre cuido de ella —dije con calma.

Me dirigí a la salida y te apoyé la mano en el codo, hincando el pulgar con fuerza en tu piel.

—Me haces daño —dijiste entre dientes—. La gente puede vernos.

No sé de dónde sacaste aquella voz, pero nunca la había oído hasta entonces.

—¿Cómo te atreves a dejarme en ridículo? —masculé.

Bajamos las escaleras y nos cruzamos con una pareja que nos sonrió educadamente.

—Flirtear así con él delante de todo el mundo, pasarte todo el rato tocándolo, ¡dándole besos!

Cuando llegamos al aparcamiento, ya no me molesté en bajar la voz y el sonido retumbó en el aire.

—Te lo estás follando, ¿verdad?

No me respondiste, y tu silencio me puso aún más furioso. Te agarré del brazo y te lo retorcí por detrás de la espalda, doblándotelo cada vez más hasta que chillaste.

—Me has traído aquí para dejarme en ridículo, ¿verdad?

—¡No! ¡No es verdad!

Las lágrimas te rodaban por la cara y caían formando manchas oscuras sobre tu top. Cerré el puño automáticamente, pero justo cuando sentía el temblor en el antebrazo, un hombre pasó por nuestro lado.

—Buenas tardes —dijo.

Dejé el brazo inmóvil y nos quedamos así, separados por medio metro, hasta que se desvaneció el sonido de sus pasos.

—Sube al coche.

Abriste la puerta del conductor y te subiste, y necesitaste hasta tres intentos para acertar con la llave en el contacto y hacerla girar. Eran solo las cuatro, pero ya había oscurecido. Había estado lloviendo, y cada vez que un coche se acercaba, las luces rebotaban sobre el asfalto mojado haciéndote entrecerrar los ojos. Aún estabas llorando, y te restregaste la mano por la nariz.

—Mira en qué estado estás —dije—. ¿Sabe Philip que eres así? ¿Una mujer patética, que se pasa el día lloriqueando por los rincones?

—No me acuesto con Philip —dijiste. Hiciste una pausa entre cada sílaba para dar más énfasis a tus palabras, y yo golpeé el salpicadero con el puño.

Te estremeciste.

—No soy su tipo —continuaste hablando—. Él es...

—¡No me hables como si fuera idiota, Jennifer! Tengo ojos en la cara. Veo lo que hay entre vosotros dos.

Frenaste de golpe en el semáforo en rojo y luego pisaste a fondo el acelerador cuando se puso en verde. Me volví a medias en el asiento para mirarte. Quería verte la cara, leerte el pensamiento. Saber si estabas pensando en él. Vi que, efectivamente, así era, aunque tratabas de disimularlo.

En cuanto llegáramos a casa iba a poner fin a aquello. En cuanto llegáramos a casa haría que dejases de pensar para siempre.

46

El Tribunal Superior de lo Penal de Bristol es más antiguo que el Juzgado de lo Penal, y un aire solemne recorre en murmullos sus pasillos recubiertos de paneles de madera. Los ujieres entran y salen a toda prisa de la sala del tribunal, levantando en el aire los papeles de la mesa de la secretaria judicial con el vuelo de sus togas negras al pasar. El silencio es incómodo, como en una biblioteca, cuando la presión de no poder hablar te da ganas de ponerte a gritar, y me aprieto las cuencas de los ojos con las palmas de las manos. Cuando las aparto, el tribunal se vuelve borroso. Ojalá pudiese quedarse así todo el tiempo: los contornos desdibujados y las formas imprecisas parecen menos amenazadoras, menos graves.

Ahora que estoy aquí tengo miedo. Toda la bravuconería con la que me he enfrentado a este día en mi imaginación se ha volatilizado, y aunque me aterroriza pensar en lo que me haría Ian si me dejaran en libertad, de pronto siento el mismo terror al pensar en lo que me espera en la cárcel si me condenan. Junto las manos con fuerza y me clavo las uñas en la piel de la mano izquierda. Me invade la cabeza el eco de unos pasos en los pasillos metálicos, las imágenes de los camastros estrechos en unas celdas grises con unas paredes tan gruesas que nadie me oirá gritar. Siento una aguda punzada de dolor en la mano y miro a ver si me he hecho sangre, y cuando me la limpio, me dejo una mancha rosada en el dorso.

En el espacio en el que me han colocado hay sitio para más gente; son dos hileras de sillas atornilladas al suelo, con la parte inferior del asiento plegada como en las salas de cine. Una pared de cristal recorre tres lados, y me remuevo incómoda en mi asiento cuando la sala empieza a llenarse de gente. Hay mucho, muchísimo más público aquí que en la vista preliminar. No percibo en sus rostros la leve curiosidad de las *tricoteuses* del anterior juzgado, sino el odio vehemente de quienes quieren que se haga justicia. Un hombre de piel morena con una chaqueta de cuero dos tallas más grande que la suya se inclina hacia delante en su asiento. No aparta los ojos de mí, y tuerce la boca con ira contenida. Empiezo a llorar y él sacude la cabeza, haciendo una mueca de disgusto.

Llevo la foto de Jacob en el bolsillo y deslizo la mano en él, palpando las esquinas con las manos.

Los equipos de la fiscalía y la defensa han aumentado en número: detrás de cada abogado hay varias personas, sentados en hileras de mesas, e inclinan el torso hacia delante para murmurarse cosas urgentes. Los ujieres y los abogados son los únicos que parecen sentirse como pez en el agua. Bromean entre ellos en voz atrevidamente fuerte, y me pregunto por qué es así un juzgado; por qué un sistema busca de forma intencionada alienar a aquellos que lo necesitan. La puerta se abre y entra una nueva oleada de gente, con actitud incómoda y recelosa. Se me corta la respiración al ver a Anya. Se sienta en primera fila junto al hombre de la chaqueta de cuero, que la coge de la mano.

«Debe recordar que era un niño. Que tenía una madre. Y que su corazón está roto.»

La única zona vacía de la sala es la tribuna del jurado, con sus doce asientos innecesarios. Imagino las hileras llenas de hombres y mujeres, escuchando la enumeración de los indicios materiales, viéndome declarar, decidiendo mi culpabilidad. Les he ahorrado todo eso, les he ahorrado el tormento de preguntarse si habrán tomado la decisión correcta, le he ahorrado a Anya ver cómo el dolor por la muerte de su hijo se exhibía por toda la sala. Ruth

Jefferson me explicó que eso jugaría a mi favor: los jueces son más benevolentes con quienes les ahorran a los tribunales las costas de un juicio.

—Todos en pie.

El juez es viejo, lleva las historias de miles de familias escritas en su rostro. Su aguda mirada recorre la sala, pero no se detiene en mi persona. Solo soy otro capítulo en una carrera plagada de decisiones difíciles. Me pregunto si ya habrá tomado una decisión respecto a mí, si ya sabe de cuánto tiempo será mi condena.

—Señoría, la fiscalía presenta ante este tribunal su causa contra Jenna Gray... —La secretaria judicial lee el texto de una hoja de papel, con voz clara y precisa—. Señora Gray, se la acusa de un delito de conducción temeraria con resultado de muerte y omisión del deber de socorro a una víctima de accidente. —Levanta la vista para mirarme—. ¿Cómo se declara?

Aprieto la foto que llevo en el bolsillo.

—Culpable.

Se oye un sollozo entrecortado entre el público.

«Se le está rompiendo el corazón.»

—Por favor, siéntense.

El fiscal se levanta de su sitio. Coge una jarra de agua de la mesa y se sirve lenta y parsimoniosamente. El sonido del chorro del agua al llenar el vaso es el único ruido que se oye en la sala, y cuando todas las miradas están puestas en él, da comienzo a su discurso.

—Señoría, la acusada se ha declarado culpable de la muerte del niño de cinco años Jacob Jordan. Ha admitido que su conducción aquella tarde del pasado noviembre distaba mucho de ser la conducción que se espera de cualquier persona razonable. De hecho, la investigación policial ha demostrado que el coche de la señora Gray abandonó la calzada y se subió a la acera inmediatamente antes del momento del impacto, y que conducía a una velocidad de entre sesenta y ochenta kilómetros por hora, muy por encima del límite de velocidad de cuarenta y cinco kilómetros por hora.

Junto las manos. Intento respirar despacio, a un ritmo acompasado y regular, pero siento un nudo en el pecho y no consigo inspirar el aire con normalidad. Es como si los latidos de mi corazón me retumbaran en la cabeza. Veo la lluvia en el parabrisas, oigo el grito —mi grito— y veo al niño pequeño en la acera, corriendo, volviendo la cabeza para gritarle algo a su madre.

—Además, señoría, después de atropellar a Jacob Jordan y causarle, según todos los indicios, la muerte en el acto, la acusada no se detuvo. —El abogado miró en torno a la sala, malgastando su retórica sin un jurado al que impresionar—. No se bajó del coche. No llamó para pedir ayuda. No ofreció ningún tipo de auxilio ni consideración por la víctima. En su lugar, la acusada se fue de allí con el coche, dejando a Jacob en brazos de su traumatizada madre.

La mujer se inclinó sobre su hijo, recuerdo, casi tapándolo por completo con el abrigo, protegiéndolo de la lluvia. Los faros del coche iluminaban hasta el último detalle, y me tapé la boca con las manos, demasiado asustada para respirar.

—Se podría atribuir esa clase de reacción inicial, señoría, al estado de shock de la acusada, quien, presa del pánico, huyó con el coche inmediatamente, aunque en ese caso también sería lógico esperar que minutos más tarde, horas tal vez, recobrara la sensatez e hiciese lo correcto. Sin embargo, señoría, en lugar de eso, la acusada se fue de la ciudad y corrió a esconderse en un pueblo a más de ciento cincuenta kilómetros de distancia, donde nadie la conocía. No se entregó. Puede que hoy se haya declarado culpable, pero lo hace movida únicamente por el convencimiento de que ya no tiene dónde esconderse, y la fiscalía solicita a este tribunal que ese hecho se tenga en cuenta para dictar sentencia.

—Gracias, señor Lassiter.

El juez toma notas en un bloc y el fiscal inclina la cabeza antes de tomar asiento, apartándose la toga al hacerlo. Tengo las palmas sudorosas. Se percibe un odio intenso entre el público.

La abogada defensora reúne sus papeles. Pese a mi declaración de culpabilidad, pese a saber que tengo que pagar por lo que ha ocurrido, de pronto quiero que Ruth Jefferson pelee por mí. Siento náuseas en el estómago al darme cuenta de que esta podría ser la última oportunidad que tengo de hablar. Dentro de unos minutos, el juez habrá dictado sentencia y ya será demasiado tarde.

Ruth Jefferson se levanta, pero antes de que pueda hablar, la puerta de la sala se abre de golpe. El juez levanta la vista con gesto contrariado y de claro reproche.

Patrick parece tan fuera de lugar en aquel tribunal que, por un momento, me cuesta reconocerle. Me mira, visiblemente afectado al verme esposada y dentro de una cabina protegida por un cristal antibalas. ¿Qué hace allí? El hombre que lo acompaña es el inspector Stevens, que saluda al juez brevemente con la cabeza antes de dirigirse al centro de la sala y agacharse para hablar en voz baja con el fiscal.

El fiscal escucha con atención. Escribe una nota y luego extiende el brazo por el banco alargado para pasársela a Ruth Jefferson. Se hace un silencio denso, como si todos los presentes estuvieran conteniendo la respiración.

Mi abogada lee la nota y se levanta despacio.

—Señoría, solicito un breve receso.

El juez King lanza un suspiro.

—Señora Jefferson, ¿tengo que recordarle cuántas causas tengo esta tarde? Ha tenido seis semanas para hablar con su clienta.

—Pido disculpas, señoría, pero ha salido a la luz información que podría constituir un atenuante en la acusación contra mi clienta.

—Muy bien. Dispone de quince minutos, señora Jefferson, después de los cuales confío en poder dictar sentencia sobre su defendida.

Hace una indicación a la secretaria judicial.

—Todos en pie —anuncia esta.

Cuando el juez King sale de la sala, un guardia de seguridad entra en la cabina para llevarme de nuevo a la sala de detenciones.

—¿Qué pasa? —le pregunto.

—No tengo ni idea, señora, pero siempre es lo mismo. Todo el día arriba y abajo como un maldito yoyó.

Me acompaña a la sala cerrada en la que hablé con mi abogada hace menos de una hora. Ruth Jefferson entra casi de inmediato con el inspector Stevens. Ruth empieza a hablar antes de que la puerta se haya cerrado a su espalda.

—Señora Gray, ¿se da cuenta de que obstaculizar la labor de la justicia no es algo que el tribunal se tome a la ligera?

No digo nada y la abogada se sienta. Se remete un mechón de pelo negro debajo de la peluca.

El inspector Stevens rebusca en su bolsillo y saca un pasaporte. No me hace falta abrirlo para saber que es mío. Los miro a él y a mi exasperada abogada y luego extiendo la mano para tocar el pasaporte. Recuerdo cuando rellené el formulario para cambiar mi apellido antes de nuestra boda. Ensayé la firma como cien veces, preguntándole a Ian cuál le parecía una rúbrica más adulta, más acorde con mi personalidad. Cuando llegó el pasaporte, fue la primera prueba tangible del cambio de mi estado civil, y me moría de ganas de enseñarlo en el aeropuerto.

El inspector Stevens inclina el cuerpo hacia delante y apoya las manos en la mesa, con la cara al mismo nivel que la mía.

—No tiene que seguir protegiéndole, Jennifer.

Siento un escalofrío.

—Por favor, no me llame así.

—Cuénteme qué sucedió.

No digo nada.

El inspector Stevens habla con calma, y su voz serena hace que me sienta más segura, más centrada.

—No permitiremos que vuelva a hacerle daño, Jenna.

Así que lo saben. Dejo escapar un lento suspiro y miro primero al inspector Stevens y luego a Ruth Jefferson. De pronto, estoy agotada. El inspector abre una carpeta marrón donde veo escrita la palabra «Petersen», mi apellido de casada. El apellido de Ian.

—Multitud de llamadas —dice—. Vecinos, médicos, gente que pasaba por la calle..., pero nunca usted, Jenna. Usted nunca nos llamó. Y cuando íbamos, se negaba a hablar con nosotros. Nunca presentó ninguna denuncia. ¿Por qué no nos dejaba ayudarla?

—Porque él me habría matado —contesto.

Se produce una pausa antes de que el inspector Stevens vuelva a hablar.

—¿Cuándo fue la primera vez que la pegó?

—¿Eso es relevante? —pregunta Ruth, mirando su reloj.

—Sí —le espeta el inspector Stevens, y ella se recuesta en la silla, entrecerrando los ojos.

—Empezó en nuestra noche de bodas.

Cierro los ojos, recordando el dolor que surgió de la nada y la vergüenza de sentir que mi matrimonio había fracasado antes incluso de empezar. Recuerdo lo cariñoso y tierno que estaba Ian cuando volvió, las delicadas caricias que me prodigaba en la cara dolorida. Le dije que lo sentía y seguí diciéndolo durante siete años.

—¿Cuándo fuiste al albergue de Grantham Street?

Me sorprende la cantidad de información que tiene.

—No llegué a ir. Me vieron los morados en el hospital y me preguntaron por mi matrimonio. No les conté nada, pero me dieron una tarjeta y dijeron que podía ir allí cuando lo necesitase, que allí estaría a salvo. No les creí: ¿cómo iba a estar a salvo tan cerca de Ian? Pero conservé la tarjeta. Me sentía un poco menos sola por el mero hecho de tenerla.

—¿Nunca intentó marcharse? —me pregunta el inspector Stevens. Hay un brillo indisimulado de ira en sus ojos, pero no está dirigida a mí.

—Muchas veces —digo—. Ian se iba al trabajo y yo empezaba a hacer la maleta. Me paseaba por la casa recogiendo recuerdos, decidiendo qué era lo que, siendo realista, podía llevarme conmigo. Lo metía todo en el coche, porque el coche todavía era mío, ¿sabe?

El inspector Stevens niega con la cabeza, sin comprender.

—El coche aún seguía registrado a mi nombre de soltera. Al principio, no era intencionadamente, solo era una de esas cosas que olvidé hacer cuando nos casamos, pero luego se convirtió en algo muy importante. Ian era el dueño de todo lo demás: la casa, el negocio... Empecé a sentirme como si ya no existiese, como si me hubiese convertido en otra de sus posesiones. Así que no llegué a registrar mi coche con mi nuevo apellido. Era algo insignificante, ya lo sé, pero... —Me encojo de hombros—. Lo tenía todo bien metido en la maleta, y entonces lo sacaba y luego volvía a entrar y a colocarlo en su sitio. Todas las veces.

—¿Por qué?

—Porque él me habría encontrado.

El inspector Stevens hojea el expediente. Es asombrosamente grueso y, sin embargo, solo contiene la lista de incidentes que desembocaron en una llamada a la policía. Las costillas rotas y la conmoción cerebral que requirieron una estancia en el hospital. Por cada marca que figurase allí, había montones de otras que no aparecían.

Ruth Jefferson apoya la mano en mi expediente.

—¿Me permite?

El inspector Stevens me mira y asiento. Le pasa la carpeta y ella empieza a examinar el contenido.

—Pero se marchó después del accidente —dijo el inspector Stevens—. ¿Qué fue lo que cambió?

Respiro hondo. Quiero decir que al fin me armé de valor, pero, por supuesto, no era esa la razón en absoluto.

—Ian me amenazó —dije en voz baja—. Me dijo que si se me ocurría ir a la policía, si alguna vez le contaba a alguien lo que había ocurrido, me mataría. Y yo sabía que lo decía en serio. Esa noche, después del accidente, me dio una paliza tan brutal que no podía mantenerme en pie, luego me obligó a enderezarme y me puso el brazo dentro del fregadero. Me echo agua hirviendo encima de la mano y me desmayé del dolor. Luego me llevó a rastras a mi taller. Me obligó a mirar mientras lo destrozaba todo, absolutamente todas las piezas que había hecho.

No puedo mirar al inspector Stevens. Es la única manera de conseguir que me salgan las palabras.

—Ian se fue entonces. No sé adónde. Me pasé la primera noche en el suelo de la cocina y luego me fui arriba a rastras y me metí en la cama, rezando para que me muriese aquella misma noche, para que cuando él volviera ya no pudiera seguir haciéndome daño. Pero no volvió. Pasaban los días y él no regresaba, y poco a poco me fui haciendo más fuerte. Empecé a fantasear con la idea de que se había ido para siempre, pero apenas se había llevado nada de la casa, así que sabía que volvería en cualquier momento. Entendí que si me quedaba allí con él, tarde o temprano me mataría. Y fue entonces cuando me marché.

—Cuénteme qué le pasó cuando atropelló a Jacob.

Me metí la mano en el bolsillo y toqué la foto.

—Nos habíamos peleado. Yo había hecho una exposición, la más importante de mi carrera, y me había pasado días enteros preparándola con el comisario encargado de ella, un hombre llamado Philip. El acto se celebró de día, pero aun así Ian se emborrachó. Me acusó de tener una aventura con Philip.

—¿Y era verdad?

Me sonrojo ante aquella pregunta tan íntima.

—Philip es gay —dije—, pero Ian no quiso creerlo. Yo estaba llorando y no veía bien la carretera. Había estado lloviendo y las luces de los otros coches me deslumbraban todo el tiempo. Él me estaba gritando, llamándome puta y zorra. Fui a través de Fishponds para evitar el tráfico, pero Ian me hizo parar el coche. Me pegó y me quitó las llaves, a pesar de que estaba demasiado borracho para conducir. Iba como un loco, gritándome sin parar y diciéndome que iba a darme una lección. Atravesábamos una zona residencial, por calles muy tranquilas, e Ian conducía cada vez más deprisa. Yo estaba aterrorizada.

Me retuerzo las manos en el regazo.

—Entonces vi al niño. Grité, pero Ian no redujo la velocidad. Lo atropellamos y vi a su madre dando una sacudida como si también la hubiésemos golpeado a ella. Intenté salir del coche, pero Ian cerró con el seguro y dio marcha atrás. No me dejó bajarme.

Respiro profundamente y cuando suelto el aire, sale en forma de un aullido grave.

Se hace un silencio en la reducida habitación.

—Ian mató a Jacob —digo—. Pero era como si lo hubiese matado yo.

47

Patrick conduce con cuidado. Me mentalizo para la lluvia de preguntas, pero no dice nada hasta que hemos dejado la silueta urbana de Bristol atrás en el retrovisor. Cuando las ciudades van dejando paso a los campos verdes y aparecen las primeras líneas escabrosas de la costa, se dirige a mí.

—Podrías haber ido a la cárcel.

—Eso era lo que quería.

—¿Por qué?

Su tono no es de censura o reproche, sino que simplemente parece desconcertado.

—Porque alguien tenía que pagar por lo que sucedió —le digo—. Alguien tenía que enfrentarse a un juicio para que la madre de Jacob pudiese dormir por las noches sabiendo que se había hecho justicia por la muerte de su hijo.

—Pero no tú, Jenna.

Antes de marcharnos le pregunté al inspector Stevens qué le dirían a la madre de Jacob, que se encontraría de pronto con que se anulaba el juicio contra la persona que creía que había matado a su hijo. «Primero le detendremos a él y luego se lo explicaremos a ella», me dijo.

Me doy cuenta de que mis acciones ahora significan que la mujer tendrá que volver a revivirlo todo.

—En la caja donde estaba tu pasaporte vi... —dice Patrick de repente—. Vi un juguete de bebé.

Se calla, sin añadir más palabras a su pregunta.

—Era de mi hijo —contesto—. Ben. Cuando me quedé embarazada, estaba aterrorizada. Creía que Ian se pondría furioso, pero se puso a dar saltos de alegría. Dijo que eso lo cambiaría todo, y aunque no llegó a decirlo, yo estaba segura de que se arrepentía y lamentaba haberme tratado así antes. Creí que el niño sería un punto de inflexión para nosotros, que haría que Ian se diese cuenta de que podíamos ser felices juntos. Como familia.

—Pero no fue así.

—No, no fue así. Al principio se desvivía por mí. Me trataba como a una reina y siempre estaba diciéndome lo que debía y lo que no debía comer. Pero a medida que mi tripa empezaba a crecer, se fue volviendo cada vez más distante. Era como si odiase mi embarazo, como si tuviese celos incluso. Cuando estaba de siete meses, le quemé la camisa con la plancha sin querer. Fue una estupidez por mi parte, fui a contestar al teléfono y se me fue el santo al cielo hablando, no me di cuenta hasta que ya era demasiado tarde. Ian montó en cólera. Me dio un puñetazo en el estómago y empecé a tener pérdidas.

Patrick detiene el coche y apaga el motor. Miro por la ventanilla al vertedero que hay junto a la carretera. Los contenedores rebosan de basura y los papeles y los envoltorios revolotean en el aire.

—Ian llamó a una ambulancia. Les dijo que me había caído. Seguramente no le creyeron, pero ¿qué iban a hacer? El sangrado había cesado para cuando llegamos al hospital, pero yo ya sabía que el niño había muerto antes de que me hiciesen la ecografía. Lo presentía. Me dieron la posibilidad de practicarme una cesárea, pero yo no quería que saliese de mí de ese modo. Quería parirlo yo.

Patrick me ofrece la mano pero yo no puedo tocarlo, de modo que la deja caer en el asiento.

—Me dieron una medicación para inducir el parto y esperé en la sala de preparto con todas las demás parturientas. Pasamos por todo el proceso juntas: las primeras contracciones, la inhalación de analgésico para el dolor, los controles de comadronas y obstetras... La única diferencia era que mi bebé estaba muerto. Cuando al final me llevaron a la sala de partos, la mujer de al lado se despidió de mí con la mano y me deseó suerte.

»Ian se quedó conmigo durante el parto, y a pesar de que lo odiaba por lo que había hecho, le cogí la mano mientras empujaba y dejé que me besara la frente, porque ¿quién sino él estaba allí a mi lado? Y todo el tiempo, en lo único que pensaba era en que si no hubiese quemado esa camisa, Ben aún estaría vivo.

Empiezo a temblar y presiono las palmas contra las rodillas para no tambalearme. Durante las semanas posteriores a la muerte de Ben, mi cuerpo seguía creyendo que había sido madre. Me salía leche de los pezones y me metía bajo el chorro de la ducha comprimiéndome los pechos para aliviar la tensión mamaria, mientras el olor dulzón de la leche se mezclaba con el agua caliente. Levanté la vista una vez y vi a Ian observándome desde la puerta del baño. Aún tenía la barriga abultada del embarazo, la piel flácida y elástica. Unas venas azules me recorrían los pechos hinchados y me chorreaba leche por el cuerpo. Vi la expresión de asco de su cara antes de que se diera media vuelta.

Intenté hablarle de Ben. Solo una vez, cuando el dolor por su pérdida era tan intenso que apenas si podía poner un pie detrás de otro para caminar. Necesitaba compartir mi sufrimiento con alguien, con quien fuese, y en aquel entonces no tenía a nadie más con quien hablar. Pero me interrumpió en mitad de la frase: «Eso nunca ha sucedido. Ese bebé nunca llegó a existir», dijo.

Puede que Ben no llegase a respirar siquiera, pero vivió. Vivió dentro de mí, y respiró mi oxígeno y comía lo que yo comía, y formaba parte de mí. Pero nunca más volví a hablar de él.

No puedo mirar a Patrick. Ahora que he empezado, no puedo parar, y las palabras me salen a borbotones.

—Se hizo un silencio horrible en la sala de partos cuando nació. Alguien anunció la hora y luego me lo pusieron en los brazos con toda la delicadeza del mundo, como si no quisieran hacerle daño, y nos dejaron a solas con él. Yo me quedé así durante mucho, muchísimo rato, mirándole la cara, las pestañas, los labios. Le acaricié la palma de la mano y lo imaginé agarrándome los dedos, pero al final vinieron para llevárselo. Entonces empecé a gritar y seguí aferrándome a él hasta que tuvieron que darme algo para calmarme, pero yo no quería dormir, porque sabía que cuando me despertase volvería a estar sola otra vez.

Cuando termino, miro a Patrick y veo que tiene lágrimas en los ojos, y cuando intento decirle que no pasa nada, que estoy bien, yo también me pongo a llorar. Nos quedamos abrazados en el coche, en el arcén de la carretera, hasta que el sol empieza a hundirse en el horizonte, y entonces nos vamos a casa.

Patrick deja el coche en el parking del parque de caravanas y me acompaña por el sendero a la casa. El alquiler está pagado hasta fin de mes, pero camino más despacio al oír las palabras de Iestyn retumbando en mi cabeza, su voz asqueada cuando me dijo que me fuese.

—Lo llamé —dice Patrick, leyéndome el pensamiento—. Se lo expliqué todo.

Patrick me habla con calma y dulzura, como si yo fuera un paciente recuperándome de una larga enfermedad. Me siento segura con la mano entrelazada en la suya.

—¿Quieres ir a buscar a Beau? —le pregunto cuando llegamos a la casa.

—Si tú quieres.

Asiento.

—Solo quiero que todo vuelva a la normalidad —digo, y mientras lo digo, me doy cuenta de que no estoy segura de qué es la normalidad.

Patrick cierra las cortinas y me prepara un té, y cuando se cerciora de que estoy cómoda, me da un leve beso en los labios y se va. Miro alrededor, a los fragmentos de mi vida allí en la bahía: las fotos y las conchas; el cuenco de agua de Beau en el suelo de la cocina. Aquí me siento más en casa que en todo el tiempo que pasé en Bristol.

Enciendo por inercia la luz de la lámpara de la mesa, a mi lado. Es la única luz en todo el piso de abajo e inunda la habita-

ción de un cálido tono albaricoque. La apago y me quedo sumi-
da en la oscuridad. Espero unos segundos, pero mis pulsaciones
son regulares, tengo las palmas secas y no siento ningún escalofrío en la espalda. Sonrío: ya no tengo miedo.

48

—¿Y estamos seguros de que es la dirección correcta? —Ray dirigió la pregunta a Stumpy, pero miró a todos los presentes en la sala. A las dos horas de salir del Tribunal Superior de lo Penal, había reunido a un equipo de las fuerzas policiales, mientras Stumpy conseguía que en el Departamento de Información localizaran la dirección de Ian Petersen.

—Absolutamente seguros, jefe —contestó Stumpy—. En el censo figura inscrito en el número 72 de Albercombe Terrace, y los de Información han cruzado los datos con la jefatura de Tráfico. A Petersen le quitaron tres puntos por exceso de velocidad hace un par de meses, y le remitieron el carnet a esa misma dirección.

—Muy bien —dijo Ray—. En ese caso, esperemos que esté en casa.

Se volvió para informar de los detalles al equipo recién formado.

—La detención de Petersen es de vital importancia, no solo para la resolución del caso Jordan, sino para garantizar la seguridad de Jenna. La relación acumula un largo historial de violencia doméstica que culminó en la decisión de Jenna de abandonar a Petersen tras el atropello con fuga.

Hubo asentimientos entre los agentes presentes de la sala, y la expresión de sus rostros era de sombría determinación. Todos sabían muy bien la clase de hombre que era Ian Petersen.

—Sus antecedentes policiales muestran, como es de esperar, amonestaciones y avisos por conducta violenta, y también tiene condenas previas por conducir bajo los efectos del alcohol y alteración del orden público. No quiero correr ningún riesgo con él, así que id directos hacia él, esposadlo y sacadlo de la casa. ¿Entendido?

—Entendido —respondieron todos al unísono.

—Entonces, vámonos.

Albercombe Terrace era una calle normal y corriente de aceras estrechas y con demasiados coches aparcados. Lo único que distinguía el número 72 de las casas contiguas eran las cortinas echadas en todas las ventanas.

Ray y Kate aparcaron en una calle aledaña a esperar la confirmación de que una pareja de agentes había llegado a la parte de atrás de la casa de Petersen. Ray apagó el contacto y permanecieron en silencio, acompañados únicamente por el tictac rítmico del motor al enfriarse.

—¿Estás bien? —le preguntó Ray.

—Sí —respondió Kate escuetamente. La expresión de su rostro era de fría determinación y no daba ninguna pista acerca de lo que en realidad estaba sintiendo por dentro. Ray notó que le hervía la sangre. Al cabo de unos minutos, la adrenalina le ayudaría a realizar su misión, pero en ese preciso instante no podía canalizarla de ningún modo. Dio unos golpecitos en el pedal del embrague y volvió a mirar a Kate.

—¿Llevas el chaleco?

Como respuesta, Kate se golpeó un puño contra el pecho, y Ray oyó el ruido sordo de la protección corporal bajo su sudadera. Los cuchillos eran armas fáciles de esconder y rápidas de utilizar, y Ray había visto demasiadas cosas como para correr riesgos innecesarios. Se palpó la porra y el espray en el arnés que llevaba bajo la chaqueta, y respiró aliviado al cerciorarse de que los llevaba encima.

—No te alejes de mí —dijo—. Y si saca un arma, sal de allí cagando leches.

Kate arqueó las cejas.

—¿Porque soy una mujer? —Soltó un resoplido de desdén—. Me retiraré cuando tú lo hagas.

—¡A la mierda la corrección política, Kate! —Ray golpeó el volante con la palma de la mano. Se quedó callado y miró a la calle vacía a través del parabrisas—. No quiero que te hagan daño.

Antes de que alguno de los dos pudiese decir algo más, sus auriculares cobraron vida.

—Cero seis, jefe.

Las unidades estaban en sus puestos.

—Recibido —respondió Ray—. Si sale por la puerta de atrás, detenedlo. Nosotros nos ocuparemos de la puerta principal.

—Recibido —fue la respuesta, y Ray miró a Kate.

—¿Lista?

—Como nunca.

Doblaron la esquina a pie y se dirigieron con rapidez a la puerta delantera de la casa. Ray llamó a la puerta y se puso de puntillas para asomarse por la pequeña mirilla de cristal encima del picaporte.

—¿Ves algo?

—No.

Volvió a llamar, y el sonido retumbó en la calle vacía.

Kate habló por su radio.

—Tango Charlie 461 a Control, solicito comunicación con Bravo Foxtrot 275.

—Adelante.

Habló directamente con la pareja de agentes en la parte de atrás de la casa.

—¿Alguna señal de movimiento?

—Negativo.

—Recibido. Permaneced a la espera de momento.

—De acuerdo.

—Gracias por la comunicación, Control.

Kate devolvió la radio a su bolsillo y se dirigió a Ray. Había llegado la hora de utilizar la llave maestra. Observaron mientras el equipo de especialistas balanceaba el ariete metálico de color rojo en semicírculos, apuntando a la puerta. Se oyó un potente estruendo, la madera quedó hecha trizas y la puerta se abrió, golpeando la pared de un estrecho pasillo. Ray y Kate retrocedieron y los agentes de policía entraron en la casa y se dividieron en parejas para inspeccionar todas las habitaciones en busca de sus ocupantes.

—¡Despejado!

—¡Despejado!

—¡Despejado!

Ray y Kate los siguieron al interior, sin perderse de vista y esperando la confirmación de que Petersen estaba dentro. Apenas habían pasado dos minutos cuando el sargento de la unidad bajó las escaleras, negando con la cabeza.

—Lo siento, jefe —le dijo a Ray—, pero la casa está vacía. Han desalojado los dormitorios: los armarios están vacíos y no hay nada en el baño. Todo parece indicar que ha huido.

—¡Mierda! —Ray dio un puñetazo en la barandilla—. Kate, llama a Jenna al móvil. Averigua dónde está y dile que permanezca en contacto.

Salió a la calle en dirección al coche y Kate lo siguió corriendo para no quedarse atrás.

—Lo tiene apagado.

Ray se subió al asiento del conductor y arrancó el motor.

—¿Adónde vamos? —preguntó Kate, poniéndose el cinturón.

—A Gales —dijo Ray con expresión sombría.

Fue dándole instrucciones a Kate mientras conducía.

—Habla con los de Información y diles que averigüen todo lo que puedan sobre Petersen. Ponte en contacto con Thames Valley y asegúrate de que alguien vaya a ver a Eve Mannings a Oxford: ya la ha amenazado una vez y hay muchas posibilidades de que vuelva allí. Llama a la policía de Gales del Sur y haz que comprueben que Jenna Gr... —Ray se corrigió—: Que Jenna Petersen está bien. Quiero que alguien vaya a la casa para asegurarse de que está bien.

Kate lo anotó todo mientras Ray iba enumerando cada cosa, y luego le iba informando del resultado de sus llamadas.

—No hay nadie de servicio en Penfach esta noche, así que enviarán a alguien de Swansea, pero el Sunderland juega en casa esta noche y no cuentan con muchos efectivos.

Ray lanzó un suspiro de exasperación.

—Pero ¿son conscientes de que hay un historial de violencia doméstica?

—Sí, y han dicho que darán prioridad al caso, es solo que no pueden garantizar cuándo van a poder ir a la casa.

—Joder... —exclamó Ray—. Menuda mierda.

Kate dio unos golpecitos con el bolígrafo en la ventana mientras trataba de localizar a Patrick en su móvil.

—No lo coge.

—Tenemos que contactar con alguien más. Alguien local —dijo Ray.

—¿Qué hay de los vecinos? —Kate se enderezó y abrió una pestaña de internet en su móvil.

—No tiene ningún vecino... —Ray miró a Kate—. ¡El parque de caravanas, claro!

—Lo tengo.

Kate encontró el número y llamó.

—Vamos, vamos...

Activó los altavoces.

—Parque de Caravanas de Penfach. Al habla Bethan, ¿dígame?

—Hola, soy la agente de la brigada criminal Kate Evans, de la policía de Bristol. Estoy buscando a Jenna Gray, ¿la ha visto hoy?

—No, hoy no la he visto. Pero es que está en Bristol, ¿no? —La voz de Bethan adquirió un tono de cautela—. ¿Es que pasa algo? ¿Qué ha pasado en el juicio?

—La han absuelto. Oiga, siento ser tan brusca, pero Jenna salió de Bristol hacia las tres y tenemos que asegurarnos de que ha llegado sana y salva a su casa. La ha llevado en coche Patrick Mathews.

—No he visto a ninguno de los dos —dijo Bethan—. Pero ahora que lo dice, sí, Jenna ha vuelto: ha estado en la playa.

—¿Cómo lo sabe?

—He sacado a pasear a los perros hace un rato y he visto una de sus palabras escritas en la arena. Aunque no era su estilo habitual, la verdad... Era bastante raro.

Ray sintió una intensa angustia apoderándose de su cuerpo.

—¿Qué palabra era esa?

—¿Qué pasa? —preguntó Bethan bruscamente—. ¿Qué me están ocultando?

—¡¿Qué palabra era?!

No había sido su intención gritarle, y por un momento pensó que Bethan había colgado. Cuando al fin habló, la vacilación en su voz le dijo a Ray que sabía que pasaba algo muy malo.

—La palabra era, simplemente, «TRAIDORA».

49

No era mi intención quedarme dormida, pero al oír que llaman a la puerta levanto la cabeza de golpe y me froto el cuello agarrotado. Tardo unos segundos en recordar que estoy en casa y oigo otro golpe, más insistente esta vez. Me pregunto cuánto hace que tengo a Patrick esperando fuera. Me pongo de pie y me estremezco al notar un calambre en la pantorrilla.

Al girar la llave, siento el aguijón del miedo, pero antes de que pueda reaccionar, la puerta se abre violentamente, catapultándome contra la pared. Ian está muy alterado y tiene la respiración jadeante. Me preparo para recibir el impacto de su puño, pero no llega, y cuento los latidos de mi corazón mientras vuelve a correr el cerrojo.

Uno, dos, tres.

Rápidos y con fuerza, martilleándome en el pecho. Siete, ocho, nueve, diez.

Y entonces se vuelve hacia mí con una sonrisa que conozco tan bien como la mía propia. Una sonrisa que no le alcanza los ojos, que deja entrever lo que me tiene preparado. Una sonrisa que me dice que, a pesar de que el final está cerca, no va a ser rápido.

Me frota la nuca, apretándome el pulgar con fuerza contra las cervicales. Es incómodo, pero no doloroso.

—Le diste mi nombre a la policía, Jennifer.

—No, yo no...

Me agarra del pelo y me atrae hacia él tan rápido que cierro los ojos con fuerza, esperando el estallido de dolor mientras me rompe la nariz con la frente. Cuando vuelvo a abrirlos, su cara está a dos dedos de la mía. Huele a whisky y a sudor.

—No me mientas, Jennifer.

Cierro los ojos y me digo que puedo sobrevivir a esto, aunque todo mi ser quiere suplicarle que me mate ya mismo.

Me sujeta la mandíbula con la mano libre y me acaricia los labios con el dedo índice; luego me mete un dedo en la boca. Contengo una arcada cuando me presiona la lengua.

—Maldita zorra traidora —dice, con una voz tan serena como si me estuviera dedicando un cumplido. Hiciste una promesa, Jennifer. Prometiste que no acudirías a la policía, ¿y qué es lo que veo hoy? Te veo a ti comprando tu libertad a cambio de la mía. Veo mi nombre en el puto *Bristol Post*... ¡Mi propio nombre, joder!

—Hablaré con ellos —le digo; las palabras escapan alrededor de su dedo—. Les diré que no es verdad. Les diré que mentí.

La saliva se me escurre de la boca y cuando recubre la mano de Ian, este la mira con gesto repulsivo.

—No —dice—. No vas a decirle nada a nadie.

Sin soltarme el pelo con la mano izquierda, me suelta la mandíbula y me pega una bofetada en la cara.

—Sube.

Aprieto los puños a los lados, consciente de que no debo llevarme la mano a la cara, que me palpita al ritmo de mis pulsaciones. Noto el regusto a sangre y la trago despacio.

—Por favor... —le digo, y me sale una voz aguda y poco natural—. Por favor, no...

Busco las palabras adecuadas, las palabras con menos probabilidades de provocarlo. «No me violes», quiero decirle. Ha ocurrido tantas veces como para que ya haya dejado de importar, y sin embargo no soporto la idea de dejar que aplaste su cuerpo contra el mío otra vez, de tenerlo dentro, de arrancarme a la fuerza sonidos que contradicen cuánto le odio.

—No quiero... sexo —digo, y me maldigo a mí misma por dejar que se me quiebre la voz y que sepa cuánto significa eso para mí.

—¿Acostarme yo contigo? —replica, escupiendo las palabras y salpicándome la cara de saliva—. No te engañes, Jennifer. —Me suelta y me mira de arriba abajo—. Sube.

Mis piernas amenazan con fallarme cuando encamino mis pasos hacia la escalera y me agarro a la barandilla para subir, percibiendo su presencia a mi espalda. Intento calcular cuánto falta para que Patrick regrese, pero he perdido la noción del tiempo. Ian me empuja hacia el baño.

—Desnúdate.

Me avergüenza la facilidad con que le obedezco.

Se cruza de brazos y me observa mientras lucho por quitarme la ropa. Ya estoy llorando a lágrima viva, aunque sé perfectamente que eso lo enfurecerá aún más. No puedo parar.

Ian tapa la bañera con el tapón. Abre el agua fría pero no toca la caliente. Ahora estoy desnuda, tiritando de pie delante de él, y observa mi cuerpo con cara de asco. Recuerdo cuando me cubría de besos los omoplatos y luego trazaba una delicada línea, casi reverente, por entre mis pechos y sobre mi vientre.

—La única que tiene la culpa eres tú —dice con un suspiro—. Podría haberte llevado de vuelta a casa cuando me diera la gana, pero te dejé ir. No te quería a mi lado. Lo único que tenías que hacer era mantener la boca cerrada y habrías podido vivir tu patética vida aquí. —Niega con la cabeza—. Pero no pudiste quedarte calladita, ¿verdad? Tuviste que ir a la policía y largárselo todo. —Cierra el grifo—. Métete dentro.

No opongo ninguna resistencia. Ya no tiene sentido. Entro en la bañera y me siento en ella. El agua helada me corta la respiración y un dolor agudo me recorre las entrañas. Intento engañarme diciéndome que está caliente.

—Ahora, lávate.

Coge un bote de lejía del suelo, junto a la taza del inodoro, y desenrosca el tapón. Me muerdo el labio. Una vez me obligó a beber lejía, cuando volví tarde de una cena con la gente de la universidad. Le dije que se me había pasado el tiempo volando sin darme cuenta, pero sirvió el líquido espeso en una copa de vino y me observó mientras me lo acercaba a los labios. Me detuvo después del primer sorbo, echándose a reír a carcajadas y diciendo que solo una idiota habría podido beberse aquello. Estuve toda la noche vomitando y el regusto químico me duró varios días en la boca.

Ian echa la lejía en la esponja y el líquido cae por los bordes, chorreando sobre la bañera, donde unas manchas azules florecen en la superficie del agua como si fuera tinta en papel secante. Me da la esponja.

—Restriégate con ella.

Me froto los brazos con la esponja, intentando remojarme con agua al mismo tiempo en un intento de diluir la lejía.

—Ahora, el resto del cuerpo —dice—. Y no te olvides de la cara. Hazlo bien, Jennifer, o tendré que hacerlo yo. A lo mejor así se te va parte de tu mala baba.

Me da instrucciones hasta que me he lavado cada centímetro del cuerpo con lejía, y me escuece la piel. Me sumerjo en el agua helada para aliviar la sensación, incapaz de detener el castañeteo de mis dientes. Todo este dolor, esta humillación, es peor que la muerte. Ojalá llegue pronto el final.

Ya no me noto los pies. Alargo el brazo y me los froto, pero es como si fueran los dedos de otra persona. Lo que siento está más allá del frío. Intento incorporarme, mantener al menos la mitad del cuerpo fuera del agua, pero él me obliga a tumbarme, con las piernas flexionadas hacia un lado en una postura torpe para acomodarlas en la bañera minúscula. Vuelve a abrir el grifo de agua fría hasta que el agua rebasa el borde. El corazón ya no me late desbocado en los oídos, sino que palpita tímidamente en mi pecho. Me siento aturdida, como aletargada, y es como si las palabras de Ian me llegaran desde muy lejos. No dejo de temblar y me muerdo la lengua, pero apenas soy consciente del dolor.

Ian ha permanecido de pie delante de mí mientras me bañaba, pero ahora está sentado encima de la tapa del inodoro. Me observa fría y desapasionadamente. Ahora va a ahogarme, supongo. No tardaré mucho en morir: ya estoy medio muerta.

—Fue muy fácil encontrarte, ¿sabes? —Ian habla como si tal cosa, como si estuviéramos los dos sentados tranquilamente en un pub, charlando, como hacen dos viejos amigos—. No es difícil montar una web sin dejar rastro sobre el papel, pero fuiste demasiado idiota para darte cuenta de que cualquiera podía buscar tu dirección.

No digo nada, pero él tampoco parece esperar una respuesta.

—Las mujeres os pensáis que podéis hacerlo todo solas —dice—. Creéis que no necesitáis a los hombres, pero cuando dejamos las cosas en vuestras manos sois unas inútiles. Sois todas iguales. ¡Y las mentiras! Joder, la cantidad de mentiras que llegáis a soltar por esas boquitas... Os salen una detrás de otra, con esas lenguas viperinas.

Siento un cansancio inmenso. Un cansancio insoportable. Noto que estoy resbalándome poco a poco bajo la superficie del agua, y doy una sacudida para despertarme. Me clavo las uñas en el muslo, pero apenas las siento.

—Creéis que no os descubriremos, pero siempre acabamos pillándoos. Las mentiras, la traición, la falsedad descarada.

Sus palabras me envuelven por completo.

—Desde el principio dejé muy claro que no quería tener hijos —dice Ian.

Cierro los ojos.

—Pero nosotros, los hombres, no tenemos ningún poder de decisión, ¿verdad que no? Siempre es lo que la mujer quiera. ¿«Nosotras decidimos»? ¿Y qué cojones pasa con lo que quiero decidir yo?

Pienso en Ben. Estuvo tan cerca de llegar a vivir... Si hubiese podido mantenerlo con vida solo unas pocas semanas más...

—Y, de pronto, me plantan un hijo ahí delante —dice Ian—. ¡Y se supone que tengo que celebrarlo! Celebrar la existencia de un hijo que nunca quise tener, para empezar. El hijo que jamás habría existido si ella no me hubiese engañado y se hubiese quedado preñada a propósito.

Abro los ojos. Las baldosas blancas que rodean los grifos están llenas de grietas grises, y las sigo hasta que mis ojos se llenan de agua y vuelven a emborronarse de blanco. Ian dice cosas sin sentido. O tal vez yo no consigo encontrarle sentido a sus palabras. Quiero hablar, pero tengo la lengua demasiado hinchada. Yo no engañé a Ian, no me quedé embarazada a propósito. Fue un descuido, pero él estaba contento. Dijo que eso lo cambiaba todo.

Ian tiene el cuerpo inclinado hacia delante, con los codos apoyados en las rodillas y la boca rozando las manos unidas, como si estuviera rezando. Pero cierra los puños con fuerza y el músculo alrededor de los ojos le tiembla descontroladamente.

—Ya le dije lo que había —dice—. Le dije que nada de ataduras. Pero ella lo estropeó todo. —Me mira—. Se suponía que iba a ser un rollo de una noche, un polvo rápido sin consecuencias con una chica cualquiera. Tú no tenías por qué llegar a enterarte nunca. Solo que se quedó embarazada, y en vez de largarse de una puta vez a su país decidió quedarse y convertir mi vida en un infierno.

Hago un esfuerzo por juntar las piezas de lo que Ian está diciendo.

—¿Tienes un hijo? —acierto a decir.

Me mira y suelta una risotada sin alma.

—No —me corrige—, nunca fue mi hijo. Era el hijo de una guarra polaca que limpiaba los lavabos en el trabajo: yo solo fui el donante de esperma. —Se levanta y se alisa la camisa—. Vino llamando a mi puerta cuando descubrió que estaba embarazada, y yo le dejé muy claro que si seguía adelante, no podía contar conmigo. Estaría ella sola. —Lanza un suspiro—. No volví a saber de ella hasta que el niño empezó a ir a la escuela. Y entonces no hubo manera de que me dejara en paz. —Retuerce la boca para hacer una burda imitación de un acento de Europa del

Este—. «Necesita un padre, Ian... Quiero que Jacob sepa quién es su padre...»

Levanto la cabeza. Con un esfuerzo que me arranca un grito de dolor, empujo el fondo de la bañera con las manos para incorporarme.

—¿Jacob? —digo—. ¿Tú eres el padre de Jacob?

Se hace un silencio, mientras Ian me mira. Me agarra del brazo bruscamente.

—Sal de la bañera.

Salgo a rastras por el lateral de la bañera y me caigo al suelo, con las piernas dormidas después de una hora en el agua helada.

—Tápate.

Me lanza mi bata y me la pongo, odiándome por sentir la gratitud que siento. La cabeza me da vueltas: ¿Jacob era hijo de Ian? Pero cuando Ian descubrió que el niño que había muerto en el accidente era Jacob debió de quedarse...

Cuando al fin deduzco la verdad, me golpea como si me hubiesen clavado un cuchillo en el estómago. La muerte de Jacob no fue ningún accidente. Ian mató a su propio hijo, y ahora va a matarme a mí.

—Para el coche —te dije.

No hiciste ningún amago de parar y yo agarré el volante.

—¡Ian, no!

Intentaste recuperar el control del volante y chocamos contra el bordillo, y luego nos desviamos a la mitad de la carretera, esquivando por los pelos a un coche que venía en dirección contraria. No tuviste más remedio que apartar el pie del acelerador y pisar a fondo el pedal del freno. Nos detuvimos, el coche parado en diagonal en mitad de la calle.

—Bájate.

No lo dudaste, pero una vez saliste del coche te quedaste inmóvil junto a la puerta, mientras te recubría una fina capa de lluvia. Rodeé el coche para ir a tu lado.

—Mírame.

Seguiste con la mirada clavada en el suelo.

—¡He dicho que me mires!

Levantaste la cabeza despacio pero miraste a un punto por detrás de mí, por encima de mi hombro. Cambié de postura para interceptar tu mirada, pero tú te pusiste a mirar por encima del otro hombro inmediatamente. Te agarré de los hombros y te zarandeé con fuerza. Quería oírte llorar, me dije que te soltaría cuando te oyese llorar, pero no hiciste ningún ruido. Apretabas la mandíbula con tozudez. Estabas jugando conmigo, Jennifer, pero yo ganaría la partida. Te haría llorar.

Te solté y no pudiste ocultar la expresión de alivio que te iluminó la cara. Aún seguía allí cuando cerré el puño y lo estampé contra tu cara.

Te di con los nudillos en la parte inferior de la barbilla, y tu cabeza dio una sacudida hacia atrás e impactó contra el techo del coche. Te fallaron las piernas y te caíste en el asfalto. Al final emitiste un sonido, una especie de gimoteo, como el de un perro apaleado, y no pude evitar sonreír ante aquella pequeña victoria. Pero no era suficiente. Quería oírte implorar perdón, que admitieras que habías estado coqueteando, que admitieras que te habías estado follando a otro.

Te vi arrastrarte por el asfalto húmedo. No experimenté la sensación de desahogo habitual, la bola de furia salvaje seguía bullendo en mi interior, cobrando fuerza por momentos. Terminaría aquello en casa.

—Sube al coche.

Te vi levantarte con dificultad. Te salía sangre de la boca e intentabas frenarla inútilmente con el pañuelo. Trataste de volver al asiento del conductor pero te lo impedí.

—Al otro asiento.

Arranqué el motor y salí de allí antes de que hubieses cerrado la puerta. Tú gritaste, alarmada, y luego cerraste de golpe la puerta y te abrochaste el cinturón. Yo me reí, pero eso no apaciguó todavía la ira que sentía en mi interior. Por un momento me pregunté si no estaría sufriendo un ataque al corazón: tenía el pecho muy tenso, y la respiración dolorida y trabajosa. Tú me habías hecho aquello.

—Reduce la velocidad —dijiste—, vas demasiado rápido.

Las palabras te salieron burbujeando de la boca llena de sangre, y vi cómo salpicaba la guantera. Apreté aún más el acelerador, para enseñarte quién mandaba allí. Estábamos en una zona residencial muy tranquila, con casas adosadas y una hilera de coches aparcados ocupando mi carril de la calzada. Me desplacé para sortearlos, a pesar de las luces de los faros que venían hacia nosotros en dirección contraria, y pisé a fondo el acelerador. Te vi protegerte la cara con los brazos, y percibí un bocinazo y un destello de color mientras volvía a nuestro carril segundos antes de que fuese demasiado tarde.

La tensión en mi pecho se alivió mínimamente. Seguí pisando el acelerador y giramos a la izquierda, a una calle larga y recta flanqueada de árboles. Me pareció reconocerla, a pesar de que solo había estado allí una vez y no podría haberte dicho el nombre de la calle. Era la calle donde vivía Anya. Donde me la follé. El volante se me resbaló entre las manos y el coche golpeó el bordillo.

—¡Por favor, Ian, por favor, frena!

Había una mujer en la acera, unos cien metros por delante, andando con un niño pequeño. El niño llevaba un gorro y la mujer... Agarré el volante con más fuerza. Estaba teniendo visiones. Imaginando que aquella mujer era ella, solo porque estábamos en su calle. No podía ser Anya.

La mujer levantó la vista. Tenía el pelo suelto y no llevaba gorro ni capucha, pese al mal tiempo. Me miraba de frente y reía, con el niño corriendo a su lado. Sentí una punzada demoledora de dolor en la cabeza. Era ella.

Había despedido a Anya después de tirármela. No tenía ningún interés en repetir el polvo con ella y ningún deseo de ver su cara bonita pero vacía por la oficina. Cuando volvió a aparecer el mes anterior, no la había reconocido: ahora no me dejaba en paz. La vi caminar hacia la luz de los faros.

«Quiere saber quién es su padre, quiere conocerte.»

Ella lo estropearía todo. El niño lo estropearía todo. Te miré, pero tenías la cara hundida en el regazo. ¿Por qué ya no me mirabas? Antes me ponías la mano en el muslo cuando estaba conduciendo, volviéndote a medias en el asiento para poder mirarme. En los últimos tiempos ya casi nunca me mirabas a la cara. Te estaba perdiendo, y si te enterabas de lo de ese niño, no te recuperaría jamás.

Estaban cruzando la calle. Sentía un martilleo en las sienes. A mi lado, tus lloriqueos eran como el ruido de una mosca, zumbando en mi cabeza.

Pisé a fondo el acelerador.

51

—¿Tú mataste a Jacob? —digo, casi incapaz de articular las palabras—. Pero ¿por qué?

—Lo estaba estropeando todo —contesta Ian sin más—. Si Anya se hubiese mantenido alejada, no les habría pasado nada. Es culpa suya.

Pienso en la mujer de la puerta del Tribunal Superior, en las zapatillas de deporte sucias y viejas.

—¿Necesitaba dinero?

Ian se ríe.

—Lo del dinero habría sido fácil de solucionar. No, quería que me comportase como un padre: que viese al niño los fines de semana, que se quedase conmigo en casa, que le comprase un puto regalo de cumpleaños...

Deja de hablar mientras sigo allí de pie, agarrada al lavabo. Intento con cuidado apoyar el peso de mi cuerpo sobre las piernas doloridas. Siento pinchazos en los pies a medida que entran en calor. Me miro en el espejo y no reconozco lo que veo.

—Te habrías enterado de su existencia —dice Ian—. De lo de Anya. Me habrías dejado.

Se coloca detrás de mí y apoya las manos con delicadeza en mis hombros. Veo la misma expresión en su rostro que he visto tantas veces la mañana después de una paliza. Antes me decía a mí misma que era arrepentimiento —a pesar de que no me pidió perdón ni una sola vez—, pero ahora me doy cuenta de que era miedo. Miedo de que lo viese tal como es en realidad. Miedo de que dejase de necesitarlo.

Pienso en cuánto habría querido a Jacob, como si fuese mi propio hijo, en que lo habría acogido en casa con gusto y habría jugado con él y le habría hecho regalos solo para ver la alegría en su rostro. Y de pronto siento como si Ian no me hubiese arrebatado a un hijo sino a dos, y encuentro la fuerza en sus dos vidas perdidas para siempre.

Finjo sentirme muy débil y bajo la vista hacia el lavabo, y tras tomar impulso, empujo la cabeza hacia atrás con todas las fuerzas que me quedan. Oigo un crujido estremecedor cuando la parte de atrás de mi cráneo choca hueso con hueso.

Ian me suelta y se lleva ambas manos a la cara, los regueros de sangre rodándole por entre los dedos. Salgo corriendo al dormitorio en dirección al rellano, pero él es demasiado rápido, y me agarra de la muñeca antes de que pueda bajar las escaleras. Sus dedos ensangrentados se resbalan en mi piel húmeda y lucho tratando de zafarme, le doy un codazo en el estómago y recibo un puñetazo que me deja sin aliento. El descansillo está completamente a oscuras y he perdido la orientación: ¿por dónde están las escaleras? Busco a tientas con el pie descalzo a mi alrededor y mis dedos se topan con el listón metálico del primer peldaño de la escalera.

Me agacho por debajo del brazo de Ian, extendiendo ambas manos en dirección a la pared. Doblo los codos como disponiéndome a hacer flexiones y luego me impulso con fuerza hacia atrás, estampando todo el peso de mi cuerpo contra él. Lanza un breve grito cuando pierde el equilibrio y luego cae rodando escaleras abajo.

Silencio.

Enciendo la luz.

Ian está tendido al pie de la escalera, inmóvil. Está boca abajo en el suelo de pizarra y veo que tiene un profundo corte en la parte posterior de la cabeza, del que mana un fino hilo de sangre. Me quedo allí de pie mirándolo, mientras me tiembla todo el cuerpo.

Me sujeto a la barandilla con firmeza y empiezo a bajar muy despacio, sin apartar los ojos de la figura tendida en el suelo. Cuando estoy a un paso de alcanzar el último peldaño, me detengo. Veo un levísimo movimiento en el pecho de Ian.

Yo misma respiro con dificultad, entre jadeos, y alargo un pie y piso con suma delicadeza el suelo de piedra junto a Ian, quedándome paralizada como si fuera una niña jugando a las estatuas.

Paso por encima de su brazo extendido.

Su mano me agarra el tobillo y grito, pero es demasiado tarde. He caído al suelo e Ian está encima de mí, encaramándose a rastras sobre mi cuerpo, con la cara y las manos ensangrentadas. Intenta hablar, pero no le salen las palabras. Contrae el rostro por el esfuerzo.

Estira los brazos para sujetarme los hombros y cuando sube para colocarse al mismo nivel que mi cara, le clavo la rodilla con fuerza en la entrepierna. Lanza un rugido, me suelta, doblándose sobre sí mismo de dolor, y me levanto rápidamente. No lo dudo un instante, echo a correr hacia la puerta y trato de abrir el cerrojo, que se me resbala dos veces entre los dedos antes de poder deslizarlo y abrir la puerta. El aire de la noche es frío y las nubes lo oscurecen todo salvo un delgado jirón de luna. Corro a ciegas, y apenas he comenzado a correr cuando oigo los pesados pasos de Ian a mi espalda. No miro atrás para ver a qué distancia está, pero lo oigo resollar con cada paso, su respiración trabajosa.

Es difícil correr por el sendero de piedra con los pies descalzos, pero el ruido a mi espalda parece ahora más débil y creo que estoy ganando terreno. Intento contener la respiración mientras corro, tratando de hacer el menor ruido posible.

No me doy cuenta hasta que oigo las olas chocando contra las rocas de que me he pasado el desvío al parque de caravanas. Maldigo mi estupidez. Ahora solo tengo dos opciones: tomar el sendero que lleva a la playa, abajo, o torcer a la derecha y seguir el camino de la costa que se aleja de Penfach. Es un camino que he hecho muchas veces con Beau, pero nunca en la oscuridad: está demasiado cerca del borde del acantilado y siempre me da miedo que el perro resbale y se caiga. Vacilo un instante, pero me aterroriza la idea de quedarme atrapada abajo en la playa. Seguramente tendré más posibilidades si sigo corriendo. Doblo a la derecha y sigo el camino de la costa. El viento ha arreciado y cuando las nubes se mueven, la luna proyecta un poco más de luz. Me arriesgo a echar un rápido vistazo atrás, pero el sendero está despejado.

Aminoro el ritmo y continúo andando en lugar de correr, y luego me paro a aguzar el oído. No se oye nada, aparte de los sonidos del mar, y mi corazón empieza a apaciguarse. Las olas se estrellan rítmicamente contra la playa y oigo la sirena distante de un barco en alta mar. Contengo la respiración y trato de orientarme.

—No puedes huir a ninguna parte, Jennifer.

Doy una vuelta entera, pero no lo veo. Busco entre la penumbra y logro distinguir unos arbustos, unos escalones de madera y, a lo lejos, una pequeña construcción en la que reconozco una cabaña de pastores.

—¿Dónde estás? —digo, pero el viento se lleva de un latigazo mis palabras y las arroja al mar. Tomo aire para gritar, pero Ian aparece a mi espalda en un instante, rodeándome la garganta con el antebrazo, empujándome hacia arriba y atrás hasta que empiezo a asfixiarme. Le clavo el codo en las costillas y afloja la presión el tiempo justo para que pueda recobrar el aliento. «No voy a morir ahora», pienso. He pasado la mayor parte de mi vida adulta escondiéndome, corriendo, sintiendo miedo, y ahora, justo cuando empezaba a sentirme segura, él ha vuelto para arrebatármelo todo. No pienso permitírselo. Siento que una corriente de adrenalina me invade todo el cuerpo y me inclino con brusquedad hacia delante. El movimiento lo desequilibra el tiempo suficiente para poder zafarme de él entre forcejeos.

Y no salgo huyendo. Ya he huido bastante de él.

Trata de alcanzarme y lanzo la mano hacia delante con fuerza, dándole con la parte carnosa de la palma en la barbilla. El impacto lo empuja hacia atrás e Ian se tambalea al borde del acantilado durante unos segundos que parecen eternos. Me busca con las manos, tratando de agarrarme la bata, y me roza la tela con los dedos. Lanzo un grito y doy un paso atrás, y por un momento creo que me voy a despeñar con él, que voy a estrellarme contras las rocas del acantilado mientras me precipito hacia el mar. Pero entonces me descubro tendida boca abajo al borde del acantilado y es él quien está cayendo al vacío. Miro abajo y veo el destello de sus ojos aterrados, antes de que se lo traguen las olas.

52

El móvil de Ray sonó cuando pasaban por Cardiff. Miró la pantalla.

—Es el inspector de la central de Gales del Sur.

Kate observó a Ray mientras este escuchaba las noticias de Penfach.

—Gracias a Dios... —dijo Ray al teléfono—. Ningún problema. Gracias por decírmelo.

Puso fin a la llamada y dejó escapar un lento y prolongado suspiro.

—Jenna está bien. Bueno, no está bien, pero está viva.

—¿Y Petersen? —dijo Kate.

—No ha tenido tanta suerte. Según parece, Jenna huyó siguiendo el camino de la costa mientras él la perseguía. Forcejearon y Petersen se cayó por el acantilado.

Kate se estremeció.

—Qué muerte tan horrible...

—No merecía menos —dijo Ray—. Si leemos entre líneas, no creo que se «cayera» exactamente, no sé si me entiendes. Aunque la brigada criminal de Swansea lo ha enfocado de la mejor manera posible: van a considerarlo un accidente.

Se quedaron en silencio.

—Entonces, ¿ahora volvemos a comisaría? —preguntó Kate.

Ray negó con la cabeza.

—No tiene sentido. Jenna está en el hospital de Swansea y

llegaremos allí en menos de una hora. Lo mejor será que sigamos el caso hasta el final, y así también podemos parar a cenar algo antes de volver a casa.

El tráfico se hizo menos intenso a medida que se acercaban a su destino y eran poco más de las siete cuando llegaron al hospital de Swansea. La entrada de Urgencias estaba abarrotada de fumadores con un brazo escayolado, un tobillo vendado y una variedad de lesiones que no se veían a simple vista. Ray esquivó a un hombre que se doblaba sobre sí mismo por culpa de un dolor de estómago, pero que aún conseguía dar caladas al cigarrillo que su novia le sujetaba entre los labios.

El olor a humo de tabaco en el aire frío dio paso a la calidez clínica de la sala de Urgencias, donde Ray enseñó su placa a una mujer de aspecto cansado en el mostrador de recepción. Les indicaron el camino a través de unas puertas dobles hasta la sala C, y de allí a una habitación en el pasillo, en una de cuyas camas Jenna se sentaba incorporada a medias sobre un montón de almohadas.

Ray se quedó horrorizado al ver los intensos hematomas que asomaban de su camisón de hospital y que le cubrían el cuello. Llevaba el pelo suelto, que le caía hasta los hombros, y tenía el rostro desfigurado por el dolor y el cansancio. Patrick estaba sentado a su lado, con un periódico viejo abierto por la página del crucigrama.

—Hola —dijo Ray en voz baja—. ¿Qué tal está?

Ella esbozó una sonrisa débil.

—He tenido días mejores.

—Ha pasado por un infierno. —Ray acudió junto a la cama—. Siento que no llegáramos a tiempo de detenerlo.

—Ahora ya no importa.

—Tengo entendido que ha sido usted el héroe del día, señor Mathews.

Ray se volvió hacia Patrick, quien levantó la mano en actitud de protesta.

—Ni mucho menos. Si hubiese llegado una hora antes, tal vez

habría sido útil, pero me entretuve en la consulta y para cuando llegué a la casa... Bueno...

Miró a Jenna.

—No creo que hubiese podido volver a la casa de no ser por ti —dijo ella—. Creo que aún estaría ahí tirada, mirando al mar.

Jenna se estremeció y Ray sintió un escalofrío, pese al calor sofocante de la calefacción del hospital. ¿Qué habría sentido, allí, al borde del acantilado?

—¿Han dicho cuánto tiempo va a permanecer aquí? —preguntó.

Jenna negó con la cabeza.

—Quieren tenerme en observación, pero espero que no sea más de veinticuatro horas. —Alternó la mirada entre Ray y Kate—. ¿Voy a tener problemas cuando me den el alta? ¿Por haber mentido a la policía sobre quién conducía el coche?

—Tenemos pendiente ese asunto de obstrucción a la justicia —dijo Ray—, pero estoy seguro de que no será lo bastante relevante como para que la fiscalía lo persiga.

Sonrió y Jenna lanzó un suspiro de alivio.

—La dejaremos en paz —dijo Ray. Miró a Patrick—. Cuide de ella, ¿de acuerdo?

Salieron del hospital y fueron en coche a la cercana comisaría de Swansea, donde el inspector local estaba esperándolos para hablar con ellos. Frank Rushton era unos pocos años mayor que Ray, con un físico que sugería que se sentía mil veces más cómodo en el campo de rugby que en el despacho. Les dio una calurosa bienvenida y los acompañó a su despacho, donde les ofreció un café, que ellos rechazaron.

—Tenemos que volver enseguida —dijo Ray—. De lo contrario, la agente Evans hará que no me cuadren los números en mi presupuesto para horas extras.

—Pues es una lástima —dijo Frank—, porque íbamos a salir todos a cenar curri: uno de nuestros capitanes se retira y queremos organizarle una especie de despedida. Serían bienvenidos si decidiesen sumarse.

—Gracias —dijo Ray—, pero será mejor que no. ¿Van a quedarse el cadáver de Petersen o quiere que me ponga en contacto con el departamento forense de Bristol?

—Si tiene el número, sería estupendo —dijo Frank—. Los llamaré cuando recuperemos el cadáver.

—¿No lo han recuperado todavía?

—Aún no lo hemos encontrado —contestó Frank—. Se cayó por el acantilado a unos ochocientos metros de la casa de Gray, en dirección opuesta al parque de caravanas de Penfach. Tengo entendido que conocen los alrededores...

Ray asintió.

—El hombre que la encontró, Patrick Mathews, nos llevó allí y no hay duda de que es el lugar correcto —dijo Frank—. Hay marcas en el suelo que encajan con la declaración de Gray de que hubo un forcejeo, y hay rozaduras en el borde del acantilado.

—Pero ¿no ha aparecido el cuerpo?

—Si le soy sincero, es algo habitual. —Frank advirtió que Ray arqueaba las cejas, y soltó una breve risotada—. Quiero decir que es habitual que no encontremos el cuerpo inmediatamente. Tenemos algún suicida de vez en cuando, o un excursionista que se cae en el camino de vuelta del pub, y el mar tarda unos días, o incluso más tiempo, en devolverlos a la orilla. Algunos no llegan a aparecer jamás, y a veces solo aparecen partes del cuerpo.

—¿Qué quiere decir? —quiso saber Kate.

—En esa parte del acantilado, la caída es de sesenta metros —dijo Frank—. Puede que el cuerpo no se estrelle contra las rocas durante el descenso, pero una vez abajo, choca contra ellas una y otra vez, sin parar. —Se encogió de hombros—. Es muy fácil que los cuerpos queden destrozados.

—¡Dios! —exclamó Kate—. Vivir junto al mar ya no me parece tan atractivo, la verdad.

Frank sonrió.

—Bueno, ¿están seguros de que no podemos tentarlos con un curri? Una vez me ofrecieron un traslado a Avon and Somerset; estaría bien oír qué fue lo que me perdí.

Se levantó.

—La verdad es que dijimos que pararíamos a cenar algo —dijo Kate, mirando a Ray.

—Vamos, anímense —dijo Frank—. Será divertido. Casi toda la brigada criminal estará allí, y también algunos agentes de la policía local. —Los acompañó al mostrador de recepción y les estrechó la mano a ambos—. Hemos quedado en el Raj de High Street dentro de una media hora. Este atropello con fuga es todo un éxito para su equipo, ¿no es así? Deberían quedarse a pasar la noche aquí y celebrarlo por todo lo alto.

Se despidieron y Ray sintió un rugido en el estómago cuando se dirigían al coche. Un pollo *jalfrezi* y una cerveza era justo lo que necesitaba después del día que habían tenido. Miró a Kate y pensó lo bien que lo pasaría disfrutando de una noche de conversación relajada y de risas con los colegas de Swansea. Sería una lástima volver ahora a casa, y Frank tenía razón: no tendría problemas para justificar una noche allí con la excusa de que aún tenían algunos cabos sueltos que atar al día siguiente.

—Quedémonos —dijo Kate. Dejó de andar y se volvió a mirar a Ray—. Será divertido, y tiene razón, deberíamos celebrarlo.

Estaban tan cerca que casi podían tocarse, y Ray se imaginó a ambos despidiéndose de los chicos de Swansea después del curri, tal vez yendo luego a tomar una última copa en alguna parte, y finalmente volviendo a pie al hotel. Tragó saliva al imaginar lo que podría suceder después de eso.

—En otra ocasión —dijo.

Hubo una pausa y luego Kate asintió despacio.

—Vale.

Se dirigió al coche y Ray sacó el móvil para enviar un mensaje a Mags.

> Voy de camino a casa. ¿Quieres que compre comida para llevar?

53

Las enfermeras han sido muy amables. Me han curado las heridas con eficiencia y discreción, y sin dar muestras de molestarse cuando les pregunto para confirmar, por enésima vez, que Ian está muerto.

—Todo ha terminado —dice el médico—. Ahora, descanse.

No experimento ninguna sensación de intenso alivio o libertad. Tan solo siento un cansancio demoledor que se resiste a desaparecer. Patrick no se aparta un segundo de mi lado. Me despierto de repente varias veces a lo largo de la noche y lo encuentro siempre allí para tranquilizarme y ahuyentar mis pesadillas. Al final, cedo y me tomo el sedante que me ofrece la enfermera. Me parece oír a Patrick hablar con alguien por teléfono, pero vuelvo a quedarme dormida antes de preguntar quién es.

Cuando me despierto, la luz trata de abrirse paso por entre los listones horizontales de la persiana, pintando franjas de sol sobre mi cama. Hay una bandeja en la mesa que está a mi lado.

—El té ya se te habrá enfriado —dice Patrick—. Voy a ver si encuentro a alguien que te prepare otro.

—No importa —digo, haciendo un esfuerzo por incorporarme en la cama. Tengo el cuello dolorido y me lo toco con cuidado. El móvil de Patrick emite un sonido y lo coge para leer un mensaje.

—¿Qué es?

—Nada —dice. Cambia de tema—. El médico ha dicho que

vas a estar molesta unos cuantos días, pero que no tienes nada roto. Te han aplicado un gel para contrarrestar los efectos de la lejía, y te lo tendrás que poner todos los días para que no se te reseque la piel.

Encojo las piernas para dejarle espacio y que se siente a mi lado en la cama. Arruga el entrecejo y me siento fatal por haberle causado tanta preocupación.

—Estoy bien —digo—. Te lo prometo. Solo quiero irme a casa.

Veo que bucea en mi rostro buscando respuestas: quiere saber lo que siento por él, pero ni yo misma lo sé todavía. Solo sé que no puedo confiar en mi propio juicio. Le ofrezco una sonrisa forzada para demostrarle que estoy bien y luego cierro los ojos, más para evitar la mirada de Patrick que con la expectativa de dormirme.

Me despierto al oír unos pasos en la puerta de la habitación y espero que sea el médico, pero en su lugar oigo a Patrick hablando con alguien.

—Está ahí dentro. Me iré a la cafetería para que podáis estar un rato a solas.

No se me ocurre quién puede ser, y aun después de que la puerta se haya abierto por completo y vea la esbelta figura con el abrigo amarillo brillante y los botones gigantes, todavía tardo unos segundos en reconocer lo que ven mis ojos. Abro la boca, pero el nudo en la garganta me impide hablar.

Eve viene corriendo y me estrecha con el más intenso de los abrazos.

—¡Te he echado tanto de menos!

Seguimos abrazadas hasta que nuestro llanto se apacigua y luego nos quedamos sentadas en la cama, con las piernas cruzadas, una enfrente de la otra, cogidas de la mano, como si fuéramos niñas otra vez en la litera inferior de la habitación que compartíamos de pequeñas.

—Te has cortado el pelo —señalo—. Te queda bien.

Eve se toca la melena corta con gesto tímido.

—Creo que Jeff lo prefiere corto, pero a mí me gusta esta medida. Te manda un beso muy fuerte, por cierto. Ah, y los niños te han hecho esto. —Rebusca en su bolso y saca un dibujo arrugado, doblado por la mitad en forma de tarjeta—. Les dije que estabas en el hospital, así que creen que tienes la varicela.

Miro el dibujo de mí misma en la cama, con ampollas por todo el cuerpo, y me río.

—Les he echado de menos. Os he echado de menos a todos.

—Nosotros también a ti. —Eve inspira hondo—. No debería haberte dicho las cosas que te dije. No tenía ningún derecho.

Recuerdo cuando estaba en el hospital después del parto de Ben. A nadie se le había ocurrido retirar la cuna de plexiglás que había junto a mi cama y que me hacía señas burlonas cuando la miraba por el rabillo del ojo. Eve había acudido al hospital antes de enterarse de la noticia, pero por su cara adiviné que las enfermeras ya se lo habían dicho. Había relegado al fondo de su bolso un regalo envuelto en papel de colores, arrugado y roto tras sus esfuerzos por esconderlo allí. Me pregunté qué haría con el regalo que había dentro, si encontraría a otro bebé que se pusiera la ropita que había escogido para mi hijo.

Al principio no dijo nada, pero luego no paró.

—¿Ian te ha hecho algo? Te ha hecho algo, ¿verdad?

Volví la cara, vi la cuna vacía y cerré los ojos. Ian nunca le había inspirado confianza, a pesar de que él siempre se había guardado muy bien de no mostrarle a nadie su mal carácter. Yo negaba la evidencia e insistía en que todo iba bien entre nosotros, al principio porque estaba demasiado cegada por el amor para ver las grietas en mi relación, y luego porque me daba demasiada vergüenza admitir haber seguido tanto tiempo al lado de un hombre que me hacía daño.

Yo quería que Eve me abrazara. Que simplemente me abrazara y me estrechara con fuerza para ayudarme a soportar un dolor tan desgarrador que no me dejaba respirar. Pero mi hermana estaba enfadada, y su propio dolor exigía respuestas, una razón, alguien a quien echar la culpa.

—Ese hombre es peligroso —dijo, y yo cerré los ojos con fuerza para prepararme a soportar su sermón—. Puede que tú no lo veas, pero yo sí. No deberías haber seguido a su lado cuando te quedaste embarazada. Si lo hubieses abandonado, tal vez ahora aún tendrías a tu hijo. Tú tienes tanta culpa de lo que ha pasado como él.

Tuve que abrir los ojos, horrorizada, mientras las palabras de Eve se me clavaban en lo más hondo de mi ser.

—Vete —dije, con la voz quebrada pero firme—. Mi vida no es asunto tuyo y no tienes ningún derecho a decirme lo que tengo que hacer con ella. ¡Vete de aquí! No quiero volver a verte nunca más.

Eve se había ido corriendo del hospital, dejándome completamente destrozada, con las manos presionando aquel útero vacío. No eran tanto las palabras de Eve lo que me dolía, sino su sinceridad. Mi hermana había dicho la verdad, sencillamente. La muerte de Ben era culpa mía.

Durante las semanas siguientes, Eve había intentado ponerse en contacto conmigo, pero yo me negaba a hablar con ella. Al final, dejó de intentarlo.

—Tú te diste cuenta de cómo era Ian —le digo ahora—. Debería haberte escuchado.

—Tú lo querías —dice, simplemente—. Igual que mamá quería a papá.

Muevo el cuerpo hacia delante en la cama.

—¿Qué quieres decir?

Se hace una pausa y veo que Eve está tratando de decidir qué contarme. Niego con la cabeza, porque de pronto veo lo que me negaba a aceptar cuando era niña.

—Él la pegaba, ¿verdad?

Asiente en silencio.

Pienso en mi padre, en aquel hombre atractivo e inteligente, siempre con una broma a punto en los labios para compartirla conmigo, haciéndome dar volteretas en el aire incluso cuando ya era demasiado mayor para esas cosas. Pienso en mi madre, siempre callada, inaccesible, fría. Pienso en lo mucho que la odié por dejar que él se fuera.

—Ella aguantó durante años —dice Eve—, y entonces un día, al volver de la escuela, entré en la cocina y lo vi dándole una paliza. Le grité que la dejara en paz, y entonces él se volvió hacia mí y me dio una bofetada.

—¡Dios mío, Eve! —Estoy horrorizada por el contraste entre los recuerdos de nuestra infancia.

—Estaba muy angustiado. Dijo que lo sentía mucho, que no había querido hacerlo, pero yo vi la expresión de sus ojos antes de pegarme. En ese momento me odiaba, y creo sinceramente que habría sido capaz de matarme. Fue como si algo hubiese cambiado para siempre en el interior de mamá: le dijo que se fuera de aquella casa y él se marchó sin decir una palabra.

—Se había ido de casa cuando volví de clase de ballet —digo, recordando lo mucho que sufrí aquel día.

—Mamá le dijo que iría a la policía si algún día volvía a acercarse a nosotras. Le destrozaba el corazón tener que alejarlo de nosotras, pero dijo que tenía que protegernos.

—A mí nunca me dijo nada —digo, pero sé que yo tampoco le di nunca la oportunidad de que lo hiciera. Me pregunto cómo es posible que estuviera tan equivocada al interpretar la situación. Ojalá mi madre estuviera allí para poder rectificar delante de ella.

Una oleada de emoción me embarga el corazón y empiezo a llorar.

—Lo sé, cariño, lo sé.

Eve me acaricia el pelo como hacía cuando éramos niñas, y luego me rodea con los brazos y se echa a llorar ella también.

Se queda conmigo dos horas, mientras Patrick alterna entre la cafetería y la silla al lado de mi cama, con la intención de dejarnos tiempo a solas pero preocupado por si me canso demasiado.

Eve me deja una pila de revistas que no voy a leer y se marcha con la promesa de que volverá a verme en cuanto me den el alta y vuelva a mi casa, cosa que, según el médico, calcula que será dentro de uno o dos días.

Patrick me aprieta la mano.

—Iestyn va a enviar a dos de los muchachos de la granja a que limpien la casa —dice—, y cambiarán la cerradura, para que sepas que tú eres la única que tiene la llave. —Debe de advertir la sombra de ansiedad que me nubla el rostro—. Lo dejarán todo perfecto. Será como si no hubiera pasado nada.

«No . Eso es imposible», me digo.

Pero le respondo apretándole la mano yo también, y en su cara solo veo bondad y sinceridad, y pienso que, a pesar de todo, podría empezar una nueva vida con este hombre. La vida podría ser maravillosa.

EPÍLOGO

Las tardes son cada vez más largas y Penfach ha vuelto a encontrar su ritmo natural, interrumpido únicamente por las hordas veraniegas de familias que acuden a la playa. El aire está impregnado con los olores a crema solar y a salitre, y la campana que hay encima de la puerta de la tienda del pueblo casi nunca está quieta. El parque de caravanas abre para la temporada con una nueva capa de pintura, con las estanterías de la tienda repletas de artículos básicos para los veraneantes.

Los turistas no sienten ningún interés por los escándalos locales, y experimento un gran alivio al comprobar que los lugareños no tardan en perder el entusiasmo por los chismes inanes. Para cuando las noches vuelven a alargarse, los chismorreos ya han ido desapareciendo, extinguidos por la ausencia de noticias y por la feroz oposición de Bethan y Iestyn, quienes se han encargado personalmente de informar y corregir a quienquiera que afirmase saber lo que había ocurrido. Casi sin darme cuenta, ya se han recogido las últimas tiendas de campaña, se ha vendido el último conjunto de cubo y pala para la playa, ya se ha derretido el último helado, y todo el asunto queda relegado al olvido. Donde antes no veía más que miradas de reproche y puertas cerradas, ahora solo encuentro amabilidad y brazos abiertos.

Haciendo honor a su palabra, Iestyn limpió la casa y la dejó como nueva. Cambió la cerradura y los cerrojos, puso ventanas nuevas, cubrió los grafitis con pintura y eliminó cualquier rastro de lo ocurrido. Y aunque nunca podré borrar aquella noche de mi memoria, quiero seguir viviendo aquí de todos modos, en lo alto del acantilado, sin oír nada más que el sonido del viento a mi alrededor. Soy feliz en mi casa y me niego a dejar que Ian destroce esa parte de mi vida también.

Cojo la correa de Beau, que espera con impaciencia junto a la puerta mientras me pongo el abrigo para sacarlo a que corra un rato antes de irnos a la cama. Aún no he conseguido salir sin echar la llave de la puerta, pero cuando estoy dentro, ya no tengo que echar el cerrojo y no me sobresalto cuando Bethan entra sin llamar.

Patrick se queda conmigo a menudo, aunque sabe reconocer mi necesidad ocasional pero urgente de estar sola antes incluso de que yo misma me percate, momento en que vuelve discretamente a Port Ellis y me deja a solas con mis pensamientos.

Miro abajo a la bahía, a la marea que empieza a subir. En la playa se ven las huellas de los paseantes y sus perros, y de las gaviotas que se abaten en picado sobre la arena para arrancar de sus entrañas las lombrices de tierra. Es tarde y no hay nadie paseando por el camino de la costa, en lo alto del acantilado, donde la valla recién levantada recuerda a los excursionistas que no deben acercarse demasiado al borde. Siento un súbito escalofrío de soledad. Pienso que ojalá Patrick volviese a casa esta noche.

Las olas rompen contra las rocas de la playa, con sus ribetes de espuma blanca conquistando la arena, burbujeando y desapareciendo cuando la ola vuelve a batirse en retirada. Cada ola avanza un poco más, dejando al descubierto una arena lisa y reluciente durante unos pocos segundos, antes de que otra ola corra a ocupar su lugar. Estoy a punto de volverme cuando veo algo dibujado en la arena. En un abrir y cerrar de ojos, ha desaparecido. El mar se traga los trazos que ahora ya no estoy segura de haber visto, y cuando el agua acude al encuentro del crepúsculo, el sol relumbra en la arena oscura y húmeda. Sacudo la cabeza y dirijo mis pasos de vuelta a la casa, pero algo me retiene y regreso al borde del acantilado, acercándome todo lo que me permite mi audacia, para asomarme abajo, a la playa.

Allí no hay nada.

Me ciño el abrigo para resguardarme del súbito aire frío. Estoy teniendo visiones. No hay nada escrito en la arena, no hay nada trazado en letra gruesa y recta. No, no está ahí. No he podido ver mi nombre.

«Jennifer.»

El mar no falta a su cita. La siguiente ola borra las marcas de la playa, que desaparecen. Una gaviota surca la bahía por última vez mientras la marea se adueña de la orilla y el sol se hunde en el horizonte.

Y luego, todo se vuelve oscuro.

NOTA DE LA AUTORA

Empecé mi formación como policía en 1999 y me destinaron a Oxford en 2000. En diciembre de ese mismo año, un niño de nueve años murió atropellado por unos delincuentes al volante de un coche robado en el municipio de Blackbird Leys. Fue cuatro años antes de la resolución de homicidio por imprudencia por parte de la indagatoria judicial, durante la cual se llevó a cabo una exhaustiva investigación policial. El caso fue el trasfondo de mis primeros años como agente de policía, y aún generaba nuevas investigaciones cuando me incorporé al Departamento de Investigación Criminal, el CID, tres años después.

Se ofreció una sustanciosa recompensa, así como la promesa de inmunidad por parte de la fiscalía para el pasajero o pasajeros que viajaban en el vehículo, siempre y cuando se presentasen en comisaría e identificasen al conductor. Sin embargo, a pesar de que se practicaron varias detenciones, nunca se llegó a acusar formalmente a nadie.

Las consecuencias de aquel delito dejaron una huella importante en mí. ¿Cómo podía el conductor de aquel Vauxhall Astra seguir viviendo con aquello en la conciencia? ¿Cómo podían el pasajero o los pasajeros seguir guardando silencio? ¿Cómo podría la madre llegar a superar algún día una pérdida tan terrible? Me fascinaban los informes del Departamento de Información después de los sucesivos llamamientos a la colaboración ciudadana en cada aniversario, y también la meticulosidad y diligencia de la policía al revisar hasta el último detalle del caso con la esperanza de descubrir ese fragmento de información que faltaba.

Años después, cuando murió mi propio hijo —en circunstancias muy diferentes— experimenté en carne propia cómo las emociones pueden nublar el juicio y afectar al comportamiento. El dolor y la culpa son sentimientos muy poderosos, y empecé a preguntarme cómo podían afectar a dos mujeres involucradas en el mismo incidente desde perspectivas muy distintas.

El resultado es *Te dejé ir*.

AGRADECIMIENTOS

Antes leía las páginas de los agradecimientos de los libros y siempre me preguntaba cómo narices podía haber tanta gente implicada en la creación de una sola obra. Ahora lo entiendo. Siento una gratitud inmensa hacia los primeros lectores de *Te dejé ir*: Julie Cohen, A.J. Pearce, Merilyn Davies y otros, que me ayudaron a detectar lo que funcionaba y lo que no, y también a Peta Nightingale y Araminta Whitley, por creer. Tengo la fortuna de contar con la maravillosa Sheila Crowley como agente literaria, pero no la habría conocido de no haber sido por una conversación casual con Vivienne Wordley, a quien mi manuscrito le gustó lo bastante como para pasárselo. Gracias a Vivienne, Sheila, Rebecca y al resto del equipo de Curtis Brown, por todo lo que hacéis. No podría haber encontrado mejor hogar para mí que Little, Brown. La extraordinaria Lucy Malagoni me encantó desde el preciso instante en que la conocí, y no podría haber encontrado una editora más perspicaz y entusiasta. Gracias a Lucy, Thalia, Anne, Sarah, Kirsteen y al resto de Little, Brown, incluido el maravilloso departamento de derechos, cuyos miembros están desbordados de trabajo y, aun así, me hacen sentir como si este fuese el único libro en el que están trabajando.

Gracias a mis antiguas colegas Mary Langford y Kelly Hobson: a Mary por leer un primer borrador y a Kelly por su ayuda de última hora con los procedimientos. Por último, gracias a mis amigos y a mi familia, que siempre han creído en mí, que me apoyaron cuando decidí dar carpetazo a una buena carrera profesional y dedicarme a escribir libros en su lugar, y que nunca, ni una sola vez, me sugirieron que lo que tenía que hacer era buscarme un trabajo como es debido. No podría —y no querría— haberlo conseguido sin el apoyo de mi marido, Rob, y nuestros tres hijos, Josh, Evie y Georgie, que siempre me han animado desde el banquillo, me han llevado montones de tazas de té y han sabido cuidar de sí mismos mientras yo estaba «a punto de terminar este capítulo». Muchísimas gracias a todos.